Les Chroniques de
BOND STREET

M.C. BEATON

Les Chroniques de BOND STREET

3

COLONEL SANDHURST À LA RESCOUSSE

LA DERNIÈRE SAISON

romans

Traduits de l'anglais
par Françoise du Sorbier
et Amélie Juste-Thomas

ALBIN MICHEL

Pour Ann Robinson et sa fille, Emma Wilson,
avec toute mon affection.

COLONEL SANDHURST À LA RESCOUSSE

Traduit par Françoise du Sorbier

I

« Il est peu d'activités auxquelles l'homme peut s'employer plus innocemment que la poursuite de l'argent. »

DR SAMUEL JOHNSON

L'hôtel du Parent pauvre n'avait ouvert dans Bond Street que depuis peu, sur l'initiative d'un groupe d'aristocrates désargentés, mais il était désormais accepté par la bonne société comme s'il avait toujours existé.

Il était très en vogue : y séjourner était hors de prix, mais revenait cependant moins cher que la location d'une maison pour la Saison de Londres, à laquelle s'ajoutait le coût d'une domesticité. La renommée de sa table n'était plus à faire, et le Prince Régent y avait non seulement déjeuné, mais aussi assisté à un bal de bienfaisance le mois précédent.

Et pourtant, malgré ce succès, certains parmi les associés de l'hôtel étaient insatisfaits. Le colonel Sandhurst, un fringant septuagénaire, souhaitait épouser son associée d'un âge tout aussi respectable, lady Fortescue, et se retirer à la campagne. Sir Philip Sommerville, septuagénaire lui aussi, était à nouveau en disgrâce depuis qu'il avait détourné une bonne partie de l'argent récolté au bal de bienfaisance pour le jouer sur un cheval qui avait perdu. Il se sentait coupable et avait hâte de se débarrasser de l'hôtel pour vivre à nouveau une vie de gentleman, oubliant qu'avant de devenir un des associés de l'affaire, il ne menait déjà plus ce genre d'existence depuis de nombreuses années.

Quant à miss Letitia Tonks, la quatrième associée, toujours sans mari à quarante ans bien sonnés, elle redoutait la perspective d'une vie sans le travail et la compagnie qu'apportait l'hôtel. Lady Fortescue était, elle, si enchantée de leur succès qu'elle avait été presque soulagée lorsque la folie de sir Philip les avait obligés à poursuivre leur travail afin de se retirer confortablement des affaires.

Aussi, un soir où les associés se réunissaient pour discuter des finances, apparut-il très clairement que sir Philip avait pris en grippe l'hôtel et ses occupants. Il y avait une note colossale au nom de sir Randolph Gray et sa femme, qui étaient restés à l'hôtel pendant six mois et étaient partis brusquement, prenant tout le monde, même un vieux renard comme sir Philip, par surprise. En pareil cas, c'était toujours à lui que revenait la tâche de traquer les mauvais payeurs et de les importuner, voire de les menacer, jusqu'à ce qu'ils règlent leur dû.

Lady Fortescue avait découvert que sir Randolph vivait dans l'Essex, à Barton Park, sa résidence de campagne. Le colonel Sandhurst et elle évoquaient la possibilité d'y envoyer sir Philip, chargé de sa mission habituelle de recouvrer la dette, lorsque l'intéressé dressa la tête au-dessus de son haut col rigide pour la tendre en avant, telle une tortue. « Minute ! objecta-t-il. Pourquoi est-ce toujours à moi d'y aller ? Envoyez-donc Face de Carême ici présente. »

Miss Tonks, se sentant à juste titre visée, se défendit. « Le recouvrement de dettes est un travail d'homme, vieux crapaud », lança-t-elle, prouvant là qu'elle n'avait plus rien de la vieille fille autrefois timide et douce qui, accablée par la pauvreté, se promenait le long de la Serpentine en songeant au suicide.

« Alors, que le colonel Sandhurst y aille, dit sir Philip. Je suis plus que las d'être toujours celui qui vous tire d'embarras.

– Si nous sommes en mauvaise posture, intervint lady Fortescue, dont les yeux noirs étincelèrent, c'est parce que vous avez pris *notre* argent pour le dilapider sur une misérable rosse.

– J'essayais seulement d'agir dans notre intérêt, protesta sir Philip. Je ne suis pas le seul à gaspiller de l'argent. Regardez-la, celle-ci ! lança-t-il en jetant un regard mauvais à miss Tonks. Elle passe son temps à acheter des places de théâtre pour voir ce méchant histrion, et comme elle ne peut pas y aller seule, elle est obligée de se faire escorter par le valet de pied de l'hôtel. »

Le « méchant histrion » était un certain Mr Jason Davy qui, plus tôt cette année-là, avait aidé les parents pauvres dans une de leurs entreprises. Le regarder se produire sur scène était l'un des plaisirs de la vie de miss Tonks. Elle n'osait pas s'aventurer dans les coulisses et vivait dans l'attente qu'il vienne lui rendre visite.

Elle avait nourri naguère l'espoir que sir Philip demande sa main, mais aujourd'hui elle ne rêvait plus qu'à cet acteur. Depuis que sir Philip avait eu une liaison avec une femme vulgaire, une certaine Mrs Mary Budge, même la très délicate miss Tonks avait pris conscience du fait que sir Philip avait certains appétits assurément étrangers à une vierge dans sa cinquième décennie.

« J'irai, déclara le colonel. Alors trêve de chamailleries. »

Sir Philip en resta sans voix. Il aimait prendre des initiatives, être celui qui réglait toutes les situations épineuses.

« Vous allez revenir Gros-Jean comme devant, grinça-t-il.

– Je ne crois pas, répondit le colonel. Sir Randolph me semble être un homme honorable à sa façon. Je ne m'attends pas à rencontrer de difficultés. »

Sir Philip s'esquiva prestement. Il se garda bien de dire qu'il souhaitait de toute son âme malveillante voir échouer l'entreprise du colonel.

Le colonel Sandhurst conduisait une voiture de louage. Les propriétaires de l'hôtel avaient prévu d'acheter leur propre voiture, mais les pertes de sir Philip aux courses avaient réduit ce projet à néant. Parti à l'aube, le colonel espérait arriver à Barton Park en fin d'après-midi.

Toutefois, à mesure que diminuait la distance le séparant de la demeure de sir Randolph, son assurance faiblissait. Si le vulgaire sir Philip n'avait aucun mal à insister sans craindre d'être indiscret – cet individu n'avait pas un atome de sensibilité –, recouvrer une dette était singulièrement déplaisant pour un gentleman.

Aussi, à un kilomètre et demi de chez sir Randolph, le colonel s'arrêta-t-il dans une auberge. Un peu de brandy ne serait pas de trop pour affermir son courage.

C'était un établissement modeste, mais il était tenu par un sergent en retraite qui comprit au maintien et aux manières du colonel qu'il avait affaire à un ancien soldat comme lui. Il descendit dans sa cave et remonta une bouteille de brandy blanc pris dans une cargaison qu'il avait achetée à des contrebandiers. C'était un excellent brandy qui, joint aux égards flatteurs du tenancier, réchauffa le cœur du colonel. Lorsqu'il se rendit compte que son hôte avait combattu aux côtés de sir John Moore à La Corogne, il le pria avec effusion de s'asseoir à sa table. Ils revécurent d'anciennes batailles tandis que le niveau du brandy baissait dans la bouteille, et ce ne fut qu'en voyant la nuit de l'autre côté des fenêtres que le colonel Sandhurst se rappela sa mission avec un sentiment de culpabilité. Il se leva à contrecœur en titubant.

Mais lorsqu'on lui ramena sa voiture devant la porte et qu'il y monta pour reprendre les rênes, il sentit une bouffée d'énergie l'envahir. Il parlerait à sir Randolph avec calme et fermeté.

L'aubergiste lui avait indiqué le chemin à suivre pour arriver à Barton Park, la demeure de sir Randolph. La résolution du colonel vacilla de nouveau lorsqu'il franchit les grilles d'entrée, puis passa devant un pavillon de gardien désert et remonta une longue allée. Malgré l'obscurité, il sentait l'odeur d'un domaine laissé à l'abandon. Une impression confirmée par les buissons hirsutes qui griffaient la voiture, et la végétation qui, en certains endroits, envahissait presque complètement l'allée. La pleine lune montait dans le ciel lorsque soudain, dans sa lumière argentée, le colonel aperçut une silhouette devant lui. C'était une femme, chargée d'une boîte à chapeaux, qui poussa aussitôt un cri effarouché et plongea dans les buissons.

Si le colonel au naturel réservé n'avait autant bu, il eût poursuivi son chemin, mais il était tout disposé à retarder le moment d'affronter sir Randolph. Aussi tira-t-il sur les rênes de ses chevaux avant de les attacher à un arbre et de plonger à son tour dans les taillis d'où parvenait jusqu'à son ouïe encore fine le bruit de sanglots étouffés.

En brandissant au-dessus de sa tête une lanterne qu'il avait détachée de sa voiture, il vit devant lui une petite clairière et là, telle Niobé en larmes, perchée à l'extrémité d'un banc de marbre à demi écroulé, se trouvait une jeune fille. Elle tenait un minuscule mouchoir de batiste et sanglotait à fendre l'âme.

« Allons, allons, il ne faut pas pleurer ainsi ! » dit le colonel en s'approchant.

Elle tourna le buste vers lui et leva les yeux. À la lueur

de sa lampe, qu'il tenait haut, il distingua clairement son visage, l'un des plus gracieux et des plus touchants qu'il eût jamais vus, et dont les larmes n'altéraient en rien la beauté.

« N'ayez pas peur, reprit le colonel, toujours d'une voix douce. Je ne vous ferai aucun mal.

– Mais vous me dénoncerez, répondit une petite voix étouffée.

– Si vous me disiez pourquoi vous pleurez ? Alors, je pourrai peut-être vous être de quelque secours. »

Le colonel lui tendit un vaste mouchoir prêt à remplir son office. Elle le prit avec reconnaissance et y enfouit son petit nez pour se moucher.

Il posa sa lampe dans l'herbe et s'assit avec précaution sur la portion encore intacte du banc de marbre. Elle le regarda avec attention, puis, sans doute rassurée par ses cheveux blancs et son âge, annonça : « Je me suis enfuie de chez moi.

– Vous êtes la fille de sir Randolph ?

– Oui, je suis miss Frederica Gray.

– Et pourquoi vous enfuyez-vous de chez vous, miss Frederica ?

– Père veut m'obliger à épouser lord Peter Bewley, une brute épaisse qui approche de ses vieux jours. Il a près de quarante ans ! »

Le colonel septuagénaire poussa un léger soupir.

« Et quel âge avez-vous, mon enfant ?

– Je ne suis plus une enfant. J'ai dix-sept ans. »

Le colonel étouffa un sourire. « La différence d'âge entre lord Bewley et vous-même est grande, je vous l'accorde, mais ces mariages arrangés sont souvent très réussis. Vous seriez maîtresse chez vous et, dans une certaine mesure, vous jouiriez de plus de liberté que vous n'en avez assurément eu jusqu'à présent.

– Cet homme est un butor. Une brute ! Je ne peux pas l'épouser. Je m'y refuse !

– Mais où comptez-vous aller ?

– Je vais marcher jusqu'à la ville la plus proche, prendre la diligence pour Londres et là, je trouverai du travail comme domestique. »

Le colonel réprima un frisson. Il pensa aux mères maquerelles aux aguets dans les relais de poste de la City, espérant attirer les innocentes filles de la campagne dans l'une des maisons closes de Covent Garden.

Il se rendit compte que Frederica le questionnait.

« Qui êtes-vous, monsieur ? Que faites-vous ici ?

– Je suis l'un des associés de l'hôtel Au Parent pauvre, dans Bond Street, répondit le colonel. Sir Randolph est parti après un très long séjour sans payer sa note.

– Il ne paie jamais ses notes, dit sa fille avec amertume. Quand les créanciers arrivent, il lâche les chiens.

– Ah ! » Le colonel promena un regard abattu sur la clairière inondée par le clair de lune. D'un seul coup, il se sentit dégrisé et, tout à cette impression, ne se méfia pas de l'idée mirobolante qui lui était venue. Il allait montrer aux autres que sir Philip n'était pas le seul capable d'initiatives audacieuses et de fins stratagèmes. Il allait offrir à la jeune fille l'asile de l'hôtel, et en profiterait pour envoyer à sir Randolph une lettre anonyme lui disant que s'il voulait revoir sa fille, il lui faudrait payer une certaine somme. Il indiquerait un montant un peu supérieur à celui qui leur était dû afin que sir Randolph ne soupçonne pas les propriétaires du Parent pauvre. Pénétré de son importance et de sa grandeur d'âme, il se leva.

« Vous allez venir avec moi, ma chère enfant, dit-il, vous pourrez être logée à l'hôtel et y travailler sous notre protection à tous jusqu'à ce que votre père revienne à la raison. »

La jeune fille, qui avait cessé de pleurer, leva vers lui

des yeux soudain méfiants. « Vous êtes très bon, monsieur, mais vous ne me connaissez pas.

– Lady Fortescue prendra soin de vous. C'est une force de la nature.

– Lady Fortescue ?

– La maison qui est devenue l'hôtel lui appartenait autrefois. C'est une très grande dame. »

Frederica pensa que ce colonel, âgé comme il l'était, inspirait confiance. Certes, il sentait très fort le brandy, mais on buvait sec à l'époque, et cela n'avait rien d'inhabituel. « Pourvu que je puisse gagner mon pain…, soupira-t-elle.

– À l'hôtel, nous travaillons tous. Vous aiderez miss Tonks le cas échéant et remplirez les fonctions de femme de chambre. »

Le moral de Frederica remonta sensiblement. Bien qu'elle eût été entourée de nombreux domestiques depuis le jour de sa naissance, elle n'avait aucune idée de ce qu'était un travail ancillaire et cette perspective lui paraissait une sorte de jeu.

« Soit, monsieur, dit-elle en se levant à son tour. Je suis votre obligée. »

Le colonel prit la boîte à chapeaux et conduisit la jeune fille vers sa voiture.

Il bomba le torse, pencha son chapeau sur un œil en un angle canaille, saisit les rênes et, après avoir fait demi-tour, partit à vive allure, avec, sur le siège voisin du sien, la frêle silhouette de Frederica enveloppée dans une couverture de voyage.

Frederica conçut quelque appréhension lorsqu'ils s'arrêtèrent à un relais de poste pour la nuit, mais ses craintes furent vite dissipées car le colonel, le geste large, demanda deux des meilleures chambres pour sa « nièce » et lui.

Pendant leur souper tardif, elle lui raconta qu'elle avait

reçu l'ordre d'épouser lord Bewley, un homme qu'elle n'avait jamais rencontré mais dont elle avait entendu parler comme d'un butor et, surtout, d'un barbon. Le colonel, qui noyait le brandy bu plus tôt avec du vin, eut un sourire indulgent en songeant une fois de plus qu'elle était absolument ravissante, avec ses traits délicats et la finesse de ses attaches. Elle avait des yeux gris très écartés, bordés de cils épais, une bouche rose et tendre, d'une forme exquise, et une abondante chevelure blonde naturellement bouclée, si claire qu'elle en paraissait presque argentée. Il y avait chez elle une féminité, une vulnérabilité qui réveillaient ses sens, tout âgé qu'il fût. Sir Randolph devait être fou pour jeter sa fille dans les bras du premier offrant. S'il l'avait mise sur le marché pendant la Saison, elle n'aurait eu que l'embarras du choix. Mais sir Randolph devait sans doute de l'argent à ce lord Bewley.

Ce qui déroutait chez Frederica, c'était qu'elle n'avait nullement conscience de sa beauté et de sa grâce. Elle était dans une période de transition entre l'enfant et la femme, montrant tantôt une confiance attendrissante, tantôt une maturité pleine de bon sens. Le vieux célibataire qu'était le colonel se sentit un pincement de regret au cœur. Jadis, une jeune fille comme elle eût fait pour un militaire une épouse parfaite. À la fin du souper, ils bavardaient comme de vieux amis.

« Et que pense votre mère de tout ceci ? s'enquit le colonel.

– Maman n'a pas voix au chapitre et ne l'a jamais eue. Papa voulait en réalité un héritier mâle, et il a décidé de me transformer en garçon. Il m'a appris à chasser, à tirer au fusil et à pêcher. Et puis, juste après mon dix-septième anniversaire, un de ses amis s'est moqué de lui en lui disant : “Tu ne vois donc pas que tu as devant toi la solution à toutes tes dettes ?” Et il m'a désignée de sa cravache. C'était juste après le retour de mes parents de Londres. Ils ne m'y avaient pas emmenée. Du jour au lendemain, on a jeté au feu toutes mes culottes de garçon et on m'a commandé des robes à Londres. Une pauvre vieille dame fanée a été engagée pour m'apprendre les bonnes manières en société, et j'ai aussi eu un maître à danser. Au début, j'ai trouvé tout cela très amusant et j'attendais avec impatience la Saison, pour laquelle j'étais sûre qu'on me préparait. J'avais hâte de rencontrer des jeunes filles de mon âge. Et voilà où on en est arrivés !

– Et qui vous a dit que lord Bewley était un pareil monstre ?

– Sur le terrain de chasse, les hommes me parlaient comme si j'étais un garçon. J'ai entendu beaucoup d'histoires concernant ses exploits de coureur de jupons, ses beuveries et… enfin, toutes sortes d'infamies.

– Je ne connais pas cet homme, dit le colonel Sandhurst, mais je vais me renseigner. Et maintenant, au lit, ma chère enfant. Nous partons de très bon matin, et je vous garantis que mes associés vont vous accueillir à bras ouverts. »

Le lendemain en fin de journée, miss Frederica Gray, debout dans le salon réservé aux associés de l'hôtel du Parent pauvre, regrettait éperdument d'être jamais partie de chez elle. Lady Fortescue n'avait rien de la femme accueillante et amicale que le colonel avait dépeinte. Depuis sa délicate coiffe en dentelle posée sur des cheveux blancs impeccablement coiffés jusqu'à ses yeux noirs perçants, son nez mince et busqué, sa silhouette très droite, elle était l'incarnation même de l'aristocrate autoritaire. Il y avait aussi sir Philip Sommerville, un petit vieillard violemment parfumé qui la toisait de ses yeux très clairs. Seule miss Tonks, une vieille demoiselle, lui adressa un sourire bienveillant.

« Voulez-vous nous répéter ce fatras d'inepties ? » ordonna lady Fortescue.

Le colonel était dégrisé, le colonel était consterné, et seule la lueur narquoise dans l'œil de sir Philip, réjoui de sa déconfiture, lui donnait le courage de défendre sa position. « J'ai pensé que ce ne serait pas une mauvaise idée de garder miss Frederica chez nous en attendant que sir Randolph revienne à la raison.

– Ce n'était pas l'objet de votre mission, rétorqua sir Philip. Morbleu, voici la preuve que si l'on veut qu'une chose soit bien faite, mieux vaut s'en charger soi-même. »

Le colonel tourna les yeux vers miss Tonks, en quête de soutien. « Pourriez-vous conduire miss Frederica à côté, miss Tonks, et l'aider à défaire ses bagages avant de revenir ici ? Je vous donnerai de plus amples explications. »

Les hôteliers louaient un appartement dans le bâtiment voisin. Sentant qu'il lui fallait une alliée, et qu'il en avait une en la personne de miss Tonks, le colonel refusa catégoriquement de dévoiler son Grand Projet avant son retour.

Lorsqu'elle revint en s'exclamant : « Quelle jeune personne délicieuse et ravissante ! », le colonel trouva le courage d'exposer son idée. Mais ce qui lui avait semblé si malin et machiavélique dans une clairière au clair de lune sous l'effet du brandy lui parut être pure folie à la sobre lumière du jour.

« Si j'ai bien compris, nous devons garder miss Frederica Gray pour nous faire payer une rançon alors qu'elle ignore tout de ce projet ? résuma lady Fortescue d'une voix étranglée. Mais quelle mouche vous a piqué ?

– Quand j'ai appris qu'il était homme à lâcher les chiens, je me suis dit qu'une visite serait peine perdue, rétorqua le colonel avec conviction.

– On ne saurait concevoir plan plus inepte, croassa sir Philip en frottant ses petites mains parfumées.

– Vous en avez un meilleur, vieux crapaud ? grinça miss Tonks. Vous êtes prêt à affronter les chiens pour récupérer l'argent ? Et pourquoi avons-nous un si fort besoin d'argent ? À cause de vous et de votre appétit pour le jeu.

– Un peu de bon sens, rétorqua sir Philip, la voix voilée par l'exaspération. Dès que sir Randolph recevra ce message, il nous enverra les Runners[1].

– Je ne pense pas, répliqua le colonel, acculé. Voyons, il a des dettes et il veut monnayer sa fille, il veut la vendre à ce lord Bewley.

– Et si votre stratagème réussit, que se passera-t-il, hein ? demanda lady Fortescue d'un ton glacial. Allons-nous avouer à cette enfant confiante que nous nous sommes seulement servis d'elle pour obtenir notre argent ? Et la rendre à ses parents pour qu'elle épouse un homme qu'elle redoute ? »

Le colonel, qui était debout devant la cheminée, s'assit soudain et enfouit sa tête dans ses mains.

« J'ai une suggestion à faire, dit miss Tonks.

– Sonnez hautbois, résonnez musettes, la buse a eu une idée ! » ricana sir Philip.

Miss Tonks l'ignora. « Nous pourrions suivre le plan du colonel. Les Runners ne peuvent rien contre nous. Je doute fort que sir Randolph fasse appel à eux, car Frederica m'a dit qu'elle avait laissé une lettre expliquant qu'elle s'enfuyait et pourquoi. Lorsque sir Randolph viendra avec l'argent, nous lui dirons qu'il y a une condition supplémentaire pour que sa fille lui soit rendue : que Frederica n'ait plus aucun contact avec lord Bewley.

1. *Bow Street Runners* : première patrouille de police de Londres, créée en 1749 par Henry Fielding et payée par le gouvernement. Les Runners étaient surnommés les Rouges-gorges (*Redbreasts*) à cause de leur gilet rouge. *(N.d.T.)*

– Et vous croyez qu'il va obéir bien sagement aux ordres ? lança sir Philip.

– Nous pourrions lui donner rendez-vous, par exemple à Hyde Park à deux heures du matin, suggéra le colonel, encouragé par le soutien de miss Tonks. Nous sommes assez nombreux pour surveiller les alentours. Au premier signe d'un Rouge-gorge dans les parages, nous annulons l'opération. Et même en envisageant le pire, pensez-vous que sir Randolph voudra se voir décrit dans les journaux comme l'homme qui a poussé des hôteliers jusque-là honnêtes à de telles extrémités parce qu'il n'a pas payé sa note ? »

Sir Philip aurait continué à s'opposer au projet du colonel si lady Fortescue n'était intervenue : « Nous ne pourrons sortir de nos difficultés actuelles qu'en travaillant dur et en continuant à garder l'hôtel ouvert beaucoup plus longtemps que nous ne l'escomptions. »

Le vieil homme se raidit. Il était las de sa vie de commerçant. La seule façon de retrouver la liberté et de rentrer dans le giron de la bonne société était de persuader lady Fortescue de vendre. Le plan du colonel était extravagant, mais ils avaient fait des choses plus extravagantes encore et tiré leur épingle du jeu.

« Ma foi, autant essayer, dit-il, surprenant les autres par sa volte-face.

– Êtes-vous tous devenus fous ? » demanda lady Fortescue.

Sir Philip lui adressa un clin d'œil de connivence des plus canailles.

« Un monstre pareil mérite d'être puni. Allons, je vais même l'écrire, cette lettre. »

Le colonel se rasséréna à vue d'œil. Finalement, sir Philip était coutumier des manœuvres douteuses.

« Alors, si vous vous êtes tous mis en tête de cautionner

cette extravagance, s'exclama lady Fortescue, je n'ai plus qu'à vous laisser faire. Mais souvenez-vous que l'innocente miss Frederica ne doit rien en savoir. »

Frederica avait rangé ses quelques affaires personnelles dans la grande garde-robe du coin de la chambre qu'elle devait partager avec miss Tonks. Elle s'assit sur l'étroit rebord de fenêtre et laissa son regard courir sur les bâtiments de l'autre côté de Bond Street. Finalement, elle était parvenue à ses fins ! Après s'être échappée, elle se trouvait dans un refuge sûr, chez ces hôteliers bienveillants qui prenaient ses intérêts à cœur. Elle travaillerait pour eux sans ménager sa peine. Avec un petit soupir, elle songea qu'elle s'était mise au ban de la société. Tout rêve d'amour ou de mariage lui était désormais interdit. Assurément, de tels rêves avaient été brisés par l'insistance de ses parents à lui faire épouser lord Bewley mais, avant que ne tombe ce couperet, elle avait souvent passé le temps en s'imaginant l'homme idéal.

La porte s'ouvrit et miss Tonks entra, chargée d'un rouleau de tissu imprimé. « Êtes-vous habile à l'aiguille ? demanda-t-elle.

– Je connais les points de base, répondit Frederica d'une voix hésitante, mais je ne suis pas encore très experte en matière d'ouvrages de dames.

– Alors je vais vous aider. Ce sera beaucoup plus agréable de travailler dans notre salon, à côté. Les autres vaquent à leurs tâches. »

Une heure plus tard, la robe était coupée et Frederica cousait assidûment. Elle songea que si elle avait eu une amie ou des parents bienveillants chez qui se réfugier, elle aurait été bourrelée de remords d'avoir agi comme elle l'avait fait. Mais les alentours de l'hôtel lui semblaient si étranges, si différents de tout ce qu'elle connaissait, qu'elle ne pouvait que se concentrer sur le jour présent et oublier le courroux de son père. Il la retrouverait, elle en était sûre. D'ici là, elle avait l'intention de profiter le plus possible de la compagnie de ces singuliers hôteliers.

Miss Tonks, qui cousait une manche, pensait comme d'habitude à Mr Davy, l'acteur. Comme elle aurait voulu aller dans les coulisses et le revoir ! Il était passé deux fois à l'hôtel et avait pris le thé, mais chaque fois, elle était absente, en course chez la modiste de Ludgate Hill. Après avoir appris sa seconde visite, elle n'avait plus osé quitter l'hôtel, mais il n'était pas revenu. De temps à autre, cependant, ses pensées quittaient Mr Davy pour revenir à Frederica. Cette fille était si jeune, si ravissante, si vulnérable et si persuadée de leur bienveillance ! Miss Tonks préférait ne pas penser à la réaction de la jeune fille si elle apprenait qu'en réalité elle était détenue contre une rançon.

Une semaine plus tard, lord Bewley arpentait de long en large le salon vert de sir Randolph.

« À quoi diable pensiez-vous en essayant de forcer votre fille à se marier, enfin ! aboya-t-il. Je ne veux pas d'une épouse réticente. Et maintenant vous me dites que des scélérats l'ont prise en otage ? Montrez-moi de nouveau cette lettre. »

Sir Randolph lui tendit une feuille. Sir Philip y disait sans détour que si sir Randolph voulait revoir sa fille, il devait s'acquitter d'une rançon de huit mille livres et déposer l'argent en personne au pied du troisième chêne après l'entrée ouest de Hyde Park à deux heures du matin le vendredi 14 septembre. S'il informait les autorités, sa fille serait tuée.

Il n'avait bien évidemment pas signé la lettre.

« Curieuse somme », dit lord Bewley avec une grimace. C'était un homme courtaud et trapu, vêtu sans recherche et chaussé de bottes à revers. « Huit mille livres ! Pourquoi pas vingt mille ? Qui peut savoir que vous avez les créanciers à votre porte ?

– Je vais aller à ce rendez-vous. Je serai armé et je tirerai sur celui qui se présentera, quel qu'il soit. Et je donnerai le fouet à ma fille quand je la retrouverai.

– Et si vous tirez sur votre interlocuteur, railla lord Bewley, comment retrouverez-vous Frederica ? Pourquoi ne m'avez-vous pas présenté normalement à votre fille ? Elle m'aurait regardé et aurait été rassurée au premier coup d'œil. » Il s'approcha à grands pas du miroir, rajusta sa cravate assez crasseuse et se regarda avec complaisance.

« Mais je ne pouvais pas ! Vous étiez à l'étranger.

– Comment lady Randolph prend-elle la chose ? » demanda lord Bewley.

Sir Randolph eut l'air étonné. Les réactions des femmes n'avaient pas à être prises en compte.

« Elle s'en remet à moi, dit-il.

– Tout comme vous allez vous en remettre à moi dans cette affaire, rétorqua lord Bewley. C'est moi qui vais aller rencontrer cette personne – ou ces gens – à Hyde Park. Vous allez payer, ou plus exactement je vais payer cette somme, que vous ajouterez à celle que vous me devez déjà. Et vous me donnerez en gage les actes de propriété de votre demeure et du domaine.

– Et si je ne peux pas vous rembourser ? » objecta sir Randolph.

Lord Bewley le regarda avec mépris. Malgré son goût affiché pour la chasse, sir Randolph, avec son rembourrage aux épaules et aux mollets, était un bien piètre spécimen de la gent masculine.

« Vous me rembourserez, répliqua-t-il brutalement. Sans quoi vous perdrez votre maison et vos terres. Dites-moi, à quoi ressemble Frederica ? Vous avez un portrait miniature ? »

Mais sir Randolph n'avait pas songé à en faire faire un, et il secoua la tête.

« Le bruit court dans le comté que c'est une beauté. Blonde, grands yeux. C'est exact ? »

Sir Randolph opina, l'air hébété, puis fondit en larmes. Ce qui n'émut guère lord Bewley. C'était une époque où les hommes pleuraient facilement, et il était assez perspicace pour se douter que sir Randolph pleurait sur l'argent qu'il lui devait à présent.

« Ne vous inquiétez pas, dit-il. Dès que votre Frederica sera en sécurité, ces vils coquins souhaiteront n'avoir jamais vu le jour. »

2

« Mon courage m'abandonne assurément ! Il s'évanouit tout à fait ! Je sens qu'il disparaît comme s'il coulait de la paume de mes mains ! »

THOMAS SHERIDAN

Sir Philip était de nouveau en disgrâce, ce qui lui paraissait d'une injustice notoire puisqu'il s'était chargé de jouer le rôle du maître chanteur. Mais il y avait à l'hôtel une règle implicite selon laquelle lady Fortescue choisissait et engageait le personnel féminin, tandis que sir Philip ou le colonel Sandhurst s'occupaient de recruter le personnel masculin. Aussi lady Fortescue avait-elle fort mal pris que sir Philip eût engagé une femme de chambre qui ne convenait pas du tout, une certaine Mary Jones, de Shoreditch. Non qu'elle fît mal son travail, ou qu'elle eût de mauvaises références, mais elle était trop blonde, trop accorte, telle une laitière dans une comédie leste. Elle avait une chevelure dorée, une silhouette tout en courbes, et semblait être la soubrette idéale pour enflammer les passions des clients masculins.

« Vous savez pertinemment que nous n'engageons d'ordinaire que des femmes de chambre *quelconques*, grinça lady Fortescue. Celle-ci a tout pour nous attirer les ennuis, et la seule raison pour laquelle vous l'avez engagée, vieux serin, est que vous ne pouvez pas vous empêcher de lorgner les filles.

– Elle égaie cette maison, répondit sir Philip d'un air de défi. Nous avons assez de repoussoirs ici », ajouta-t-il en jetant un regard à miss Tonks. Frederica leva les yeux de sa couture. La robe était presque terminée et elle devait prendre son service le lendemain. « Et puis, poursuivit sir Philip, Frederica est parmi nous maintenant, et il faudrait être fou pour la qualifier de “quelconque”, *elle*.

– Miss Frederica est protégée par sa distinction, rétorqua lady Fortescue. Qualité qui fait totalement défaut à Mary.

– Cette femme de chambre fait bien son travail et elle est propre, tempéra miss Tonks. Peut-être la meilleure solution serait-elle de lui donner une période d'essai.

– Oui, et d'ici là elle risque d'être enceinte, lança rondement lady Fortescue. Enfin, passons à notre autre affaire. »

Le colonel lui jeta un regard alarmé, et miss Tonks intervint aussitôt. « Frederica, auriez-vous l'obligeance d'aller me chercher mon panier à ouvrage à côté ? Une robe ne suffira pas, et nous ferions bien d'en couper une autre sans attendre. »

Frederica obtempéra aussitôt.

« Bien, dit lady Fortescue. Le temps a passé très vite et c'est demain soir que nous devons rencontrer sir Randolph à Hyde Park. Je suggère que sir Philip et le colonel Sandhurst aillent au rendez-vous accompagnés de Jack, le valet de pied. »

Le colonel secoua la tête. « Il y a une objection à cela : Jack risque de parler. Impossible de prendre un domestique avec nous. Il nous faudra nous y rendre seuls. »

Miss Tonks prit une pose d'amazone. « Je crois que nous devrions tous y aller. Sir Randolph risque de se montrer violent et la présence du beau sexe retiendra peut-être son geste.

– Vous fréquentez trop les théâtres ! railla sir Philip.

– Miss Tonks n'a peut-être pas tort », intervint le colonel, de plus en plus inquiet quant aux suites de l'entreprise. « Mais je suis soulagé de ne voir surgir dans les journaux ni scandale ni allusion à la disparition de Frederica. Cela dit, sir Randolph peut tout simplement avoir décidé de nous tirer dessus. Y avez-vous songé ? »

Miss Tonks poussa un petit cri de détresse. « Peut-être devrions-nous demander le concours de Mr Davy, suggéra-t-elle. Un autre homme...

– Passez donc une annonce et dites à tout Londres ce que nous faisons, tant que vous y êtes ! rétorqua sir Philip. Cette affaire doit rester entre nous. Il ne faut pas exposer ces dames au danger. » Il se mordit la lèvre. « D'un autre côté, elles pourraient donner une certaine respectabilité à ce projet extravagant. Leur présence pourrait en effet dissuader sir Randolph de recourir à la violence.

– Sa fureur risque d'exploser si, une fois l'argent entre nos mains – si tant est que nous le récupérions –, nous commençons à plaider la cause de Frederica, dit lady Fortescue. Et s'il insiste pour ramener Frederica chez lui, comment expliquerons-nous alors à cette jeune fille que nous l'avons trahie ?

– Chaque chose en son temps », répliqua sir Philip, car Frederica était le cadet de ses soucis. « Nous nous approcherons du chêne avec circonspection et examinerons soigneusement les alentours au cas où sir Randolph aurait pris avec lui des hommes armés. » Voyant miss Tonks porter une main délicate à sa bouche pour cacher le tremblement soudain de ses lèvres, il se hâta d'ajouter : « Peut-être vaudrait-il mieux laisser ces dames à l'abri, hein, colonel ?

– À mon âge, je ne crains pas la mort, déclara lady Fortescue avec un léger soupir. Miss Tonks pourra nous attendre ici.

– Non, si vous y allez, j'irai aussi, dit miss Tonks avec une assurance qu'elle était loin d'éprouver. Mais chut, j'entends Frederica qui revient. »

Frederica entra, les joues roses et les yeux brillants. Mais elle ne dit rien et se contenta de prendre son ouvrage et de pencher la tête sur lui. Elle n'avait aucune intention de révéler à ses nouveaux amis qu'elle avait rencontré l'Amour tout à trac en plein milieu de Bond Street.

*

Elle était sortie de l'hôtel à la hâte et s'était heurtée à un gentleman de haute taille. « Eh là, pas si vite, mademoiselle ! avait-il lancé d'une voix amusée. Vous allez nous blesser tous les deux si vous courez ainsi. »

Confuse, Frederica avait reculé, fait une révérence, puis levé les yeux vers son interlocuteur, qui avait ôté son chapeau et s'était incliné très bas. « Peter Manners, capitaine des gardes, pour vous servir », dit-il. Il était très grand, avec des cheveux noirs et bouclés, des yeux bleus canailles, un menton volontaire et un visage hâlé.

« Et moi, miss Frederica… euh… Black, répondit Frederica. Et je vous demande pardon de vous avoir bousculé, monsieur.

– Tout le plaisir a été pour moi », dit-il avec une désinvolture charmeuse. Il remarqua la robe simple mais coûteuse de Frederica.

« Vous ne devriez pas sortir dans Bond Street sans être accompagnée, miss… euh… Black.

– J'allais simplement dans la maison voisine où je loge. Je… travaille à l'hôtel. »

Elle plongea dans une autre révérence et disparut dans un étroit escalier sombre mitoyen de l'hôtel.

Il resta immobile quelques instants. Sa mise était trop élégante et elle s'exprimait trop bien pour être une servante ordinaire. Peut-être était-elle la femme de chambre d'une des clientes. Mais ne l'aurait-elle pas dit ? Et puis le Parent pauvre devait sa renommée au fait que le service y était assuré par des gens de qualité. Le capitaine logeait quant à lui à l'hôtel Limmer et profitait d'une permission. Il aurait dû séjourner à Berkeley Square chez sa mère veuve, mais il lui avait fait valoir que comme il comptait inviter de nombreux amis de l'armée, mieux valait qu'il réside à l'hôtel Limmer, repaire des « Corinthiens » – ces jeunes gens à la mode, amateurs de boxe, de chasse et de chevaux, grands buveurs et coureurs de jupons –, plutôt que de lui infliger la présence dans son salon de rudes gaillards bruyants. Il préférait oublier que sa fiancée et la mère de celle-ci résidaient avec lady Manners, sa mère. S'il avait demandé la main de Belinda Devenham pendant sa précédente permission, c'était parce qu'on la lui avait présentée comme une épouse convenable, parce qu'il était persuadé qu'il ne tomberait jamais amoureux, et que la guerre lui avait donné le désir d'une certaine stabilité dans sa vie par ailleurs désordonnée. Mais à la fin de sa dernière permission, il s'était aperçu que la charmante Belinda n'appréciait pas ses manières et entendait le réformer à sa propre image ; or elle était un parangon de respectabilité. Après son retour à l'armée, il avait souvent pensé à elle, et chaque fois non sans un certain malaise. Lorsque sa mère lui avait écrit, peu avant son arrivée à Londres, que Mrs Devenham et sa fille séjournaient chez elle, il s'était trouvé bien avisé d'avoir pris ses quartiers au Limmer, bien qu'il ne voulût pas s'avouer la véritable raison de sa conduite.

Il se dirigea d'un pas nonchalant vers le Limmer et entra dans la *coffee room*[1], où son ami Jack Warren, capitaine lui aussi, le héla.

« Comment va le monde ? »

Le capitaine Manners s'assit et sourit à son ami. « À merveille. J'ai été bousculé devant le Parent pauvre par la plus belle créature que j'aie jamais vue.

– Tu es fiancé, lui rappela Jack. Emmène-moi là-bas et présente-moi cette beauté.

– Elle a dit qu'elle était domestique, murmura le capitaine, se parlant à demi à lui-même. Elle a dit qu'elle s'appelait miss Frederica… euh… Black. J'ai noté le "euh". Ce n'est sûrement pas son vrai nom. Elle était trop bien mise et s'exprimait trop bien pour être une domestique.

– On pourrait en dire autant de cet aréopage terrifiant qui tient l'hôtel, répliqua Jack d'un ton pénétré. J'y suis allé dîner un soir et j'ai eu l'impression d'être entré par mégarde dans une réception du meilleur monde à laquelle je n'avais pas été convié. Et puis les prix sont diablement salés. Je vais peut-être aller faire un tour dans leur *coffee room* pour voir si je peux poser les yeux sur ton enchanteresse. »

Jack Warren était un grand escogriffe irlandais sans beauté particulière, mais doté de beaucoup de charme. Le capitaine Manners éprouva une soudaine bouffée d'irritation. Levant les yeux, il avisa un valet de pied qui lui tendait un message. Le domestique portait la livrée des Manners.

---

1. On distingue les *coffee rooms*, genre de tavernes où une clientèle plutôt masculine peut boire du café mais aussi de l'alcool, des « salons de café », pendants des salons de thé, que les dames peuvent fréquenter sans déroger aux convenances.

Le capitaine lut le billet, dans lequel sa mère lui rappelait que sa visite était attendue.

Il se leva en déclarant : « Je dois partir. Je ne crois pas que cette jolie demoiselle travaille à l'hôtel. Je pense qu'elle mentait. Inutile de perdre ton temps à la chercher dans un établissement aussi coûteux. »

De méchante humeur, il marcha jusqu'à Berkeley Square. Gunter, le pâtissier qui occupait l'angle de la place, faisait des affaires. Deux jeunes gens en sortaient. Ils semblaient heureux. Sans doute n'étaient-ils pas fiancés, eux, se dit-il avec amertume. Puis il tressaillit en prenant conscience de cette première pensée déloyale, ou plus exactement, la première pensée déloyale qu'il eût clairement formulée.

Il monta les petites marches menant à la porte de sa mère. C'était une belle journée. Les platanes de Berkeley Square, plantés l'année où la Révolution française avait éclaté, commençaient à roussir et il y avait dans l'air un soupçon piquant et tonique de froid automnal. Le majordome lui ouvrit la porte et le capitaine Manners pénétra dans le vestibule sombre. La porte se referma derrière lui comme celle d'une prison.

« Madame est dans le salon, avec Mrs et miss Devenham », dit le majordome.

Le capitaine se débarrassa à regret de son chapeau, de ses gants et de sa canne, et gravit lentement l'escalier.

Il s'arrêta au seuil du salon pendant que le majordome l'annonçait. Puis il s'avança et baisa la joue poudrée de sa mère avant de se tourner vers les deux autres femmes. Il se sentit soulagé à la vue de Belinda. Elle était gracieuse, avec son épaisse chevelure auburn rassemblée en un chignon très haut, découvrant un long cou blanc. Elle avait de grands yeux clairs et brillants, auquel seul le critique le plus sévère aurait pu reprocher d'être légèrement globuleux. Elle avait vingt-deux ans, mais le capitaine en avait trente et un, et on lui avait assuré que si Belinda n'avait pas encore renoncé au célibat, c'était parce que son esprit sourcilleux ne lui avait permis d'accepter aucune des nombreuses demandes en mariage qu'elle avait déjà reçues. Il la trouva très à son avantage dans sa jolie robe de mousseline blanche abondamment volantée et à petites manches bouffantes. Elle avait une fort belle gorge, que flattait la mode des tailles hautes, car elle avait le milieu du corps un peu épais, ce que masquaient les robes au goût du jour. Étant fort bien élevée, elle s'abstint de lui sourire, n'ignorant pas que les effusions étaient considérées comme inélégantes chez une dame. Elle lui tendit la main, et il s'inclina pour baiser l'air quelques centimètres au-dessus.

« Nous sommes contentes de vous voir », dit-elle d'un ton calme.

Sa mère, une petite femme trapue qui ressemblait à un batracien, demanda : « Où étiez-vous ?

– J'ai expliqué à Mère que je recevais des amis à l'hôtel Limmer, répondit le capitaine. D'excellents garçons, mais qui ne seraient pas à leur place dans un salon féminin. »

Mrs Devenham émit un léger grognement et dit : « Belinda, va chercher ton carton à dessins pour montrer au capitaine tes aquarelles. Elles sont tout à fait exquises. »

Belinda s'exécuta et ouvrit le carton sur une table ronde au milieu de la pièce. Il s'avisa qu'elle ne s'asseyait presque jamais. Il resta debout à côté d'elle pendant qu'elle sortait une aquarelle après l'autre. Elles étaient très correctement exécutées mais, songea-t-il, fort ennuyeuses. Il admira chacune d'elles. Il y en avait une kyrielle. Étouffant un bâillement, il se creusait l'esprit pour trouver un compliment différent pour chacune. Son soulagement initial devant l'agréable aspect de sa fiancée s'évanouit rapidement. Il se souvint alors, avec une acuité qui le surprit, d'un beau visage levé vers le sien devant l'hôtel du Parent pauvre, dans Bond Street.

*

Frederica partageait un lit avec miss Tonks, qui avait la mauvaise habitude de dormir sur le dos et de ronfler. Voyant que la vieille demoiselle entendait veiller le soir suivant, Frederica se dépêcha de se préparer pour la nuit, avec l'espoir de s'endormir avant que miss Tonks ne vienne se coucher. Mais le cri rauque de l'officier du guet signalant la demie la réveilla, et elle s'avisa qu'elle était toujours seule dans son lit. D'un seul coup, elle se sentit très éveillée et nerveuse. Elle alluma la chandelle près du lit et regarda l'heure : une heure et demie ! Sortant du lit, elle s'approcha de la fenêtre, l'ouvrit et jeta un coup d'œil au-dehors. Des bruits furtifs venaient de la rue et, mue par la curiosité, elle se pencha un peu plus. Devant l'entrée de l'hôtel une voiture était arrêtée, à côté de laquelle se tenaient sir Philip, lady Fortescue, le colonel Sandhurst et miss Tonks. Sous les yeux de Frederica, miss Tonks sortit un pistolet de son réticule et annonça d'une voix claire : « Oui, il est chargé et prêt à l'emploi. » Mais ses compagnons lui enjoignirent aussitôt le silence. Puis le colonel grimpa à l'avant et s'assit sur le siège du conducteur pendant que les autres montaient à l'intérieur. Enfin, le véhicule s'éloigna.

Frederica eut soudain froid et frotta ses bras nus. Elle ferma la fenêtre et alla se recoucher. Comme c'était bizarre ! Et inquiétant ! Que savait-elle de ses hôtes en réalité ? Les gens respectables ne sortaient pas au milieu de la nuit armés de pistolets, sauf s'ils entreprenaient un long voyage. Or la voiture, découverte, était de celles avec lesquelles on faisait une promenade au parc, et non un équipage convenant à une expédition au long cours.

Elle se demanda si elle n'avait pas sauté de Charybde en Scylla, et si lord Bewley n'était pas moins terrifiant que ses nouveaux protecteurs.

Lord Bewley attendait sous le chêne. La lâcheté ne figurait pas au nombre de ses multiples défauts. Il se sentait très calme. Il avait prévu de donner l'argent *après* avoir été mis en présence de Frederica. La lettre écrite à sir Randolph était celle d'un homme éduqué. Il ne redoutait pas de se trouver confronté à des bandits de grand chemin. Il s'attendait à des interlocuteurs masqués, et se demandait pourquoi ils avaient choisi cette nuit-là, car la lune était pleine et l'on y voyait très clair.

En entendant une voiture approcher, il sortit de sa poche un pistolet qui avait fait ses preuves et se tint prêt à tirer.

Il pencha la tête, tendit l'oreille. La voiture s'était arrêtée. D'après les bruits qui lui parvenaient, il y avait plusieurs personnes. Il évalua sa situation. Peut-être le tueraient-ils. S'ils n'étaient pas masqués, cela signifierait qu'ils s'attendaient à ce qu'il les dénonce. Mais, au lieu de prendre peur, il sentit monter en lui l'ivresse du risque.

Il sortit hardiment de l'ombre du chêne et se figea. À la lumière de la lune, il distingua clairement deux vieux messieurs, une dame âgée et une autre d'un âge incertain. Sa première pensée fut que de vieux excentriques avaient décidé d'aller se promener dans le parc au milieu de la nuit. Il regarda derrière eux et tout autour de lui.

« Vous n'êtes pas sir Randolph, déclara lady Fortescue à haute et intelligible voix.

– Je suis lord Bewley, pour vous servir. » Il s'approcha d'eux. « Ne me dites pas que vous êtes les ravisseurs !

– Avez-vous l'argent ? demanda sir Philip, qui n'y allait jamais par quatre chemins.

– J'ai l'argent de la rançon ici. Où est miss Frederica ?

– À l'abri et en bonne santé, répondit le colonel.

– Écoutez-moi bien, vous autres, dit lord Bewley en remettant son pistolet dans sa poche, vous ne croyez tout de même pas que je vais payer sans l'avoir vue ! Qui êtes-vous, au reste ? Jamais je n'aurais imaginé troupe de malfaiteurs aussi extravagante !

– L'argent, ou vous ne reverrez jamais Frederica, lança sir Philip.

– Pas de fille, pas d'argent, rétorqua lord Bewley, dont la voix trahissait l'amusement.

– Nous voilà bien ! maugréa sir Philip. Quel plan calamiteux !

– Je crois qu'en l'occurrence, la vérité s'impose, intervint lady Fortescue. Voici les faits, lord Bewley. Miss Frederica s'est enfuie pour éviter de devoir vous épouser. Nous lui avons donné asile. Sir Randolph nous devait une grosse somme d'argent et nous avons vu là le moyen de rentrer dans nos fonds. »

La lune, qui s'était cachée derrière un nuage, réapparut, éclairant le visage du colonel Sandhurst.

« Mais attendez, dit lord Bewley en le regardant attentivement. Je vous connais ! Vous êtes le fameux colonel Sandhurst. De l'hôtel Au Parent pauvre. J'y suis ! C'est vous tous qui le tenez.

– Sir Randolph n'a pas payé sa note. Il a séjourné chez nous six mois avec sa femme, dit lady Fortescue. Il y a reçu ses amis. Sa note s'élevait à près de quatre mille livres. Nous en demandons le double pour nous dédommager et le punir de nous avoir mis dans un tel embarras. Frederica est à l'hôtel. Elle ignore tout de notre stratagème, et est en bonne santé et en sécurité. Vous devez nous croire sur parole. Mais oubliez le projet de l'épouser. Vous êtes trop vieux.

– Comment peut-on de nos jours faire grimper une note d'hôtel aussi haut ?

– Un jour, répondit lady Fortescue d'un ton uni, sir Randolph a invité cinquante personnes à déjeuner, en prévoyant un cadeau pour chaque convive.

– Et vous l'avez laissé faire ? Vous êtes des amateurs !

– C'est la seule fois où l'on nous a filoutés ainsi, grinça sir Philip. Il est courant que nos hôtes aient chez nous des notes conséquentes. Vous savez ce que c'est. J'imagine que vous-même n'avez pas réglé votre tailleur depuis des lustres.

– Moi, je paie mes factures », déclara lord Bewley qui, debout, campé sur ses jambes écartées, avait l'allure d'un imposant John Bull. « Ainsi, Frederica est cachée dans votre hôtel.

– Elle n'y est pas exactement *cachée*, dit miss Tonks, prenant la parole pour la première fois. Nous travaillons tous. Elle remplira les fonctions de femme de chambre en attendant que son père revienne à la raison. »

Lord Bewley réfléchit. Il devait s'avouer qu'il était soulagé de se trouver face à ce quatuor saugrenu et non à une troupe de brutes sans foi ni loi. La situation commençait à beaucoup l'amuser. Il n'aimait pas sir Randolph. Il n'avait pour sa part rien à perdre, car il pouvait faire valoir ses droits à la demeure et au domaine de sir Randolph quand il voudrait. Quant à sir Randolph, il n'allait sûrement pas risquer de tout perdre pour une dette aussi minime – la somme due était modique aux yeux de lord Bewley à une époque où l'on pouvait perdre bien davantage au jeu.

« Alors, si j'accepte vos exigences, reprit-il, vais-je retourner voir sir Randolph pour lui annoncer que j'ai payé la somme, mais que sa fille n'a toujours pas reparu ?

– Ce que vous pouvez lui dire, proposa sir Philip, c'est que Frederica est en bonne santé et se porte bien. Vous avez notre parole. Nous lui demanderons d'écrire une lettre à ses parents pour les informer qu'elle est hébergée par une famille respectable.

– Et si je veux l'épouser, hein ? objecta lord Bewley. Vous y avez pensé, à cela ?

– Je gage que vous ne l'avez jamais vue, dit lady Fortescue. Un bel homme comme vous n'a sûrement que l'embarras du choix sans s'encombrer d'une jouvencelle écervelée, poursuivit-elle hypocritement.

– C'est vrai, dit Sa Seigneurie avec complaisance. Voici ce que je propose. Je vais vous donner l'argent, mais seulement la somme que vous devait sir Randolph. C'est équitable.

– Je crois, dit le colonel avec circonspection, que nous devrions accepter la proposition de lord Bewley. »

Lequel compta la somme en espèces. Miss Tonks poussa un léger soupir de soulagement. Soulagement qui s'évanouit toutefois dès la fin de la transaction, car lord Bewley déclara : « Je ferais bien d'aller m'installer dans votre hôtel. Ma maison de Londres est en mauvais état.

– Mais Frederica ne doit pas vous rencontrer ! s'égosilla miss Tonks.

– Je ne suis pas censé savoir qu'elle remplit les fonctions de femme de chambre et, pour tout vous dire, après la façon dont elle s'est conduite, elle ne m'intéresse plus du tout. Ce n'est pas moi qui dirai que je la connais ! »

Reconnaissants d'être encore en vie, de ne pas avoir reçu de coup de pistolet ni d'être dénoncés aux Runners, les hôteliers acceptèrent de l'accueillir. Et, comme le suggéra lady Fortescue à l'oreille du colonel Sandhurst, ils pouvaient attribuer une autre tâche à Frederica. Elle n'aurait pas à rencontrer lord Bewley.

Le lendemain, Frederica fut mandée au salon. Elle y apprit avec consternation que lord Bewley, qui avait été la cause de sa fugue, logeait à présent à l'hôtel.

« Vous n'avez aucune raison d'avoir peur, déclara lady Fortescue. Il sait que vous êtes ici, car nous l'avons rencontré par hasard hier soir, et avons décidé de lui dire la vérité. Il ne vous trahira pas. Il ne veut pas vous épouser, mais nous craignons que si vous retournez chez vous, votre père ne tente de le faire changer d'avis. Nous vous conseillons donc d'écrire à vos parents, sans donner votre adresse, mais en disant que vous êtes hébergée par une famille respectable et que vous ne tarderez pas à leur donner d'autres nouvelles. »

Frederica éprouva une bouffée de remords pour sa conduite. Elle se souvenait de l'étrange expédition de la veille, et de miss Tonks maniant un pistolet. Que savait-elle au juste de ces nouveaux amis ? Avaient-ils menacé lord Bewley ? Mais dans ce cas, il ne serait assurément pas venu loger à l'hôtel. Ne valait-il pas mieux rentrer chez elle et implorer le pardon de ses parents ? Alors surgit devant ses yeux le visage du beau militaire qu'elle avait bousculé dans Bond Street. Si elle retournait à la campagne, elle ne le reverrait jamais.

« Je vais écrire cette lettre, dit-elle alors. Mais si je dois travailler comme femme de chambre, je vais rencontrer lord Bewley, et je souhaite éviter de me trouver face à lui.

– Justement, répondit lady Fortescue, j'ai décidé de vous envoyer aider aux cuisines, mais seulement quelques heures chaque jour. Si Despard, notre chef, est un génie, il a un caractère imprévisible. Son sous-chef, Rossignole, est d'un commerce plus facile. Il vous apprendra les rudiments de l'art de la cuisine, ce qui devrait faire partie de l'éducation de toutes les jeunes filles. Je ne partage pas les idées des jeunes femmes d'aujourd'hui, qui se glorifient de n'avoir jamais mis les pieds dans leur propre cuisine. Miss Tonks vous présentera aux cuisiniers. »

Miss Tonks frémit. Elle avait peur de Despard comme de Rossignole car ils étaient tous deux français, et tout le monde savait que les Français mangeaient des bébés rôtis au petit déjeuner. Cette conviction bafouait toute logique, et un seul bébé rôti dans les locaux du Parent pauvre aurait provoqué l'un des pires scandales du siècle, mais cela ne lui traversa pas l'esprit. Les Anglais étaient en guerre avec la France depuis si longtemps que même une femme d'un certain âge telle que miss Tonks baignait depuis l'enfance dans des contes d'épouvante sur ce dont leurs ennemis étaient capables.

« Il faut battre le fer pendant qu'il est chaud », intervint sir Philip avec une insistance perverse car il connaissait la réticence de miss Tonks à l'égard du chef. « Pourquoi ne descendez-vous pas maintenant présenter Frederica ? »

Miss Tonks lui jeta un regard chargé d'aversion. « Soit. Venez, ma chère enfant. »

Despard et Rossignole étaient assis à la table de la cuisine et partageaient une bouteille de vin pour se reposer de leur labeur.

« Je vous présente Frederica, annonça crânement miss Tonks. Lady Fortescue souhaite qu'elle vous aide quelques heures par jour et que vous lui enseigniez l'art de la cuisine. »

Le visage blême et tordu de Despard se fit encore plus laid quand il rétorqua d'un ton sarcastique : « Je n'ai ni le loisir ni la patience d'avoir des bonnes à rien dans ma cuisine.

– Ce n'est pas *votre* cuisine, répliqua miss Tonks d'une voix tremblante, c'est *notre* cuisine. »

Frederica, qui se tenait nerveusement derrière miss Tonks, s'avança. Elle portait l'une de ses toilettes à elle, une jolie robe en mousseline blanche. Un rai de lumière passant par la fenêtre encrassée à hauteur du trottoir tomba sur ses cheveux, ses grands yeux, l'exquise délicatesse de son visage.

« *Ma foi**[1] *!* » souffla Rossignole. Il se leva, ainsi que Despard, et tous deux retirèrent leur calotte.

« Pourquoi être aussi malgracieux envers miss Tonks ? demanda Frederica d'une voix claire.

– Dans notre métier, nous sommes revêches et bourrus », dit Despard de sa voix où, comme d'habitude, se mélangeaient l'accent français et l'accent cockney. « Asseyez-vous, poursuivit-il en tirant une chaise. Je vous apprendrai moi-même l'art de la cuisine. Un verre de vin, mademoiselle ? »

Voyant qu'on l'oubliait, miss Tonks en profita pour quitter la cuisine. Une fois la porte matelassée franchie, elle appuya son dos étroit contre la feutrine verte. La beauté : voilà le sortilège qui faisait fondre tous les cœurs. Elle enviait Frederica. En cet instant, elle eût souhaité lui ressembler afin que Mr Jason Davy la considérât autrement que comme une amie. Avec un soupir, elle remonta l'escalier du sous-sol.

Le vestibule était désert, à l'exception d'un gentleman de haute taille qui allait et venait sous le lustre dont de nombreuses bougies étaient allumées malgré le soleil, car l'entrée était sombre et, comme sir Philip l'avait fait remarquer avec sagacité, le magnifique lustre en cristal de Waterford était en lui-même propre à éblouir la clientèle.

« Que puis-je pour vous, monsieur ? » demanda miss Tonks.

Il baissa la tête vers elle et lui sourit. Elle cilla à plusieurs reprises : intimidée par son visage harmonieux et son sourire éblouissant de charme, elle se dit qu'elle avait eu son content de beauté pour la journée.

« Je suis le capitaine Manners. J'ai bousculé par mégarde

1. Les mots en italique suivis d'un astérisque sont en français dans le texte. *(N.d.T.)*

une domestique de cet hôtel, une certaine miss Frederica Black. Je suis venu m'assurer qu'elle n'avait pas souffert d'effets fâcheux.

– Je ne connais pas de miss Black », répondit miss Tonks. Le cœur du capitaine se serra.

« Pourriez-vous la décrire ? poursuivit-elle.

– Des cheveux dorés, fort jolie, des yeux gris, jeune. »

C'est notre Frederica, se dit miss Tonks. Mais que dois-je répondre ? La vie est déjà bien assez compliquée comme cela. Aussi secoua-t-elle la tête en répondant : « Je suis désolée de ne pouvoir vous aider, monsieur. »

Le capitaine s'inclina et partit. Comme Londres semblait à présent sale et terne !

Lord Bewley, désormais installé au Parent pauvre, se réveilla de bonne heure et resta couché avec d'agréables petits frissons d'anticipation. Cette Frederica allait à n'en pas douter entrer, tirer les rideaux et poser sa tasse de chocolat matinale à côté du lit. Il était certain que sa beauté virile (d'après lui) la séduirait.

La porte s'ouvrit et une silhouette féminine pénétra dans la pénombre de la chambre. Il attendit, puis entendit un pas léger, le tintement de la porcelaine à côté du lit, et le crissement des anneaux de rideaux en métal sur la tringle. Il se dressa sur son séant et cilla, stupéfait et ébloui. Assurément, jamais plus belle créature n'avait existé. Ses cheveux étaient blonds comme l'or, sa silhouette, celle de Vénus et ses yeux, d'un bleu très profond. Il resta sidéré, sans voix. Elle lui fit une révérence et sortit sans bruit.

Il reprit lentement ses esprits. Il fallait qu'elle soit à lui ! Mais personne ne devait le savoir. Pas question de la forcer le moins du monde. Il la courtiserait comme il n'avait jamais courtisé une femme jusque-là.

Mary Jones, la femme de chambre, redescendit dans la salle des domestiques.

« Qui c'est, le péquin dans la chambre rouge ? demanda-t-elle.

– Lord Bewley », répondit Jack, le valet de pied.

Elle eut un lent sourire, puis pouffa. « Drôle de bonhomme. Il m'a regardée avec des yeux de carpe frite. »

3

« De tous les tourments et soucis
Qui nous accablent dans la vie ;
De toutes les épreuves de l'amour,
Nulle n'est pire qu'un rival !
Il n'est meilleur remède à nos afflictions
que de pleurer sur une épaule amie :
En amour seul nous détestons trouver
Un autre sur la voie de nos tribulations. »

WILLIAM WALSH

Sir Philip Sommerville trouvait miss Tonks bizarre. Malgré leurs fréquentes prises de bec, il s'était rendu compte de l'intérêt que lui portait la vieille demoiselle, et aussi des espoirs qu'elle nourrissait de l'épouser. Mais depuis quelque temps, elle l'évitait. Piqué et enfin décidé à montrer quelques égards pour ses sentiments, il l'avait invitée d'un ton bourru à prendre le thé chez Gunter, mais au lieu d'accepter, les yeux illuminés d'une reconnaissance appropriée, elle avait répondu posément qu'elle n'était pas libre et s'était aussitôt éclipsée.

Miss Tonks était soucieuse. La pièce dans laquelle jouait Mr Davy était terminée et elle ne voyait son nom sur aucun programme. Au début, elle avait supposé qu'il était parti en tournée en province, mais assurément, toute la troupe se serait déplacée ensemble. Or ses compagnons s'apprêtaient à jouer une nouvelle pièce et le nom de Mr Davy ne figurait nulle part.

Aux grands maux les grands remèdes. Le colonel Sandhurst lui avait parlé de la maison de café de Covent Garden fréquentée par les acteurs où il avait rencontré Mr Davy. Consciente qu'elle ne pouvait s'y rendre sans chaperon, elle avait demandé à Jack, le valet de pied, de l'escorter, mais ce dernier, averti par sir Philip qu'il ne devait pas aider miss Tonks à se jeter à la tête d'un saltimbanque, avait répondu que son travail à l'hôtel ne le lui permettait pas, ajoutant que sir Philip lui avait confié diverses tâches, mais que « si madame voulait s'adresser à sir Philip… ? ». Et, bien entendu, madame ne voulait pas.

Alors elle concocta un plan.

Elle s'était déjà déguisée en homme lorsqu'elle avait fait semblant d'être un bandit de grand chemin. Eh bien, elle ferait preuve d'une folle audace, se travestirait à nouveau en homme et se rendrait dans cette *coffee house* pour tenter d'y glaner des nouvelles de Mr Davy. Ne voulant pas dépenser de l'argent inconsidérément, elle loua un costume masculin plutôt que de l'acheter, prétendant qu'elle faisait partie d'un groupe de théâtre amateur. Car dans les romans qu'elle aimait lire, l'héroïne se déguisait parfois en homme et jamais le héros ne reconnaissait sa bien-aimée. Mais miss Tonks en habit d'homme ressemblait toujours à miss Tonks. Quant à avoir l'allure d'un homme, malgré sa minceur et son absence de poitrine, elle en était à mille lieues car sa féminité et sa distinction transparaissaient dans son maintien. Malgré tout, elle *se sentait* différente : aventureuse et assurée. Elle réussit à se glisser hors du logement réservé au personnel qu'elle occupait dans la maison voisine de l'hôtel et s'élança dans les rues de Londres avec audace et panache.

À l'époque, il n'était pas rare que les femmes se déguisent en homme ; certaines réussissaient même à s'engager dans l'armée et à emporter leur secret dans la tombe. Mais ces femmes-là ressemblaient à des hommes.

Assis dans un coin sombre de l'établissement, Mr Davy leva les yeux en entendant des gloussements et des chuchotements narquois. Puis il cilla. Miss Tonks se tenait dans l'embrasure de la porte et regardait autour d'elle avec un petit sourire gêné. Elle était vêtue d'un habit bleu, avec des culottes au genou et des bas de soie brodés. Elle avait de très belles jambes, et celles-ci suscitaient des réflexions salaces qui se multipliaient.

L'acteur se leva aussitôt et jeta de la monnaie sur la table. Il se hâta de rejoindre miss Tonks, lui glissa une main sous le coude et la fit sortir dans la rue. « Miss Tonks, souffla-t-il d'un ton pressant, je loge tout près d'ici. Il est sans doute contraire aux règles de bienséance de vous y conduire, mais vous ne devriez pas sortir vêtue de façon aussi choquante. »

Miss Tonks rougit de honte. « Vous m'avez reconnue !

– Parbleu !

– Mais je suis habillée en *homme* !

– Aucun vêtement ne vous ferait passer pour un homme, miss Tonks », dit-il, l'œil pétillant d'amusement. Mr Davy était un homme mince d'âge moyen, dont les épais cheveux bruns commençaient à grisonner légèrement. À la vérité, il aurait pu passer inaperçu dans une foule, mais aux yeux de miss Tonks, il était le plus bel homme de Londres.

Il la fit tourner à l'angle de la rue, puis monter un piètre escalier de bois jusqu'à une porte balafrée qu'il déverrouilla. « Mon logement n'est guère reluisant, dit-il d'un ton d'excuse, mais les acteurs n'ont pas la réputation de consacrer beaucoup d'argent à leurs pénates. »

Miss Tonks promena son regard autour d'elle. Il y avait un salon au mobilier usagé. Par une porte ouverte, on apercevait une chambre au lit défait. Mr Davy ferma la porte et posa une bouilloire noircie sur un reste de feu dont les braises rougeoyaient encore. « Nous allons prendre un verre de la boisson préférée de l'acteur sans travail, dit-il avec entrain. Grog au gin ! »

Miss Tonks s'assit avec précaution au bord d'un fauteuil. Elle se sentait très gauche et intimidée.

« Et maintenant, il faut me dire pourquoi vous êtes venue à ma recherche dans cet appareil, reprit Mr Davy, s'asseyant en face d'elle. Car je suppose que vous me cherchiez, n'est-ce pas ? »

Miss Tonks hocha la tête. « Je ne voyais plus votre nom nulle part sur les affiches des théâtres et… et… je me suis inquiétée. Et… et je ne pouvais ni venir seule habillée en femme, ni dire à qui que ce soit où j'allais. » Elle se dandina sur son étroit séant. « Comment vous débrouillez-vous ?

– Ma foi, pas trop mal. Mais je me suis querellé avec le directeur du théâtre et l'ai accusé de tricher aux cartes. Mal m'en a pris : avec l'expérience, un acteur devrait savoir qu'il a intérêt à se taire et à payer. »

Miss Tonks avait été elevée selon le principe qu'une dame ne parlait jamais d'argent. Mais la vie à l'hôtel l'avait amenée à changer. Elle toussota et se risqua à demander : « Avez-vous de quoi vivre ? »

Une lueur ironique apparut dans les yeux bruns de Mr Davy. « Un travail où jouer aux cartes avec un directeur tricheur fait partie du contrat n'est pas très lucratif. Il faut que je cherche sans délai un autre emploi.

– Lequel, par exemple ?

– Je pourrais m'engager comme porteur au marché de Covent Garden.

– Oh, non ! Vous êtes un gentleman !

– Je ne fais pas partie de la bonne société, miss Tonks, ce qui veut dire que je peux travailler comme je l'entends. »

Il se leva, prit une bouteille carrée et versa deux rasades de gin dans deux verres puis y ajouta de l'eau bouillante.

« À votre santé ! dit-il en levant son verre après lui en avoir tendu un. Cul sec !

– Cul sec ! » répéta miss Tonks, émerveillée de constater combien sa vie terne de vieille fille s'était transformée puisqu'elle se trouvait maintenant dans le logis d'un acteur, à Covent Garden, en train de boire un grog au gin avec lui.

« Il est bien déplaisant d'être pauvre, dit-elle. Je ne sais ce que j'aurais fait si lady Fortescue et le colonel Sandhurst n'étaient venus à mon secours. Je me promenais le long de la Serpentine, malheureuse et le ventre vide, sans même avoir le courage de me jeter à l'eau. C'était une idée folle, poursuivit-elle d'un ton rêveur. Penser que des parents pauvres pouvaient se regrouper pour survivre ! Puis c'est sir Philip qui a songé à créer un hôtel. » Les yeux de miss Tonks se mirent à briller. « Au fait… mais pourquoi ne vous joindriez-vous pas à nous ? Je suis sûre que l'idée plairait au colonel Sandhurst.

– Vous oubliez qu'au départ, on m'a demandé d'intervenir à l'hôtel pour détacher sir Philip de cette abominable femme qu'il menaçait d'épouser, objecta-t-il en secouant la tête. Je ne pense pas être accepté. »

Mais maintenant qu'elle avait entrevu l'enivrante perspective de faire venir cet homme dans un lieu où elle pourrait le voir tous les jours, miss Tonks n'était pas prête à en démordre.

« Venez avec moi sur-le-champ, insista-t-elle. Nous allons consulter le colonel Sandhurst en premier, ainsi que lady Fortescue. S'ils approuvent comme moi cette idée, ce dont je ne doute pas, sir Philip n'aura rien à dire.

– Mais quel pourrait être mon rôle ? » demanda-t-il, avec une pointe d'agacement.

Stimulée par le gin dont elle n'avait pas l'habitude, miss Tonks sourit largement : « Vous pourriez être notre agent de recouvrement. Sir Philip se charge souvent de cela, mais à contrecœur, et le colonel déteste demander de l'argent aux gens. Certains clients de l'hôtel s'esquivent parfois sans payer, comme ceux du restaurant ou de notre *coffee room*. Ils prétendent généralement qu'ils ont laissé leur bourse chez eux et nous acceptons leur parole, car c'est la règle dans notre métier, ajouta miss Tonks très sérieusement.

– Je pourrais m'acquitter de cette tâche, répondit-il en réfléchissant. Ma profession m'a donné un cuir très épais. J'ai gardé un bon souvenir de mon séjour au Parent pauvre.

– Venez ce soir après le dîner. »

Il sourit et haussa les épaules. « Pourquoi pas ? Cela vaut la peine d'essayer. Reprenez du grog. »

Miss Tonks lui sourit rêveusement et tendit son verre.

*

Dans la chambre qu'elle partageait avec miss Tonks, Frederica se changea et passa une robe propre. Elle avait pris plaisir à ses leçons dans la cuisine et obtenu la permission d'aider à la préparation du dîner. Accomplir une tâche réelle lui avait donné une satisfaction telle qu'elle avait momentanément relégué le beau visage du capitaine à l'arrière-plan de son esprit. Pourtant, il était toujours là, et c'était la raison pour laquelle elle revêtit l'une des plus jolies tenues de sa mince garde-robe. Elle espérait toujours, sans toutefois se l'avouer, que lorsqu'elle quitterait l'appartement pour rejoindre l'hôtel voisin, il pourrait justement être en train de passer dans la rue.

Elle tapota une dernière fois ses cheveux et quitta la

chambre juste à temps pour voir une silhouette indistincte courir se cacher à l'angle du couloir. « Qui va là ? » cria-t-elle.

Pas de réponse. La maison était silencieuse. Les bruits étouffés de la circulation montaient de Bond Street : le crissement des traîneaux des brasseurs, le grondement des roues des voitures, le claquement des sabots des chevaux.

« Qui va là ? » cria-t-elle de nouveau, plus vivement cette fois.

Toujours pas de réponse. Mais Frederica sentait une présence, quelqu'un qui attendait. L'escalier était là, tentant, entre sa porte et l'angle du couloir. Elle le dévala, mais s'arrêta en bas. Son travail dans la cuisine lui avait donné un sentiment de courage, d'indépendance. Elle estimait que c'était son devoir d'essayer de savoir qui était en haut de l'escalier.

Elle remonta à pas de loup : ses chaussures plates en cuir fin ne faisaient aucun bruit.

Elle entendit le bruit léger d'une clé qu'on tournait furtivement dans une serrure. Elle se souvenait d'avoir fermé la porte en sortant. Elle remonta jusqu'en haut de l'escalier et jeta un coup d'œil dans le couloir. Miss Tonks, habillée en homme, venait d'ouvrir la porte de leur chambre commune et se glissait discrètement à l'intérieur.

Frederica se laissa tomber sur la première marche de l'escalier, le cœur battant la chamade. Ça par exemple ! Qui était vraiment miss Tonks ? Qui était cette dame capable de manier un pistolet et d'arpenter les rues de Londres en plein jour déguisée en homme ? Elle aurait voulu en discuter avec quelqu'un, mais redoutait de le faire. Et si ces hôteliers participaient à de noirs agissements ? Tout cela était fort étrange. La vie était devenue étrange. Elle avait eu beau lire attentivement les journaux, sa disparition n'avait pas été signalée. Or elle était certaine que son père aurait alerté les Runners pour la retrouver et la ramener à la maison.

Elle se leva, remarquant que ses genoux tremblaient un peu et qu'elle était loin d'être aussi brave qu'elle avait cru le devenir, puis redescendit l'escalier et sortit dans la rue animée. Elle était si préoccupée par l'étrange comportement de miss Tonks qu'elle ne remarqua pas le bel officier qui, sur le trottoir d'en face, s'arrêta net en la voyant. Le capitaine Peter Manners essaya de traverser la rue rapidement, mais la circulation était dense dans les deux directions. Il contourna prestement un cabriolet et reçut une volée d'insultes choisies de la part du conducteur. Hélas, quand il arriva au Parent pauvre, la jeune fille avait disparu. Pensif, il se dirigea vers l'hôtel Limmer. Il n'y avait aucune raison qu'il ne puisse lui-même aller loger au Parent pauvre. Il ne manquait pas d'argent. Il ne songea pas un instant à ses engagements mondains. Il éprouva seulement du soulagement maintenant qu'il avait pris l'initiative d'une action : s'il retrouvait cette jolie fille et faisait sa connaissance, il découvrirait qu'elle n'était qu'une domestique comme une autre, rien qui sortît du commun, et il pourrait enfin expulser cette encombrante créature de son esprit une fois pour toutes.

Miss Tonks n'avait pas trouvé le courage nécessaire pour aborder le sujet de Mr Davy devant ses compagnons. Elle savait que lorsque le dîner serait terminé, ils se réuniraient tous dans le salon en haut de l'hôtel et que Mr Davy les y rejoindrait. Elle sentit l'appréhension monter en elle et crut déjà entendre les sarcasmes de sir Philip résonner dans ses oreilles.

Mais la peur la musela. Elle prit son fauteuil habituel dans le salon, jeta des coups d'œil nerveux à la porte, sursautant au moindre bruit. Frederica cousait en silence dans un coin. Miss Tonks était si agitée qu'elle ne se rendit pas tout de suite compte que la conversation en cours servait ses projets – et Mr Davy.

« Lord Braby nous a demandé d'organiser la réception pour fêter l'entrée dans le monde de sa fille à la dernière Saison, disait sir Philip, et jusqu'ici, il ne nous a pas payé nos services. Comment se fait-il que nous ne l'ayons pas remarqué ?

– C'est vous qui avez négligé de vérifier, dit sèchement lady Fortescue. C'est vous qui tenez les comptes. Encore qu'après la façon scandaleuse dont vous vous êtes conduit en perdant notre argent aux courses, il serait plus avisé de redonner la charge des comptes à miss Tonks.

– Elle ne sait même pas combien font deux et deux !

– Ce n'est pas vrai, protesta miss Tonks, dont l'attention revint brusquement vers la conversation.

– Miss Tonks s'est montrée très compétente, déclara le colonel Sandhurst.

– Oublions miss Tonks, coupa brutalement sir Philip. Qui va se charger de lord Braby ?

– Il est plutôt abrupt avec ses créanciers, d'après ce que j'ai entendu dire, fit remarquer le colonel d'un ton pensif. De plus, il n'est pas en ville en ce moment, mais dans sa résidence de campagne du Sussex.

– Il est de retour à Londres », dit sir Philip, une lueur malveillante dans le regard. Il savait que le colonel redoutait de se voir chargé d'aller récupérer l'argent, et s'il éprouvait lui-même une certaine réticence à la perspective de cette corvée, il était jaloux du colonel et prenait plaisir à son embarras.

La porte s'ouvrit et Mr Davy entra.

« Mon cher ami ! s'écria le colonel en se levant d'un bond. Soyez le bienvenu. Vous prendrez bien un verre de bordeaux ? Despard nous en a trouvé de l'excellent.

Espérons qu'il n'a pas eu recours à la contrebande ! Mais il semble que ces temps-ci, ce soit la seule façon de se procurer du vin correct. »

Frederica remarqua que si lady Fortescue semblait elle aussi contente de voir le visiteur, miss Tonks avait le feu aux joues et sir Philip dardait sur elle un regard noir.

Un verre à la main, Mr Davy s'assit et sourit à la ronde. « Alors, quelle est votre décision ? demanda-t-il.

– Quelle décision ? s'enquit lady Fortescue, dont les minces sourcils se haussèrent sous l'effet de la surprise.

– Miss Tonks ne vous a donc rien dit ? »

Tous les regards se portèrent sur miss Tonks, qui se mit à bégayer. « Je n'ai p-p-pas vraiment t-t-trouvé le temps.

– Qu'avez-vous encore manigancé, pauvre enfarinée ? » lui lança sir Philip.

Mr Davy glissa un regard de sympathie à la victime dont l'embarras faisait peine à voir. « Je n'ai plus de travail en ce moment, et miss Tonks a eu la bonté de proposer que je fasse cause commune avec vous.

– Comment ! s'indigna sir Philip. Nous ne sommes plus dans la misère, monsieur, comme vous le savez très bien, et nous n'avons pas vocation à soulager les indigents. »

Frederica tressaillit et le colonel riposta fermement : « Vous vous oubliez, monsieur !

– Mon idée était que Mr Davy pourrait recouvrer les sommes qui nous sont dues, dit miss Tonks. Vous, colonel, ne souhaitez pas vous en charger et je ne pense pas que vous aimiez le faire non plus, sir Philip. »

Lequel ouvrit la bouche pour vitupérer, puis la referma. Il avait lu dans un journal que lord Braby avait chassé un créancier à coups de cravache. Une lueur de joie mauvaise s'alluma dans ses yeux et il s'appuya au dossier de sa chaise. « Ah, voilà qui est différent, dit-il avec une soudaine bonhomie. Nous avons en effet une grosse dette en cours.

Je suggère que nous donnions à Mr Davy l'occasion de faire ses preuves.

– Je dois reconnaître qu'il serait réconfortant d'avoir avec nous un autre homme pour nous aider dans certaines tâches », intervint lady Fortescue.

Le colonel Sandhurst jeta à Mr Davy un regard lourd de jalousie.

« J'ai confié à miss Tonks cet après-midi que j'avais perdu une grosse somme en étant forcé de jouer avec mon directeur, qui triche au jeu, expliqua Mr Davy, mais il me reste encore de l'argent que je serais tout disposé à investir dans cet hôtel. »

Les lèvres de sir Philip s'étirèrent en un mince sourire. « Nous ne nous intéressons guère aux queues de cerise, mon cher. Combien ?

– Environ cinq cents livres.

– Comment diable un acteur peut-il accumuler autant ?

– Vous oubliez que je jouais le premier rôle, répondit Mr Davy. Et on gagne de l'argent pendant les tournées en province. J'ai toujours économisé en vivant frugalement. Lorsque le colonel m'a rencontré pour la première fois, j'étais aux abois, et je ne veux plus jamais connaître une telle pauvreté ni souffrir de la faim.

– Mais vous vivez très petitement, s'exclama miss Tonks. Et cet après-midi chez vous, vous avez dit que vous n'étiez pas en fonds, que vous alliez peut-être devoir travailler comme porteur au marché.

– Je n'avais pas l'intention de toucher à mon capital. Je commence à mettre de l'argent de côté pour mon vieil âge. Je ne voulais pas vous induire en erreur, miss Tonks. »

Les yeux noirs de lady Fortescue étincelèrent de curiosité. « Dois-je comprendre d'après ces révélations intéressantes que notre miss Tonks vous a rendu visite *chez vous* ?

– J'étais habillée en homme, intervint miss Tonks. Il n'y avait pas matière à scandale. »

Frederica leva les yeux et sourit, brusquement soulagée. Quelle explication simple ! Rien de sinistre dans tout cela. Mais à l'évidence, lady Fortescue était profondément choquée.

« Miss Tonks, dit-elle d'un ton qui n'augurait rien de bon, bien que nous ayons tous dérogé en nous engageant dans le négoce...

– À l'exception de notre ami ici présent » – sir Philip hocha la tête en direction de Mr Davy – « qui s'est élevé dans la société en nous fréquentant.

– Comme je le disais avant qu'on ait l'impertinence de m'interrompre, poursuivit lady Fortescue, nous devons continuer à faire preuve devant le monde d'une conduite irréprochable. Que va penser miss Frederica d'un aussi piètre exemple que le vôtre, miss Tonks ? Fi donc !

– Je suis très reconnaissant à miss Tonks, dit posément Mr Davy. Je me sentais tout à fait perdu, solitaire et inutile. »

Miss Tonks, qui avait penché la tête sous la mercuriale de lady Fortescue, garda les yeux baissés, mais cette fois pour cacher aux autres la joie soudaine que son regard risquait de trahir.

« Il est donc entendu que ce serait la moindre des choses de donner à Mr Davy l'occasion de faire ses preuves avant d'accepter de prendre son argent, c'est bien cela ? » demanda lady Fortescue en regardant ses compagnons.

Il y eut un murmure d'assentiment.

« Eh bien, maintenant que vous êtes l'un des nôtres, Mr Davy, dit le colonel, incapable de rester longtemps de mauvaise humeur, il ne vous reste plus qu'à apporter vos affaires ici demain. Mais en attendant, vous nous obligeriez en nous chantant l'une de vos chansons. »

Pour le plus grand plaisir de Frederica, Mr Davy les régala de ballades pendant que circulaient le bordeaux et le thé. Elle avait pour la première fois l'impression de faire partie d'un cercle de famille. Mais un plaisir plus vif encore l'attendait.

Lorsque Mr Davy eut pris congé et que miss Tonks fit signe à la jeune fille qu'il était l'heure de se retirer pour la nuit, sir Philip annonça à brûle-pourpoint : « J'ai loué la chambre jaune.

– Ah, tant mieux, répondit lady Fortescue. Il est toujours difficile de trouver un client qui la prenne, petite et sombre comme elle est. Qui est cette personne ?

– Un certain capitaine Peter Manners. »

Miss Tonks remarqua que le visage expressif de Frederica avait soudain rougi de plaisir, et elle poussa un petit soupir.

Des complications en perspective !

*

Le lendemain matin, lord Bewley ouvrit les yeux, tout frémissant d'une délicieuse impatience. Il entendit la porte s'ouvrir doucement, sentit le parfum du chocolat chaud et reçut la lumière sur son visage lorsque les rideaux furent tirés. Il se dressa sur son séant, affectant de s'éveiller alors qu'il était sorti du sommeil depuis quelque temps déjà. Mary Jones fit une révérence. « Belle journée, Votre Seigneurie, dit-elle, mais le fond de l'air est frais.

– Vous avez déjà dû sortir, car l'air vous a mis des couleurs aux joues, dit Sa Seigneurie d'un ton admiratif. J'aime les filles qui ont bonne mine.

– Vous m'en direz tant ! pouffa Mary.

– Vous donnez le change à merveille ! commenta lord Bewley.

– De quoi parlez-vous, Votre Seigneurie ?

– De votre accent.

– Merci, Votre Seigneurie. » Mary fit une autre révérence. « Pour une fille comme moi, travailler ici est un bel avancement dans le monde, alors j'essaie de parler comme les dames de qualité. »

À sa grande surprise, ce lord excentrique se mit à rire à gorge déployée. « Vous auriez dû monter sur les planches, gloussa-t-il. Dites-moi, vous avez un jour de congé ?

– Je suis censée avoir un soir ou un après-midi libre quand il n'y a pas trop de monde à l'hôtel, Votre Seigneurie. Mais cela arrive rarement. »

Elle était debout près de la fenêtre et le soleil faisait briller ses cheveux blonds tout en dessinant à contre-jour les courbes de sa silhouette voluptueuse. Lord Bewley eut soudain la bouche sèche.

« Je vais vous inviter au spectacle un soir », dit-il d'une voix enrouée.

Elle rougit. « Ce ne serait pas convenable, Votre Seigneurie. Je veux dire, moi avec un gentleman de la haute comme vous. »

Une fois de plus, il fut sidéré par ce qu'il prenait pour une imitation brillante de sa part. « Personne n'aurait besoin de le savoir, dit-il aussitôt. Écoutez-moi : je vous emmène chez Astley. »

L'amphithéâtre d'Astley, au sud de la Tamise, était un lieu de représentation célèbre pour ses pièces dramatiques et ses spectacles divertissants. Mary le regarda, bouche bée. « J'ai toujours rêvé d'y aller, finit-elle par articuler.

– Alors, qu'en dites-vous ?

– Il faudrait que je demande la permission à mes patrons », répondit-elle après un instant d'hésitation.

Il fronça brusquement les sourcils. Il pouvait faire valoir à ces énergumènes qui tenaient l'hôtel qu'il était parfaitement en droit d'emmener Frederica au spectacle, puisque la jeune fille était consentante. Mais peut-être se méfiait-elle de lui. Elle n'avait montré aucune velléité de cesser la comédie. Le visage de lord Bewley s'éclaira. Tout ceci était très excitant. Il lui donnerait la réplique. Cela ajouterait du piquant à sa cour.

« Cette bande de vieux débris ! N'en faites rien. Attendez d'avoir une soirée libre et prévenez-moi », dit-il.

Mary avait été avertie chez elle et à l'hôtel qu'il fallait éviter toute relation avec les pensionnaires masculins, car ils n'avaient qu'Une Chose en tête. Mais elle avait une folle envie d'aller chez Astley. Et avec un authentique lord par-dessus le marché. Cela ne pouvait pas se refuser.

« Vendredi prochain, dit-elle avec circonspection. Je pourrais dire que je vais voir ma mère à Shoreditch.

– À Shoreditch ! » répéta lord Bewley, toujours fasciné par ce qu'il prenait pour de nouvelles inventions de son interlocutrice.

« Je pourrais vous retrouver de ce côté-ci de Westminster Bridge.

– À sept heures, proposa lord Bewley avec empressement.

– À sept heures », murmura-t-elle en lui décochant soudain un regard de ses yeux bleus, si bleus, des yeux qui avaient appris très jeunes à affoler les garçons de Shoreditch.

Elle sortit sans bruit et lord Bewley se laissa retomber sur ses oreillers, le souffle coupé. Délicieuse enfant ! Et quel charme !

Cela montrait bien qu'une fille assez résolue pour fuir loin de ce père cupide et bourré de dettes était capable de toutes les audaces. Il importait maintenant d'empêcher sir Randolph de se mettre en travers de ses projets de quelque façon que ce fût. Il ignorait où était sa fille, et malgré une lettre de Frederica et une autre de lord Bewley lui assurant qu'elle se portait bien, il pouvait encore céder à l'inquiétude et appeler les Runners à la rescousse.

Lord Bewley descendit de son lit haut sur pieds et alla jusqu'à son écritoire. Il rédigea une lettre à l'intention de sir Randolph pour lui dire qu'il ne semblait pas indifférent à Frederica et que, pourvu que sir Randolph n'essayât pas d'intervenir dans l'affaire, il promettait d'oublier toutes ses dettes en cours.

Il signa sa lettre avec un large paraphe et, après l'avoir sablée et cachetée, sonna le valet de pied pour qu'il aille la confier à la poste.

Le capitaine Peter Manners aurait dû se préparer à sortir pour aller rendre visite à sa mère et à sa fiancée. Au lieu de quoi, il s'était trouvé excuse après excuse pour descendre au bureau au bout du vestibule dans l'espoir d'apercevoir à nouveau la ravissante créature qui avait captivé son attention. Mais elle restait invisible. Il n'avait pas le sentiment de trahir Belinda Devenham, car il s'était persuadé qu'il lui suffirait de *reparler* à Frederica pour que son intérêt s'évanouisse.

Sa mère serait furieuse s'il ne venait pas la voir. Aussi, après avoir passé une tenue plus élégante, quitta-t-il sa chambre. Il sourit à l'accorte soubrette qu'il croisa dans le couloir. Elle lui adressa un chaleureux sourire en retour, et il songea que si elle souriait de la sorte à tous les hôtes masculins, elle risquait de s'attirer des ennuis.

Il descendit sans se presser l'escalier.

C'est alors qu'il aperçut Frederica qui, en robe imprimée et tablier, coiffée d'une charlotte, traversait le vestibule.

Il fut si interdit à sa vue qu'elle aurait eu le temps de disparaître par la porte du fond s'il n'avait saisi la balle au bond.

« Miss Frederica ! »

Elle se retourna, mortifiée d'être vue habillée en servante.

Il lui adressa une courbette. « Nous nous retrouvons ! » dit-il.

Elle avait préparé toutes sortes de jolies répliques pour cette occasion précise mais, sur le moment, resta muette.

Malgré sa tenue ancillaire, il se dit qu'elle était la plus jolie créature qu'il avait jamais vue. « Où travaillez-vous ? demanda-t-il.

– Aux cuisines », répondit Frederica, la mort dans l'âme, sachant que dans la hiérarchie des domestiques, c'était l'échelon le plus bas.

« Un labeur hasardeux », dit-il à mi-voix, se demandant ce que penserait sa mère si elle le voyait en pareille compagnie. « Vous n'avez ni la façon de parler ni l'allure d'une domestique. »

La voix de sir Philip s'éleva derrière eux : « Bonjour, lord Bewley. »

Les yeux de Frederica s'écarquillèrent de peur et elle murmura : « Je vous prie de m'excuser, capitaine » avant de tourner les talons et de s'enfuir.

Lord Bewley l'avait vue, mais ses yeux encore éblouis par Mary Jones ne s'étaient pas arrêtés sur elle.

4

« La pauvreté n'est pas un déshonneur, mais elle est diablement pénible. »

RÉVÉREND SYDNEY SMITH

Mr Jason Davy semblait imperméable aux remarques sarcastiques de sir Philip laissant entendre qu'il n'était guère pressé de commencer son travail de recouvreur.

Il n'en faisait pas moins discrètement ses préparatifs. Il alla chercher de jolies cartes de visite au nom de « M. le *comte de Versailles** », imprimées en lettres coulées. Il n'avait nulle intention de se présenter chez lord Braby comme un vulgaire créancier, sachant qu'il se verrait claquer la porte au nez par le majordome. Il avait conservé les vêtements élégants que le colonel Sandhurst lui avait fait faire lorsqu'il jouait le rôle d'un gentleman, et se félicitait d'en avoir pris grand soin. Il les revêtit et s'admira dans la glace.

Il avait loué une belle voiture, avertissant le colonel Sandhurst qu'il ne se ferait rembourser ses dépenses que si sa mission était couronnée de succès.

Il se dirigea vers la voiture et le cocher retenus pour l'occasion. « Grosvenor Square, lança-t-il, chez lord Braby. »

Puis il s'adossa aux coussins de la banquette et s'efforça de ne pas penser à l'épreuve à venir.

La journée était maussade, et il tombait une pluie grasse. Les balayeurs de rue dépenaillés piétinaient dans la boue. Mr Davy songea non sans ironie que la journée était idéalement choisie pour la pénible tâche d'un recouvrement de dettes. Il eut l'impression d'être arrivé en un rien de temps à Grosvenor Square et rassembla son courage. Il éprouvait la même appréhension que lorsqu'il entrait en scène.

Jack, le valet de pied, était debout sur la plate-forme arrière. Mr Davy lui tendit sa carte. « Annoncez-moi, lui dit-il avec un sourire, et mettez-y toute la pompe nécessaire. »

Le valet de pied lut la carte, puis escalada prestement les marches et tambourina avec le heurtoir.

Il remit la carte de Mr Davy au majordome et claironna : « Le comte de Ver*sales* demande à voir Sa Seigneurie. »

Le majordome recula et ouvrit la porte en grand. Mr Davy monta les marches avec assurance, la bouche figée en un rictus arrogant. Le majordome le salua bien bas. « Je vais voir si Sa Seigneurie est là, dit-il.

– Alors faites vite, mon brave, dit Mr Davy avec un léger accent français. J'ai rendez-vous à midi avec Son Altesse Royale. »

On le conduisit avec tous les égards dus à son rang dans un salon au rez-de-chaussée et on lui apporta du vin et des gâteaux. Mr Davy promena sur la pièce un regard exercé. Ce n'est pas l'argent qui manque ici, songea-t-il cyniquement. Les tapis étaient de première qualité, comme les bibelots et les meubles.

Malgré sa remarque au majordome sur son rendez-vous fictif avec le Prince Régent et son faux nom ronflant, il s'attendait à devoir patienter, mais à sa grande surprise, à peine cinq minutes après qu'on lui eut apporté le vin et les gâteaux, lord Braby en personne fit son entrée.

C'était un homme trapu, puissant, drapé dans une tunique dorée et coiffé d'un turban qui masquait son crâne rasé. Après le rituel échange de politesses, lord Braby s'assit et dit : « Et qu'est-ce qui me vaut l'honneur de votre visite, monsieur le comte ?

– C'est une affaire délicate, répondit Mr Davy avec hauteur. Je suis proche du Prince Régent et je dois défendre ses intérêts, que je les approuve ou non. Puis-je compter sur votre discrétion ?

– Bien entendu, voyons, s'empressa lord Braby.

– Il a été porté à ma connaissance que mon royal ami oriente ses affections vers un nouvel objet.

– Ah oui ?

– Vous avez peut-être entendu dire que Son Altesse a un faible pour les dames d'âge mûr.

– Ce n'est un secret pour personne. » L'amusement fit briller les petits yeux porcins de lord Braby. « Qui est la dernière élue, dites-moi ?

– Une certaine lady Fortescue.

– Quoi ! Cette vieille harpie qui tient un hôtel à Bond Street ? Elle doit avoir près de cent ans !

– Vous comprenez maintenant pourquoi une absolue discrétion est de rigueur. »

Lord Braby secoua sa lourde tête. « Si les salles de rédaction apprennent cette affaire, déclara-t-il sans ambages, Prinny deviendra plus que jamais la risée de tous.

– Il n'en reste pas moins que c'est sa dernière passade, et j'étais présent avec lui à l'hôtel quand j'ai entendu cette dame se plaindre de notes impayées.

– C'est d'un vulgaire ! » s'exclama lord Braby. Mais il se dandina sur son siège, manifestement mal à l'aise.

« Assurément. Mais des créatures telles que lady Fortescue, qui dérogent et s'abaissent à exercer un négoce, peuvent faire preuve d'une certaine... indélicatesse. »

La sueur commença à perler au front de lord Braby. Sa redoutable épouse souhaitait être invitée à Clarence House. Lui-même venait d'envoyer une tabatière fort coûteuse au prince pour provoquer ladite invitation. Et si Sa Capricieuse Majesté la renvoyait en lui demandant de régler ses dettes ?

« Ah, par exemple ! s'exclama-t-il avec un sourire mielleux. Figurez-vous que vous venez de me rappeler que j'ai moi-même une note en souffrance au Parent pauvre. Vous savez ce que c'est. Des factures, encore des factures, toujours des factures. Mon factotum peut être très négligent. Voilà ce que je vais faire : je vais envoyer un domestique leur porter un chèque.

– Je vais moi-même du côté de Bond Street, dit Mr Davy. En temps ordinaire, je ne me chargerais pas de pareille besogne, mais que ne ferais-je pas pour Prinny, soupira-t-il avec une langueur affectée.

– Je vais voir si je trouve cette maudite note », dit lord Braby avec empressement. Et il sortit de la pièce. Mr Davy sourit tout seul. Il était sûr que lord Braby se rappelait très exactement le montant de la note et l'endroit où elle était rangée. Il avait cela de commun avec la plupart des membres de l'aristocratie qu'il se complaisait à être mauvais payeur, sauf lorsqu'il s'agissait de satisfaire ses plaisirs dans l'instant.

Et bien entendu, lord Braby revint sans tarder, brandissant un chèque que Mr Davy évita non sans mal de regarder.

Puis il continua sa comédie en régalant lord Braby d'anecdotes amusantes, aussi mensongères que scandaleuses, sur le Prince Régent avant de prendre congé.

Plus tard dans la journée, par pure coïncidence, lord

Braby reçut une invitation à souper à Clarence House de la part du Prince Régent. Tous ses regrets d'avoir donné de l'argent à ce Français pour régler sa note s'évanouirent.

Ce soir-là, lorsqu'il regagna sa chambre au Parent pauvre – petite et bien trop chère à son goût –, le capitaine Manners était de fort méchante humeur. Il avait passé une journée interminable et assommante avec Belinda, et il était persuadé qu'il se fût beaucoup moins ennuyé s'il avait pu cesser de penser à certaine petite souillon au visage d'ange.

Il décida de retourner à son club pour se consoler en compagnie exclusivement masculine. Arrivé sur le palier, il se préparait à descendre l'escalier lorsque quelque chose le fit se retourner et lever les yeux. Il vit la mince silhouette de Frederica, qui avait troqué son habit de domestique pour une coûteuse robe de mousseline ; elle descendait l'escalier et le regardait. Quand elle l'aperçut à son tour, elle rougit et remonta prestement à l'étage au-dessus.

Oubliant toute idée de compagnie masculine, il fit demi-tour et commença à monter l'escalier.

L'humeur de sir Philip Sommerville vira à l'aigre quand Mr Davy, à la demande générale, rejoua la scène où il avait incarné le comte de Versailles. Il pensa à toutes les fois où il avait, lui, courageusement, discrètement et *modestement* recouvré des dettes : avait-il jamais reçu autant d'éloges que ce freluquet ? Dire que cette cervelle de mouche, Letitia Tonks, buvait les paroles de ce saltimbanque ! Or quelque chose sonnait faux dans le compte rendu de Mr Davy.

Lui-même menteur consommé, sir Philip avait une oreille très affûtée pour déceler les mensonges des autres. L'histoire avait bien commencé, avec la façon dont le « comte » avait prétendu être un ami du Prince Régent, mais ensuite, en entendant que le prince avait manifesté de l'intérêt pour la gestion de l'hôtel en raison de sa cuisine exceptionnelle, il était resté sceptique. Qu'avait dit cet acteur, qu'avait-il *vraiment* dit ? Sir Philip se jura de le découvrir, et il commença à se détendre. Il attendrait son heure.

« Pourquoi vous êtes-vous fait passer pour un Français ? demanda lady Fortescue.

– Parce qu'il est difficile de se faire passer pour un aristocrate britannique. Braby doit connaître tous les noms des familles nobles du pays. Au surplus, prétendre être un pair du royaume est un crime passible de pendaison. Et puis, ma prétendue amitié avec le Prince Régent m'a donné un vernis de respectabilité. » Mr Davy remarqua que les yeux délavés et calculateurs de sir Philip étaient posés sur lui, et il se hâta d'ajouter : « Allons, assez parlé de mes exploits. Place aux chansons ! »

Mais la fine oreille de lady Fortescue avait perçu un bruit furtif à la porte. « On nous espionne, s'écria-t-elle. Il y a quelqu'un derrière cette porte ! »

Mr Davy se précipita pour l'ouvrir largement.

Le capitaine Peter Manners les dévisagea un par un, et ils lui rendirent son regard scrutateur. C'est alors qu'il remarqua Frederica, dont les cheveux dorés brillaient à la lueur des bougies, assise sur une ottomane près de miss Tonks. Après un salut, il dit : « Je vous demande pardon. J'ai dû m'égarer dans la partie de l'hôtel interdite aux clients. »

C'était une époque où la beauté masculine était fort appréciée. Et on ne pouvait nier que le capitaine Manners fût très bel homme, avec sa tête fière couronnée de boucles bleu-noir, ses épaules larges, sa taille bien prise, ses hanches minces et – miss Tonks leur jeta un regard timide – ses jambes superbes. Son seul défaut physique résidait dans ses pieds qui, bien que minces, étaient d'une taille ordinaire, alors que les critères de beauté masculine exigeaient qu'ils fussent minuscules.

« Puisque vous êtes ici, monsieur, dit le colonel Sandhurst avec chaleur, pourquoi ne pas vous joindre à nous pour boire un verre de vin ?

– Volontiers ! répondit promptement le capitaine.

– Nous nous sommes croisés à l'hôtel, poursuivit le colonel, mais permettez-moi de faire les présentations en bonne et due forme. Les dames d'abord. Lady Fortescue, le capitaine Manners. Capitaine, lady Fortescue. » Il présenta ensuite miss Tonks. Quand vint le tour de Frederica, le colonel hésita. « Et miss...

– Black, dit Frederica en se levant pour faire une révérence. Le capitaine Manners et moi nous sommes déjà rencontrés.

– Par exemple ! s'exclama lady Fortescue d'un ton vif. Où cela ?

– Nous nous sommes bousculés dans la rue, répondit Frederica. Le capitaine sait que je travaille ici comme fille de cuisine.

– Ce n'est pas tout à fait exact, ma chère enfant, dit le colonel. Miss Frederica est la fille d'une de nos relations et elle a proposé de participer au travail de l'hôtel alors qu'elle n'y est nullement obligée. »

Les longs cils du capitaine dissimulèrent la lueur d'intérêt dans son regard. Voilà qui pouvait expliquer la robe coûteuse que portait la jeune fille, ainsi que son élocution et ses manières distinguées. Le colonel présenta ensuite les hommes. Le capitaine chercha du regard une place. « Venez vous asseoir à côté de moi », proposa miss Tonks, aussi le colonel vint-il s'installer entre miss Tonks et Frederica sur l'ottomane.

Si le capitaine était aussi rompu à la haute société londonienne qu'à la vie militaire et savait garder un visage d'une neutralité courtoise, ses pensées galopaient furieusement derrière cette apparence policée. Chacun savait que ces hôteliers étaient des aristocrates, à l'exception, sans doute, de ce Mr Davy qui, malgré sa mise élégante signée Weston, n'avait pas les manières d'un véritable gentleman. Il laissait transparaître trop d'animation sur son visage et bougeait comme un acteur interprétant le rôle d'un homme de la haute société. Le capitaine était très riche, et avait été habitué dès son plus jeune âge à décourager les fâcheux et les parasites. Ce n'était pas de la présomption, mais un talent social indispensable à une époque où tout le monde essayait d'extorquer de l'argent à tout le monde, depuis le guenilleux qui mendiait dans la rue jusqu'aux pairs irlandais réduits à la pauvreté, sans oublier les aventuriers des deux sexes qui avaient recours à tous les stratagèmes imaginables pour tondre leurs victimes. C'est la raison pour laquelle son mariage avec Belinda avait été considéré comme tout à fait approprié, car elle était extrêmement riche elle aussi.

Mr Davy se mit à chanter, accompagné au piano par sir Philip, qui avait pris le parti d'être aimable car il était sûr que l'acteur avait menti et que d'ici quelques jours seulement, il serait démasqué et les parents pauvres débarrassés de lui.

Le capitaine écouta avec plaisir la voix douce et chaude de Mr Davy chanter une ballade spirituelle. C'était beaucoup plus agréable qu'aller à son club ou écouter le bavardage insignifiant de sa fiancée. Il essaya de chasser de son esprit cette dernière pensée choquante, en vain. Belinda était bel et bien ennuyeuse. Mais qui pouvait garantir que cette fille, assise à côté de lui et dont la jambe se trouvait à quelques centimètres de la sienne, ne l'était pas autant ? Quelle femme bien élevée pouvait s'abaisser jusqu'à travailler dans une cuisine d'hôtel ? Il lui jeta un coup d'œil rapide. Les yeux de Frederica dansaient tandis qu'elle écoutait la chanson. Il sentait son léger parfum floral. Ses cheveux n'étaient plus cachés sous cette hideuse charlotte, mais ils brillaient à la lumière des bougies et une petite mèche rebelle folâtrait contre sa joue.

C'est alors que Mr Davy entama une chanson d'amour chargée d'espoirs perdus et de nostalgie. La proximité de Frederica, combinée à la beauté des paroles et de la voix qui les chantait, émut l'âme du capitaine au plus profond. Il faillit tendre le bras et prendre la main de Frederica dans la sienne, et se retint de justesse, non sans mal. Lorsque les chansons seraient terminées, il aurait l'occasion de lui parler, et peut-être découvrirait-il que derrière toute cette beauté se cachait un esprit terne et niais.

Mais lorsque Mr Davy termina sa chanson et s'assit sous les applaudissements, ce fut miss Tonks qui entreprit de monopoliser l'attention du capitaine. Elle entendait ainsi protéger l'incognito de Frederica. Il répondit à ses questions sur la vie militaire, puis, à sa grande horreur, entendit miss Tonks déclarer d'une voix claire : « J'ai lu le carnet mondain et me souviens d'y avoir lu l'annonce de vos fiançailles, capitaine. Toutes mes félicitations.

– Merci », répondit-il d'une voix blanche, remarquant à son grand dam que Frederica s'était levée et s'était dirigée vers le milieu de la pièce où Betty, la vieille femme de chambre de lady Fortescue, venait de placer le plateau pour le thé.

Puis ce fut le colonel qui, avide de nouvelles de l'armée, sollicita son attention. Il continua donc à parler, sans cesser d'observer Frederica. Le visage animé, elle riait à une remarque de Mr Davy, qui l'avait rejointe. Qui était cet homme ? Néanmoins le capitaine soutint la conversation avec aisance jusqu'à ce que lady Fortescue fasse tinter sa cuillère contre sa tasse pour réclamer le silence.

« Il nous faut discuter de nos affaires, capitaine. Auriez-vous l'obligeance de vous retirer ? »

Un homme du monde eût assurément obtempéré, mais le capitaine songea plus tard que les manières libres et spontanées de ces hôteliers devaient l'avoir contaminé, car il répondit avec légèreté : « Sauf si vous avez à débattre de secrets, je serais heureux de rester, car j'apprécie la compagnie. »

Frederica revint s'asseoir. Elle était de nouveau à côté de lui, mais il perçut une certaine réserve à son égard. La nouvelle de ses fiançailles l'avait atteinte avec la violence d'un baquet d'eau froide lancé en pleine figure. Elle se sentait diminuée et stupide d'avoir nourri des rêves romanesques au sujet du beau capitaine. Londres lui paraissait à nouveau un lieu aussi étrange qu'étranger.

Lady Fortescue toussota. « On nous a demandé d'organiser au Parent pauvre la réception de la duchesse de Darver dans une semaine.

– Une semaine ! s'exclama sir Philip. Mais jamais on ne nous a donné un délai aussi court !

– Sa Grâce avait déjà retenu les services de Gunter, mais a ensuite appris qu'on nous considérait *nous* comme beaucoup plus élégants. Despard et Rossignole, nos excellents chefs, affirment qu'ils peuvent se tirer d'affaire, à condition que nous engagions un chef supplémentaire pour l'occasion afin de s'occuper du dîner de nos pensionnaires ce soir-là.

– Impossible de trouver un chef au pied levé, grommela sir Philip. Il faut qu'il soit à la hauteur.

– La plupart de nos hôtes se rendront à la réception de la duchesse, de toute façon, fit remarquer lady Fortescue. Il nous suffira d'un cuisinier ordinaire pour cette soirée.

– J'irai pour ma part, intervint le capitaine Manners.

– J'ai appris beaucoup de choses sur la préparation des

sauces, dit Frederica. Peut-être mes services pourraient-ils vous être utiles ?

– Oh, mais il faut que vous veniez aussi à la réception de la duchesse, s'empressa de dire miss Tonks. Ces occasions nous permettent de passer de bons moments. Nous n'avons pas à nous habiller en domestiques, nous pouvons mettre nos tenues les plus élégantes. Nous avons des valets de pied et des serveurs pour faire le vrai travail, mais nos clients s'attendent à ce que nous fassions acte de présence pour ajouter du cachet à la soirée.

– C'est tout à fait hors de question, coupa lady Fortescue. Frederica ne doit pas être vue à une soirée mondaine.

– Quant à cela, il ne peut y avoir d'inconvénient à ce qu'elle y apparaisse, intervint le colonel. Je sais que lord Bewley n'assistera pas à cette soirée.

– Eh bien ! Pourquoi ne pas laver tout notre linge sale en public, pendant que vous y êtes ! » grinça sir Philip, en désignant du regard le capitaine Manners, qui écoutait cet échange avec le plus grand intérêt.

« Eh bien, ma foi, nous aviserons, se hâta de conclure lady Fortescue. Capitaine, nous avons été enchantés de votre compagnie, mais je dois vous rappeler qu'il est fort tard.

– Où avais-je la tête ? » dit-il en se levant et faisant une courbette. Les dames plongèrent dans une révérence, et il prit congé, fort intrigué. Il regagna sa chambre, pensif, toute velléité d'aller à son club oubliée.

Y avait-il quelque scandale honteux associé à Frederica pour qu'elle fût ainsi tenue à l'écart de la bonne société ? Il secoua la tête. C'était impossible. Elle paraissait si jeune, si innocente. Et pourquoi avait-il été question de lord Bewley ? Au lieu d'éteindre tout intérêt, cette brève rencontre avec Frederica avait transformé en envoûtement ce qui n'était au départ que le frémissement d'une attirance. Mais il n'était pas encore prêt à se l'avouer.

Le vendredi, le capitaine Manners escorta sa mère, Mrs Devenham et Belinda à Vauxhall. Il avait invité son ami Jack Warren à les accompagner, car sa mère et Mrs Devenham étaient veuves et le capitaine éprouvait le besoin d'un renfort masculin.

Si Mrs Devenham et Belinda avaient insisté pour n'arriver à Vauxhall qu'après la fin des attractions « vulgaires » – ce qui était considéré comme de bon ton –, le capitaine, lui, était déçu, car il appréciait toujours un bon feu d'artifice et trouvait que seules les attractions de Vauxhall justifiaient le déplacement.

Ils furent installés dans une loge, où ils mangèrent de minces tranches de jambon et burent du punch à l'arak, un mélange que même les grands buveurs jugeaient puissant. Plus animée que d'habitude sous l'effet du punch, Belinda rayonnait, et le capitaine dut reconnaître qu'elle était fort belle. Il regrettait seulement que sa conversation ne fût pas aussi séduisante que son apparence : elle concentrait son attention sur les passants et critiquait leurs tenues.

Mais le capitaine fut forcé d'admettre qu'il était peut-être un peu trop pointilleux dans ses goûts car Jack Warren joignit volontiers ses moqueries à celles de Belinda. Le capitaine Manners laissa son regard vagabonder en direction des autres loges, et s'arrêta sur un couple qui buvait et riait. Il reconnut ce lord Bewley qui, pour une raison mystérieuse, ne devait pas voir Frederica. Lord Bewley était en compagnie d'une accorte jeune personne vêtue d'une robe bon marché ornée de dentelle de coton. Le capitaine était sûr de l'avoir déjà vue, et il s'avisa non sans effarement que c'était la femme de chambre de l'hôtel.

Pourtant, malgré son allure de grossier personnage, lord

Bewley ne semblait pas afficher une maîtresse, car malgré leur familiarité, il la traitait avec de petites marques de respect, se levait pour rajuster le châle autour des épaules de la jeune femme et lui coupait lui-même des tranches de jambon.

À l'hôtel, les associés devaient être réunis dans leur salon, se dit le capitaine. Quel plaisir il aurait eu à les rejoindre ! Il s'aperçut que Belinda lui posait une question.

« Que pensez-vous des gants lavande ?

– Pour les hommes ou les femmes ? demanda-t-il.

– Pour les hommes.

– Je n'ai pas d'avis très prononcé sur la question, miss Belinda », répondit-il avec dans ses yeux bleus cette lueur ironique que Belinda n'aimait pas. Elle avait toujours le sentiment que le capitaine s'amusait de quelque plaisanterie secrète.

« Oh, mais j'en suis moi-même adepte, intervint galamment Jack Warren. J'en ai une paire et j'ai commandé un gilet assorti en très beau twill à fines rayures bleu lavande que j'ai trouvé en Italie.

– Certains tissus fabriqués en Italie sont ravissants, intervint Mrs Devenham. De son vivant, Mr Devenham rapportait toujours des rouleaux de soie superbe. Vieil or avec des stries bronze. J'ai une robe de ce tissu que je tiens à vous montrer, Mr Warren. »

Jack ouvrit sa tabatière d'une pichenette et prit délicatement une pincée de tabac à priser. « J'ai hâte de la voir, assura-t-il.

– J'aimerais me promener un peu, dit Belinda.

– Nous allons toutes les deux nous dégourdir les jambes, ma chérie, dit Mrs Devenham en tapotant la main de sa fille. L'air du soir me donne des crampes si je reste trop longtemps assise. »

Lady Manners se pencha. « Mr Warren aurait-il la bonté

de vous escorter ? J'aimerais dire un mot en privé à mon fils. »

Jack s'éloigna, une femme à chaque bras.

« Eh bien, Peter, à quel jeu joues-tu ? demanda sévèrement lady Manners.

– Expliquez-vous, Mère.

– Est-ce bien nécessaire ? J'ai arrangé pour toi ces fiançailles avec miss Devenham et t'ai trouvé une jolie femme avec une belle dot. Et pourtant je perçois dans ton attitude envers elle une indifférence qui me déplaît.

– Comme vous le dites vous-même, Mère, vous avez arrangé cette affaire. L'amour n'entre pas dans l'équation.

– L'amour ! Balivernes ! Pourquoi ne peux-tu te conduire comme ton ami Mr Warren, qui est la galanterie même ? Je ne comprends pas davantage pourquoi tu n'es pas descendu dans la maison familiale mais dans cet affreux hôtel Limmer, qui est un repaire de Corinthiens.

– Je ne loge plus au Limmer, mais au Parent pauvre.

– Nous avons beau être très riches, je ne vois aucune raison de jeter l'argent par les fenêtres », dit rondement lady Manners. Elle n'avait rien de la beauté de son fils, et n'avait au reste jamais été belle. C'était une femme ronde – ronde de corps et de visage. « Mais puisque tu es descendu dans cet hôtel, poursuivit-elle, je sais que les Devenham ont très envie d'y dîner, car sa cuisine est réputée. »

Il eut la vision soudaine de Frederica suant sang et eau dans les cuisines et apprenant qu'il recevait sa fiancée à l'étage au-dessus. Il se borna à répondre : « Je vais retenir une soirée, mais ils sont toujours pleins et il n'est pas aisé de...

– Allons donc ! Je sais de source sûre que les pensionnaires ont la priorité en matière d'invitations. Tu me déçois. De plus, tu ne t'es pas fait un nom dans la bonne société.

– Quel besoin ai-je de me faire un nom ? rétorqua le

capitaine avec une certaine hauteur. Je fais partie de la bonne société.

– Mais tu n'as pas d'émules. Il faut que tu cultives une excentricité quelconque. Comme ce capitaine des gardes qui a acquis une certaine notoriété en pariant qu'il pourrait grimper sur tous les meubles d'une pièce sans jamais mettre pied à terre.

– Le fanfaron ! laissa tomber le capitaine.

– Tu es un peu *difficile**, mon fils. Même la crème de la crème cultive de petites excentricités. Le marquis de Queensberry a un jour envoyé un message à quinze lieues en trente minutes en le faisant lancer de main en main dans une balle de cricket. Buck Whalley est allé à Jérusalem à pied en grand manteau bleu, cuissardes et culottes de peau. Ces temps-ci, lord Harewood cherche à se faire remarquer en imitant le Prince Régent en toute chose – il s'habille comme lui et affecte les mêmes manies. Lord Petersham est célèbre pour ses tabatières, sinon, personne ne prêterait attention à lui ; quant au vieux lord Dudley, il dit exactement tout ce qu'il pense. Et comment s'appelle cet homme qui entre toujours dans une pièce en marchant sur les mains ? »

Elle s'arrêta pour reprendre sa respiration et le capitaine dit d'un ton moqueur : « Je suis une vraie déception pour vous, Mère. En vérité, je ne connais personne qui entre dans une pièce en marchant sur les mains et je n'en ai aucun regret. »

Elle posa une main sur la sienne et conclut avec tendresse : « Tu es le plus bel homme de Londres, mais tu manques de *style*. Mr Warren déploie charme et galanterie envers Belinda, et il rit de façon si engageante à tous ses propos !

– Sans doute parce qu'elle ne l'ennuie pas.

– Quelle remarque désobligeante ! » Sa mère le regarda

avec une stupéfaction soudaine. « Ne me dis pas que tu cherches une femme *intelligente* !

– À Dieu ne plaise », dit-il avec légèreté, mais sa mère ne perçut pas l'ironie dans sa voix, et elle parut soulagée.

« Ah, voici Belinda. Essaie d'être un peu plus gracieux, je t'en prie. »

Alors le capitaine fit bouffer le jabot de sa chemise, rassembla son courage, et entreprit de se rendre agréable à Belinda, tant et si bien qu'il réussit presque à chasser le joli visage de Frederica de son esprit.

En marchant sous les arbres avec Mary, lord Bewley se sentit réconcilié avec le monde. Il l'avait appelée Frederica, mais elle s'était exclamée avec surprise qu'elle s'appelait Mary Jones. Il avait souri discrètement et décidé de jouer le jeu de ce qu'il prenait pour une amusante mascarade. Il avait passé un bon moment chez Astley en voyant le plaisir naïf que prenait sa compagne à tous les numéros. Si lord Bewley n'avait pas été persuadé qu'il se promenait avec une jeune fille de bonne famille, il l'eût entraînée dans les buissons et troussée incontinent, aussi valait-il mieux pour Mary qu'il ne sût pas qu'elle était bel et bien femme de chambre. Elle se disait quant à elle que les sermons qu'elle avait reçus chez elle comme à l'hôtel sur les manières cyniques et dévergondées des messieurs vis-à-vis des domestiques étaient sans fondement. Car enfin, lord Bewley la traitait avec les égards dus à une dame !

Quand, plus tôt dans la soirée, lady Fortescue était entrée dans la salle à manger au bras du colonel Sandhurst, elle avait perçu une atmosphère inhabituelle. Avec le colonel et sir Philip, elle avait servi le premier plat puis passé le relais aux domestiques. C'était là l'une des attractions principales de l'hôtel pour les clients avant que la cuisine exceptionnelle de Despard ne prenne le pas. Toutes les tables étaient occupées. Mais il s'agissait d'autre chose. Tous les yeux s'étaient tournés avidement vers elle lorsqu'elle était entrée, les têtes se penchaient les unes vers les autres et des chuchotements excités bourdonnaient.

« Mais enfin, dit-elle à haute et intelligible voix au colonel tout en promenant ses yeux noirs sur l'assemblée, ai-je le nez barbouillé ou ma robe est-elle dégrafée ?

– Rien de tout cela », répondit le colonel d'une voix conciliante.

Les chuchotis diminuèrent et se turent sous le regard hautain et sévère de lady Fortescue. Mais, comme des enfants dissipés, les convives continuèrent à lui jeter quelques regards et à pouffer.

Lady Fortescue appela sir Philip. « Quelqu'un a fait courir sur moi quelque rumeur scandaleuse. Je le sens. Découvrez-la et faites-la taire.

– Volontiers », dit sir Philip. Il avisa le jeune Fetter, un parfait muscadin de Bond Street, assis avec un groupe près d'une fenêtre. Fetter, il le savait, se rendait au Limmer après le repas et on pouvait l'y trouver dans la *coffee room*. Sir Philip décida de le suivre et d'obtenir de lui le fin mot de l'histoire.

5

« J'achetais mes gants couleur soufre au Palais-Royal. Quand la guerre éclata en 93, je ne pus m'y rendre pendant sept ans. Sans un lougre que j'affrétais spécialement pour me les rapporter en contrebande, j'aurais pu en être réduit à porter du marron clair anglais. »

SIR ARTHUR CONAN DOYLE

Miss Tonks et Frederica étaient seules dans le salon le lendemain soir. Le dîner était servi en bas dans la salle à manger et les autres ne les rejoindraient que lorsqu'il serait terminé. Mr Davy était sorti voir des amis acteurs, ou plus exactement, miss Tonks espérait qu'il s'agissait d'amis et non d'amies.

Elles roulottaient des mouchoirs.

« Il est très beau, ce capitaine Manners, vous ne trouvez pas ? dit miss Tonks en coupant un fil entre ses dents de lapin.

– Oui », répondit sombrement Frederica. Maintenant qu'elle ne pouvait plus rêver au capitaine – comment rêver à un homme fiancé à une autre ? –, elle se sentait de plus en plus inquiète en songeant à sa situation. Qu'allait-elle devenir ? Pour une fille de bonne famille, le seul avenir était le mariage. Elle pouvait demander aux hôteliers de la laisser rester chez eux, mais dans ce cas, elle compromettait tout espoir de se marier. La dernière fois qu'elle avait vu le capitaine, elle avait été brutalement rappelée à l'évidence : aucun homme du monde ne s'abaisserait à épouser une fille qui avait oublié sa position sociale au point de travailler dans les cuisines d'un hôtel de Bond Street.

« Quel dommage qu'il soit fiancé, poursuivit miss Tonks, car il aurait été pour vous un compagnon idéal.

– Je me suis rendue inépousable en venant travailler ici, dit Frederica. Non que je ne vous sois reconnaissante à tous, car tout m'est préférable au mariage avec lord Bewley. Je l'ai vu. Il est pire encore que ce que j'avais imaginé.

– Votre objection ne tient pas, répliqua miss Tonks. Notre première cuisinière, Harriet James, est devenue duchesse de Rowcester. »

Frederica demanda à en savoir davantage, et miss Tonks s'empressa de lui raconter comment, par des moyens détournés, travailler à l'hôtel avait permis à sa vieille amie de faire un magnifique mariage sans être mise au ban de la société. Mais Frederica, qui n'avait jamais fait son entrée dans le monde et qui par conséquent n'avait pas connaissance des potins mondains, écouta d'une oreille indulgente, persuadée que miss Tonks inventait des contes bleus. Les hommes de la haute société ne s'aventuraient pas à braver les foudres de la censure sociale, c'est ce qu'elle avait appris lors des chasses à courre. Elle se rappelait avoir effectivement entendu parler d'un lord qui avait épousé sa cuisinière. Malgré l'excellente réputation de cette personne aux fourneaux, les amis de son père avaient jugé l'union regrettable car, bien entendu, personne ne pouvait plus inviter ce lord nulle part. Il avait alors pris la mesure de la folie commise et s'était retiré avec son épouse infréquentable en Italie, dans un endroit où seuls le consul britannique et sa femme pouvaient les ignorer et non plus toute la haute société anglaise.

« Si vous ne voulez pas venir avec nous à la réception de la duchesse », dit miss Tonks, déçue que ses histoires n'aient pas déridé Frederica le moins du monde, « vous n'y êtes nullement tenue. Mais ce sera une belle occasion de se divertir. Lady Fortescue propose que nous allions demain chez Mme Verné vous acheter une robe de bal. Certes, le délai est court, mais parfois, la couturière se retrouve avec une robe commandée par une cliente qui a finalement quitté Londres. À moins que vous ne craigniez de compromettre vos chances pour votre entrée dans le monde lors de la Saison ?

– Pour autant que je sache, répondit Frederica en lissant soigneusement sur son genou le mouchoir qu'elle roulottait, aucune entrée dans le monde n'est prévue pour moi. Si je retourne chez moi, je serai encore forcée de me marier, avec lord Bewley ou un autre. »

Tentée de lui confier que lord Bewley n'avait plus aucune intention de l'épouser, miss Tonks se souvint fort heureusement à temps que Frederica ne savait rien de la rançon ni de leur discussion avec ledit lord, aussi répondit-elle avec entrain : « Alors, dans ce cas, accompagnez-moi demain chez la couturière ! »

Une lueur d'amusement traversa l'œil de Frederica.

« Je croyais qu'on ne se déplaçait pas, mais que c'était la couturière qui venait à domicile.

– C'est tout à fait exact, dit miss Tonks avec sérieux. Mais je suis devenue une excellente femme d'affaires, et je marchande mieux lorsque je suis dans une boutique. Ah, j'entends les autres ! »

Frederica éprouva un petit pincement au cœur en regardant vers la porte. Bien qu'elle crût avoir chassé le capitaine de son esprit, elle ne put s'empêcher de penser que ce serait merveilleux qu'il se joigne à eux. Sir Philip fut le premier à franchir la porte, l'air triomphant. Peu après entrèrent le colonel Sandhurst et lady Fortescue.

Betty et John, les vieux domestiques de lady Fortescue, suivirent, apportant le plateau à thé.

« C'est moi qui ai fait ces gâteaux, s'exclama Frederica. Je commence à faire mon chemin dans la pâtisserie. »

Repoussant une vision de la jolie Frederica en train de patauger dans un gigantesque bol de pâte, sir Philip déclara : « J'ai au sujet de Mr Davy des nouvelles qui vont vous choquer tous !

– Quoi encore ? répondit miss Tonks d'un ton acide. Vous n'avez jamais pu souffrir cet homme, et savez-vous pourquoi ? Vous êtes jaloux parce qu'il a pu obtenir l'argent que nous devait lord Braby, et sans la moindre difficulté ! »

Sir Philip agita les mains et Frederica trouva qu'en cet instant, il ressemblait à un vieux singe, d'autant que les paumes de ses mains étaient teintes à la cochenille, une mode passée depuis peu, mais à laquelle sir Philip sacrifiait encore parfois.

« Vous ne savez pas tout ! ronronna-t-il. Notre célèbre Mr Davy s'est fait passer pour un certain comte de Versailles.

– Si, nous le savons, gronda le colonel, et c'était une idée fort bien venue.

– Vous ignorez sans doute que, d'après ce que Mr Davy a raconté à lord Braby » – les yeux pâles de sir Philip se posèrent sur lady Fortescue – « si un aristocrate comme le "comte de Versailles" s'intéressait aux dettes impayées du Parent pauvre, c'était que son cher, son très cher ami le prince de Galles, était fort entiché de lady Fortescue. »

Il y eut un silence scandalisé.

« Balivernes, dit catégoriquement le colonel.

– C'est la vérité, caqueta sir Philip, qui se délectait de la consternation inscrite sur leurs visages. Et c'est là l'homme dont vous êtes tous si empressés de faire un associé.

– Il doit y avoir erreur, plaida miss Tonks en regardant les autres d'un air suppliant.

– Je crains que non, répondit posément lady Fortescue. Cela explique pourquoi tant de gens de la cour se pressent à nos tables et en effet, cela explique aussi pourquoi tout le monde est si prompt à payer. Au reste, lady Tarrant, qui n'avait pas réglé sa note, nous a fait porter l'argent cet après-midi. » Lady Fortescue se mit à rire et ses yeux noirs étincelèrent. Frederica devina qu'elle avait dû être séduisante dans sa jeunesse ; sous les rides et le maquillage subsistait l'ombre de la beauté perdue.

« Voilà qui m'enchante ! s'écria lady Fortescue. Il est réjouissant de se sentir aussi *dévergondée* à mon grand âge. Je suis fort obligée à Mr Davy.

– Ne vous souciez-vous donc pas de votre réputation ? s'écria le colonel. Je vais le cravacher, ce saltimbanque ! »

Lady Fortescue continua à rire, d'un rire étonnamment juvénile.

« Ah, mais ne voyez-vous donc pas que cette rumeur est si ridicule que la société reviendra bien vite à la raison, surtout lorsqu'on s'apercevra que ce comte n'existe pas et que lord Braby s'est fait duper ? Tout le monde rira de lui, ce qu'il mérite amplement, et nous n'en serons que plus admirés.

– Vous voulez dire que vous allez laisser Mr Davy s'en tirer en toute impunité ? s'exclama sir Philip, qui n'en croyait pas ses oreilles.

– Je vais lui faire des remontrances sévères, cela va sans dire. » Lady Fortescue lança un regard aguicheur au colonel. « Ne prenez donc pas cet air renfrogné, mon ami.

C'est une tempête dans un verre d'eau. Rien du tout. Une banale rumeur qui a duré assez longtemps pour que nos notes impayées soient réglées.

– Eh bien, puisqu'il ne reste plus de dettes importantes, grinça sir Philip, je ne vois pas l'intérêt de donner à ce méchant pitre droit de cité chez nous.

– Il a sa place ici au même titre que n'importe lequel d'entre nous », riposta miss Tonks avec véhémence.

Sir Philip la regarda avec condescendance. « Et pourquoi donc ? Si cet hôtel a du cachet, c'est parce que nous sommes tous du meilleur monde. En quoi cela donne-t-il du cachet d'avoir un acteur pour servir à table ? Ils sont bien assez nombreux à le faire déjà dans toutes les gargotes de Londres.

– Vous êtes jaloux, lança miss Tonks. Oui, jaloux. Parce qu'il est plus jeune que vous et tout aussi malin.

– Trêve de chamailleries, intervint lady Fortescue. Je réprimanderai Mr Davy moi-même puisque c'est moi qui suis en cause. Mr Davy est toujours à l'épreuve. Nous accordons-nous là-dessus ?

– En ce qui me concerne, il est flambé ! » s'écria sir Philip. Et il quitta en trombe le salon.

Le colonel s'éclaircit la voix. « Ma foi, je comprends sa colère. Salir votre nom de la sorte, ma chère…

– Si je pensais un instant que ces ragots ridicules devaient persister, j'en serais fort contrariée. Mais si demain soir encore je remarque dans la salle à manger des têtes penchées, des chuchotis et des regards curieux, j'en serai fort surprise ! »

Sir Philip se rendit au Limmer et bouda pendant presque deux heures dans la *coffee room*. Il finit par partir, mais au lieu de rentrer au Parent pauvre, il descendit la partie étroite de la rue, nommée Bond Street Straits, d'un pas assez incertain car il avait bu deux bouteilles de vin. Ce ne fut que lorsqu'il tourna ensuite au hasard dans Stafford Street, éclairée par la seule lueur vacillante d'une modeste lanterne à huile, qu'il perçut un danger. Trop tard. L'allure de l'homme qui s'approchait de lui, silhouette noire dans l'ombre environnante, l'avertit d'une menace. Il vit que l'inconnu tournait la tête des deux côtés afin de s'assurer qu'il n'y avait pas de témoins. Sir Philip chercha de la main sa canne-épée, mais se rendit compte avec consternation qu'il ne l'avait pas prise. Voyant qu'ils étaient seuls dans la rue, l'individu s'avança vers sir Philip, un long et redoutable couteau à la main. « Donne-moi ton argent, dit-il dans un souffle rauque, sinon tu le regretteras. »

Sir Philip se sentit défaillir. Le colonel lui avait donné la recette du jour combinant les notes des clients, le contenu de la caisse de la salle à manger et du salon de café, et il avait oublié de mettre cet argent au coffre, ce dont il s'était aperçu en payant son écot au Limmer.

« Je n'ai rien sur moi », dit-il d'une voix faible.

L'homme le saisit par la cravate de sa main libre. « Vieille ganache ! Aboule ! »

La lune, haut dans le ciel au-dessus de l'impitoyable capitale, sortit de derrière un nuage. L'homme secouait sa proie comme un chien secoue un rat et sir Philip sentit qu'il perdait connaissance. C'est alors qu'il entendit un craquement brutal. Sa cravate fut soudain libérée et il chancela, puis se trouva rattrapé par un bras solide. Il se crut de nouveau attaqué et bredouilla un « au secours » aussi tremblant qu'un bêlement.

« Allons, allons, Sommerville, du calme ! C'est moi, Davy. »

Suffoquant, sir Philip se dégagea de son bras. Son assaillant gisait sur le sol et Mr Davy tenait à la main un gros gourdin.

Pendant qu'il reprenait ses esprits et que Mr Davy appelait le guet à tue-tête, sir Philip fut aussitôt submergé par la rage d'avoir été secouru par cet acteur dont il avait espéré se débarrasser. Un brouhaha annonçant l'arrivée du guet se fit entendre à l'autre bout de la rue et les officiers du guet, suivis par un constable, l'officier chargé de la surveillance du quartier, s'approchèrent pour recueillir la déclaration de Mr Davy. L'agresseur, qui avait repris connaissance, avait été emmené.

Sir Philip réussit à bredouiller des remerciements d'une voix étranglée.

« Allons donc au Limmer boire un punch au gin pour nous requinquer, proposa Mr Davy. Mais vous ne m'avez toujours pas dit ce que vous faisiez à vous promener tout seul dans les rues à une heure pareille.

– Je réfléchissais, répondit sèchement sir Philip. Je vous en dirai davantage quand nous serons assis. »

Ils rebroussèrent chemin vers le Limmer et firent le trajet en silence. Sir Philip chancelait encore un peu, mais il refusa le bras de Mr Davy. Quand ils se retrouvèrent enfin devant une bouteille de vin et que Mr Davy posa sur sir Philip un regard interrogateur, le vieux monsieur décida alors de se venger de miss Tonks. Car n'était-elle pas responsable d'avoir introduit cet homme de basse extraction dans leur prestigieux hôtel ? Sir Philip considérait miss Tonks comme sa propriété. Non par amour ni par attirance sexuelle – à Dieu ne plaise ! – mais parce qu'il était un vieillard et aurait besoin de quelqu'un pour s'occuper de lui lorsqu'il se retirerait. Il lui faudrait quelqu'un qui tienne sa maison, s'occupe des domestiques et lui soit tout dévoué. Il y avait peu de temps encore, miss Tonks eût été trop heureuse de jouer ce rôle en contrepartie du titre de « lady ». Mais c'était avant d'entendre parler de Jason Davy.

« J'étais sorti marcher parce que j'étais troublé et soucieux, dit sir Philip.

– Au sujet de l'hôtel ?

– Non, non. Il s'agit de miss Tonks.

– Letitia ? Elle n'est pas malade, j'espère ? »

La familiarité que traduisait l'emploi du prénom de la demoiselle renforça la résolution de sir Philip. Derrière lui, les grésillements en provenance de la cheminée où un groupe de Corinthiens occupait la fin de la soirée à un concours de crachats accompagné d'un concert de rires bien gras, finirent d'exaspérer ses nerfs, et il ignora la voix de sa conscience qui lui hurlait qu'il allait se couvrir de ridicule.

« Vous avez détourné de moi ses affections », déclara-t-il.

Mr Davy regarda le vieux monsieur assis face à lui et pensa fort peu charitablement qu'en cet instant précis, il ressemblait à une vieille tortue maléfique. Mais il refoula sa répugnance et répondit posément : « Poursuivez.

– Nous sommes tous âgés et ne pourrons continuer à tenir l'hôtel indéfiniment, dit sir Philip. Bien entendu, comme vous n'êtes pas l'un des nôtres, vous ignorez nos projets pour l'avenir. Le colonel Sandhurst et lady Fortescue prévoient de se marier et de se retirer à la campagne. » De nouveau, sa conscience le titilla, car n'avait-il pas lui-même un faible pour lady Fortescue ? Mais miss Tonks méritait une leçon. « Il est entendu entre miss Tonks et moi que nous unirons nos forces et passerons ensemble nos dernières années. »

Il y eut un long silence, que Mr Davy finit par rompre. « Elle est beaucoup plus jeune que vous, monsieur, dit-il.

– Oh, elle est beaucoup plus vieille qu'elle ne le paraît, dit sir Philip, décochant une nouvelle flèche à la malheureuse miss Tonks.

– Je n'ai rien fait pour détourner de vous l'affection de

miss Tonks, déclara fermement Mr Davy. Miss Tonks et moi sommes bons amis, rien de plus.

– Mais vous la détournerez en vivant chez nous », hurla sir Philip. Derrière eux, les crachats s'interrompirent. Il se retourna et lança d'un ton vipérin : « Je ne voudrais surtout pas vous arracher à vos passe-temps intellectuels. » Les crachats reprirent.

« Vous aimeriez que je me retire ? » s'enquit Mr Davy. Sir Philip scruta son visage, mais n'y décela rien de plus qu'un intérêt poli.

« Ne serait-ce que pour assurer le bien-être de miss Tonks et le bonheur d'un vieillard. » Sir Philip sortit de sa poche un vaste mouchoir et tamponna ses yeux secs. « De plus, ce mensonge que vous avez fait circuler, faisant croire que lady Fortescue était la dulcinée de Prinny, a été fort peu apprécié.

– Comment lady Fortescue l'a-t-elle appris ?

– Quelqu'un a considéré qu'il était de son devoir de le lui rapporter », répondit sir Philip avec componction.

Ce quelqu'un étant vous, pensa Mr Davy.

« Est-elle très fâchée ?

– Très, s'empressa de répondre sir Philip. Mieux vaudrait pour votre dignité partir discrètement avant que l'on ne vous prie de le faire.

– Vous avez peut-être raison, fit Mr Davy en remplissant à nouveau leurs deux verres de vin. Comment vous sentez-vous après votre aventure ?

– Ma foi, raisonnablement bien, dit sir Philip. Je vous remercie », ajouta-t-il d'un ton bourru. Il se souvint de l'argent toujours rangé dans un sac, enfoui dans l'une de ses vastes poches, et il vida son verre d'un seul coup. « Il faut que je rentre. M'accompagnerez-vous ?

– Je vais rester encore un peu. Le Parent pauvre est à

deux pas. Je doute que vous vous fassiez attaquer en plein milieu de Bond Street. »

Lorsque sir Philip se mit enfin au lit, il avait réduit sa conscience au silence. Tout était pour le mieux. Ils s'étaient tous assez abaissés dans la vie en se livrant à une activité mercantile. Il fallait éviter à miss Tonks de s'engager dans une relation avec un homme bien au-dessous de sa condition.

Épuisé par son aventure et la quantité de vin ingurgitée, sir Philip dormit jusqu'au lendemain après-midi. Malheureusement pour lui, ce ne fut pas le cas de Mr Davy. Et il n'était pas non plus dans la nature de l'acteur de se dérober.

Il demanda d'abord audience à lady Fortescue. Elle écouta ses excuses la tête penchée, puis déclara : « Ne refaites plus jamais une chose pareille, Mr Davy. Si vous devez recouvrer les dettes de cet hôtel, il faut vous y prendre d'une façon moins retorse. Il se trouve que votre fiction a effrayé tous les autres débiteurs et qu'ils ont payé leurs notes en retard. Mais il y a beaucoup à faire ici. Nous recevons souvent la fâcheuse visite de muscadins de Bond Street dans notre salon de café, et les serveurs ne savent trop comment se débarrasser d'eux. En attendant de prendre notre décision à votre sujet, nous vous chargerons de la surveillance du salon de café.

– Devrai-je porter une livrée ? s'enquit Mr Davy.

– Non, le mieux sera que vous portiez vos tenues les plus élégantes et que vous vous comportiez comme l'un d'entre nous. Les gens viennent dans cet hôtel pour y être servis par nous, qui sommes souvent à bien des égards leurs supérieurs. »

Cette dernière remarque fut prononcée sans la moindre trace d'humour.

« Je vais m'acquitter de ma tâche, dit Mr Davy. Mais auparavant, je souhaiterais m'entretenir avec miss Tonks.

– Frederica et elle logent à côté. Elles ont acheté une robe de bal assez ordinaire pour Frederica et sont en train de l'agrémenter. Elles doivent être dans leur salon. »

L'appartement de la maison attenante disposait d'un petit salon, mais il était rarement utilisé car tous préféraient celui de l'hôtel. Ce fut cependant là que Mr Davy trouva miss Tonks. Elle était seule et feuilletait des gravures de mode, son panier à couture ouvert à côté d'elle.

« Où est Frederica ? demanda-t-il.

– Aux cuisines. Elle vient juste de partir. Vous vouliez lui parler ?

– Non, c'est vous que je suis venu voir. »

Miss Tonks le regarda avec une timidité de jeune fille.

« Que puis-je pour vous, monsieur ?

– Avez-vous vu sir Philip aujourd'hui ?

– Non, mais les ronflements venant de sa chambre sont effrayants.

– Je l'ai rencontré par hasard hier soir. Je l'ai délivré d'un malandrin dans Stafford Street. »

Les yeux brillants, miss Tonks joignit les mains. « Comme c'est courageux de votre part, monsieur. Je vous en prie, racontez-moi cette aventure.

– Plus tard, peut-être. Mais voici la suite. Sir Philip et moi sommes allés au Limmer et il m'a dit là-bas qu'il serait préférable pour vous que je me retire de l'hôtel.

– Pour *moi* ? Mais pourquoi donc ? C'est moi qui ai eu l'idée de vous faire venir.

– Sir Philip est jaloux de moi, ce qui peut se comprendre. Et il s'est mis en tête la folle idée que vous pourriez transférer sur moi l'affection que vous lui portez.

– Mais… m-mais… m-m-mais, bégaya l'infortunée miss Tonks, sir Philip n'a pas le contrôle de mes affections. Non, ce n'est pas tout à fait vrai. J'aime beaucoup sir Philip, malgré son goût pour le sarcasme, comme j'aime lady Fortescue et le colonel Sandhurst. Mais c'est tout. Je serai franche avec vous. Après le mariage de mon amie Mrs Budley, je me suis sentie très seule. En travaillant ici, j'ai pris l'habitude d'avoir de la compagnie et je redoute de me retrouver seule à nouveau. Lorsque nous sommes rentrés du mariage qui avait eu lieu dans le Warwickshire, sir Philip s'est montré fort amical et d'un commerce agréable. J'ai commencé à songer que lorsque lady Fortescue et le colonel se retireraient et s'installeraient ensemble, je pourrais peut-être l'épouser, pour l'unique raison que je ne voulais pas rester seule. Mais après notre retour, sir Philip s'est amouraché de cette horrible et vulgaire créature, Mrs Budge, que nous souhaitions faire déguerpir, et c'est pour cela que nous avons fait appel à vous. Je me suis alors rendu compte que jamais je ne pourrais souffrir sir Philip comme époux. » Elle rougit délicatement. « Avec Mrs Budge, il a trahi l'existence chez lui de certains appétits grossiers dont je… ah mon Dieu, comme c'est embarrassant… dont je pensais qu'ils disparaissaient avec l'âge », conclut-elle avec un toussotement. La pauvre miss Tonks, au supplice, décroisa et recroisa ses pieds minces. « Ce que j'essaie de dire, Mr Davy, c'est que vous n'avez aucune raison de partir à cause de moi, et au surplus » – elle déglutit – « votre amitié m'est précieuse.

– Alors, qu'elle se poursuive, lança-t-il gaiement. On m'a chargé de superviser le salon de café, et je dois m'acquitter de ma tâche. » Il s'inclina et, après lui avoir baisé la main, lui sourit et quitta la pièce.

Miss Tonks resta longtemps assise, pressant contre sa joue la main qu'il avait baisée.

Frederica était seule dans les cuisines. Despard, Rossignole et le reste du personnel de la cuisine étaient partis à Oxford Street pour y voir défiler la garde. Quant à elle, elle battait des blancs d'œufs en neige pour préparer des meringues et se demandait s'ils finiraient par devenir assez fermes. Mais ce travail lui plaisait et elle ne se rendait pas compte que les deux chefs prenaient bien soin de ne jamais lui confier de tâche trop ardue.

Elle entendit des pas descendre l'étroit escalier extérieur menant à la rue, puis l'on frappa à la porte. Elle alla ouvrir, s'attendant à quelque fournisseur, mais découvrit en levant les yeux le beau visage du capitaine Manners. Il tenait à la main un bouquet de fleurs.

« Pour vous », annonça-t-il en le lui tendant.

Frederica prit les fleurs et fit une révérence. « C'est très gentil à vous, monsieur. Voulez-vous entrer ? Je peux vous offrir un verre de vin… du thé… ou autre chose ? »

Il la suivit. Elle prit une bouteille que Despard avait déjà ouverte et lui versa un verre de vin. « Je vais continuer mon travail, dit-elle, car les autres ne vont pas tarder à revenir. Ils sont allés voir la parade de la garde à Oxford Street. »

Il sirota son vin en l'observant battre la préparation pour la meringue. Elle avait les joues rouges car il faisait très chaud dans la cuisine, son nez brillait, de petites mèches folles et humides s'échappaient de la charlotte qui la coiffait, et il la trouva plus ravissante que jamais.

« Laissez-moi faire, dit-il en se levant. Vous semblez avoir besoin d'aide. »

Frederica s'assit en poussant un petit soupir. « Despard bat les œufs comme une machine, et ses blancs sont fermes en un rien de temps, mais avec moi, cela prend une éternité. »

Il regarda les petites mains blanches de la jeune fille.

« Vous êtes une énigme, miss Frederica.

– Comment cela ?

– Vous avez les manières et les habits d'une dame. Vos

mains sont fines et blanches et vous n'avez jamais jusqu'ici travaillé dans une cuisine.

– Comment le savez-vous ?

– C'est simple. Les domestiques qui travaillent dans ces cuisines en sous-sol ont le teint terreux et des mains rougies et abîmées par le travail. »

Frederica savait qu'elle devait garder son secret pour elle, mais même en battant les œufs, le capitaine avait un maintien aristocratique. Elle ne voulait pas qu'il la prenne pour une simple servante.

« Si je vous le dis, monsieur, jurez-vous de ne pas me trahir ?

– Sur ma tête.

– Mon véritable nom est Frederica Gray. Je suis la fille unique de sir Randolph et lady Gray. Mes parents ont laissé ici une note considérable qu'ils n'ont pas payée. Le colonel Sandhurst a été envoyé auprès d'eux pour recouvrer cet argent. Il est arrivé dans notre parc le soir où je m'enfuyais de chez moi. Mon père, voyez-vous, avait arrangé mon mariage avec lord Bewley et… et je ne pouvais me résoudre à épouser cet homme. Le colonel n'a pas recouvré la dette. Il a décidé de m'offrir l'asile ici jusqu'à ce que mon père revienne à la raison.

– Je ne trouve pas que ces hôteliers soient de très bons protecteurs, commenta le capitaine, car lord Bewley réside ici et vous êtes condamnée à travailler aux cuisines.

– Quant à cela, lord Bewley ne m'a jamais rencontrée et il ignore qui je suis. Et je ne travaille que quelques heures par jour. Mr Despard, le chef, est fort aimable avec moi. Il est très important pour une dame de savoir cuisiner, ajouta-t-elle le plus sérieusement du monde.

– Voilà une conduite fort peu conventionnelle », répliqua-t-il avec une pointe de sévérité.

Frederica lui jeta un regard franc. « Avez-vous songé

à votre propre conduite, capitaine ? Je vous suis reconnaissante pour ces fleurs, mais assurément, un gentleman n'offre pas des fleurs à une fille de cuisine, sauf si ses intentions sont peu honorables.

– Si j'avais cru un seul instant que vous étiez vraiment fille de cuisine… là, la consistance est parfaite… je n'y aurais même pas songé. Je ne suis pas de ceux qui séduisent les servantes.

– Mais vous êtes fiancé. » Elle ôta son horrible charlotte et la lumière tombant à travers les barreaux du soupirail au-dessus de sa tête alluma dans ses cheveux des reflets dorés.

« Je ne l'oublie pas. Cela m'amusait d'en apprendre davantage sur vous.

– Maintenant que c'est fait, dit Frederica, une pointe d'irritation dans la voix, je vous saurais gré de partir car mes compagnons de travail vont revenir sans tarder, et je dois veiller à ma réputation. »

L'espace d'un instant, une lueur de frustration et de colère traversa les yeux bleus du capitaine, vite remplacée par son expression habituelle d'amusement légèrement moqueur. « Je suis votre serviteur, miss Gray, dit-il avec une courbette. Il est peu probable que nous nous rencontrions à nouveau.

– Ainsi, la bienséance et les conventions seront sauves », dit Frederica, dont l'œil pétilla. Il se sentit pompeux et guindé.

Mais quand il fut parti, le rire disparut des yeux de Frederica. Elle se rassit lentement devant la table et saisit sa charlotte qu'elle froissa entre ses petites mains. Il lui semblait avoir eu un bref aperçu de la liberté avant de redevenir la demoiselle qu'elle avait toujours été chez ses parents : chétive, muselée et, d'une manière ou d'une autre, toujours dans son tort. Elle aurait dû se comporter en jeune fille de bonne famille malgré sa situation peu banale. On lui avait appris à minauder et à flatter. Son maître de musique lui avait même appris comment rire. Un rire élégant était censé tinter mélodieusement sur une gamme descendante. Le capitaine allait la prendre pour un garçon manqué turbulent.

Dans la rue, le capitaine Manners rencontra son ami Jack Warren et ils se dirigèrent ensemble vers Bond Street Straits. Jack évoquait plaisamment le dernier scandale lorsque le capitaine s'exclama tout à trac : « Morbleu, elle est *adorable** ! »

Jack laissa sa phrase en suspens et regarda fixement son ami. « Miss Belinda Devenham ? »

Le capitaine se ressaisit.

« Qui veux-tu que ce soit ? » répondit-il avec désinvolture.

6

« Quarante-sept ans ont passé depuis la dernière fois que j'ai observé ce cercle de dandys. Où sont aujourd'hui leurs mignons petits chapeaux, leurs merveilleux gilets et leurs bottes dans lesquelles on pouvait se mirer pour arranger sa cravate ? Ils ont vécu des vies étranges, ces hommes, et ont eu des morts étranges, certains ont mis fin à leurs jours, d'autres les ont terminés dans la mendicité, d'autres dans une prison pour dettes, d'autres, comme le plus brillant d'entre eux, dans un asile de fous à l'étranger. »

Sir Arthur Conan Doyle

Au grand dam de sir Philip, non seulement Mr Davy semblait plus ancré que jamais dans la vie de l'hôtel, mais les prévisions de lady Fortescue s'avérèrent justes. La rumeur tournait désormais autour de lord Braby, qui s'était fait duper par un faux aristocrate et avait dû payer sa note à l'hôtel du Parent pauvre. Lord Braby en personne était arrivé en grand courroux à l'hôtel, pour y être accueilli par une lady Fortescue glaciale, qui lui avait fait remarquer qu'il se ridiculisait encore plus en vitupérant contre une dette dont il aurait déjà dû s'acquitter de toute façon. Si un ami inconnu avait pris l'initiative de tendre un piège à Sa Seigneurie pour la faire payer, avait-elle dit, Sa Seigneurie ne pouvait s'en prendre qu'à elle-même.

Satisfaite du traitement qu'elle avait infligé à lord Braby, lady Fortescue s'avisa qu'elle avait presque oublié de se pencher sur le sort de Mary Jones, la femme de chambre. Elle envoya chercher miss Tonks et lui demanda si Mary avait été en butte aux avances des messieurs résidant à l'hôtel.

« J'ai gardé l'œil sur elle, répondit miss Tonks, et à la vérité, elle a une conduite irréprochable. Ses manières, qui à son arrivée pouvaient paraître un peu trop libres et délurées, ont changé : elle est réservée et discrète, et, malgré sa beauté, son comportement semble couper court à toutes les avances. J'ai travaillé avec elle avant-hier matin. C'est merveille de voir comme nos clients masculins s'animent lorsqu'elle entre dans une pièce, mais elle vaque à ses tâches tranquillement et rapidement. J'ai trouvé lord Bewley un peu familier dans sa façon de s'adresser à elle, et il a semblé assez mécontent lorsque je l'ai suivie dans sa chambre, mais elle n'a rien paru remarquer. »

« Vous allez me faire perdre ma place », chuchotait à cet instant précis Mary à lord Bewley dans le couloir devant la chambre de celui-ci.

« Quelle importance ? répliqua-t-il en souriant. Vous pouvez toujours rentrer chez vous.

– Comment ? À Shoreditch ? Pour y partager un lit avec mes trois petites sœurs ?

– Oh, la coquine ! Je ne sais pas comment vous faites.

– Je fais quoi, Votre Seigneurie ?

– Vous continuez à jouer cette comédie.

– Je ne joue pas la comédie, Votre Seigneurie.

– Comme vous voudrez, mon petit cœur. Si vous m'accompagniez une fois encore au spectacle ? Que diriez-vous de l'opéra ? Je n'ai guère de goût pour ça, mais je suis prêt à tous les sacrifices.

– J'aimerais bien voir Grimaldi au Wells, dit Mary.

– Alors, va pour Sadler's Wells ! » répondit lord Bewley, ravi. Lui aussi avait envie de voir le célèbre clown Grimaldi. Il fut de nouveau frappé par la similitude de leurs goûts en matière de distractions. « Quand ?

– Jeudi soir. Ils vont tous à la soirée de la duchesse de Darver et je pourrai m'éclipser.

– Je vous rejoindrai à sept heures devant le vieux Panthéon à Oxford Street », dit lord Bewley avec entrain.

Mary fit une révérence et s'éclipsa, ravie.

Elle commençait à nourrir en secret des espoirs de mariage. La partie sérieuse et sensée de son esprit lui disait que c'était une folie, mais l'autre partie rêvait de devenir une « lady ». Elle observait les grandes dames qui séjournaient à l'hôtel, étudiait leurs manières, leur façon de s'exprimer. Elle avait vite appris à parer les avances des hôtes masculins. Elle montait au réduit qu'elle partageait avec deux autres femmes de chambre et s'entraînait à marcher de long en large avec un livre sur la tête. Puis elle se parlait à haute voix afin de prononcer ses voyelles de façon plus élégante. Les rêves peuvent se réaliser si vous y mettez toute votre énergie.

Frederica ne se réjouissait guère de devoir assurer le service à la réception de la duchesse. Le capitaine Manners avait dit qu'il y viendrait – mais il serait là avec sa fiancée, retranché dans son autre monde et à des lieues du sien. Si elle ne s'était pas enfuie de chez elle pour venir dans cet hôtel, elle ferait encore partie du même monde que lui. Mais c'était là une sotte pensée. Si elle était restée chez elle, elle aurait été forcée d'épouser lord Bewley et elle n'aurait même jamais rencontré le capitaine.

Miss Tonks remarqua sa mine abattue, mais se méprit sur la cause. « Il ne faut pas croire que notre rôle sera humiliant. Nous serons tous habillés très élégamment et sir Philip essaie de nous obtenir des bijoux. Mr Hamlet s'est lassé de nous en prêter, mais sir Philip est certain de pouvoir convaincre Rundell and Bridge de le faire pour la soirée.

– Pourquoi de grands joailliers tels que Mr Hamlet et Rundell and Bridge se soucieraient-ils de nous prêter des pierres précieuses ?

– Cela fait connaître leurs marchandises, ce qui est à leur avantage. Nous sommes censés murmurer discrètement aux invités qui admirent nos bijoux où ils peuvent se les procurer. »

Un recoin pointilleux de l'esprit de Frederica jugea cela assez vulgaire. Mais elle se consola en pensant à sa robe, qui était superbe. Sur un fond de robe en satin blond était superposé un manteau de robe en dentelle blanche tenu en place par des agrafes dorées. Le manteau de robe était une idée de miss Tonks, qui avait fait remarquer que le satin et la couleur blonde n'étaient pas appropriés à l'âge de Frederica, qui aurait dû porter de la mousseline blanche.

« Sir Philip essaie de vous obtenir un diadème en perles, dit miss Tonks. Je suis persuadé qu'il y parviendra. Mr Davy voulait aussi venir à la soirée, mais sir Philip s'est montré très désagréable et discourtois. Il a dit que ce pauvre Mr Davy n'avait pas un statut social suffisant pour faire impression sur les bijoutiers. Mr Davy se voit constamment rappeler qu'il n'est pas un gentleman, alors qu'il a des manières impeccables comparées à celles de sir Philip.

– Mr Davy est trop animé, trop enthousiaste et trop

aimable pour être un gentleman, répliqua sèchement Frederica.

– Croyez-vous que Mr Davy a des sentiments pour moi ? » demanda précipitamment miss Tonks.

Frederica la regarda, surprise. Jamais elle n'avait songé que quelqu'un de plus de… disons vingt-cinq ans puisse éprouver de tendres sentiments. Pourtant, le vieux colonel était visiblement épris de lady Fortescue, dont l'âge était tout aussi avancé. Alors pourquoi miss Tonks, qui avait largement passé la quarantaine, ne pouvait-elle nourrir elle aussi des rêves d'amour ?

« Je n'y avais pas vraiment réfléchi, répondit-elle prudemment. Mr Davy semble avoir beaucoup de respect pour vous.

– Oh, du *respect*, gémit miss Tonks, oubliant qu'à l'époque où elle était pauvre, elle aurait tant voulu en inspirer. Mais parlons plutôt de vous. Le capitaine Manners sera là. »

Frederica rosit. « C'est ce que j'ai entendu dire. Mais il sera sans doute en compagnie de sa fiancée.

– Il n'est pas encore marié.

– Il le sera, répondit Frederica, une lueur étrange dans le regard. Pour mettre fin à ces fiançailles, il faudrait que ce soit elle qui les rompe et… je n'imagine pas une demoiselle de bonne famille faisant une chose pareille.

– Oh ! Est-ce pour cette raison que je perçois chez vous un certain manque d'empressement à la perspective de cette soirée ? »

Frederica se mordit les lèvres, puis dit à mi-voix : « Je suis persuadée que je n'éprouve rien pour le capitaine Manners. Comment le pourrais-je ? C'est à peine si je le connais. Au fait, il est venu me voir.

– Où cela ?

– Il est descendu aux cuisines et m'a donné un bouquet de fleurs.

– Il n'aurait pas dû. J'espère que Despard l'a renvoyé.

– Il n'y avait personne d'autre que moi. Tout le monde était parti voir la parade militaire à Oxford Street.

– Mon Dieu, mon Dieu. Voilà qui me déplaît fort. Aux yeux du capitaine, vous êtes une domestique. Ses intentions sont suspectes. »

Frederica allait répondre que le capitaine Manners savait exactement qui elle était car elle le lui avait dit, mais Dieu sait pourquoi, elle hésita à expliquer cela à miss Tonks. Au lieu de quoi, elle lui répondit : « Je suis assez grande pour me défendre. Je lui ai rappelé qu'il était fiancé. Il ne m'approchera plus. Mais il y a quelques instants, vous sembliez nourrir pour moi l'espoir d'un amour romanesque. Pourquoi est-ce si impossible maintenant ?

– Je suis une âme romantique et parfois très sotte. J'avais oublié votre position ici et l'apparence qu'elle doit offrir à ceux qui ne connaissent pas votre situation. Lord Bewley ignore-t-il votre identité ?

– Il ne m'a vue qu'une fois, et brièvement. Il ne m'a manifesté aucun intérêt.

– Assurément, poursuivit Miss Tonks, que le sujet tracassait, le fait même que vous soyez avec nous, qu'il vous ait vue avec nous dans notre salon privé peut fort bien pousser le capitaine Manners à conclure que vous êtes bien née. Il suffit de vous regarder. Oui, oui, je suis persuadée de voir juste. Ne perdez jamais espoir, ajouta-t-elle d'un ton sentencieux. Regardez-moi : à l'âge que j'ai, soupirer pour un acteur sans travail, et refuser de voir la folie de ma conduite ! »

Frederica se demandait à quoi ressemblait la fiancée du capitaine Manners. Elle n'avait pas une haute opinion de sa propre beauté. Les cheveux blonds n'étaient pas à la mode.

Peut-être cette jeune fille avait-elle des cheveux roux, ou quelque autre effroyable défaut ? Mais au-delà de ces préoccupations superficielles, la vérité était que Frederica n'avait vraiment aucune envie d'aller à cette réception. Elle était assez sensée pour savoir que montrer son visage en société signifiait compromettre ses chances d'un mariage convenable. Elle n'avait guère prêté foi aux histoires de miss Tonks sur des amies qui avaient fait de beaux mariages bien qu'elles eussent travaillé à l'hôtel. Elle savait seulement qu'elle avait dix-sept ans, presque dix-huit, et que la situation était bien différente pour ces vieillards qui tenaient l'hôtel. Leur vie était derrière eux, songea-t-elle avec la cruauté de la jeunesse. Cependant, la charmante vision de son père bourrelé de remords l'accueillant chez lui à bras ouverts et lui faisant faire son entrée dans le monde pour une Saison était illusoire. Elle poussa un petit soupir. Elle avait brûlé ses vaisseaux et tout retour en arrière était désormais impossible.

Comme toujours avant pareils événements, tout le monde se retrouva au salon pour une « répétition générale », à l'initiative de lady Fortescue, qui tenait à ce que tous fussent d'une élégance parfaite.

Frederica, superbe dans ses nouveaux atours, commença à éprouver les premiers frissons d'une agréable impatience. Lady Fortescue arborait une robe en soie violette, avec des godets, des bouillonnés et une longue traîne ; sur ses cheveux blancs était posé un splendide diadème de diamants et elle portait un collier de diamants assorti. Miss Tonks, en robe de soie vert printemps à fines rayures bronze, était coiffée d'un turban à la turque et arborait un collier de rubis.

Les messieurs étaient fort élégants en habit noir, culottes au genou et gilet brodé. Mr Davy portait les vêtements que le colonel lui avait précédemment commandés chez

Weston et miss Tonks, l'œil embué, se dit qu'il n'y aurait plus bel homme à la soirée.

Jack, le valet de pied, montait la garde près du coffret dans lequel étaient arrivés les bijoux. On avait choisi pour Frederica un joli diadème en or et perles, avec un collier assorti. Tout le monde l'entoura lorsqu'elle mit les bijoux et lorsque le colonel dit d'une voix légèrement altérée que miss Frederica serait assurément la plus ravissante créature que Londres avait jamais vue, lady Fortescue lui jeta un regard assassin. La conscience du colonel le tracassait cruellement. Tôt ou tard, Frederica devrait rentrer chez elle. Elle apprendrait alors qu'ils ne l'avaient prise sous leur aile que pour récupérer l'argent que son père leur devait. Miss Tonks, elle, éprouvait d'autres angoisses en prenant conscience de l'éclatante beauté de Frederica et en remarquant l'admiration sans mélange dans les yeux de Mr Davy. Si seulement les dieux avaient choisi de la doter elle aussi de beauté ! C'était fort bien de parler du caractère et des nobles traits, mais en cet instant, miss Tonks eût volontiers vendu son âme au diable pour éprouver ne fût-ce qu'un soir le bonheur de se savoir belle.

Lorsqu'ils se furent tous assez admirés, ils retirèrent les bijoux, les remirent à Jack, qui les enferma dans le coffre-fort pour les mettre à l'abri.

Mary Jones monta subrepticement à l'étage des chambres, un trousseau de clés à la main. Elle savait que l'une des pensionnaires, lady Tonbridge, était partie passer quelques jours à la campagne, laissant à l'hôtel l'essentiel de sa vaste garde-robe. Mary était bien décidée à s'habiller comme une dame de qualité pour cette sortie à Sadler's Wells en compagnie de lord Bewley.

Sa conscience coupable la faisait sursauter au moindre bruit. Elle savait que les propriétaires étaient tous à l'étage au-dessus dans leur salon privé. Elle prit une grande inspiration, décrocha la clé de l'appartement de lady Tonbridge, où elle se glissa.

Après avoir reverrouillé la porte derrière elle pour plus de sûreté, elle gagna la chambre, alluma une lampe à huile, puis examina les vêtements dans l'armoire et la penderie. Elle eut la sagesse de résister à la tentation de prendre l'une des superbes robes du soir prévues pour les dîners ou l'opéra et choisit finalement une jolie robe en mousseline avec un long manteau en soie sans manches, des gants et un mignon chapeau de paille orné de fleurs. Quelle chance de vivre à une époque où même les douairières s'habillaient en mousseline blanche à volants ! Elle espéra que Dieu ne la punirait pas, même si elle ne faisait rien de très mal, ou du moins s'en persuada-t-elle. Le fait qu'elle put regagner sa chambre sans être vue et cacher les vêtements dans le panier en osier sous son lit la conforta encore dans sa bonne conscience. Si elle avait commis une mauvaise action, Dieu aurait fait en sorte qu'elle fût prise la main dans le sac.

Le capitaine Manners rendit visite à sa mère l'après-midi avant le bal, et se présenta dans son salon avec une réticence de plus en plus marquée. Il fut surpris lorsque lady Manners se leva à son entrée, ainsi que Mrs Devenham, et que toutes deux, l'air assez fuyant, lui dirent qu'elles avaient décidé de le laisser quelques minutes en tête à tête avec Belinda. Laquelle rougit légèrement et regarda ses mains avec un petit sourire en coin.

« Vous ne voulez pas vous asseoir ? » demanda le capitaine lorsqu'ils se retrouvèrent seuls.

Mais Belinda se borna à sourire et resta debout devant la cheminée.

« Vous vouliez m'entretenir d'un sujet particulier ? s'enquit-il.

– Si je prends cette initiative, déclara Belinda d'une voix soigneusement modulée, c'est pour votre bien et celui de lady Manners. »

Un long silence s'ensuivit, pendant lequel le capitaine attendit tandis que Belinda posait délicatement une main blanche sur une console pour l'admirer un instant.

Le capitaine dut refréner son envie de crier : « Allons, au fait ! »

« Vous vous êtes, je crois, installé à l'hôtel du Parent pauvre, finit par articuler Belinda.

– En effet. Mais assurément, je vous l'ai dit. »

Elle le regarda bien en face avec ses grands yeux bruns un peu saillants. « Je trouve cela regrettable. Vous devriez loger ici.

– La raison pour laquelle je me suis installé à l'hôtel, répondit-il d'un ton uni, est que je peux y recevoir mes amis militaires sans déranger ma mère. Je m'en suis déjà expliqué.

– Vous semblez avoir une piètre opinion de vos amis ! Comme ils seront aussi les miens, je crois qu'il est temps que vous les receviez ici. Mr Warren, par exemple, est un homme tout à fait charmant et d'un commerce agréable.

– Tous ne sont pas comme lui. Au reste, permettez-moi de vous rappeler que c'est vous qui souhaitez dîner au Parent pauvre.

– En effet. Mais lorsque vous aurez organisé cette soirée, je ne vois aucune raison pour que vous ne veniez pas habiter chez vous. Mon éducation m'a appris que le fait d'être riche n'autorise pas pour autant à gaspiller l'argent, et le Parent pauvre est très coûteux.

– Où, quand et comment je dépense mon argent est mon affaire, madame, et j'entends que cela le reste. »

Elle pinça les lèvres jusqu'à ce qu'elles ne forment plus qu'une mince ligne. « Je crois que vous me devez des excuses pour cette remarque », dit-elle d'une voix de gouvernante qui irrita le capitaine Manners au plus haut point.

Il s'avisa brusquement que cette querelle mesquine pouvait s'éterniser, un peu comme celles dont il avait été témoin entre les officiers et leurs épouses.

Il eut un brusque sourire : « Je vous propose un compromis. Je vais inviter ici quelques-uns de mes amis de l'armée à l'un des après-midi de Mère, et vous jugerez par vous-même. »

En retour, elle lui adressa un sourire triomphant. Elle était sûre que sa beauté séduirait même le plus féroce des militaires. La preuve en était l'effet qu'elle produisait sur Mr Warren !

Leurs mères revinrent à cet instant précis et lady Manners sembla soulagée de voir son fils apparemment d'aussi belle humeur. Elle avait essayé de dissuader Belinda de dire au capitaine ce qu'il devait ou ne devait pas faire avant même d'être son épouse. En fait, lady Manners commençait à être assaillie des doutes concernant ces fiançailles. Elle avait elle-même contracté un mariage arrangé. L'amour n'était pas entré en ligne de compte, mais il n'entrait jamais dans les considérations matrimoniales. On trouvait *cela* hors mariage, à condition d'observer le onzième commandement : « Tu ne te feras pas prendre. » Elle commençait à soupçonner son fils d'avoir une fibre sentimentale et se demanda s'il l'avait attrapée au contact de basses fréquentations, comme on attrapait une maladie.

Les dames se mirent à bavarder et le capitaine résolut d'inviter les plus grossiers et mal léchés de ses compagnons à prendre le thé avec Belinda. L'ennui, se dit-il à la réflexion, c'était que même les plus grossiers et les plus mal léchés se tiendraient bien en prenant le thé dans le salon d'une dame. Ses pensées dérivèrent vers les propriétaires du Parent pauvre. Il était certain qu'ils auraient une idée.

Quelle puérilité ! ironisa une voix dans sa tête. Si tu dois passer le reste de ta vie avec cette femme, pourquoi élaborer des stratagèmes compliqués pour la choquer afin de pouvoir profiter d'une certaine liberté loin d'elle ?

« Il y a une princesse qui s'échine au travail dans nos cuisines, dit la duchesse de Darver au duc.

– Je croyais que vous ne mettiez jamais les pieds à l'étage des domestiques », grommela le duc, tout en tendant une autre cravate massacrée à son valet. Il maudissait le Beau Brummell d'avoir mis à la mode les cravates empesées et nouées de façon compliquée.

« Lucy, ma femme de chambre, m'a parlé de cette jeune fille. Elle travaille avec les deux chefs du Parent pauvre comme aide-cuisinière. Jolie comme un cœur. Je suis descendue voir à quoi elle ressemblait. Exquise ! Et quelle allure !

– Sans doute une parente de la vieille lady Fortescue.

– Impossible. Même si lady Fortescue a décidé de s'essayer au commerce, elle n'est pas *stupide*. Pourquoi compromettre les chances d'une pareille petite merveille ?

– Difficile de savoir quoi faire des bâtards », marmonna le duc, qui en avait engendré plusieurs en son temps. « Mais on ne mettrait pas une fille à la cuisine. On en ferait plutôt une femme de chambre, ou quelque chose de ce genre.

– Assurément. Il y a là un mystère. Vous la verrez ce soir. Elle servira du vin chaud aux dames. »

Le duc finit de nouer sa cravate à sa convenance en plissant avec ses doigts le tissu empesé. « Ce qui semble éblouissant dans une cuisine peut paraître fort vulgaire une fois mesuré à l'aune du bon ton, dit-il avec la voix d'un homme qui parle d'expérience. Ma foi, je me rappelle…

– Oh ! Épargnez-moi vos souvenirs », coupa la duchesse qui se leva et se regarda dans le miroir. Elle était encore belle femme, se dit-elle, à condition de mettre assez de céruse pour couvrir les ravages de l'âge. Mais aux yeux d'une femme, l'une des marques les plus nettes de l'âge était assurément de ne plus être courtisée par les messieurs de la bonne société et de devoir chercher ses amants parmi les valets de pied.

Elle poussa un léger soupir et, comme miss Tonks, regretta de n'être pas dotée de la beauté de Frederica, ne fût-ce qu'une soirée.

Très mal à l'aise, Frederica avait pris place derrière une table où étaient disposés une forêt de verres et un grand saladier empli de vin chaud maintenu à la bonne température par un réchaud à alcool. Le duc s'était approché d'elle et lui avait dit quelques mots, mais il l'avait lorgnée de telle façon qu'elle avait tiré nerveusement sur le profond décolleté de sa robe lorsqu'il s'était éloigné.

Elle commençait aussi à redouter que certains des hommes avec lesquels elle était allée à la chasse à courre ne viennent à la réception. Certes, ils l'avaient connue habillée en garçon, les cheveux cachés par un chapeau, et elle n'avait plus quitté la maison après que son père avait décidé de faire d'elle une jeune fille accomplie. Malgré tout, l'idée la tracassait. Elle allait de surcroît se trouver face à l'élite de la haute société, avec ses étranges traditions et tabous, observés bien plus rigoureusement à Londres qu'en province.

Les invités arrivèrent d'abord seuls ou à deux, puis en foule. Il y avait des femmes coiffées de diadèmes ou de plumes, et des hommes portant leur bicorne sous le bras. Ils avaient tous en commun ce regard dur qui jaugeait leur vis-à-vis. Les gens s'observaient fixement et sans vergogne, parfois avec monocles et lorgnettes. Et surtout, Frederica était la cible des regards masculins, tant et si bien qu'elle finit par se sentir vulnérable, à découvert, presque nue. Puis, dominant les autres, elle aperçut la belle tête du capitaine Manners et le reste de la salle devint flou ; seul le profil du capitaine lui apparaissait clairement. Il se tourna, dit quelques mots à la dame à son bras et tous deux s'approchèrent de Frederica. La main qui tenait la louche au-dessus du bol à vin chaud se mit à trembler. Miss Tonks, qui distribuait les verres de bordeaux, vit la scène et appela aussitôt un valet de pied pour la remplacer.

Frederica concentra son attention sur Belinda et son cœur se serra. Elle n'avait pas conscience d'être ravissante, persuadée que son père avait attribué trop de valeur à ses charmes, et constata seulement que la fiancée du capitaine, avec ses yeux bruns, son petit nez droit, sa fine bouche et ses cheveux auburn, avait une beauté correspondant aux critères de la mode. La légère rousseur de Belinda ne lui fut qu'une piètre consolation.

« Bonsoir, miss Frederica, dit le capitaine. Puis-je vous présenter miss Belinda Devenham ? Miss Belinda, miss Frederica… Black. »

Belinda toisa avec hauteur l'adorable vision qu'était Frederica. Celle-ci lui avait tendu la main. Belinda fit un bref signe de tête, puis déclara : « Ah, à la bonne heure, je vois Mr Warren. Veuillez m'excuser. »

Derrière elle, lady Manners et Mrs Devenham examinaient Frederica de la tête aux pieds d'un œil sans complaisance.

« Je vous prie d'excuser l'impolitesse de ma fiancée, dit le capitaine.

– Au contraire, miss Devenham s'est conduite comme il convenait, répliqua Frederica. On ne présente pas une domestique à un membre de la haute société.

– Frederica, intervint miss Tonks qui arrivait hors d'haleine, sir Philip a besoin d'aide. J'ai demandé à Jack de servir le vin chaud. »

Frederica fit une révérence au capitaine et suivit miss Tonks pour rejoindre sir Philip. Le capitaine leur emboîta le pas, sentant presque les yeux de sa mère lui transpercer le dos. Il savait qu'il ne se comportait pas comme il le fallait, qu'il aurait dû faire demi-tour sur-le-champ et se mêler à ses compagnons, mais Frederica l'attirait comme un aimant. Il s'immobilisa à quelque distance d'elle, faisant mine de regarder autour de lui, mais il entendit distinctement sir Philip dire : « Vous suscitez trop l'attention, mademoiselle. Lady Fortescue préconise que vous retourniez à l'hôtel. Si vous restez, vous serez l'objet de plaisanteries lestes de la part des messieurs, ce dont nous aurions dû nous douter. Mr Davy va vous escorter et reviendra tout de suite après. »

Le capitaine attendit, comme rivé sur place jusqu'à ce que Mr Davy arrive, jusqu'à ce qu'il voie les cheveux brillants de Frederica sous son petit diadème disparaître de la salle.

Puis il retourna vers son groupe et subit les reproches de sa mère, de sa fiancée, ainsi que de Mr Warren, qui ne pouvait *croire* qu'il s'était oublié au point de présenter Belinda à une *servante* !

« Mais ce sont tous des aristocrates.

– Ils sont tous dans le négoce, rétorqua sèchement lady Manners. Quant à être des aristocrates, l'homme qui escortait ta domestique n'est autre – à ce que je viens d'apprendre – que Jason Davy, l'acteur.

– Soit… Alors parlons d'autre chose », dit le capitaine d'une voix lasse. Ils passèrent dans la salle de bal. Il dansa avec Belinda. Il dansa avec plusieurs jeunes filles quelconques, qui sans lui eussent fait tapisserie, et pendant tout ce temps, il sentit l'excitation monter en lui. Frederica devait être seule à l'hôtel... enfin, seule avec les pensionnaires qui n'avaient pas été conviés à la soirée et les domestiques engagés pour l'occasion. Belinda, il le remarqua, avait dansé deux fois avec Jack Warren. Comme ils étaient bien assortis, pensa-t-il. Brusquement, il ne put en supporter davantage : les tabatières tendues, les médisances désinvoltes et scandaleuses, l'odeur mêlée des parfums qui masquaient des corps sales et les pastilles au musc pour camoufler les haleines fétides ; toutes ces simagrées, ces courbettes, ce souci de la parure. Il s'approcha de sa mère et lui dit qu'une ancienne blessure de guerre dans le dos lui faisait souffrir le martyre et qu'il devait partir.

« Quelle blessure de guerre ? demanda-t-elle, soupçonneuse.

– Vous le savez bien. Ce coup de sabre que j'ai reçu dans le dos.

– Tu ne m'as jamais parlé d'une blessure de guerre !

– Je n'ai pas voulu vous inquiéter sur le moment, Mère. Je n'en souffre que de temps en temps. »

Jack Warren s'approcha sur ces entrefaites, Belinda à son bras.

« Mon Dieu, quelle histoire ! s'exclama lady Manners, partagée entre l'inquiétude et l'exaspération. Peter me dit qu'il souffre d'une vieille blessure de guerre.

– Mais que..., commença Jack, qui s'interrompit aussitôt car le capitaine lui avait écrasé le pied.

– Oh, quelle guigne, dit Belinda avec dépit. Nous nous apprêtons à souper.

– Je serais charmé, honoré de vous escorter, proposa Mr Warren.

– Ah, tant mieux, répondit lady Manners en posant sur son fils un regard soupçonneux. Nous reprendrons cette conversation demain, Peter. »

Le capitaine Manners se dirigea vers la duchesse et lui présenta ses excuses avant de s'échapper dans la nuit de Londres.

Il savait que sa conduite était déraisonnable, blâmable. Frederica dormait sans doute à cette heure. L'imaginer qui attendait sans rien faire dans le salon du second étage était pure folie.

Dans Bond Street, il rencontra un groupe de ses amis de l'armée, et il dut répondre à leurs plaisanteries et à leurs saillies alors que son esprit bouillait d'impatience. Il n'avait qu'une envie, se débarrasser d'eux.

Enfin, il se retrouva libre. Les clochers des églises se mirent à sonner minuit. Minuit ! Assurément, elle dormirait. Seuls les gens à la mode restaient debout jusqu'à l'aube.

Il n'y avait aucun signe d'activité à l'entrée de l'hôtel. Seuls un valet de pied et un garçon de courses somnolaient sur un banc devant le bureau. Il monta discrètement l'escalier jusqu'au salon privé, tourna doucement la poignée et ouvrit la porte.

7

« La nuit a un millier d'yeux
Alors que le jour n'en a qu'un ;
Cependant la lumière du monde s'éteint
Lorsque le soleil disparaît.

L'esprit a un millier d'yeux,
Alors que le cœur n'en a qu'un ;
Cependant la lumière d'une vie s'éteint
Quand l'amour n'est plus. »

FRANCIS WILLIAM BOURDILLON

Frederica était montée au salon de l'hôtel en grande tenue de soirée, réticente à la quitter. Elle se sentait triste et perdue. Non seulement elle n'avait pas sa place dans la bonne société, mais elle ne pouvait même pas assister à des événements mondains. Elle se désolait, persuadée qu'il y avait dans son aspect quelque chose de provocant puisqu'il lui fallait être protégée des affronts. Elle devait se l'avouer : elle avait espéré que le capitaine tomberait amoureux d'elle, comme dans un roman, l'emporterait dans ses bras, et qu'ils se marieraient et vivraient heureux jusqu'à la fin des temps.

Un seul regard à Belinda avait suffi à lui faire mesurer

tout le ridicule de ce mirage. Elle se leva, alla tisonner le feu et y jeta une pelletée de charbon. Le meilleur parti serait à n'en pas douter d'aller dans la maison voisine et de dormir. La vie lui apparaîtrait peut-être sous un jour meilleur le lendemain. Elle avait l'impression d'être dans le salon depuis des heures, mais la petite pendulette française sur le manteau de la cheminée sonna minuit, et non cinq heures du matin, comme elle l'aurait cru. Ne sachant que faire, elle s'approcha du piano et effleura les touches d'une main maladroite.

Alors, elle entendit la porte s'ouvrir derrière elle et fit volte-face.

Nez à nez, le capitaine Manners et elle se regardèrent fixement.

Frederica fut la première à reprendre ses esprits. « Puis-je vous aider, monsieur ? demanda-t-elle.

– Non… non », dit-il. Il entra dans la pièce. « J'ai été obligé de quitter la soirée. Je ne me sentais pas bien.

– Je suis vraiment désolée. J'espère que c'est sans rapport avec notre cuisine.

– Non. Je suis parti avant le souper. Une vieille blessure de guerre.

– Vous souffrez ? Puis-je aller vous chercher un remède ?

– Je vous remercie, mais la douleur est moins vive. J'ai reçu un coup de sabre dans le dos.

– Quelle horreur ! Mais vous devez avoir faim. Je n'ai rien mangé moi non plus. Malheureusement, Betty et John, nos fidèles domestiques personnels, se sont retirés pour la nuit. Si vous voulez bien attendre ici, je vais descendre nous chercher quelque chose aux cuisines.

– Descendons ensemble », proposa-t-il, soudain soulagé d'un grand poids et absurdement joyeux.

Ce ne fut qu'en arrivant aux cuisines que Frederica s'aperçut qu'elle portait toujours son diadème et ses bijoux.

Elle prit un grand tablier blanc dans l'un des placards et le noua autour de sa taille. « Je vous en prie, asseyez-vous, dit-elle. Je vais nous trouver quelque chose. Il y a du jambon et une tourte au veau. La cave est fermée à clé, aussi faudra-t-il vous contenter de la bière blonde des domestiques. Auriez-vous la bonté d'aller remplir deux chopes au tonnelet qui est là-bas ? » Elle évoluait dans la cuisine avec des mouvements prestes et efficaces, sortant des assiettes, couteaux et fourchettes, et prenant quelque plaisir à montrer qu'elle était familière des lieux.

Elle tourna la salade et se hâta de commenter d'une voix nerveuse : « Quel dommage que vous n'ayez pu goûter la cuisine de Despard. Il s'est surpassé ce soir, j'en suis certaine. »

Le capitaine ne quittait pas des yeux sa ravissante silhouette, admirant le diadème dont les perles luisaient doucement à la flamme des bougies.

« Et voilà ! dit-elle enfin. Tout est prêt. » Et elle s'assit face à lui à la table de la cuisine.

Elle crut entendre la voix de sa gouvernante dans sa tête : « Quand vous ne savez pas quoi dire à un homme, posez-lui des questions sur lui. C'est le sujet favori de tous les messieurs. »

« Êtes-vous en permission pour longtemps ? demanda-t-elle.

– Jusqu'à ce qu'on me rappelle. Depuis que je suis entré dans l'armée, j'ai eu une seule permission très brève l'an dernier, et aucune avant.

– À quel âge vous êtes-vous engagé ?

– À seize ans. Je suis un vrai vétéran maintenant.

– J'ai toujours trouvé que nos soldats avaient fière allure en uniforme.

– Vous n'auriez pas pensé cela si vous nous aviez vus en Espagne, dit-il avec ironie. Je rêvais d'une paire de bottes convenable. Personne n'est-il donc capable de fabriquer des bottes pour l'armée britannique ? L'ennui, c'est que les bottes sont tellement à la mode qu'on les fabrique pour des dilettantes plus que pour des officiers. Figurez-vous que sir John Shelley est allé chez son bottier à St James's se plaindre que la paire de bottes neuves qu'il venait d'acheter eût craqué en plusieurs endroits la première fois qu'il l'avait portée. "Que faisiez-vous donc ? a demandé le bottier. – Ma foi, j'allais à mes écuries, a répondu sir John. – Vous alliez à pied à vos écuries ! s'est exclamé le bottier. Mais j'ai fabriqué ces bottes pour monter à cheval, pas pour marcher !" Après la bataille de Salamanque, la garde royale avait usé ses semelles, alors nous avons tous adopté le type de chaussures des muletiers espagnols. On étalait par terre la peau brute de taurillons abattus récemment, on posait dessus le pied à chausser, puis on coupait un morceau de peau assez grand pour couvrir le pied et on fabriquait une sandale. Ces chaussures se sont avérées si confortables que les officiers de la garde ont refusé de porter les bottes des soldats français capturés.

– Mais le célèbre duc de Wellington est considéré comme un dandy, intervint Frederica. Ne cherchait-il donc pas à ce que ses hommes fussent bien habillés ?

– Wellington a dit que peu lui importait l'allure de ses hommes, pourvu qu'ils arrivent pour la bataille "bien équipés et avec soixante cartouches chacun". Et que jamais il ne regardait si leurs pantalons étaient noirs, gris ou blancs. Pour sa part, il ne porte jamais son uniforme complet, préférant ses habits civils : redingote bleue et culottes chamois.

– Ce doit être une existence difficile et austère.

– Il n'y a pas que des batailles. Nous avons nos bals et nos réceptions. Mais certains officiers se ruinent à vouloir maintenir un style de vie luxueux. L'un d'eux, un certain Dawson, était toujours entouré de muletiers avec lesquels il négociait le transport de sa considérable cargaison personnelle de paniers emplis de vins, liqueurs, jambons, viandes en conserve et autres mets fins expédiés d'Angleterre. Il avait aussi ses cuisiniers personnels, réputés les meilleurs de l'armée, ainsi qu'une quantité de domestiques venus d'Espagne, d'Italie, du Portugal et même de France. Il était très généreux, et très aimé de ses camarades officiers, mais son séjour en Espagne prit fin au bout d'un an. Il n'avait que la fortune d'un cadet et ses dettes étaient devenues si énormes qu'il fut obligé de quitter son régiment. »

La voix du capitaine se fit rêveuse à ce souvenir. « Je me rappelle un bal que nous avons organisé à Pueblo en l'honneur des Espagnols. Les officiers du corps d'armée commandé par don Julian Sanchez en avaient donné un pour nous, et nous leur rendions la politesse. Nous avions construit une gigantesque baraque en planches, laissant tel quel le sol herbeux. Pour le souper, nous avions mis nos rations en commun et préparé du punch dans les bouilloires du camp. Le bal a commencé à sept heures, mais à minuit, on nous annonça que nous devions défiler à l'aube, ce qui, nous le savions, nous laissait environ deux heures de sommeil. Malgré tout, nos invités espagnols furent très satisfaits du bal. Pardonnez-moi, se hâta-t-il d'ajouter. Je dois vous ennuyer avec mes histoires.

– Pas du tout, répondit Frederica avec sincérité. Continuez ! »

Ce qu'il fit, revivant d'anciennes batailles tandis que Frederica, aux anges, écoutait sa voix chaude et regardait son beau visage, souhaitant que la nuit ne finisse jamais.

Enfin, lorsqu'une aube pâle commença à filtrer par la fenêtre noire de saleté au-dessus de leur tête et que les bougies se mirent à crachoter dans leurs bobèches, il se leva, l'air coupable. « Je vous ai tenue debout toute la nuit, dit-il, confus. J'ai trop parlé.

– Tout le plaisir a été pour moi, assura Frederica. Je ne crois pas que quiconque m'ait jamais parlé. Je veux dire en dehors des conversations polies. Miss Tonks me parle, mais ce n'est pas la même chose. »

Elle l'accompagna à la porte de la cuisine et la déverrouilla. « Vous feriez mieux de partir par ici, dit-elle. Les autres ne vont pas tarder à revenir, et s'ils apprenaient que vous êtes resté avec moi, je me ferais vertement sermonner.

– Nous avons fait fi des convenances. » Il leva la main de Frederica et la porta à ses lèvres. « Mr Davy est-il vraiment acteur de son état ?

– Oui. Il travaille avec nous pour l'instant. Pourquoi cette question ?

– Cela m'a donné une idée, c'est tout. Il surveille le salon de café, n'est-ce pas ?

– En effet, et il s'en acquitte à merveille. » Elle pouffa. « Sir Philip est furieux. Il est jaloux de Mr Davy. »

Ils étaient debout en bas des marches extérieures. Un officier du guet abaissa un regard curieux vers le couple en tenue de soirée, éclairé par la lumière rougeoyante de l'aube.

« Puis-je vous revoir ? » demanda-t-il.

Cette question fit s'écrouler soudain la magie de la nuit aux oreilles de Frederica. Elle leva des yeux consternés vers son interlocuteur. « Ce ne serait pas... convenable. »

L'ombre qui avait voilé son regard se réfléchit alors dans celui du capitaine. « Vous avez sans doute raison », dit-il tristement.

Il remonta les marches jusqu'à la rue et entendit la porte de la cuisine se refermer derrière lui, puis le bruit du verrou. Debout devant l'hôtel, il hésita quelques instants avant de s'en éloigner, puis descendit Bond Street Straits, Old Bond Street et poursuivit jusqu'à Piccadilly, l'esprit en tumulte. Si Frederica avait été sotte, se dit-il, il eût été facile de l'oublier. Mais elle l'avait écouté très intelligemment. Elle n'avait pas cherché à jouer les coquettes, et n'avait pas non plus objecté, comme sa fiancée n'eût pas manqué de le faire : « Oh, il ne faut pas nous effrayer avec des histoires de guerre. »

Il longea le réservoir de Green Park, et entendit les bruits de Londres changer à l'heure où les riches allaient se coucher et où les pauvres s'éveillaient. La lueur rouge de l'aube s'était évanouie, cédant la place au gris. Un fin crachin commençait à tomber et les sauvagines lançaient leur cri plaintif dans le bassin de Buckingham House.

Il contempla l'eau d'un œil morose. Pour la première fois, il se demanda ce que Belinda pensait de lui, si tant est, bien sûr, qu'elle pensât quelque chose. Il sentait qu'à ses yeux, il n'était qu'un bien, comme une maison, qu'il fallait changer, redécorer et aménager plus à son goût. Or, c'était la femme qu'il était censé prendre dans ses bras pour lui donner l'aubade dans le lit conjugal. Quelle perspective dépourvue de charme. Elle serait étendue là, passive comme un bout de bois, subissant ce qu'elle considérerait à n'en pas douter comme une « fâcheuse obligation », termes dans lesquels il avait entendu un jour l'épouse d'un colonel décrire l'acte d'amour. Mais d'après les lois de la société, il ne pouvait rompre ces fiançailles. Il fallait que l'initiative vienne d'elle. Si fatigué qu'il fût, il décida que la première chose à faire était de trouver cet acteur et de retenir son concours.

*

Mr Davy était cet après-midi-là dans le salon de café, heureux que, pour une fois, la pièce fût assez calme. Il s'émerveillait de l'énergie de ses compagnons plus âgés, qui, après avoir dormi seulement quelques heures, s'étaient levés pour vaquer à leurs tâches à l'hôtel comme s'ils n'avaient pas travaillé toute la nuit. Pour sa part, il se sentait las. D'ordinaire, il s'acquittait fort bien de sa mission car il interprétait un rôle. Tant qu'il jouait, il se sentait à l'aise dans le monde.

Il leva les yeux à l'entrée du capitaine Manners. Quel dommage que le militaire ne fût pas un acteur, car sa grande beauté lui eût assuré le succès.

« Désirez-vous un café, monsieur ? demanda-t-il en adressant un profond salut au capitaine tout en faisant signe à un domestique de s'approcher.

– Volontiers. Je suis très fatigué, dit le capitaine qui se laissa tomber dans un fauteuil devant une table proche de la fenêtre. Voulez-vous me tenir compagnie, Mr Davy ? J'ai une proposition à vous faire. »

Mr Davy commanda un café pour lui aussi et s'assit avec soulagement. Comme la plupart des hommes sous la Régence, il portait des chaussures d'une taille au-dessous de la sienne qui lui comprimaient les orteils.

Le capitaine attendit en silence que le café fût servi, puis il lâcha : « Je paierai largement si quelques-uns de vos amis et vous-même acceptiez de mettre votre talent à mon service.

– Combien de personnes ?

– Quatre. Vous et trois autres.

– Et nous devrons jouer une pièce pour vous ou votre famille ?

– Non. Voici ce que je souhaite. J'apprécie la liberté que j'ai ici, et j'ai dit à ma mère, lady Manners, que si je loge dans un hôtel et non dans notre maison de Londres, c'est parce que je veux pouvoir recevoir mes amis de l'armée et qu'ils sont – du moins est-ce ce que j'ai dit – trop rustres pour le salon d'une dame. Je voudrais que vous et quelques collègues jouiez le rôle de mes amis. Vous devrez vous comporter en rustres grossiers.

– Il nous faudra d'authentiques uniformes », dit Mr Davy, sans paraître surpris le moins du monde par cette étrange requête, car elle confirmait sa conviction : les membres de la bonne société avaient tous un grain.

« Avez-vous déjà vu un officier porter son uniforme en dehors de son service ? objecta le capitaine. Des vêtements civils feront l'affaire.

– Grâce à la générosité du colonel Sandhurst, j'ai de quoi me rendre présentable. Mais il sera difficile de rendre mes amis assez élégants.

– Je ne veux pas qu'ils soient élégants, répliqua le capitaine, une pointe d'exaspération dans la voix. Comme je l'ai dit, je les veux mal léchés. Allez observer les Corinthiens qui fréquentent le Limmer, si vous ne l'avez pas déjà fait. Vos amis doivent être prêts à rouler des épaules, à cracher et à jurer. Je ne m'attends pas à ce qu'ils rivalisent avec les cochers, comme le font certains Corinthiens, ni à ce qu'ils se liment les dents en pointe, mais quelques taches de chique et de vin sur une cravate sale feront admirablement l'affaire.

– Je crois que je vois ce que vous voulez, dit Mr Davy, l'air amusé. Pour en venir au côté vulgaire de notre affaire, combien proposez-vous ? »

Le capitaine annonça un chiffre généreux.

« Quand cela doit-il se passer ? demanda Mr Davy.

– Dès que vous aurez engagé vos amis, faites-le-moi savoir. »

Sir Philip apparut soudain à côté de Mr Davy.

« Vous ne l'avez peut-être pas remarqué, Davy, grinça-t-il, mais plusieurs personnes requièrent votre attention dans cette salle. »

Mr Davy promena un regard placide autour de lui. « Il semble que les valets s'occupent très bien d'eux.

– Mais c'est à vous de surveiller les valets au lieu de rester assis à boire du café.

– C'est à ma demande que Mr Davy est assis à ma table, intervint sèchement le capitaine. Je vous saurais gré de nous laisser, monsieur. »

Sir Philip lui adressa un petit sourire mielleux et battit en retraite, mais jura en son for intérieur que lui et Mr Davy lui revaudraient ça.

Sir Philip s'attarda dans le vestibule et, lorsqu'il vit le capitaine partir, il retourna dans le salon de café. Il avait été bien obligé de se rendre à l'évidence : il avait eu beau avertir Mr Davy que miss Tonks lui était promise à *lui*, sir Philip, cette mise en garde n'avait eu aucun effet. Miss Tonks avait suivi Mr Davy au bal comme un vieux chien stupide, pensa-t-il méchamment.

Il s'approcha de Mr Davy de sa curieuse démarche en crabe. « Que voulait Manners ? s'enquit-il.

– Parler de tout et de rien, répondit Mr Davy de son air aimable et lisse qui exaspérait immanquablement sir Philip.

– Vous devriez vraiment vous décider au sujet de notre chère miss Tonks, dit-il.

– Comment cela ?

– Elle est entichée de vous, cette vieille sotte. Le moins que vous puissiez faire, c'est de ne plus encourager ses attentions. » Les deux hommes, debout à la porte du salon de café, n'avaient ni l'un ni l'autre remarqué miss Tonks, tapie près de l'entrée.

« Je n'entends nullement encourager les attentions de miss Tonks », rétorqua Mr Davy, enfin piqué.

Miss Tonks s'éclipsa discrètement. Elle avait l'impression d'avoir reçu un violent coup de poing dans le ventre, et se sentait aussi sotte et vieille que sir Philip l'avait dit. Elle se précipita dans la maison voisine où elle avait sa chambre et retint ses larmes tant qu'elle n'y fut pas réfugiée.

« Ce qui ne m'empêche pas de trouver qu'elle est une très bonne amie et une personne charmante, qui allie l'élégance à la sagesse », poursuivit Mr Davy. Mais hélas, la pauvre miss Tonks n'avait pas entendu la fin de ses remarques et son petit univers s'était écroulé.

Belinda fut contente d'apprendre que le capitaine Manners avait invité quelques-uns de ses amis à prendre le thé et manifesta gracieusement sa satisfaction. Elle afficha son sourire complaisant et incurvé et regarda lady Manners – qui avait la mine soupçonneuse – avec son air de « je-vous-l'avais-bien-dit ».

La plus jolie porcelaine fut sortie tandis que le *teapoy*, petit trépied supportant un coffret où étaient rangées les boîtes à thé, était placé à côté de lady Manners, qui préférait faire le thé elle-même plutôt que de confier une tâche aussi délicate aux domestiques. Pendant qu'ils attendaient l'arrivée des invités de son fils, elle songea non sans inquiétude qu'il pouvait être appelé à tout moment à rejoindre son régiment, et qu'aucune date n'avait encore été fixée pour le mariage. Non qu'elle ne lui eût suggéré plusieurs dates convenables, mais tout ce qu'il répondait était : « Je ne peux y réfléchir pour l'instant. Je vous parlerai plus tard. » Ce qu'il ne faisait jamais.

Belinda était particulièrement en beauté, se dit lady Manners, avec sa robe de fine mousseline à col montant et empiècement incrusté de dentelle ancienne.

Le capitaine traversa le salon pour aller à la fenêtre et jeter un coup d'œil dans la rue. Il regrettait le tour qu'il allait jouer. Si Belinda était à l'évidence enthousiaste – encore que l'enthousiasme fût une émotion trop forte pour qu'on puisse l'attribuer à sa fiancée –, elle était assurément plus animée que de coutume à l'idée de lui prouver qu'il s'était trompé. Quel dommage de la décevoir.

Une voiture découverte s'arrêta devant la maison. Mr Davy avait bien fait les choses : il entendit indistinctement de grosses voix bourrues et vit la démarche arrogante des arrivants lorsqu'ils montèrent les marches du perron. Il se posta près de la cheminée.

Il ne tarda pas à entendre un bruit d'éperons dans l'escalier et le majordome annonça : « Mr Trimington, Mr Hadley, Mr Jones et Mr Strange. »

Mémorisant rapidement les noms, le capitaine fit les présentations. Au premier abord, il crut que Mr Davy avait décidé de ne pas venir en personne, puis il reconnut l'acteur déguisé en Mr Strange. Il s'était poudré les cheveux, avait rembourré ses joues et arborait au bout du nez un gros bouton à l'aspect répugnant. Tous étaient vêtus comme des cochers, suivant une mode inspirée des Corinthiens les plus épouvantables. « Mr Strange » se pencha sur la main de Belinda sur laquelle il planta un gros baiser sonore avant de se redresser et de la lorgner d'un œil lubrique. Finalement, tous prirent un siège, sauf Mr Trimington, qui s'allongea sur le sol aux pieds de Belinda et se mit à se curer les dents avec une plume d'oie.

Si lady Manners préparait le thé, elle avait décidé plus tôt avec Belinda que ce serait celle-ci qui le servirait. Elle ne put s'empêcher de souhaiter que Belinda prenne un siège, mais Belinda se trouvait plus à son avantage debout, si bien qu'à chaque fois qu'elle se levait, les hommes en faisaient autant. Belinda elle-même finit par voir à quel point c'était ridicule, et elle s'assit.

« Je suis ravie de rencontrer enfin les amis du capitaine Manners », gazouilla-t-elle. Et elle ajouta en gloussant : « Le capitaine a cherché à m'effrayer en me disant que vous seriez des *brutes*. Mais je vois maintenant que vous êtes tous des gentlemen fort bien élevés. »

La remarque alarma les acteurs, loin de se douter que Belinda, horrifiée, s'efforçait tout bonnement de sauver une situation compromise. Ils se mirent à craindre de ne pas être assez malappris et de perdre le cachet promis.

« Manners a toujours su y faire avec les dames, lâcha Mr Davy d'une voix traînante. Vous vous souvenez de cette petite señorita de Talavera, les amis ? »

Les autres acteurs lui emboîtèrent le pas. « J'ai cru que ses parents allaient vous forcer à l'épouser, après vos prouesses avec elle, dit Mr Hadley. Morbleu, quand on a levé le camp, elle se cramponnait à vos étriers, Manners, et elle pleurait toutes les larmes de ses jolis yeux.

– Les étrangères sont sans vergogne, dit Belinda, pincée.

– Oh, il n'y a pas eu que des étrangères, intervint allégrement Mr Hadley. Vous souvenez-vous de l'épouse du major à Ciudad Rodrigo ? J'ai bien cru que vous auriez à croiser le fer à l'aube, Manners.

– Assez ! trancha soudain Mrs Devenham. Ces sujets sont déplacés dans le salon d'une dame.

– C'est le thé », expliqua Mr Davy sur un ton d'excuse en grattant son furoncle. Puis il sortit un grand mouchoir et cracha dedans. « Jamais pu souffrir cette lavasse. »

Deux taches de colère rougissaient les joues de Belinda. « Peut-être préféreriez-vous du *gin* ? demanda-t-elle d'un ton acerbe.

– Fameuse idée ! s'exclama Mr Jones. Un verre de gin à l'eau chaude. Voyez, madame, vous avez de l'eau chaude, alors tout ce qu'il nous faut, c'est du gin. »

D'une voix tremblante de rage contenue, lady Manners dit à un valet qui attendait des ordres : « Du gin, James, je vous prie. »

Un silence pesant régna jusqu'à l'arrivée de la bouteille

de gin. Il avait fallu l'extorquer à l'intendante, car il n'y en avait pas dans les caves.

« Maintenant, les amis, faisons entendre à ces dames comment on porte un toast au régiment. » Ils avaient visiblement répété. Ils se levèrent tous solennellement et entonnèrent : « La peste soit de ces Français, l'Angleterre toujours vaincra, nos ennemis à la lanterne, et quand ils seront tous pendus, on leur mettra la paille au cul ! » Sur ces mots, les quatre acteurs vidèrent leur verre – en fin cristal de Waterford – et les jetèrent dans la cheminée.

Les dames restèrent figées sur leurs chaises, muettes d'horreur, les yeux fixés sur les débris de verre devant l'âtre. Après ce qui parut au capitaine Manners des heures de silence mais ne dura en réalité que quelques instants, lady Manners déclara d'une petite voix : « J'ai la migraine, Peter. Aie la bonté de raccompagner tes amis à la porte. »

Mais Mr Davy ne partit pas sans faire claquer un baiser sur la joue de Belinda, une privauté qu'elle n'avait même pas encore autorisée à son fiancé.

« Quand vous faites votre travail, vous le faites bien ! souffla le capitaine à Mr Davy en le raccompagnant avec ses trois acolytes dans la rue. Je crois qu'on ne me le pardonnera jamais. »

Mr Davy leva sur lui un regard pénétrant. « Il m'a semblé que c'était cela que vous souhaitiez. »

Le capitaine remonta lentement au salon. Trois paires d'yeux le foudroyèrent lorsqu'il entra.

« Je vous présente mes excuses, dit-il. Mais c'est vous qui avez insisté pour les rencontrer.

– Je ne comprends pas, dit Belinda avec humeur. Je ne comprends pas *du tout*. Comment pouvez-vous fréquenter pareille… *engeance* ? Mr Warren est la courtoisie incarnée. Je m'attendais à trouver d'aussi bonnes manières chez vos autres amis. »

Le capitaine sentit un frisson d'appréhension courir le long de son dos. Il avait oublié de prévenir Jack. Que se passerait-il si Jack rencontrait ces dames à quelque réception et disait qu'il n'avait jamais entendu parler de ces soldats-là ? Il était urgent de partir et de trouver son ami.

« Je vous avais prévenues, lança-t-il.

– Tu me déçois, mon fils, déclara sévèrement lady Manners. Nous rencontrons de nombreux militaires dans les bals et les soirées, comme tu le sais, mais jamais aucun ne s'est montré aussi malappris et grossier que ceux que tu as choisis pour amis.

– Ce sont des hommes courageux qui se sont battus vaillamment », rétorqua le capitaine, poussé par un sentiment de culpabilité à ajouter quelques nouveaux mensonges à ceux qu'il leur avait déjà servis. Il regarda Belinda. « Quand nous serons mariés et installés dans nos quartiers, il vous faudra les recevoir. »

C'est alors que Mrs Devenham eut une convulsion et perdit connaissance.

En arrivant chez White, le capitaine demanda si Jack y était venu dans la journée, et à son grand soulagement, on lui dit qu'il se trouvait dans la *coffee room.*

Sa gêne s'accrut quand Jack le héla en lui demandant d'emblée : « Comment se porte la charmante miss Devenham ? »

Le capitaine se laissa tomber dans un fauteuil face à son ami. « Miss Devenham est très fâchée contre moi.

– Comment se fait-il ?

– Je lui ai joué un méchant tour.

– Cela ne te ressemble guère. Qu'a pu faire une jeune fille aussi douce et sensible que miss Devenham pour mériter qu'on lui joue de méchants tours ?

– Ma mère et miss Devenham voudraient me voir réintégrer la maison plutôt que de vivre à l'hôtel.

– Un souhait parfaitement raisonnable, commenta Jack.

– Je leur ai dit que je préférais loger au Parent pauvre pour recevoir mes amis militaires car ils étaient un peu... euh... malappris.

– Eh bien je te remercie ! Suis-je inscrit dans ce catalogue de malappris ?

– Non, toi tu es l'image même de la perfection.

– Alors lesquels de tes militaires sont-ils indignes de paraître dans le salon d'une dame ? Au reste, les propriétaires du Parent pauvre sont si à cheval sur les convenances que la première personne qui ne se conduirait pas de la manière la plus policée se verrait montrer la porte.

– C'est difficile à expliquer, Jack, mais je tiens par-dessus tout à ma liberté. Et vivre avec trois femmes, dont l'une est ma mère et les deux autres ma fiancée et sa propre mère, me paraît... euh... un peu... oppressant. Aussi ai-je engagé des acteurs pour jouer le rôle d'officiers et se conduire comme des malotrus.

– Si j'avais la chance d'avoir pu obtenir la main d'une beauté telle que Belinda Devenham, dit carrément Jack, je me considérerais comme le plus heureux des hommes.

– Fais-moi le plaisir de ne pas me trahir, le pressa le capitaine.

– Bien entendu. Mais je ne comprends ni n'approuve ta conduite. Y a-t-il un rapport avec la jolie domestique du Parent pauvre ?

– Quelle domestique ?

– J'imagine qu'il s'agit de la beauté qui servait le vin chaud à la soirée de la duchesse.

– Miss Frederica est une amie des propriétaires.

– Il n'empêche qu'elle n'est plus fréquentable. J'espère que tu ne vas pas commettre une sottise de ce côté-là. Si c'est une chose admise d'avoir une liaison après le mariage, négliger ta fiancée et lui jouer des tours est tout à fait regrettable. »

Le regard du capitaine se durcit.

« C'est mon affaire, mon cher. Et mes affaires ne regardent que moi. »

Jack changea de sujet et ils se mirent à parler de leurs amis communs. Mais dans le même temps, les pensées de Jack retournaient vers Belinda. Il était stupéfait de la conduite insensée de son ami. À ses yeux, Belinda Devenham était l'incarnation même de la féminité à l'anglaise. Il aimait ses manières majestueuses, et sa conversation était exactement ce qu'elle devait être. Comme la plupart de ses congénères, Jack n'appréciait pas les femmes dont les propos pouvaient passer pour intelligents ou originaux. Et en observant le beau visage du capitaine, il sentit presque les prémices d'une antipathie. Quel homme bien né pouvait ne fût-ce qu'accorder un regard à une servante en présence d'une femme telle que Belinda Devenham ?

8

« PIQUER : exploiter, voler, faucher. “Ce gonze m’a piqué ma poulette : cet homme m’a volé ma maîtresse.” »

CAPITAINE GROSE,
Dictionary of the Vulgar Tongue

Sir Philip vaqua à ses occupations, un aimable sourire sur son vieux visage cependant qu’il méditait sa revanche. Le capitaine Manners était désormais au nombre de ceux dont il projetait de se venger : n’avait-il pas eu le mauvais goût de se lier d’amitié avec Mr Davy ?

Alors quand le capitaine, au fond un peu honteux du tour qu’il avait joué à Belinda, sans parler de sa propre mère, vint le voir afin de réserver une table le soir même pour des invités, il fit claquer ses dents de porcelaine avec un sourire plus large et plus onctueux que d’habitude. « Nous serons honorés de recevoir vos amis », dit-il sur un ton interrogatif, appelant à de plus amples précisions.

« Il s’agit de ma mère, lady Manners, de ma fiancée, miss Devenham, et sa mère, ainsi que de mon ami Jack Warren. Nous serons cinq.

– Très bien, monsieur. » Sir Philip fit une courbette si

profonde que le capitaine regarda d'un air soupçonneux le dessus de la perruque brune du vieux monsieur. Cela ne ressemblait guère à sir Philip d'être aussi mielleux.

Sir Philip se retira dans le bureau pour réfléchir à un plan de bataille. Il se mordit le pouce, l'œil absent. Il était hors de doute que le capitaine était épris de Frederica. Que dirait miss Devenham si elle était au courant ? Si le capitaine était mis dans l'embarras, cela reviendrait aux oreilles de Mr Davy et le contrarierait, ce qui serait déjà un début. Si Frederica pouvait servir à table dans la salle à manger, sa présence causerait du désarroi au capitaine et, avec un peu de chance, son attirance pour cette fille pourrait devenir visible aux yeux de sa mère et de sa fiancée. Mais c'étaient lady Fortescue et le colonel Sandhurst qui servaient à table et jamais ils ne laisseraient Frederica le faire. Comment se débarrasser d'eux pour la soirée ?

Il faudrait au moins une invitation du Prince Régent pour les arracher à l'hôtel. De plus, la confusion qui s'ensuivrait punirait un peu lady Fortescue d'avoir pardonné à Mr Davy ses mensonges. Cela dit, songea sir Philip, mortifié, elle avait vu juste : les ragots la désignant comme la dernière foucade de Prinny s'étaient très vite éteints.

Et s'il faisait parvenir une invitation du prince à Clarence House au colonel et à lady Fortescue ? Ils seraient peut-être étonnés d'être conviés à la dernière minute, mais un tel honneur effacerait tous les doutes de leur esprit. Sir Philip prit son chapeau, ses gants et sa canne et sortit. Pendant sa période de misère, il avait été conduit à fréquenter les bas-fonds de Londres. Il prit un fiacre jusqu'à Seven Dials, quartier notoire pour ses taudis et ses bouges, et monta l'escalier branlant et crasseux d'une bâtisse miteuse abritant le logis d'un faussaire, Johnny Connors. Il frappa à sa porte et, lorsqu'elle s'entrebâilla enfin légèrement, il distingua un œil chassieux qui le regardait.

« Il y a longtemps qu'on ne s'était vus, Johnny ! lança allégrement sir Philip.

– Bienvenue, Votre Seigneurie ! » s'écria le faussaire, élevant sir Philip à la pairie tout en ouvrant la porte en grand. « V'là une éternité qu'on n'a pas fait affaire ensemble ! Vous m'avez l'air drôlement huppé. » Il tâta les revers d'habit de sir Philip. « C'est de la qualité, cette étoffe-là !

– Premier choix de chez Weston, précisa négligemment sir Philip. Vous avez appris que je suis hôtelier ? »

Le faussaire se dirigea vers une table en traînant les pieds et tira deux chaises. « Tout le monde est au courant », dit-il. Sir Philip s'avisa avec un désagréable pincement au cœur que Johnny Connors avait l'air bien vieux et décrépit. Tous, parmi ses connaissances, se flétrissaient et se désagrégeaient lentement avec les années.

« Je peux vous rendre un service ? » s'enquit Johnny.

Sir Philip lui expliqua la situation.

Le faussaire suça ses dents cassées.

« Ça va aller chercher gros. Les invitations normales, même de lady Dinde ou de n'importe qui, sont pas trop chères. Mais contrefaire une invitation du prince, c'est dangereux.

– Le couple à inviter n'ira pas se plaindre aux autorités, dit sir Philip. C'est pour lady Fortescue et le colonel Sandhurst, mes associés, et ils ne s'adresseront pas aux Runners. J'en ai besoin séance tenante.

– Faut mettre les armoiries royales sur l'invitation. Ça prend du temps.

– Si vous n'avez pas une planche avec les armoiries royales dessus, répondit sir Philip en souriant, alors je veux bien être pendu. Voilà des années que vous faites des faux papiers pour l'armée, les impôts ou la douane.

– J'ai celles du roi George, que Dieu le garde, convint

prudemment le faussaire. Mais pour le prince de Galles, c'est une autre affaire. »

Sir Philip sortit de sa poche deux souverains, avec lesquels il se mit à jongler nonchalamment. « Je suis persuadé que vous avez le nécessaire pour lui aussi. »

Les pièces d'or semblèrent hypnotiser Johnny. Il sourit soudain d'une oreille à l'autre et se leva. « Allons à l'atelier », dit-il.

« Sir Philip ! Sir Philip ! » La voix impérieuse de lady Fortescue retentit dans tout l'hôtel vers la fin de l'après-midi. « Ceci vient d'arriver, dit-elle en tenant à la main une invitation armoriée. Le colonel et moi sommes invités à Clarence House. Ce soir !

– Pourquoi n'a-t-on pas songé à m'inviter aussi ? grinça sir Philip avec un dépit bien imité.

– Je l'ignore et m'en moque, rétorqua lady Fortescue. C'est une invitation royale, un très grand honneur. Vous devrez vous occuper vous-même de la salle à manger ce soir. »

Sir Philip lui prit l'invitation des mains. « Comment est-elle arrivée ici ? » demanda-t-il d'un ton soupçonneux, songeant qu'il était assurément meilleur acteur que Mr Davy.

« C'est cela qui est très bizarre. Jack l'a trouvée au fond du sac à courrier. Il dit être sûr de l'avoir bien vidé ce matin, mais l'enveloppe a dû rester accrochée d'une manière ou d'une autre. Dieu sait depuis combien de temps elle y est. Nous avons envoyé Jack à Clarence House pour apporter notre réponse. » Sir Philip jura en silence. C'était lui qui avait dit à Jack de vérifier le sac du courrier après y avoir mis l'invitation du faussaire. Il aurait dû deviner que, bien entendu, lady Fortescue allait envoyer une réponse. Il ne lui restait plus qu'à prier pour qu'aucun domestique de Clarence House n'arrive à l'hôtel avec un message du chambellan de la maison royale disant qu'aucune invitation de la sorte n'avait été envoyée.

« Vous êtes sûre que ce n'est pas le fait d'un mauvais plaisant ? ironisa-t-il. Car enfin, pourquoi vous inviter tous les deux ?

– Nous sommes visiblement bien en cour, riposta lady Fortescue avec hauteur. Je suis navrée que vous n'ayez pas été invité également, mais l'honneur n'en rejaillit pas moins sur nous tous.

– À d'autres ! » grinça sir Philip. Mais dès que lady Fortescue fut sortie après avoir repris l'invitation, il ne contint plus sa joie.

Il ne s'était pas trompé en supposant que le colonel et elle seraient trop occupés à se préparer en vue de ce grand événement pour prendre le temps de se soucier de ce qui se passait dans l'hôtel. Aussi descendit-il aux cuisines.

Il y trouva Frederica en train d'abaisser des rouleaux de pâte et de parler en mauvais français à Despard, qui la corrigeait en la taquinant. Elle avait l'air si jeune, si jolie, si innocente qu'à sa seule vue, sir Philip s'arrêta. Il se demanda pour la première fois ce que penserait la jeune fille si elle devait servir à table le colonel Manners et ses invités. Mais il cuirassa son cœur. Il était trop tard pour changer ses plans maintenant.

« Ma chère enfant, dit-il à Frederica, puis-je vous dire deux mots ? »

Frederica s'approcha de lui avec appréhension. Elle n'aimait pas les yeux délavés et calculateurs de sir Philip, ni le parfum dont il s'aspergeait.

« Lady Fortescue et le colonel Sandhurst sont invités ce soir à Clarence House par le Prince Régent. Un grand honneur. En conséquence, je vous demande de mettre votre tenue la plus soignée et d'assurer avec moi le service à table dans la salle à manger ce soir. »

Frederica n'avait aucune envie de servir dans la salle à manger. Tant qu'elle était bien cachée dans les cuisines, elle parvenait à oublier sa situation. Mais elle pouvait difficilement refuser. Aussi répondit-elle : « Certainement, sir Philip.

– Parfait, parfait », souffla-t-il en frottant ses petites mains.

Il sortit de la cuisine en laissant derrière lui une impression de gêne. « Qu'est-ce qu'il mijote, à votre avis ? demanda Despard.

– Que voulez-vous dire ? s'étonna Frederica. C'est mon rôle d'aider, surtout pour une soirée pareille.

– Cet homme-là, il manigance toujours quelque chose, répliqua le chef. Pourquoi n'a-t-il pas demandé à miss Tonks ou à Mr Davy d'assurer le service ? »

Le visage de Frederica s'éclaira. « Quant à cela, il est jaloux de Mr Davy et en veut à miss Tonks parce qu'elle lui préfère Mr Davy. Cela ne laisse plus que moi.

– S'il a une idée derrière le crâne, dit Despard d'un ton acerbe, je le lui défonce. »

Le capitaine escorta ses invités jusque dans l'hôtel, non sans éprouver un certain malaise. La seule pensée qui le rassurait était que Frederica aurait fini son travail de la journée et se trouverait dans son logement de la maison voisine, ou dans le salon du dernier étage. Chaque fois qu'il avait dîné au Parent pauvre, c'étaient lady Fortescue, sir Philip et le colonel Sandhurst qui avaient servi dans la salle à manger. Ils furent installés à une table au centre de la pièce. Lady Manners jeta un regard approbateur au linge de table blanc, à l'argenterie étincelante, au papier mural à rayures et aux lourds rideaux de brocart. « De très bon ton », dit-elle.

Puis ses yeux s'arrêtèrent sur Frederica, debout près du long buffet. « Ciel ! s'exclama-t-elle d'un ton acide, encore cette fille ! Celle qui servait le vin chaud au bal des Darver. »

Le capitaine se retourna vivement. Frederica semblait inquiète et mal à l'aise. « En effet, dit-il d'un ton froid.

– Oh, c'est elle que vous avez eu le mauvais goût de me présenter », claironna Belinda. Elle lui donna un petit coup d'éventail sur le bras. « Vous allez devoir améliorer vos manières, capitaine Manners. Je crains que l'armée n'ait eu une influence déplorable sur votre conduite. Mais nous avons discuté de votre avenir, poursuivit-elle d'un ton enjoué, et nous avons trouvé une solution.

– Laquelle ? demanda le capitaine, qui résista non sans mal à l'envie de se retourner pour regarder de nouveau Frederica.

– Eh bien, il faut vous débarrasser de votre commission[1] », déclara gaiement Belinda.

Le capitaine lui lança un regard horrifié, et Jack Warren intervint rapidement. « Ce n'est pas une si mauvaise idée, dit-il. J'y songe pour ma part.

– Miss Devenham, répliqua le capitaine, presque heureux d'avoir un motif de se mettre en colère afin de ne plus penser à Frederica, je déciderai de mon propre avenir et choisirai mes propres amis, que ce soit maintenant ou à tout autre moment. »

Il avait lâché cela d'une voix si âpre et si glaciale qu'un silence gêné figea les convives.

*

1. À l'époque, les jeunes gens fortunés pouvaient acheter une commission d'officier dans l'armée, ce qui leur évitait d'attendre des promotions au mérite et à l'ancienneté. Cette pratique était courante dans l'infanterie et la cavalerie, au-dessous du grade de colonel. On pouvait donc revendre sa commission.

Mr Davy trouva miss Tonks à l'étage, dans le salon. Il s'immobilisa quelques instants, se demandant pourquoi cette dernière avait le regard inexpressif et réservé. « Miss Tonks, dit-il, je crois que nous sommes dans l'embarras.

– Comment cela ? » demanda miss Tonks en fouillant fiévreusement dans son panier à couture à la recherche de quelque raccommodage pour s'occuper les mains et les yeux.

« Sir Philip a insisté auprès de miss Frederica pour qu'elle serve à la salle à manger ce soir, car, comme vous le savez, le colonel Sandhurst et lady Fortescue sont partis à Clarence House.

– C'est ce que m'a appris Frederica. Je désapprouve, car j'ai vu comment les messieurs la lorgnaient chez la duchesse. Mais sir Philip a dit que la salle à manger de l'hôtel était une tout autre affaire et qu'il serait là pour la protéger.

– En arrivant, poursuivit Mr Davy, j'ai vu le capitaine Manners entrer avec une personne qui doit être sa fiancée, ainsi que deux autres dames et un ami. Ils se sont dirigés vers la salle à manger. Or, il y a quelques jours, sir Philip m'a trouvé en conversation avec le capitaine Manners. Je ne peux m'empêcher de penser qu'il entend punir le capitaine d'avoir osé me parler. Il est évident, à la façon dont le capitaine Manners regarde notre chère Frederica, qu'il a sans doute conçu pour elle de tendres sentiments. Permettez-moi de suggérer que nous descendions sans attendre tous les deux dans la salle à manger pour relever miss Frederica de sa tâche.

– Volontiers, répondit miss Tonks en se levant. Seriez-vous étonné, Mr Davy, si cette invitation s'avérait être une méchante farce ?

– Pas le moins du monde, répondit-il d'un ton amusé. Je suis sûr que sir Philip est prêt à tout pour se venger. »

« Commencez donc par apporter ces assiettes de soupe à la table du capitaine Manners, disait sir Philip à Frederica au moment précis où miss Tonks et Mr Davy entrèrent dans la salle à manger.

– Partez, je vous en prie, Frederica, dit miss Tonks à mi-voix. Nous nous chargerons du service.

– Mais quelle mouche vous pique ? siffla sir Philip. Comment osez-vous donner des ordres dans *ma* salle à manger ?

– *Notre* salle à manger, murmura miss Tonks. Vous préférez que je fasse une scène ? Partez, Frederica. »

L'œil navré, sir Philip regarda s'éloigner la jolie silhouette de Frederica qui s'éclipsait de la salle à manger. Il ne pouvait protester davantage, car lord Bewley, qui n'avait pas réussi à fixer un autre rendez-vous avec Mary, avait décidé de passer sa mauvaise humeur sur les hôteliers et se plaignait haut et fort, exigeant d'être servi *sur-le-champ*.

Lady Fortescue et le colonel Sandhurst étaient assis dans une antichambre de Clarence House, fort inquiets. Leur carton d'invitation leur avait été froidement rendu. « C'est un faux ! » leur avait-on dit avant de leur intimer l'ordre d'attendre.

« Que va-t-il nous arriver maintenant ? demanda lady Fortescue. Et qui a bien pu nous jouer un tour pareil ?

– Sir Philip, répondit le colonel. J'en mettrais ma main à couper.

– Allons donc ! Pourquoi ?

– Il a été furieux que le Prince Régent vienne à l'hôtel alors qu'il n'était pas là, même si je vois mal comment nous aurions pu le prévenir. Peut-être entend-il nous rendre la monnaie de notre pièce en nous compromettant.

– Si nous sortons d'ici sans être arrêtés, dit lady Fortescue d'une voix faible, je tordrai son cou de vieux coq. »

La porte à deux battants s'ouvrit et un aide de camp apparut. « Si vous voulez bien me suivre », dit-il.

Les deux vieillards se dressèrent, les jambes ankylosées par l'âge et l'appréhension. On leur fit traverser une stupéfiante enfilade de pièces jusqu'à ce qu'enfin une dernière porte à double battant s'ouvre en grand.

« Lady Fortescue et le colonel Sandhurst, Votre Altesse », clama l'aide de camp, frappant le sol de son grand bâton.

Le Prince Régent se prélassait dans un fauteuil à l'autre extrémité de la pièce. Sa cravate était dénouée et son visage, bouffi et gonflé. Lady Fortescue pensa sournoisement qu'il ressemblait trait pour trait aux caricatures de lui qu'on voyait dans les vitrines des imprimeurs.

Le couple approcha lentement et lady Fortescue plongea dans une profonde révérence, fière d'être encore capable à son âge de s'en acquitter sans s'étaler sur le tapis.

« Alors, qu'est-ce que c'est que cette affaire ? demanda le prince. Une invitation contrefaite, hein ?

– Nos excuses les plus humbles, Votre Altesse Royale, déclara lady Fortescue. Il semble que nous ayons été victimes d'un mauvais plaisant.

– Vous pouvez vous asseoir. » La main royale fit un signe, et deux chaises furent apportées.

« Nous sommes contents de vous recevoir malgré tout, dit le prince. La cuisine est fameuse chez vous.

– Vous êtes trop bon, Votre Altesse, dit le colonel, dont la voix tremblait légèrement, trahissant sa nervosité. En pareilles circonstances, nous accorder une audience est une grâce et je chérirai le souvenir de cette rencontre jusqu'à la fin de mes jours.

– Alors vous n'aurez pas à le faire trop longtemps, Sandhurst, dit le prince avec brutalité, car vos jours sont comptés. »

Vilaine tête de têtard ! pensa lady Fortescue, décontenancée. Puis elle s'alarma de son esprit séditieux.

Lady Fortescue et le colonel se virent offrir du vin, qu'ils acceptèrent. Le prince reprit la parole.

« Nous serions curieux de connaître la raison pour laquelle vous avez donné à votre hôtel un si drôle de nom et pourquoi vous vous êtes abaissés à pratiquer un commerce. »

Il y eut un silence. Lady Fortescue et le colonel se creusaient furieusement la tête pour trouver une explication diplomatique. Ce fut lady Fortescue qui se décida finalement, estimant que dire la vérité était le meilleur parti à prendre.

« Nous étions *nous-mêmes* des parents pauvres, Votre Altesse, toujours incertains d'avoir de quoi garnir la table pour le prochain repas, comptant toujours sur la charité de notre famille. Nous avons décidé de nous regrouper pour survivre. Je possédais la maison de Bond Street, Votre Altesse, et c'est notre associé, sir Philip Sommerville, qui a suggéré l'idée de la transformer en hôtel.

« Mais pourquoi l'appeler "Au Parent pauvre", et non pas "Le Grand Hôtel", ou "Le Palace" ?

Lady Fortescue lui lança un regard canaille. « Nous avons pensé que nos familles auraient tellement honte qu'elles viendraient nous le racheter. »

Les yeux royaux restèrent fixés sur elle et lady Fortescue craignit d'avoir dépassé les bornes, mais les joues royales commencèrent à trembloter, secouées d'un fou rire, et, dans la pièce, les amis et courtisans se mirent à rire aussi.

« Morbleu, vous nous plaisez, dit le prince. Nous retournerons dîner chez vous. Nous aimerions goûter ces pâtisseries que votre chef réussit si bien.

– Nous vous en enverrons un plateau demain, Votre Altesse.

– Eh bien, vous avez notre gracieuse permission de mettre nos armes au-dessus de votre porte. »

Toutes pensées malveillantes à l'égard du prince s'effacèrent de l'esprit de lady Fortescue pour être remplacées par une vague de pur bonheur. Elle voyait déjà les armes royales sur sa façade, et au-dessous un écriteau proclamant « Établissement agréé par Son Altesse Royale le prince de Galles », affiché majestueusement au-dessus de l'entrée.

Le prince agita la main, signalant par là que l'entretien était clos.

Le colonel et lady Fortescue se levèrent et gagnèrent à reculons la porte, l'un saluant, l'autre faisant la révérence. Puis, dans un silence digne, ils suivirent l'aide de camp à travers l'enfilade de pièces et de couloirs pour retrouver leur voiture et leur cocher de louage.

« Eh bien, souffla lady Fortescue, tout a fort bien tourné, mais ce n'est pas grâce à sir Philip Sommerville.

– Je suis si content que je me sens capable de tout lui pardonner, dit le colonel. Sans doute l'ai-je accusé trop vite ; ce doit être une vengeance d'un de ces muscadins de Bond Street que Mr Davy a mis à la porte de chez nous.

– J'aimerais bien savoir si c'est sir Philip le coupable. » Lady Fortescue regarda les nouveaux lampadaires à gaz de Pall Mall devant lesquels ils passaient. « Et je crois savoir comment faire.

– C'est-à-dire ? »

Un sourire retroussa les lèvres minces de lady Fortescue. « Vous verrez. »

Sir Philip se sentait de plus en plus contrarié et coupable. Il était assis dans le salon privé avec miss Tonks et Mr Davy, installés l'un près de l'autre, Frederica, qui confectionnait une robe dont le patron était étalé par terre, et, comble du comble, le capitaine Manners était venu les rejoindre au lieu de raccompagner chez elles les dames qu'il avait invitées, ce qui eût été le moindre des égards de la part d'un vrai gentleman. Le capitaine était encore furieux que les femmes les plus proches de lui se soient concertées pour décider de son avenir. Il les avait escortées jusqu'à leur voiture, puis était rentré à l'hôtel, dans l'intention de regagner sa chambre, mais ses pas l'avaient conduit jusqu'au salon en haut de la maison.

Le colonel Sandhurst était si satisfait de sa visite au prince qu'il en avait oublié son désir de vendre l'hôtel. Il voulait que tout le monde soit heureux – hormis sir Philip. Il regarda Frederica, qui d'une main sûre continuait à couper le tissu d'après le patron alors que chacune des lignes de son corps montrait qu'elle était consciente de la présence du capitaine. Il ne perdit rien non plus de la façon dont le capitaine, debout et hésitant, l'observait. C'est moi qui suis responsable de la présence de Frederica ici, et c'est à moi qu'il revient de veiller à ce qu'elle soit heureuse, se dit le colonel.

« Alors, maintenant que nous voilà tous réunis ici, nous allons vous raconter ce qui s'est passé », commença lady Fortescue. Et elle leur conta comment ils avaient découvert que l'invitation était contrefaite, comment le prince les avait reçus malgré tout, leur avait dit qu'il aimerait avoir un plateau des pâtisseries de Despard, et donné l'autorisation de mettre les armoiries royales au-dessus de la porte. Ses yeux ne quittèrent pas sir Philip de toute sa tirade, lequel eut du mal à prendre l'air satisfait et joyeux que la nouvelle aurait dû provoquer.

« Mais, conclut-elle, le coupable n'en sera pas quitte pour autant. J'ai encore l'invitation dans mon sac et demain j'ai l'intention d'aller la montrer au magistrat de Bow Street.

– C'est un muscadin qui vous a joué un méchant tour,

croassa sir Philip. Cela semble un peu excessif d'aller à Bow Street. Il n'y donnera certainement pas suite.

– Pardon ? s'exclama lady Fortescue en haussant ses minces sourcils. Une invitation royale contrefaite ? Ils vont confier l'affaire aux Runners et, croyez-moi, ils connaissent tous les faussaires de Londres, si je ne m'abuse. Mais qu'avez-vous, sir Philip ? Vous avez bien mauvaise mine.

– Veuillez m'excuser, balbutia sir Philip aux abois. Je digère mal. »

Et il s'éclipsa bien vite.

« Je me demande ce qu'il va faire maintenant, lança lady Fortescue, l'air très amusé.

– Ainsi, comme miss Tonks et moi-même, vous pensez que c'est sir Philip qui vous a joué ce tour, intervint Mr Davy. Je crois en deviner la raison.

– Qui est ? »

Mr Davy ne voulait pas dire que sir Philip souhaitait embarrasser le capitaine Manners pour l'atteindre, lui. Aussi adopta-t-il un angle différent. « C'est le colonel Sandhurst qui a amené Frederica parmi nous. » Le colonel lui jeta un regard d'avertissement, car le capitaine Manners n'était pas censé savoir quoi que ce soit sur Frederica. « Aussi voulait-il qu'elle serve à la salle à manger pour vous embarrasser tous les deux.

– Et l'a-t-elle fait ? intervint lady Fortescue.

– Miss Tonks et moi sommes arrivés juste à temps pour l'empêcher de servir la soupe au capitaine Manners et à ses invités. »

Lady Fortescue et le colonel échangèrent un regard.

« Alors, que va faire sir Philip, à votre avis ? » demanda le capitaine Manners. Frederica avait fini de couper sa robe et elle roulait soigneusement le tissu et le patron.

« Je gage qu'il va attendre de me croire endormie

pour tenter de prendre l'invitation dans mon réticule, dit lady Fortescue.

– Entrer dans votre chambre ! s'exclama le colonel, outré. Assurément, sir Philip ne ferait pas une chose pareille.

– Si la seule alternative, c'est de se balancer au bout d'une corde au gibet, sir Philip n'hésitera pas. »

Frederica rabattit le couvercle de son panier à couture et s'assit sur le canapé. Le capitaine, qui était resté debout jusqu'à présent, alla s'asseoir à côté d'elle.

Il faudrait vraiment que je lui demande si ses intentions sont honorables, songea avec inquiétude le colonel. Mais il doit d'abord se débarrasser de sa fiancée.

« J'ai souffert de vous voir soumise à une indignité comme celle de ce soir, souffla le capitaine à Frederica.

– Certains domestiques estimeraient que servir à table est plus prestigieux que travailler aux cuisines, répliqua Frederica avec légèreté.

– Mais vous n'êtes pas une domestique, dit-il avec fougue. Je suis… je suis soucieux de votre bien-être.

– C'est de miss Devenham que vous devriez vous soucier. Mais je vous remercie.

– Savez-vous ce que je crois ? » demanda le capitaine en regardant les petites mains blanches de Frederica, qu'il brûlait de prendre dans les siennes. « Que sir Philip est si jaloux de Mr Davy que la première personne qui se lie d'amitié avec ce dernier s'expose à subir sa colère. Il m'a trouvé en train de prendre le café avec Mr Davy. Je suis persuadé que s'il vous a demandé de servir dans la salle à manger, c'était parce qu'il savait que j'avais des invités et qu'il souhaitait me contrarier.

– Comment cela ? » s'enquit Frederica, faisant mine de ne pas comprendre.

Les yeux du capitaine cherchèrent les siens, et soudain,

le monde extérieur cessa d'exister pour eux. Ils restèrent assis, immobiles, se regardant dans les yeux. Frederica sentit des émotions étranges et merveilleuses prendre possession de tout son corps. Sa poitrine palpita, ses lèvres se mirent à trembler.

« Hum ! dit le colonel d'une voix forte. Cette soirée a été riche en émotions, et je suggère que nous allions tous nous coucher. Lady Fortescue et moi devons discuter de beaucoup de choses en privé. »

En voyant le bel ensemble avec lequel Frederica et le capitaine s'étaient levés, la façon dont il lui avait pris la main pour la conduire à la porte, miss Tonks eut l'impression d'être toute petite, seule et vieille. Quel magnifique couple ils formaient, se dit-elle tristement. Et, comme pour faire écho à ses pensées, Mr Davy déclara : « Le beau couple ! Et, si je ne m'abuse, éperdument amoureux.

– Que pouvez-vous savoir de l'amour, vous ? » lança miss Tonks qui sortit du salon d'un pas furieux, frôlant dans sa hâte Frederica et le capitaine.

« Cette chère miss Tonks est très contrariée, constata le capitaine tout en descendant l'escalier avec Frederica.

– Sir Philip ferait perdre sa bonne humeur à un saint ! répliqua la jeune fille.

– Je pense que lorsque lady Fortescue en aura fini avec lui, il en sera pour ses frais. »

Arrivé au palier du premier, le capitaine hésita et baissa les yeux vers Frederica. « Songez-vous parfois à vos parents, à ce qu'ils doivent imaginer, à la détresse qu'ils doivent éprouver ?

– Oui, souvent, répondit Frederica. Mais je doute que leur inquiétude ou leur détresse soient très vives. En vérité, je suis convaincue que leur fureur devant ma conduite tiendra encore en respect quelque temps tout sentiment plus tendre. Je leur ai écrit sans leur révéler mon adresse, pour leur dire que j'étais en bonne santé et en sécurité dans une famille respectable. Je leur ai à nouveau écrit hier pour les rassurer sur ma situation. Je n'étais pas très heureuse à la maison les derniers temps. Il m'arrive presque d'oublier que lord Bewley loge dans cet hôtel et que je n'ai peut-être plus rien à craindre de lui. Mais il y a d'autres lords Bewley dans ce monde. Je resterai ici aussi longtemps qu'on voudra bien m'y garder. Je ne vois pas d'autre avenir.

– J'aimerais..., commença-t-il.

– Oui ? » Elle leva les yeux vers lui.

Mais il était fiancé et ne pouvait prendre aucun engagement.

« Ce que je veux dire, c'est que je serais honoré si vous m'autorisiez à vous raccompagner jusqu'à votre logement à côté.

– Je vous remercie. »

Ils descendirent l'escalier. Il ne lui tenait plus la main. Il aurait aimé la reprendre, mais n'osa pas.

Après être sortis de l'hôtel, ils s'arrêtèrent devant la porte de la maison voisine où les hôteliers partageaient un appartement. Un vent chargé de poussière balayait Bond Street, apportant avec lui l'odeur caractéristique de Londres où se mêlaient patchouli, égouts, crottin de cheval, bière et mouton bouilli. La mince robe de mousseline de Frederica voltigeait autour de son corps.

« Merci de m'avoir escortée, capitaine », dit-elle en lui tendant la main.

Il hésita, retenant sa main dans la sienne. « Nous... avons des conversations intéressantes, miss Frederica, ne trouvez-vous pas ?

– Ma foi... oui.

– Aussi... aussi, assurément, ne ferions-nous pas une entorse à la bienséance si nous nous rencontrions dans un endroit public pour bavarder ? »

La partie raisonnable du cerveau de Frederica lui disait que l'idée même était une entorse à la bienséance. Mais la vie qu'elle menait désormais était hors des bornes de la bienséance. Elle fit un signe d'assentiment.

« Alors, quand le pourriez-vous ? Avez-vous un après-midi ou une soirée libre ? »

Frederica eut un rire perlé. « Je suis très gâtée. Ils *font exprès* de me confier des tâches afin que je ne me sente pas inutile. » Ses yeux pétillèrent. « Demain ? »

Il se sentit envahi par une bouffée d'allégresse. « Où cela ?

– Vous avez oublié que je ne connais pas Londres. Vous, si.

– Je passerai vous prendre dans ma voiture demain à deux heures devant Green Park, à l'entrée du côté de Piccadilly. »

Elle leva les yeux vers lui en souriant. « À demain.

– À demain », répéta-t-il à mi-voix. Et il se pencha pour lui baiser la main. Elle fit une révérence, puis se retourna et disparut dans l'escalier sombre derrière elle.

9

« Si je rêve que vous êtes à moi, vous l'êtes. Car toutes nos joies ne sont que phantasmes. »

JOHN DONNE

Sir Philip ne s'était en effet pas déshabillé, et il veillait en comptant les heures et les demi-heures. Il s'efforçait de son mieux de ne pas céder à la panique, mais la perspective de cette invitation portée à Bow Street le lendemain lui donnait des sueurs froides. Il n'y avait pas d'honneur entre malfaiteurs, et il savait que Johnny le dénoncerait pour sauver sa peau. Mais – se demandait-il, éperdu – les Runners connaissaient-ils l'existence de Johnny ? Il n'y avait qu'une chose à faire : attendre que lady Fortescue soit endormie, se glisser dans sa chambre et prendre cette maudite invitation dans son réticule. Quand l'officier du guet cria : « Deux heures du matin, nuit pluvieuse », il se dit que l'heure était venue. Déchaussé, il sortit sans bruit de sa chambre et se glissa le long de l'étroit couloir en pente menant à celle de lady Fortescue. Les maisons craquent et respirent la nuit, et sa conscience coupable le faisait sursauter à chaque bruit.

Il tourna doucement la poignée, soulagé de constater que la porte n'était pas fermée à clé. La chambre était plongée dans une profonde obscurité. Il sortit un bout de chandelle de sa poche et retourna dans le couloir où, après plusieurs tentatives, il l'alluma avec son briquet à amadou. Et il regagna la chambre, levant bien haut sa chandelle. Les rideaux étaient tirés autour du lit et de l'autre côté, sur la table de toilette, était posé le réticule. Sir Philip se précipita, alluma la chandelle sur la table avec la sienne, qu'il souffla avant de la remettre dans sa poche. Puis il tira les cordons du réticule et, avec un soupir de satisfaction, en sortit la fameuse invitation.

À cet instant même, les rideaux du lit furent tirés et de grands éclats de rire retentirent. Sur le lit étaient assis, tout habillés, lady Fortescue en personne, le colonel, miss Tonks et Mr Davy.

Les yeux écarquillés d'horreur, sir Philip les regarda. Leurs visages hilares dansèrent devant ses yeux et il s'effondra sur le sol, inconscient, la main crispée sur le cœur.

« Il fait semblant, dit le colonel. Ce vieux gredin ne peut supporter l'idée que nous l'ayons démasqué. »

Mais miss Tonks, qui s'était déjà accroupie à côté de sir Philip, s'écria : « Donnez-moi plus de lumière. Je crois qu'il s'est vraiment trouvé mal. »

Des chandelles furent allumées. Le visage de sir Philip était livide.

« Ramenez-le dans sa chambre, réveillez Jack et envoyez-le chercher le médecin », ordonna lady Fortescue, alarmée.

Sir Philip fut transporté dans sa chambre avec les plus grands ménagements. Tous se retirèrent dans le salon de l'appartement où Frederica, réveillée par le bruit et l'agitation, les rejoignit. Elle eut une exclamation désolée lorsqu'elle apprit les conséquences du tour joué à sir Philip. Ils attendirent tous dans l'inquiétude l'arrivée du médecin, parlant de temps à autre à voix basse, et se levant tour à tour pour aller voir si l'état du malade s'était amélioré.

Au bout de ce qui leur parut une éternité, le médecin arriva enfin. Il y eut encore une autre attente angoissée pour connaître son diagnostic. Enfin, le médecin les rejoignit en hochant la tête. « C'est un vieillard, et il a eu une syncope, annonça-t-il, chaque mot tombant comme une pierre dans le silence du salon.

– Vivra-t-il ? demanda miss Tonks d'une voix tremblante.

– Je ne saurai vous le dire. Je l'ai saigné. Son grand âge ne joue pas en sa faveur. » Lady Fortescue eut l'impression que la mort elle-même était entrée dans la pièce, car le colonel et elle n'avaient-ils pas le même âge que sir Philip ? Sa main chercha celle du colonel pour y puiser du réconfort.

Miss Tonks pleurait sans bruit. Frederica passa un bras autour de ses épaules et chuchota : « Vous ne pouviez pas prévoir que cela aurait cet effet. C'est sir Philip qui, par sa propre méchanceté, a attiré le malheur sur lui. »

Mais miss Tonks restait inconsolable.

Le lendemain matin, bien qu'elle fût restée éveillée une partie de la nuit, Frederica descendit prendre son service aux cuisines pour aider à la confection des gâteaux pour le Prince Régent.

Mais à sa grande déception, le chef, habituellement indulgent, ne l'entendit pas de cette oreille. L'enjeu était trop important pour qu'on laisse un amateur participer à la confection des pâtisseries. Au lieu de quoi, Frederica se vit remettre du papier, avec la mission de dresser un inventaire complet des articles de la cuisine, dont le chef éternellement méfiant était toujours persuadé qu'on en dérobait quelques-uns.

Frederica circula donc dans les cuisines en faisant des listes. Quelle collection d'objets ennuyeux ! Rouleaux et cercles à pâtisserie, moules à gâteaux, plats en faïence, saladiers, couteaux, fourchettes, râpes, moulins à café, pilons et mortiers, fouets, écumoires, presse-purée, poches à douille avec leurs embouts de toutes tailles, filets de cuisson pour légumes, pinceaux à pâtisserie, emporte-pièces, passoires, fers à caraméliser, poissonnières, linges à pudding, presse-citron, mortier à moutarde, balances de cuisine, moulins à poivre et à épices, moules à tartelettes, pots et pichets, saupoudreuses, ciseaux à sucre, pelle à four, fourchettes à rôtir, lèchefrites, rôtissoires de cheminée et saloirs divers.

De temps en temps, elle s'arrêtait pour regarder Despard au travail. Avec son assistant Rossignole, il avait entrepris de réaliser les armoiries royales. Ils étalaient au rouleau une pâte à laquelle ils donnaient la forme d'un grand écu, qui devait être cuite séparément. Les quatre-quarts composant le motif devaient être cuits ensuite et garnis de confitures de différentes couleurs. Le prince était notoirement friand de gâteau aux graines de pavot, aussi en préparait-on également. Le meilleur gâteau au pavot devait être fouetté pendant deux heures. La chaleur dans la cuisine monta et Frederica n'avait encore terminé qu'une partie de sa liste lorsqu'elle s'avisa qu'elle était moite de transpiration et très fatiguée. Il lui restait très peu de temps pour se préparer à sa sortie avec le capitaine Manners.

Marmonnant une excuse, elle quitta les cuisines à la hâte. Comme elle n'avait aucun espoir d'épouser un jour le capitaine, elle s'était confusément dit que se présenter au travail ce matin serait une sorte de pénitence pour apaiser les dieux, qui pourraient regarder d'un œil courroucé la conduite de certaine jeune fille de dix-sept ans. Elle fit un rapide brin de toilette et trotta en direction de Piccadilly. Alors seulement elle se rendit compte que sous sa cape, elle portait l'une de ses robes imprimées de domestique.

Lord Bewley, qui attendait Mary Jones dans sa voiture à Piccadilly, près de la loge aux grilles de Green Park, vit arriver l'autre domestique de l'hôtel, qui monta dans la voiture du colonel Manners. Il sourit. Au moins, lui-même ne commettait pas sa réputation avec une servante. Il croyait toujours que Mary Jones était Frederica et, pour la première fois de sa vie, était profondément amoureux. Mary l'avait évité ces derniers temps car elle ne voulait pas d'une liaison. Elle avait décidé qu'elle voulait le mariage, rien de moins, et qu'elle le valait bien.

« Je suis désolée d'être encore en tenue de travail, dit Frederica. Je suis descendue aux cuisines ce matin pour aider Despard, et me suis retrouvée chargée de dresser une liste des accessoires de cuisine. C'était interminable !

– Vous êtes un plaisir pour les yeux, lui assura le capitaine avec un sourire qui fit chanter le cœur de Frederica.

– Où allons-nous ? demanda-t-elle.

– J'ai pensé que vous aimeriez peut-être voir la Tour de Londres. Elle a le mérite de n'attirer les visites d'aucune personne du grand monde. »

Le cœur de Frederica se serra. Bien entendu, être vu en sa compagnie était trop compromettant.

C'est pourquoi, lorsqu'ils furent arrivés à la Tour et eurent inspecté les animaux poussiéreux de la ménagerie, puis se furent appuyés au parapet pour regarder la Tamise en contrebas, la gêne s'était installée entre eux. Frederica se disait tristement qu'elle avait commis une erreur en venant. Ils échangeaient des propos polis et convenus, comme deux étrangers. Le soleil avait disparu et la pluie qui était tombée en début de journée menaçait à nouveau. Enfin, Frederica dit d'une petite voix : « J'aimerais rentrer, s'il vous plaît. »

La frustration se mit à bouillir dans le sang du capitaine. Il ne rêvait plus seulement de l'embrasser, mais de l'avoir toute à lui. Il se sentait perdu, en proie à une passion plus forte que lui, et pourtant, elle était là, à côté de lui, et il ne pouvait même pas la prendre dans ses bras.

Pour elle, chaque pouce du trajet de retour fut une torture. « Je vous en prie, ne descendez pas », dit-elle lorsqu'ils furent de retour à Piccadilly. Dès qu'il arrêta sa voiture, elle sauta prestement à terre en soufflant un petit « au revoir », s'éloigna à la course et se perdit dans la foule.

Le colonel Sandhurst revenait de la chambre de sir Philip, où miss Tonks, restée au chevet du malade, lui avait appris que son état était stationnaire. Le colonel empruntait le couloir menant à la porte lorsqu'il entendit un bruit de sanglots venant de la chambre que Frederica partageait avec miss Tonks. Il poussa la porte et entra.

Étendue à plat ventre sur le lit, Frederica pleurait toutes les larmes de son corps.

« Allons, allons », dit le colonel, alarmé. Il s'approcha, s'assit sur le lit et lui tapota maladroitement l'épaule. « C'est cet imbécile de Despard qui vous a contrariée ? »

Frederica tourna vers lui un visage mouillé de larmes. « C'est le c-c-capitaine Manners, sanglota-t-elle.

– Qu'a-t-il donc fait ?

– Il m'a emmenée visiter la Tour de Londres parce que… parce que aucune personne du grand monde n'y va.

– Cet après-midi ? »

Frederica hocha la tête.

« Je dois vous poser une question, chère enfant. Vous a-t-il molestée de quelque façon que ce soit ?

– Oh, non, pas le moins du monde. Mais il s'est montré très distant, comme si je l'irritais.

– Vous vous trouvez dans une situation délicate, déplora le colonel, et tout est de ma faute.

– Non, non, vous êtes venu à mon secours ! »

Je l'ai fait pour l'argent, songea le colonel. Mais tout

haut, il dit : « Séchez vos larmes, mettez une jolie robe et montez dans notre salon à l'hôtel. Lady Fortescue vient juste de recevoir de chez le libraire une livraison de nouveaux romans. Un moment de calme avec un bon livre vous rassérénera. Maintenant, je vous prie de m'excuser. J'ai du travail. »

Le colonel retourna à l'hôtel et monta directement jusqu'à la chambre du capitaine Manners. Le capitaine était en tenue d'intérieur, enveloppé d'une splendide robe de chambre et son valet préparait du café sur un réchaud à alcool.

« Puis-je vous dire un mot en privé, monsieur ? demanda le colonel.

– Laissez-nous, ordonna le capitaine à son domestique.

– Alors, demanda le capitaine lorsqu'ils furent seuls, quel est l'objet de votre visite, colonel ?

– Miss Frederica n'a pas ici ses parents pour la protéger. Puis-je vous demander pour quelle raison vous l'avez emmenée à la Tour de Londres aujourd'hui sans même un chaperon ? Ai-je besoin de vous rappeler que vous êtes fiancé à miss Devenham ?

– Je me suis mal conduit, répondit posément le capitaine. Je voulais profiter encore de sa compagnie pendant que je le pouvais. C'était une terrible erreur. Quant aux conventions, elles sont sauves car la voiture était ouverte, et les gens du monde ne vont pas à la Tour.

– Comme vous l'avez dit à miss Frederica, ce qui lui a rappelé à quel point sa situation est délicate et pénible.

– Je transformerais volontiers sa position en celle de mon épouse si j'étais libre, monsieur. Mais je ne le suis pas. »

Le colonel éprouva un indéniable soulagement. « Allons, capitaine, dit-il de son ton le plus militaire, où est votre courage ? Votre esprit combatif ? Considérez la situation comme une campagne à mener. Je suis sûr qu'avec un peu d'imagination vous parviendrez à dégoûter miss Devenham. »

Le capitaine le regarda avec surprise, puis éclata de rire. « Quelle troupe d'originaux vous faites dans cet hôtel ! dit-il. Je lance l'opération sur-le-champ. »

Sir Philip s'était en réalité seulement évanoui. Il était conscient tout le temps que le docteur l'avait saigné, mais il avait souffert sans broncher. Il savait avoir effrayé ses amis, miss Tonks en particulier, et voulait qu'ils continuent à craindre pour sa vie afin de se venger de l'avoir ainsi tourné en ridicule. Mais il commençait à avoir grand-faim. Miss Tonks semblait rivée à son chevet. Cette maudite femme n'avait-elle donc jamais à aller faire ses affaires ?

Vers le milieu de la journée, il décida que la farce avait assez duré. Il entrouvrit les yeux et regarda par la fente de ses paupières. Oui, miss Tonks était toujours là, les yeux rougis par les larmes.

« Letitia, chuchota-t-il faiblement.

– Philip ! » Miss Tonks éclata en sanglots. « Nous avons c-c-cru que nous v-v-vous avions t-t-tué !

– Je n'ai peut-être plus très longtemps à vivre, dit-il dans un chuchotis rauque. Il faut me promettre une chose.

– Tout ce que vous voudrez, répondit miss Tonks, éperdue, en s'essuyant les yeux.

– Promettez-moi que si nous vendons l'hôtel, vous viendrez partager mes dernières années.

– Oh, Philip ! »

Il réussit à émettre un soupir qui, il l'espérait, pouvait passer pour un râle d'agonie, et étreignit très fort la main de miss Tonks. « Promettez-le-moi ! insista-t-il.

– Oh, je vous le promets, dit miss Tonks, bouleversée, mais ne mourez pas !

– Merci. J'ai une autre dernière requête.

– Oui, mon ami.

– Je suis condamné, mais j'aimerais avoir un bon repas de Despard avant de quitter ce monde.

– Je… j'y vais sur-le-champ. » Sur ces mots, miss Tonks se précipita hors de la chambre pour répandre la nouvelle que sir Philip avait repris connaissance, mais qu'il ne lui restait pas longtemps à vivre.

Bientôt, tous arrivèrent dans sa chambre et le trouvèrent en train de manger de bon appétit l'une des tourtes à la viande de Despard, le menton dégoulinant de sauce.

« Vous semblez vous être remis à merveille, dit lady Fortescue d'un ton soupçonneux.

– Quand cette chère Letitia m'a promis d'être ma compagne lors de mes dernières années, lorsque nous aurons vendu l'hôtel, j'ai senti mon énergie revenir. »

Mr Davy regarda avec curiosité miss Tonks, qui baissa les yeux et fixa le plancher.

« Et s'il y a une chose que je sais, poursuivit sir Philip, c'est que lorsque miss Tonks donne sa parole, elle ne la reprend jamais. »

Il lui a extorqué cette promesse, pensa Mr Davy, qui sentit monter en lui une bouffée de rage.

« Je suis navrée de votre défaillance, dit lady Fortescue, mais aussi c'est votre faute. Vous n'aviez pas le droit d'essayer de nous duper avec une invitation contrefaite. »

Sir Philip, qui avait terminé sa tourte, tendit le plateau à Betty, la domestique de lady Fortescue, s'adossa à ses oreillers et ferma les yeux. « Quelle invitation ? » dit-il d'une voix faible. Car lorsqu'il avait repris connaissance pendant qu'on le transportait dans sa chambre, il avait senti le carton de cette invitation entre ses doigts serrés. Il s'y était cramponné farouchement et quand le médecin était sorti pour annoncer aux autres qu'il était dans un état préoccupant, il s'était glissé hors de son lit et l'avait jetée au feu.

« Celle que vous avez prise dans mon réticule, dit sèchement lady Fortescue.

– Je vous en prie, laissez-moi, chuchota sir Philip. Je suis aux portes de la mort.

– Oh, laissez-le, soupira le colonel, écœuré. Vous aussi, miss Tonks. »

Lorsqu'il se retrouva seul, sir Philip sortit un numéro d'un magazine sportif de sous son oreiller, et se mit à lire avec un petit sourire satisfait.

Il eût été moins heureux s'il avait entendu la conversation entre Mr Davy et miss Tonks.

Lorsque miss Tonks quitta la chambre de sir Philip, Mr Davy l'attira à l'écart. « Accompagnez-moi au salon de café, lui demanda-t-il. Je voudrais discuter de quelque chose avec vous. »

Miss Tonks se laissa conduire en silence jusqu'à l'hôtel à côté. Elle se sentait hébétée. Elle ne voulait pas croire que sir Philip l'avait prise au piège.

« Et maintenant, racontez-moi ce qui s'est passé », l'encouragea Mr Davy lorsqu'ils furent assis à une table et que le domestique leur eut versé du café. Alors miss Tonks relata la scène émouvante qui avait eu lieu entre sir Philip et elle.

« La véritable question, c'est de savoir si vous voulez être liée à sir Philip, dit Mr Davy lorsqu'il eut entendu toute l'histoire.

– Non, mais j'ai donné ma parole, répondit-elle avec un petit soupir.

– Une parole qui vous a été extorquée par la ruse ne vous engage pas.

– Il n'a pas pu faire une chose pareille, s'écria miss Tonks. Quel motif pourrait-il avoir ?

– Il me considère comme un rival.

– C'est ridicule. Vous n'éprouvez pas le moindre intérêt pour moi, dit miss Tonks avec amertume.

– Miss Tonks, je vous dois beaucoup. J'estime que vous êtes une femme d'un grand courage. Votre amitié m'est précieuse. Sir Philip le sait.

– Mr Davy, la malchance a voulu que je surprenne une conversation entre sir Philip et vous. Vous lui disiez que vous n'aviez aucune intention d'encourager mes attentions. »

Les joues de Mr Davy se colorèrent légèrement. « Vous devriez savoir qu'entendre un fragment de conversation peut être dangereux et trompeur. Je voulais mettre fin aux remarques désobligeantes de sir Philip, voilà tout. Qu'avez-vous prévu de faire ce soir ?

– Soigner sir Philip. Au reste, je dois retourner à son chevet.

– Les deux vieux domestiques de lady Fortescue peuvent s'en charger. D'ailleurs je vais le leur demander moi-même. Allez donc vous reposer, et nous passerons ensemble une soirée tranquille, juste vous et moi, dans un restaurant confortable et sans prétention, puis nous nous promènerons et admirerons dans les vitrines toutes les choses que nous achèterions si nous étions très riches. »

L'amour est le meilleur magicien qui soit. Miss Tonks leva le visage vers lui. Les traces rouges laissées par ses larmes avaient disparu et elle le regarda d'un air ravi et timide à la fois.

Puis son visage s'affaissa. « Mais ma promesse...

– Croyez-moi, sir Philip est loin d'être à l'article de la mort. Prenez donc exemple sur lui. S'il vous rappelle la promesse en question, répondez-lui le plus gentiment du monde qu'il ne vous a jamais rien dit de la sorte, qu'il délirait et que, dans l'état grave où il se trouvait, il a dû rêver certaines choses.

– Vous voulez dire que je devrais mentir ?

– Pourquoi pas ? » répliqua Mr Davy, dont les yeux pétillèrent.

Miss Tonks joignit ses longues mains étroites. D'un côté elle se voyait passer la soirée au chevet de sir Philip. De l'autre elle s'imaginait assise dans un restaurant à bavarder sans contrainte avec Mr Davy – en robe de soie bleue et, s'il n'était pas trop tard dans la saison, coiffée de ce petit chapeau de paille orné de fleurs en soie assortie.

« Soit, répondit-elle.

– Mais encore ? Mentir ou ne pas mentir ? »

Le visage de miss Tonks se fendit soudain d'un sourire malicieux.

« Mentir », dit-elle.

Sir Randolph Gray et son épouse avaient pris la route de Londres. « Je vous avais dit que Bewley était un malin, déclara-t-il. Et que tout finirait par s'arranger. »

Car l'heureux couple avait reçu une lettre étonnante de lord Bewley, disant qu'il avait fait la cour à Frederica avec succès – bien que la petite coquine se fît appeler Mary Jones et prétendît être d'humble origine – et qu'il souhaitait demander sa main.

« Mais souhaitons-nous être vus au Parent pauvre ? s'enquit timidement lady Gray. J'avais l'impression que nous n'avions pas encore réglé notre note. Au surplus, lord Bewley n'a rien dit de la rançon. De quoi s'agissait-il au juste ?

– Écoutez, Bewley doit l'avoir entre les mains, et s'il tient tant à épouser Frederica, il ira bien jusqu'à payer notre dû. Il dit qu'il l'aime, et que c'est la première fois qu'il est amoureux. Je suis surpris qu'elle ait réussi à l'amener là où elle voulait. Je la prenais pour une chiffe molle comme vous. »

Lady Gray était accoutumée aux insultes de son mari. Elle consacrait sa vie aux tapisseries qu'elle faisait et à son travail dans l'un des offices, la *still-room* où elle préparait liqueurs, conserves, confitures et cosmétiques avec l'une de ses domestiques. Il y avait longtemps qu'elle avait cessé de prêter attention aux propos de sir Randolph.

Lorsqu'ils arrivèrent à l'hôtel, il fut soulagé de voir qu'il n'y avait qu'un seul valet en service dans le vestibule. Lorsque sir Randolph dit à l'homme qu'ils étaient attendus, il les conduisit à l'étage.

Lord Bewley les accueillit avec un plaisir manifeste. Il envoya chercher des gâteaux et du vin puis, avec un large sourire et un clin d'œil à sir Randolph, il dit au valet : « Allez chercher Mary Jones. »

Un bref instant, alors qu'ils attendaient, lord Bewley eut une bouffée d'appréhension. Peut-être aurait-il d'abord dû demander sa main à la jeune fille.

Un pas léger approcha dans le couloir, puis la porte s'ouvrit et Mary entra dans la pièce.

Lord Bewley se leva et prit Mary par la main. « Saluez vos parents, ma douce. »

Il y eut un long silence. Alors lord Bewley vit que Mary avait les yeux écarquillés en regardant sir Randolph et sa femme et que de leur côté ils la dévisageaient, bouche bée. Ses sourcils se froncèrent. « Que se passe-t-il ? aboya-t-il.

– Ce n'est pas Frederica, déclara sir Randolph. Où est ma fille ?

– Ici ! répondit lord Bewley en donnant à Mary une petite bourrade.

– Ce n'est pas Frederica, répéta lady Gray d'une voix tremblante, comme pour faire écho à son mari. Je veux ma fille. »

Lord Bewley darda sur Mary un œil furieux. « Je croyais que vous étiez leur fille. »

Tous les rêves d'un riche mariage qu'avait faits Mary s'écroulèrent autour d'elle. Elle comprit soudain clairement pourquoi lord Bewley l'avait traitée avec autant de respect. Mais elle se redressa non sans dignité et déclara : « Il y a une jeune fille du nom de Frederica qui travaille ici. Je la croyais parente de lady Fortescue. Je vais aller la chercher. Jamais je n'ai tenté à aucun moment d'induire lord Bewley en erreur. »

Et, pivotant sur ses talons, elle sortit de la chambre la tête haute et descendit tout droit aux cuisines.

Pour la première fois, elle examina avec attention la beauté de Frederica et sentit une boule se former dans sa gorge. Comment avait-elle pu espérer épouser un jour lord Bewley ? Mais son orgueil farouche tint les larmes en respect.

« Vous devez me suivre », dit-elle, et Frederica monta l'escalier derrière elle.

Frederica eut un mouvement de recul en voyant Mary s'arrêter devant la porte de lord Bewley. « Je ne peux pas entrer là ! » s'exclama-t-elle.

Une bouffée de colère envahit Mary, qui lui saisit le bras, ouvrit la porte et la propulsa à l'intérieur.

Ses parents ouvrirent de grands yeux en la voyant avec sa charlotte, son tablier, et une tache de farine sur le nez.

« Tu vas être fouettée pour ta conduite, gronda sir Randolph. Non, mais ! Tu vas faire ce qu'on te dit et épouser lord Bewley.

– C'est elle, Frederica ? demanda lord Bewley, consterné. Mais je ne veux pas d'elle ! » Il regarda vers la porte, espérant y voir Mary, mais elle avait disparu.

« Et moi, je ne vais nulle part avec vous, déclara Frederica à ses parents. Je reste ici.

– On ne te demande pas ton avis, dit son père dont la colère flambait. Tu veux voir le nom de ta famille traîné devant les tribunaux ?

– Qui t'a kidnappée et a demandé une rançon pour te rendre à nous ? demanda lady Gray.

– Ah, mais ce sont nos bons hôteliers, expliqua lord Bewley. Vous leur aviez laissé une note faramineuse et ils ont demandé une rançon en échange de Frederica pour récupérer ce que vous leur deviez. Je l'ai payée, alors c'est à moi que vous devez cet argent aussi. »

Frederica était devenue blanche comme un linge. « Le colonel Sandhurst m'avait confié qu'il m'offrait l'asile parce qu'il me plaignait. Et dire que je les prenais pour mes premiers et mes seuls amis !

– Ils vous avaient caché cela, hein ? demanda lord Bewley avec un regard plutôt compatissant. Mais ce n'en est pas moins vrai. Posez-leur la question.

– Je vais tous les traîner devant les magistrats de Bow Street, hurla sir Randolph.

– Vous aurez l'air de l'imbécile que vous êtes, aboya lord Bewley, aiguillonné par la rage et la déception. Tout le monde vend ses filles de nos jours, pourvu que ce ne soit jamais ouvertement reconnu. Faites comparaître ces hôteliers devant la justice et vous pouvez dire adieu à votre réputation, qui n'est déjà guère brillante… Dehors, vous tous. Je vous ai assez vus !

– Je vais faire mes bagages et rentrer avec vous, Père. Plus rien ne me retient ici », déclara Frederica.

Jack Warren était soucieux. Son ami, le capitaine Manners, lui semblait être vraiment ivre, et avoir le vin mauvais de surcroît.

« Allons, faut que ch'aille voir l'autre face de sangsue », chuinta le capitaine, qui se leva en titubant et trébucha sur les coquilles d'huîtres jonchant le sol de la *coffee room*. Il avait insisté pour inviter Jack dans cet établissement du Strand et s'était aussitôt mis à siffler verre sur verre de brandy.

« De qui parles-tu ? » demanda Jack en le suivant dehors.

Le capitaine plongea dans un salut exagéré et trottina à petits pas dans le Strand. « Mais qui d'autre que ma chère Belinda, avec ses yeux globuleux, hic, et sa taille épaiche.

– Comment oses-tu insulter la plus belle créature de Londres ? s'écria Jack. J'ai bien envie de te jeter mon gant. »

Le capitaine, qui avait rejoint son cheval, lança une pièce au gamin qui en tenait les rênes puis se hissa sur la selle. Il décocha à Jack un regard moqueur. « Tu la veux pour toi, lança-t-il. Et tu n'as aucune chance ! »

Sur ces mots, il s'éloigna en direction de Temple Bar.

L'alcool l'a rendu fou, se dit Jack. Heureusement, il s'est trompé de chemin. Il faut que j'arrive le premier auprès de miss Devenham pour la mettre en garde.

Il fit signe à son garçon de courses, qui alla chercher sa voiture. Jack y monta et partit ventre à terre.

Miss Belinda Devenham était seule chez elle, mais elle l'accueillit gracieusement. Sa femme de chambre était présente et les portes ouvertes, aussi toutes les convenances étaient-elles respectées.

Embarrassé, Jack regarda la domestique et dit : « Je souhaiterais vous entretenir en privé. Renvoyez votre femme de chambre, ne serait-ce que quelques instants.

– Ce ne serait pas convenable, répliqua Belinda avec une pruderie complaisante qui eût exaspéré son fiancé s'il avait été témoin de la scène.

– Mais je suis venu vous mettre en garde », souffla-t-il.

Cela intrigua Belinda. Elle congédia sa femme de chambre d'un geste en lui disant : « Laissez-nous. »

Puis elle se tourna vers Jack et déclara : « J'espère que ce que vous avez à me dire justifie cette entorse aux règles de la bienséance.

– Le capitaine Manners s'est copieusement enivré, il tient des propos injurieux et s'apprête à venir ici. Ne le recevez pas.

– Les messieurs ont une fâcheuse tendance à boire à l'excès, dit sévèrement Belinda. Mais comme nous devons nous marier…

– Non, non, bafouilla Jack. Je me suis fait mal comprendre. Ses insultes sont dirigées contre vous. Tout cela parce qu'il est follement amoureux d'une domestique.

– Quelles insultes ? Quelle domestique ?

– Il est tellement pris de boisson qu'il affirme que vous avez les yeux globuleux et la taille épaisse. Quant à la domestique, c'est cette fille de l'hôtel Au Parent pauvre. Et il y a pire… » Il prit une grande inspiration et décida d'enfoncer le poignard encore un peu plus dans le dos de son ami. « Ses prétendus compagnons d'armes n'étaient que des acteurs recrutés pour vous jouer un tour. Oh, miss Devenham, il ne vous aime pas, mais moi si. » Jack mit un genou à terre. « Je dépose mon cœur à vos pieds. » Et il pencha la tête.

Malgré la rage qu'avaient fait naître les remarques désobligeantes contre son apparence, Belinda ne fut pas insensible à la vision romanesque qu'offrait Jack dans cette posture.

Elle songea alors que la meilleure façon de se venger du capitaine serait de repousser désormais ses assiduités.

« Relevez-vous, dit-elle. Je reconnais que vous ne m'êtes pas indifférent. Vous pouvez parler à ma mère et lui demander la permission de me faire la cour. Lorsque le capitaine Manners arrivera, qu'il soit ivre ou non, je lui signifierai que je ne veux plus avoir affaire à lui.

– Le voici justement », dit Jack qui se leva et lui prit la main.

Ils entendirent une bruyante altercation dans le vestibule, où le majordome tentait d'empêcher le capitaine d'accéder à l'escalier. Puis la voix du capitaine tonna : « Où est ma face de raie adorée ? »

La main de Belinda se crispa dans celle de Jack et ensemble, ils se tournèrent vers la porte. À la vue du capitaine titubant sur le seuil, Belinda rejeta la tête en arrière et s'écria : « Hors de ma vue ! Jamais je ne pourrai être à vous. Nos fiançailles sont rompues. Mon cœur appartient désormais à Mr Warren. »

Le capitaine se demanda un instant s'il devait faire un nouvel affront à Belinda pour s'assurer que ses intentions ne varieraient plus, puis il se ravisa. Jack risquait de le provoquer en duel, or Jack était un tireur déplorable et un escrimeur encore plus consternant.

Aussi se borna-t-il à répondre : « V-v-vous portez toute la responchabilité de cette – hic – rupture ! Faites paraître une annonche dans les journaux demain. »

Puis il descendit l'escalier en chancelant. En bas, le majordome lui tendit un message en précisant : « Ceci vient de m'être remis en main propre. »

Le capitaine ouvrit le pli. Il venait du colonel Sandhurst et annonçait que les parents de Frederica étaient arrivés et l'emmenaient avec eux. Le majordome devait dire plus tard que le contenu de cette lettre, quel qu'il fût, devait être souverainement dégrisant car le capitaine éméché redevint dans l'instant un homme à la tête froide et à l'allure résolue.

10

« Qu'est-ce que l'amour ? Il n'attend pas demain.
La joie présente au présent a son rire.
Ce qui est à venir est toujours incertain.
Nul n'est comblé qui trop tarde à cueillir.
Alors, viens et me donne un baiser, ma mignonne :
Car la jeunesse ne connaît point d'automne. »

William Shakespeare

Lady Fortescue, le colonel Sandhurst et miss Tonks ne se souvenaient pas d'avoir été à ce point bourrelés de remords. Frederica leur fit face à tous dans le bureau et leur dit d'une voix douce, plus terrible à leurs oreilles que si la jeune fille avait fulminé ou vitupéré : « Mieux vaut que je rentre. J'ai été cruellement trompée. Vous auriez dû me dire que je n'étais qu'un moyen d'obtenir de l'argent de mes parents.

– Ma chère enfant… », commença lady Fortescue.

Frederica leva une main. « Non, aucune explication ne saurait excuser votre conduite. J'ai laissé mes robes de service. La prochaine jeune fille de bonne famille que vous prendrez dans vos filets pour vous procurer de l'argent sera peut-être heureuse de pouvoir les utiliser. »

Elle tourna les talons et sortit.

Ses parents l'attendaient dans le vestibule, la mine sévère.

« Allez, ouste, dans la voiture », ordonna sir Randolph.

Frederica se retourna et jeta un dernier regard à la ronde. Elle en voulait aux hôteliers de s'être joués d'elle et d'avoir fait semblant de lui témoigner sollicitude et affection ; mais elle songea avec tristesse que les journées passées à l'hôtel seraient probablement les plus heureuses de sa vie.

Elle s'apprêtait à monter dans la voiture quand surgit le capitaine Manners à cheval, qui remontait Bond Street à bride abattue. « Arrêtez ! cria-t-il d'une voix de stentor.

– Allons bon, qu'est-ce qu'il y a encore ? tonna sir Randolph. Ne reste pas là plantée la bouche ouverte, petite sotte. Grimpe dans la voiture. »

Mais le capitaine avait fait monter son cheval sur le trottoir. Il se pencha sur sa selle. « Sir Randolph, je souhaiterais dire un mot en privé à votre fille.

– Ma fille rentre avec nous à la maison, hurla sir Randolph. Je ne sais qui vous êtes et m'en soucie comme d'une guigne. Frederica, fais ce qu'on te dit. »

Mais Frederica tendit une main vers le capitaine et souffla : « Au revoir. »

Lady Fortescue, le colonel Sandhurst et miss Tonks étaient sortis et se tenaient devant l'hôtel.

Devant tout ce monde, le capitaine Manners saisit fermement la petite main et hissa Frederica sur la selle devant lui, puis il éperonna son cheval et partit au galop sur le trottoir de Bond Street, mettant les passants en fuite.

« Appelez le guet ! Appelez le constable ! » s'égosilla sir Randolph.

Le colonel s'avança, un sourire soulagé sur le visage.

« C'était le capitaine Peter Manners, dit-il. Le *riche* capitaine Manners, et si je ne m'abuse, il ne va pas tarder à revenir à l'hôtel avec votre fille, saine et sauve, pour vous demander la permission de l'épouser. »

Le capitaine ralentit le train d'enfer de son cheval. « Où allons-nous ? demanda Frederica, riant et pleurant à la fois.

– N'importe, pourvu que nous puissions parler », lui souffla-t-il à l'oreille en la tenant étroitement serrée contre lui.

Il finit par s'arrêter à Berkeley Square. Il descendit de cheval, attacha sa monture à l'une des grilles, puis souleva tendrement Frederica pour lui faire mettre pied à terre.

Il passa le bras de la jeune fille sous le sien, la conduisit dans le jardin central et l'assit fermement sur un banc.

Debout, il la regarda, puis sourit et prit dans sa poche un mouchoir qu'il posa sur le sol avant de mettre un genou à terre et de prendre la main de Frederica.

« Miss Frederica Gray, dit-il, je suis désormais libre. Miss Devenham ne souhaite plus m'épouser. Me ferez-vous le très grand honneur de devenir ma femme ? »

Frederica baissa le regard sur lui, stupéfaite. Ses sens désorientés s'efforçaient de s'adapter au brusque passage de l'enfer au paradis.

« Pourquoi ? demanda-t-elle.

– Parce que je vous aime de tout mon cœur.

– Jamais mes parents ne permettront ce mariage.

– Je m'en moque. Nous irons à Gretna et nous nous marierons, avec ou sans leur autorisation. Qu'en dites-vous ?

– Je dis oui. Oh, *oui* ! »

Il s'assit à côté d'elle sur le banc et la prit dans ses bras, puis prenant son visage entre ses mains, il approcha avidement sa bouche de celle de Frederica. Les gens passèrent et repassèrent sur la pelouse, regardant avec curiosité le couple enlacé.

La duchesse de Darver, qui promenait son carlin, leva son lorgnon pour examiner les tourtereaux.

« Ciel ! dit-elle à sa femme de chambre, qui marchait

deux pas derrière elle, c'est cette servante avec Manners. Pauvre petite ! Regardez ce qui peut arriver à une domestique, Lucy.

– Oui, Votre Grâce », dit docilement Lucy. Mais, à voir le beau capitaine, si éperdu d'amour, elle se disait que pour connaître pareil bonheur, elle perdrait allégrement sa vertu.

Oublieux des passants, le capitaine et Frederica s'embrassèrent, s'étreignirent et s'embrassèrent encore. La pluie commença à tomber et autour d'eux les passants coururent se mettre à l'abri tandis qu'ils continuaient à s'embrasser et que de petites gouttes de pluie ruisselaient autour de leurs lèvres jointes.

Le capitaine finit à regret par libérer Frederica. « Il ne faut pas que je laisse mon cheval sous la pluie. »

Ce qui fit rire Frederica. « Autrement dit, je peux me mouiller mais pas votre cheval ?

– Ma foi, c'est à peu près cela ! Maintenant, allons affronter vos parents.

– J'aurais aimé ne jamais devoir me retrouver face à ces hôteliers, dit Frederica, tandis que le capitaine et elle retraversaient la pelouse.

– Pourquoi ? Je croyais qu'ils vous avaient traitée avec gentillesse ? »

Frederica lui parla de la rançon.

« Ma foi, c'est fort choquant, assurément, dit le capitaine, mais je leur dois beaucoup. C'est le colonel Sandhurst qui m'a conseillé d'indisposer ma fiancée. C'est encore lui qui m'a envoyé un message urgent pour me prévenir de l'arrivée de vos parents et de votre départ imminent. Ils se sont certes conduits de façon répréhensible, mais vous ne pouvez pas dire que vous ne comptez pas pour eux.

– Mais faire une chose pareille !

– Ils font fort peu de cas des conventions et sont assez excentriques, mais s'ils étaient différents, jamais nous ne nous serions rencontrés. Vous allez devoir leur pardonner, je le crains. »

Lady Fortescue, le colonel et miss Tonks étaient assis avec sir Randolph et lady Gray dans le salon de café de l'hôtel, et Mr Davy les servait.

Le rouge de la colère avait quitté le visage de sir Randolph. « Ainsi, colonel, vous nous dites que ce capitaine Peter Manners est le fils fortuné de lady Manners, qui habite Berkeley Square, et qu'il est neveu de lord Billington, propriétaire de ces vastes domaines dans l'Essex ?

– En effet, répondit le colonel. Nous prenons très à cœur les intérêts de Frederica. J'ai mis un point d'honneur à prendre des renseignements sur lui. Et si jamais lady Manners réprouvait ce mariage, il a sa propre fortune, car une tante lui a laissé une somme confortable il y a trois ans.

– Eh bien, eh bien, eh bien ! dit sir Randolph en se frottant les mains, pourquoi n'est-il pas simplement venu me demander la permission de faire la cour à ma fille, hein ? »

Lady Fortescue intervint d'une voix lasse. « Votre fille s'est enfuie pour échapper à un mariage forcé avec un homme qu'elle n'avait jamais vu et qui était beaucoup plus âgé qu'elle. Le capitaine Manners ne l'ignore pas.

– Frederica a toujours été une étourdie. »

Lady Gray intervint pour la première fois. « Jamais de la vie. Elle a été égarée par votre détermination à l'élever comme un garçon. Et vous vous êtes avisé un beau jour que vous pouviez la *vendre* avantageusement. Si nous nous trouvons dans cette fâcheuse posture, vous ne pouvez vous en prendre qu'à vous-même. Et si tout se termine bien, c'est plus que vous ne le méritez.

– Écoutez-moi cette sotte ! ragea-t-il. Comment osez-vous me critiquer ?

– Je me le demande », dit posément lady Gray avant de retomber dans son habituel silence distrait.

Lord Bewley faisait les cent pas dans sa chambre d'hôtel. Sa fureur était depuis longtemps retombée, cédant la place à un sentiment de manque et de désolation.

Il devait admettre que Mary Jones n'avait dit que la vérité en affirmant qu'elle n'était pas Frederica. Son enthousiasme, son rire et sa beauté éclatante lui manquaient. Ainsi que la fierté qu'il éprouvait à l'avoir à son bras. Que diable ! Elle s'habillait comme une dame et récemment avait même commencé à s'exprimer comme une dame. Il songea à sa sinistre demeure de campagne qu'il s'était plu, il y a quelques jours encore, à redécorer en pensée, avec l'idée que la ravissante Mary égaierait son existence.

Il s'examina dans le miroir. Il avait toujours le même gros visage rougeaud, mais ses petits yeux avaient une expression d'enfant perdu.

Alors, au plus profond de son désespoir, il entendit une petite voix insistante dans sa tête. Pourquoi ne pas l'épouser après tout ? Ils pourraient aller partout, rire ensemble et se cajoler, et elle serait toute à lui. L'espoir naquit en lui, se mit à flamber. Il tendit la main et sonna. Quand un valet arriva, il lui dit : « Allez chercher Mary Jones.

– Ce ne sera pas possible, Votre Seigneurie. Mary est partie.

– Son adresse ? aboya lord Bewley.

– Je l'ignore, Votre Seigneurie.

– Alors je la trouverai moi-même. » Il bouscula le domestique pour sortir et partit à grands pas à la recherche de lady Fortescue.

Il finit par la trouver au salon de café, au milieu de ce qui semblait être une célébration au champagne dont le centre était une Frederica radieuse, quoique passablement mouillée.

Lord Bewley abaissa son regard peu amène sur lady Fortescue. « Deux mots, je vous prie », dit-il.

Mr Harry Jones fixa un regard stupéfait sur le lord plutôt renfrogné qui lui faisait face de l'autre côté de la table graisseuse et encombrée du logis qu'il occupait dans un immeuble des quartiers pauvres. Les enfants avaient été envoyés jouer dans la rue. Mary, avait-on dit à lord Bewley, était partie à la boulangerie chercher du pain rassis.

Mr Jones retrouva sa voix. « Vous voulez quoi ?

– Épouser Mary.

– Pourquoi ?

– Je l'aime.

– Ah », dit Mr Jones, cherchant éperdument des yeux sa femme avant de se souvenir qu'elle était partie faire des ménages dans le West End.

« Elle a pas de dot, hasarda-t-il.

– Je n'en attendais pas, rétorqua lord Bewley.

– Ah », répéta Mr Jones en se grattant les aisselles. Il scruta les murs sales en quête d'assistance.

« Alors, vous en dites quoi ?

– V'là la petite, dit Mr Jones, soulagé. C'est à elle qu'il faut demander. C'est pas mes affaires. »

Mary, qui avait cru jusqu'à cet instant avoir essuyé assez d'humiliations pour toute sa vie, tomba nez à nez avec lord Bewley et son père.

Elle trouva néanmoins le courage de dire : « Vous n'auriez pas dû venir ici, Votre Seigneurie. Je n'ai jamais prétendu être quelqu'un d'autre.

– Je veux vous épouser, dit lord Bewley sans préambule. Allez, partons. »

Muette, Mary le dévisagea.

« Vous allez venir avec moi à la campagne. J'ai une vieille tante en résidence, un épouvantail qui fera l'affaire comme chaperon. » Il regarda autour de lui. « Quant à votre horrible famille, qui sera la mienne par alliance, je ne peux la laisser vivre dans des conditions pareilles. Que vos parents commencent à faire leurs bagages et je les logerai avec leurs enfants sur mon domaine. » Il jeta un regard impérieux à Mr Jones. « Soyez prêts à partir la semaine prochaine. J'enverrai une voiture pour vous et un fourgon pour vos bagages. Bon, je crois que tout est réglé maintenant.

– Sauf qu'elle a pas dit qu'elle vous épouserait », répliqua Mr Jones, rassemblant ses esprits et manifestant comme sa fille une certaine fierté.

Toute arrogance déserta soudain lord Bewley et il regarda Mary. « Dites oui, je vous en prie. On aura du bon temps tous les deux. »

Le visage de Mary resplendit dans la petite pièce miteuse et sombre. Elle fit une révérence.

« Oui, Votre Seigneurie », répondit-elle d'une petite voix réservée.

Ce soir-là, lorsque la porte de sa chambre s'ouvrit, sir Philip leva des yeux pleins d'espoir. Mais au lieu de miss Tonks, ce furent les deux domestiques personnels des parents pauvres, Betty et John, qui entrèrent pour lui apporter son repas.

« Où est passée la Tonks ? demanda sir Philip avec humeur.

– Je ne sais pas, répondit Betty en posant le plateau sur le lit pendant que John regarnissait le feu. Il y a eu beaucoup de remue-ménage aujourd'hui.

– C'est-à-dire ?

– Je ne saurais vous répondre, monsieur, dit Betty. Il aurait été déplacé de ma part de poser des questions. »

Sir Philip était si habitué à être au centre de toutes les intrigues de l'hôtel que la curiosité le tenailla. Après le départ du couple ancillaire, il joua sans appétit avec sa nourriture puis, n'y tenant plus, se leva, s'aspergea de parfum, se changea et s'habilla, puis se rendit à l'hôtel attenant et monta jusqu'au salon en haut de la maison.

Il y trouva lady Fortescue et le colonel assis et en pleine discussion.

« Eh bien, sir Philip ! s'exclama lady Fortescue d'un ton acide. Vous n'êtes pas à l'article de la mort, à ce qu'il semble !

– Fermez votre bec, rétorqua-t-il brutalement. Où est la Tonks ?

– Elle est partie se promener en ville avec Mr Davy », répondit le colonel, et un rare éclair malveillant traversa ses yeux bleus.

« Eh bien, voilà qui est plaisant ! Elle est censée être à mon chevet et me soigner.

– Je ne pense pas que vous soyez malade le moins du monde, répliqua lady Fortescue. Estropié de la cervelle, oui, mais malade, non.

– Holà ! Si vous le prenez sur ce ton, je m'en vais. »

Lady Fortescue lui adressa un sourire suave. « Sans rien savoir des derniers événements ? »

Sir Philip, qui s'était à moitié levé de son siège, se rassit. « Quels événements ? »

Il apprit donc les fiançailles de Frederica, puis la surprenante nouvelle de la demande en mariage de lord Bewley à Mary Jones, la femme de chambre. Lady Fortescue prit un grand plaisir à raconter à sir Philip le rôle joué par le colonel en réunissant le capitaine et Frederica, et la façon gracieuse dont la jeune fille leur avait pardonné de s'être servis d'elle pour récupérer leur argent à tous.

Sir Philip fit grise mine. Il avait le sentiment de perdre toute prise sur leurs affaires. Si cela continuait ainsi, les autres risquaient même de décider qu'ils pouvaient se passer de lui.

Au premier abord, miss Tonks pensa qu'elle se commettait fâcheusement. Cette gargote était très ordinaire et pleine d'individus qui ne semblaient pas du meilleur monde. Mais elle se morigéna : que lui avaient rapporté par le passé ses efforts pour se cramponner à la bonne société ? Le désespoir et la faim, voilà tout, jusqu'à ce que lady Fortescue et le colonel Sandhurst entrent en scène. Elle commença à se détendre.

« C'est une bien seyante petite capote que vous avez là », dit Mr Davy. Alors brusquement, le modeste restaurant changea aux yeux de miss Tonks et se transforma en un lieu aussi exotique que Clarence House. Mr Davy l'invita à lui raconter quelques-unes des aventures des parents pauvres, et miss Tonks se dit plus tard que, de sa vie, elle n'avait jamais autant parlé, ni à un public aussi intéressé.

« Et maintenant ? demanda-t-elle gaiement quand ils quittèrent le restaurant.

– Ma foi, nous allons voir les boutiques, dit Mr Davy, et regarder tout ce que vous aimeriez avoir chez vous.

– Je n'aurai jamais de demeure à moi, monsieur.

– Ce n'est pas ainsi qu'il faut penser. De quoi avez-vous envie ?

– Pas d'une grande maison, répondit lentement miss Tonks, mais d'une résidence confortable, à la campagne, peut-être, et assez près d'une grande ville pour ne pas avoir l'impression d'être trop coupée du monde.

– Un cottage au toit de chaume, peut-être ? suggéra-t-il en riant.

– Oh, surtout pas ! Le chaume attirerait des rats et autres bestioles. Je ne veux rien d'ancien. Une jolie maison bien entretenue, avec un porche et un étage peut-être. Quatre chambres suffiraient, en plus d'un salon et d'une salle à manger, et une cuisine avec une cuisinière moderne, car je souhaite le bien-être des domestiques. Des domestiques peu nombreux au demeurant : juste une cuisinière, une intendante, deux bonnes, un petit valet et un homme pour les travaux d'extérieur. »

Mr Davy s'arrêta devant la vitrine brillamment éclairée d'un magasin de porcelaine. « Que voyez-vous pour le service de table ? demanda-t-il.

– Oh, du Wedgwood, évidemment. Et peut-être ce joli service pour le thé, mais j'aimerais une théière en argent, car cela garde le thé chaud plus longtemps. »

En riant, ils passèrent de vitrine en vitrine, « achetant » des meubles et des tissus pour rideaux et tapisseries, et finalement revinrent bras dessus bras dessous à Bond Street.

« Et des livres pour les longues soirées d'hiver, dit miss Tonks en s'attardant devant une librairie. Pas des livres achetés au mètre, mais soigneusement choisis. Tous ceux que j'ai toujours souhaité lire. »

Sir Philip, qui était sorti pour aller chez Limmer, s'immobilisa de l'autre côté de la rue et les examina d'un œil torve. « Quelle petite capote ridicule », songea-t-il méchamment en voyant le chapeau de miss Tonks. Il entendit son rire léger et se dit qu'il y avait longtemps qu'il ne l'avait entendue rire ainsi.

Il fallait vraiment que Davy parte, pensa sir Philip, et il reprit son chemin vers le Limmer, l'esprit occupé par ses plans et stratagèmes, tandis que miss Tonks et Mr Davy continuaient à regarder les vitrines, sans se douter un instant qu'il les avait observés.

Cinq mois plus tard, Frederica et le capitaine se marièrent à la petite église du village proche de la demeure de Frederica. Il était de bon ton pour une jeune mariée de verser des larmes le jour de ses noces, plus particulièrement dans la sacristie en signant le registre de la paroisse, mais Frederica se dit que comme, jusqu'à présent, elle n'avait pas mené une existence conventionnelle, et qu'elle était trop heureuse pour faire semblant de pleurer, elle n'allait pas sacrifier à la tradition. L'amour dont l'entourait le capitaine lui servait encore d'armure, ce qui était une chance car lady Manners se montrait hostile au choix de son fils, et Belinda Devenham, son fiancé Jack Warren et Mrs Devenham assistaient à la cérémonie.

Sir Randolph était furieux parce que lord Bewley et son épouse roturière étaient également présents. Et pour couronner le tout, sa propre femme avait témoigné de l'amitié à Mary, lady Bewley. À mesure que cette amitié s'était affirmée, le caractère de sa femme en avait fait autant, et elle ne tremblait plus dans l'ombre de son mari. Lady Bewley aurait dû être d'office mise au ban de la société du comté, et sans doute l'eût-elle été sans son père, qui s'était découvert des talents de régisseur capable de faire prospérer n'importe quel domaine. Comment cette transformation avait-elle eu lieu, personne n'en savait rien, car l'homme savait à peine lire et écrire, mais il avait conçu un violent amour de la terre, et la terre le lui avait bien rendu, de sorte que sa renommée avait franchi les limites du seul domaine de lord Bewley : les propriétaires terriens voisins venaient désormais étudier les méthodes du régisseur, amenant leurs épouses, titillées par la nouveauté d'être reçues par une ancienne domestique, qui ne se conduisait pas du tout comme telle.

Lord Bewley, toujours follement amoureux, s'était adouci au point de commencer à jouir d'une rare popularité.

Assis à côté de Belinda dans l'église, Jack regarda le capitaine Manners descendre l'allée centrale, sa jeune épouse à son bras. Ils étaient radieux.

« Je suis heureuse de ne pas avoir commis l'erreur fatale de l'épouser », chuchota Belinda, et Jack s'efforça de se sentir flatté, mais en vain, car elle avait réussi à lui faire vendre sa commission et quitter l'armée. Quand il avait appris que Peter Manners regagnait son régiment et que sa nouvelle épouse l'accompagnait, il s'était senti attristé et envieux. Il commençait à avoir un peu l'impression – cette pensée était certes déloyale – d'être tombé dans un piège lorsqu'il avait demandé la main de Belinda.

Lady Fortescue, le colonel, miss Tonks, Mr Davy et sir Philip étaient tous là. Ils exultaient, non pas à cause du mariage, mais parce qu'un souverain étranger, le prince Hugo Panič, d'une principauté du fin fond de l'Europe centrale, avait réservé la plupart des chambres de l'hôtel pour le mois suivant. Sa réputation de munificence l'avait précédé. Il payait une fortune pour avoir l'hôtel à lui ainsi qu'à sa cour. Les associés sentaient que leurs jours d'expédients et de forfaits étaient derrière eux. Après la visite du prince, ils pourraient sans doute enfin vendre, et peut-être rentrer dans le giron de la bonne société. Les armes royales brillaient maintenant de tout leur éclat au-dessus de la porte de l'hôtel. Ils continuaient à exiger le respect des convenances et avaient conscience d'être « nés », à l'exception de Mr Davy, qui était roturier. Ils estimaient aussi que cette chère Frederica avait quelque peu dépassé les bornes en invitant également à son mariage les deux chefs de l'hôtel.

À la réception, en dépit de la rigidité de ses vues, lady Fortescue admit que Mary Jones se comportait maintenant tout à fait comme la grande dame qu'elle était censée être, et sans la moindre trace de vulgarité. Cela ne montrait-il pas, demanda Mr Davy, que le caractère l'emportait sur la naissance ? Mais il se tut devant la stupéfaction manifeste que traduisaient les yeux noirs de lady Fortescue.

Lorsque le bal commença, sir Philip invita miss Tonks pour une valse. « Je vous trouve bien frivole, grommela-t-il. Je vous rappelle votre promesse. » Miss Tonks pirouetta gracieusement sous le bras levé de sir Philip.

« Quelle promesse ?
– Celle que vous m'avez faite sur mon lit de mort.
– Vous déliriez beaucoup, répondit miss Tonks avec sérieux. Mais je ne me rappelle aucune promesse.
– Que Dieu vous foudroie, vieille sorcière ! » s'exclama sir Philip. Miss Tonks lui adressa un sourire suave et, notant que la valse était finie, elle s'éloigna en quête de Mr Davy.

Le capitaine et Frederica se faisaient face de part et d'autre du lit tandis que d'en bas leur parvenaient les accents joyeux d'une gigue. Frederica frissonna sous sa chemise de nuit.
« Cela ne me plaît pas, dit-elle. Non, pas du tout.
– Venez plus près, ma chérie. Qu'est-ce qui vous déplaît tant ?
– L'idée de faire ce que nous allons faire au su de tout le monde en bas. »
Il traversa la chambre pour aller à la fenêtre, se pencha pour fermer les volets, puis les rideaux. Il revint, contourna le lit, et la chercha à tâtons dans l'obscurité.
« Maintenant, vous ne les entendez plus », dit-il en l'attirant dans ses bras. Il se mit à l'embrasser passionnément, puis l'étendit sur le lit et s'allongea à côté d'elle.
Elle frissonnait et tremblait tant qu'il se sentit envahi par une appréhension glacée. Il ne s'était pas attendu à faire l'amour à une épouse terrorisée. « Qu'avez-vous ?
– Vous êtes nu. »
Il hésita. La galanterie eût commandé qu'il se lève, puis lui fasse la cour en l'apprivoisant physiquement peu à peu les jours suivants. Puis il crut entendre la voix du colonel Sandhurst dans son oreille : « Engagez le combat ! »
Malgré les protestations de Frederica, il baissa le bras et la débarrassa de sa chemise de nuit, puis, attirant son corps nu contre le sien, il entreprit de la caresser lentement

et de l'embrasser jusqu'à ce que, peu à peu, le corps froid se réchauffe et tremble, mais plus de peur.

Pendant la nuit, elle lui dit à un moment d'une voix rauque : « Menteur !

– Comment cela, menteur ?

– Il n'y a pas de blessure au sabre. » Il partit d'un grand éclat de rire.

« Ah, tout ce que j'ai pu faire et raconter pour que vous soyez mienne ! »

Un mois plus tard, lady Jane Fremney fut déposée avec ses bagages au Parent pauvre. Elle s'avança dans le vestibule en regardant autour d'elle et fit signe à un valet de pied : « Ayez la bonté de porter mes bagages jusqu'ici. » Pourvu que le fiacre peu reluisant dans lequel elle était venue soit reparti !

Sir Philip sortit du bureau et la scruta. Il vit une grande jeune femme brune fort belle aux grands yeux tristes.

Il vint à sa rencontre et la salua bien bas.

« Je suis lady Jane Fremney et j'aimerais loger ici, annonça-t-elle majestueusement. Ma femme de chambre va me rejoindre d'ici peu. »

Sir Philip écarta ses petites mains. « Malheureusement, nous avons en résidence un prince étranger et sa suite, ils occupent tout l'hôtel. »

Un bref instant, elle parut décontenancée. Puis elle lança d'un ton hautain : « Je suis fatiguée. Il ne vous reste vraiment rien ? »

Sir Philip réfléchit très vite. Il y avait bien les petites pièces utilisées précédemment par le capitaine Manners, mais si elles pouvaient faire l'affaire pour un militaire, une dame ne s'en accommoderait sans doute pas. Toutefois, il ne résistait jamais à l'appât du gain, aussi dit-il : « Nous avons un petit appartement libre, mais il ne saurait convenir à une dame telle que vous.

– Montrez-le-moi ! »

Il passa le premier dans l'escalier. Lady Jane examina les pièces et un petit sourire retroussa ses lèvres. « Je m'en accommoderai très bien, dit-elle.

– Je vais faire monter vos bagages, répondit sir Philip en se frottant les mains, et nos bonnes vous aideront à ranger vos affaires.

– Non, ma femme de chambre s'en occupera. »

Lorsque sir Philip fut parti, lady Jane ôta sa capote et la jeta sur le lit. Ses bagages arrivèrent. Elle n'avait pas de femme de chambre. La plupart de ses valises étaient lestées de pierres et son lourd coffret à bijoux ne contenait que des galets.

Une semaine à se régaler de bonne cuisine dans le confort de cet hôtel sans pareil, voilà ce qu'elle avait prévu.

Après quoi, elle mettrait fin à ses jours.

« Tout va pour le mieux, déclara lady Fortescue. Notre hôte royal est si satisfait qu'il nous inonde d'or à la moindre occasion. Nous n'avons plus rien à redouter maintenant.

– Pas de chance pour cet hôtel français de Leicester Square ! glissa sir Philip.

– Pourquoi ? Que s'est-il passé ?

– Une certaine miss Caterham s'y est suicidée : elle s'est pendue dans sa chambre. Les clients ont cessé de venir. On raconte que son fantôme hante les lieux. Rien de tel qu'un suicide pour ruiner la réputation d'un bon hôtel. Les gens sont si superstitieux.

– Rien ne peut gâter notre succès *à nous*, dit lady Fortescue. Un suicide ! Notre prince a un tempérament trop gai. Vous imaginez : un suicide ici ? Allons donc. Inconcevable ! Encore un peu de thé, colonel ? »

LA DERNIÈRE SAISON

Traduit par Amélie Juste-Thomas

I

> « Car vous avez toujours des pauvres avec vous. »
>
> La Bible

L'hôtel du Parent pauvre portait désormais bien mal son nom. Devenu l'établissement le plus à la mode de Londres, il arborait en bonne place au-dessus de sa porte d'entrée les étincelantes armoiries du prince de Galles, accompagnées de la formule magique : « Établissement agréé par son Altesse Royale le Prince de Galles ». Le prince Hugo Panič, originaire d'un pays d'Europe centrale dont tout le monde jurait avoir entendu parler sans être capable d'en dire quoi que ce fût, y avait élu résidence avec sa suite d'amis et de domestiques, occupant presque toutes les chambres.

Lorsqu'ils avaient fondé l'hôtel, lady Fortescue, sir Philip Sommerville, le colonel Sandhurst et miss Tonks étaient eux-mêmes des parents pauvres, cette classe de gens bien nés tombés dans la misère. Ils en avaient fait un établissement prospère, d'abord grâce à divers larcins dans leurs familles, puis par une combinaison de ruse, de dur labeur et de chance. Récemment, un acteur, Mr Jason Davy, s'était joint à eux en achetant des parts de la fructueuse affaire ; mais, en butte à la jalousie de sir Philip et à l'antipathie que ce dernier lui portait, il ne s'était jamais véritablement senti des leurs.

Le généreux prince réglait sa note en espèces sonnantes et trébuchantes au fur et à mesure de son séjour et les hôteliers avaient le sentiment que les jours de disette étaient définitivement derrière eux. Ils en avaient conçu un regain de joie et de vitalité, et sir Philip lui-même en oublia de proférer la moindre méchanceté pendant plusieurs jours.

C'était précisément leur bonheur qui accentuait la misère noire de l'occupante du seul appartement laissé vacant par le prince et sa suite. Il s'agissait de lady Jane Fremney, fille cadette du comte de Durby qui, parce qu'elle avait refusé d'épouser l'homme choisi par son père, avait été bannie de la demeure paternelle « jusqu'à ce qu'elle revienne à la raison », ce qui, selon son père, ne prendrait pas longtemps dans la mesure où elle n'avait pu emporter qu'une petite malle d'effets et aucun bijou.

Lady Jane avait payé le voyage du Durbyshire jusqu'à Londres avec ce qui lui restait de son denier. Elle ressassait son enfance malheureuse et solitaire, pensait à sa gouvernante qui la tyrannisait, et aux domestiques de la famille qui la rudoyaient, encouragés par son comte de père. « Femme brisée, mari comblé » était l'une des maximes préférées de ce dernier et lady Jane se demandait souvent si ce n'était pas ce qui avait poussé sa mère si jeune dans la tombe, alors qu'elle-même n'avait que deux ans.

Sa décision était prise, elle mettrait fin à ses jours. Pour ne pas éveiller les soupçons, elle avait assuré aux propriétaires du Parent pauvre que sa femme de chambre ne tarderait pas à la rejoindre. Elle avait aussi pris soin de lester de pierres son coffret à bijoux.

Elle prenait ses repas seule dans un coin de la salle à manger, ne prêtant que peu d'attention au prince bruyant et volubile qui occupait la table centrale en compagnie de sa maîtresse, tout aussi bruyante que lui. Jane mangeait du bout des dents les mets pourtant délicieux que l'hôtel proposait. Elle ne prêtait guère attention aux propriétaires, et supposait qu'eux-mêmes l'avaient à peine remarquée au milieu de tous ces anonymes qui défilaient dans les hôtels londoniens.

Sur ce point, elle se fourvoyait.

Quatre jours après son arrivée, les propriétaires se rassemblèrent, comme à leur habitude, dans leur salon privé, au dernier étage de l'hôtel. Comme ils avaient changé ! Ils n'avaient plus rien de ces hommes et femmes éreintés qui avaient uni leurs forces pour adoucir leur sort. Âgée d'environ soixante-dix ans, lady Fortescue, une grande femme qui se tenait très droite, portait un bonnet de dentelle fine sur ses cheveux de neige impeccablement coiffés et une toilette de soie de confection onéreuse. Très imposant dans un costume sur mesure de chez Weston, ses doux yeux bleus juvéniles irradiant la bienveillance, le colonel Sandhurst jouait avec l'épingle en diamant qui retenait sa cravate non sans jeter de temps à autre un coup d'œil furtif au lustre de ses souliers. Lui aussi était septuagénaire et avait désormais pour seule ambition de vendre l'hôtel et d'épouser lady Fortescue.

Tout aussi avancé en âge, sir Philip Sommerville était l'incarnation du dandy avec son habit et son énorme cravate. Son visage de tortue affichait une inhabituelle affabilité, mais comme il le disait lui-même, l'argent pouvait faire de n'importe qui un saint.

Entrée dans la quarantaine, miss Tonks était, pour reprendre les mots de lord Byron, une dame d'un certain âge et d'un âge incertain. Elle affichait une certaine élégance, qui ne devait pas uniquement à sa toilette de taffetas français ou aux mains habiles du coiffeur royal. La nervosité ne la faisait plus cligner des yeux et elle ne baissait plus la tête. Désormais sûre d'elle, elle se tenait bien droite, à l'image de lady Fortescue, et son visage doux et docile se tournait de temps à autre vers la porte, guettant l'arrivée de l'homme de ses rêves, Mr Jason Davy.

Elle commençait à désespérer, quand Mr Davy fit enfin son entrée. C'était un homme d'âge mûr, mince et quelconque, aux yeux vifs et aux épais cheveux d'un brun grisonnant. Comme le colonel Sandhurst, il était impeccablement vêtu, et la seule personne pour qui il ne ressemblerait jamais à un gentleman était sir Philip Sommerville. Sir Philip avait en effet décidé que miss Tonks s'occuperait de lui dans ses vieux jours, mais à son grand dam, cette « sotte » de vieille fille ne cessait de faire les yeux doux à l'acteur.

Et, comme par un fait exprès, miss Tonks sapa l'euphorie toute neuve de sir Philip en s'écriant : « Je suis si contente que vous soyez là, Mr Davy. Nous avons des soucis. »

Mr Davy s'assit à côté d'elle en souriant.

« Des soucis ? Lesquels ? s'enquit sir Philip d'un ton maussade.

– Ma foi, il s'agit de lady Jane bien sûr, répondit miss Tonks.

– Oh, ça ! reprit sir Philip. Si vous voulez mon avis, elle n'a pas un sou vaillant et ne compte pas régler sa note. » Il se tapota le nez. « Je renifle la pauvreté à vingt pas. Mais quelle importance ? Nous sommes en fonds et c'est une belle femme, alors autant nous montrer charitables pour une fois, d'autant qu'elle occupe la suite la plus modeste. Qu'elle reste un mois, nous lui présenterons la note et si elle ne paie pas, nous la jetterons dehors.

– Cela ne résoudra pas nos difficultés, protesta lady Fortescue. J'ai moi aussi remarqué l'air abattu de lady Jane. Elle a beau être la fille du comte de Durby, personne ne lui rend visite et elle ne rend visite à personne. Sans compter que sa femme de chambre n'est toujours pas arrivée. Elle semble en proie au désespoir le plus profond.

– Insinuez-vous qu'elle pourrait s'ôter la vie ? demanda Mr Davy.

– Allons ! s'écria sir Philip en se redressant, une lueur d'inquiétude dans ses yeux pâles. Ce serait une catastrophe. Un suicide dans ces murs et l'hôtel est perdu. Notre prince décamperait et il s'écoulerait des lustres avant que quiconque ne prenne sa place. Et pour quelle raison se donnerait-elle la mort ? Elle est peut-être pauvre et à l'évidence en froid avec sa famille, mais elle est d'une beauté remarquable.

– Peut-être l'ignore-t-elle, avança le colonel Sandhurst. Quelle femme du monde plongée dans la misère songerait à son apparence ? À votre avis, quel âge a-t-elle ?

– Dix-neuf ou vingt ans, estima lady Fortescue. Son père est une brute, me semble-t-il, et sa mère est morte. Elle a quatre frères, tous militaires.

– Revenons à cette histoire de suicide, reprit sir Philip, de plus en plus inquiet. Comment l'en empêcher ?

– Peut-être accepterait-elle de se confier à l'un d'entre nous, suggéra Mr Davy.

– Et à qui pensez-vous ? Vous-même ? se gaussa sir Philip. Un vrai bourreau des cœurs, dites-moi.

– Je songeais plutôt à miss Tonks », répondit Mr Davy, dont le sourire indulgent irrita le vieux monsieur autant, si ce n'est plus, que Mr Davy ne l'avait souhaité.

« J'ai essayé d'engager la conversation par deux fois, dit miss Tonks. Elle me regarde avec des yeux si dénués d'expression que je suis incapable de poursuivre. Mais je tâcherai de la surveiller aussi étroitement que possible.

– Vous ne pouvez pas rester avec elle nuit et jour, objecta le colonel Sandhurst. La meilleure ligne de conduite serait peut-être d'écrire à son père, qu'en pensez-vous ? Il ne sait sûrement pas qu'elle séjourne seule et sans chaperon à Londres.

– Voyons d'abord ce que miss Tonks pourra découvrir, trancha lady Fortescue. Nous avons eu notre content de déboires par le passé. Il est temps de savourer notre aisance et de prendre soin de nous. Une femme aussi jeune et belle que lady Jane est peut-être bouleversée en ce moment, mais de là à s'ôter la vie ! Non, je ne le crois pas. »

Le lendemain, dans sa chambre de l'appartement que les associés louaient à côté de l'hôtel, miss Tonks se leva tard. Ce qui avait jadis été un luxe était devenu une habitude, l'établissement disposant désormais d'un personnel grassement payé et très efficace. Il était connu dans la classe des domestiques que le Parent pauvre était généreux, mais renverrait quiconque n'était pas de bonne volonté, aimable et dur à la tâche.

La première pensée de miss Tonks concerna lady Jane. Inquiète, elle fit sa toilette et s'habilla en hâte.

Quand elle pénétra dans le vestibule, une silhouette dissimulée par un voile épais passa devant elle et sortit dans Bond Street. Certaine qu'il s'agissait de lady Jane, miss Tonks fit demi-tour et lui emboîta le pas.

Le ciel était gris et barré de lambeaux de nuages. Pourvu qu'il ne pleuve pas, pensa miss Tonks, car la pluie rendait les trottoirs londoniens boueux et dangereusement glissants, et elle ne portait pas de socques, ces sabots en bois à la semelle renforcée de fers, si utiles par mauvais temps. Le vent s'engouffrait en hurlant dans les rues encaissées, charriant les rubans de fumée qui s'échappaient en tourbillonnant des mitrons des cheminées. Devant elle, la fine silhouette de lady Jane se hâtait vers la City. À peine eurent-elles atteint le pied de Ludgate Hill que miss Tonks se sentit déjà épuisée. Lady Jane gravit la colline, puis tourna dans l'une des étroites allées où les apothicaires tenaient boutique. La voyant entrer dans une échoppe, miss Tonks hésita à la suivre. Glissant un coup d'œil à l'intérieur, par-dessus les bocaux remplis de sangsues et les bouteilles multicolores, elle constata que lady Jane achetait deux flacons plats de couleur verte. Quand elle ressortit de la boutique, miss Tonks se dissimula dans l'embrasure d'une porte, se demandant que faire tandis que la jeune femme s'éloignait à pas pressés. Après une légère hésitation, elle poussa la porte de la boutique et entra.

« Je me demandais, dit miss Tonks à la vendeuse, si ma femme de chambre était venue. Je l'ai envoyée faire une commission, mais comme je passais par là, je me suis dit, autant vérifier qu'elle s'en est acquittée, voyez-vous. Une femme lourdement voilée.

– Je viens juste de vendre deux flacons de laudanum à une femme qui portait un voile, répondit la vendeuse.

– Oh, vraiment ? Oui, c'est ça. J'ai beaucoup de mal à trouver le sommeil en ce moment. » Et miss Tonks gagna la porte tout en dissertant longuement sur ses insomnies légendaires.

À Ludgate Hill, elle héla un fiacre qui la ramena à Bond Street, où elle réunit ses associés pour les informer de l'achat de lady Jane.

« Beaucoup de femmes prennent du laudanum, souligna Mr Davy.

– Espèce d'imbécile ! s'écria sir Philip. Pas deux flacons entiers. Laissez-moi faire. Jack, le valet de pied, ira la chercher dès qu'elle aura regagné sa chambre. Je l'emmènerai au bureau et lui expliquerai que la note doit être réglée sur une base mensuelle, que c'est la nouvelle politique de la maison, et que nous la lui présenterons à la fin du mois. Je la retiendrai assez longtemps pour que lady Fortescue et miss Tonks aillent remplacer la mixture par un produit inoffensif.

– Pourquoi ne pas lui dire en face que nous la soupçonnons de vouloir mettre fin à ses jours ? demanda le colonel.

– Elle n'aurait qu'à mentir, répondit sir Philip. Elle rédigera forcément un mot pour son père. Attendez, je sais ! Vous laisserez juste assez de laudanum dans les bouteilles pour lui faire perdre conscience. Nous la surveillerons et quand nous aurons trouvé sa lettre d'adieu, nous la tiendrons. Il ne nous restera plus qu'à la mettre à la porte.

– Oh non, nous ne pouvons pas faire une chose pareille, s'insurgea miss Tonks. Cela ne ferait qu'ajouter à sa honte et à son désespoir. Déjouons son plan et ensuite essayons de lui venir en aide ! »

Sir Philip grogna et agrippa sa perruque, qui glissa de travers. « Écoutez, nous sommes heureux et riches, tout cela grâce à la prodigalité de notre généreux prince. Pourquoi s'embêter avec une folle ?

– Parce que c'est notre devoir », asséna lady Fortescue d'une voix terrible, réduisant sir Philip au silence.

Tandis que lady Jane remontait Bond Street, il se mit à pleuvoir. Quelle journée parfaite pour se donner la mort ! Les deux flacons pesaient lourd dans son réticule. Elle avait trouvé le chemin de Ludgate Hill grâce au plan que lui avait dessiné l'une des bonnes. Elle écrirait à son père et le prierait de régler sa note d'hôtel. Une élégante calèche la dépassa. Une jolie fille regarda par la vitre et deux soldats sur le trottoir la dévisagèrent avec effronterie. Trois jeunes matrones, suivies de leurs valets de pied et de leurs femmes de chambre, entrèrent avec majesté dans l'hôtel, sans doute pour y prendre le café. Le Parent pauvre était en effet le seul endroit dans tout Londres, hormis Gunter, le confiseur, où les femmes bien nées pouvaient se montrer.

Une fois dans ses appartements, lady Jane retira son chapeau et son voile et les jeta sur un fauteuil. Elle posa les deux flacons sur la table de toilette puis gagna le secrétaire qui se trouvait dans son boudoir. Elle était en train de tailler une plume quand elle entendit un grattement à la porte. Le valet de pied, Jack, entra. « Madame, dit-il, sir Philip Sommerville a l'honneur de requérir votre présence au bureau. »

Lady Jane se leva. « Et où se trouve-t-il, ce bureau ?

– Au fond du vestibule, madame.

– Très bien, je descends dans un instant. »

Jack hésita, se rappelant l'instruction qu'il avait reçue de ne pas la laisser seule, ne serait-ce qu'une minute. « Je vous prie de m'excuser, madame, mais sir Philip a précisé que c'était urgent. »

Lady Jane poussa un petit soupir. Sans doute ne leur avait-il point échappé que sa domestique se faisait attendre et que personne ne lui rendait visite. Ils tenaient probablement à s'assurer qu'elle avait les moyens de payer sa note. Tout cela n'avait plus d'importance à présent. Elle n'était plus à un mensonge près.

« Je vous accompagne », dit-elle.

Le colonel Sandhurst et Mr Davy l'attendaient eux aussi dans le petit bureau et se levèrent quand elle entra.

Elle portait une robe grise quelconque faite d'une espèce de tissu chatoyant qui faisait ressortir son extrême pâleur. Malgré ses yeux cernés et la tension sur son visage, elle était très belle, avec sa peau sans défaut et ses immenses yeux gris bordés de cils épais. Quant à sa bouche, elle était parfaite.

« Je vous en prie, madame, asseyez-vous, la pressa sir Philip. Pouvons-nous vous offrir du thé ou du vin ? Un verre de négus ou de ratafia peut-être ?

– Rien, je vous remercie. » Elle s'assit avec une grâce dont elle n'avait pas conscience. « J'ai cru comprendre que vous souhaitiez m'entretenir de quelque chose. De quoi s'agit-il ?

– Nous mettons en place une nouvelle politique », commença sir Philip d'une voix très lente, dans l'espoir que lady Fortescue et miss Tonks rempliraient leur mission avec diligence. « Nous demandons désormais à nos clients de régler leur note à la fin de chaque mois. J'espère que cela ne vous mettra pas dans l'embarras.

– Pas le moins du monde », répondit lady Jane, et l'ombre d'un sourire passa sur son visage. « Y a-t-il autre chose ? » Elle fit mine de se lever.

« Oui, oui, dit en hâte le colonel. Nous espérons que vous ne jugerez pas inconvenant de vous en faire la remarque, madame, mais en raison de votre extrême jeunesse et parce que vous n'êtes pas chaperonnée, nous sommes inquiets pour vous. C'est tout naturel. »

Lady Jane répondit d'une voix calme et égale.

« C'est effectivement tout à fait inconvenant. »

Mr Davy prit la parole d'une voix emplie de bonté. « Ne nourrissez pas de colère contre nous. Votre air triste nous cause du souci. Si jamais vous vous sentiez seule, souvenez-vous qu'il y aura nécessairement quelqu'un pour vous venir en aide. »

Une lueur de colère s'alluma dans les yeux de lady Jane. Pourquoi ne la laissaient-ils pas tranquille ? C'est à Mr Davy qu'elle en voulait le plus, sa gentillesse et l'animosité qu'elle avait fait naître en elle ne lui faciliteraient pas la tâche.

Pour mettre fin à cette morne existence, il eût été plus aisé de rester drapée dans son malheur.

Elle se leva et, avec un effort évident, elle dit : « Merci de votre sollicitude, mais elle est inutile, soyez-en assurés. Au revoir, messieurs.

– Et voilà, dit sir Philip d'un air sombre. Pourvu qu'elle ne tombe pas sur lady Fortescue et miss Tonks en train de fureter dans ses appartements ! »

Lady Jane croisa effectivement les deux femmes, mais dans le couloir qui menait à sa suite. Lady Fortescue et miss Tonks sourirent et firent la révérence. Elle leur répondit d'un signe de tête et se hâta de gagner l'abri de sa chambre, fermant la porte à clé derrière elle. Elle s'assit devant son secrétaire, tailla sa plume avec efficacité et sortit du papier à lettres. Devait-elle blâmer son père pour ce qu'elle s'apprêtait à faire ? Non, elle ne pouvait lui imposer ce fardeau. Peut-être pensait-il avoir agi au mieux pour elle. En quittant le foyer paternel, elle lui avait lancé sur un ton de défi qu'elle irait habiter dans le Yorkshire, chez sa vieille bonne d'enfants, Nancy Thistlewaite, la seule personne qui eût fait preuve de gentillesse à son égard dans sa courte vie, et qui avait d'ailleurs été renvoyée précisément pour cette raison. Son père lui avait alors ri au nez, déclarant qu'une existence misérable dans un cottage délabré avec cette sotte de Nancy était exactement ce qu'il lui fallait pour retrouver un peu de bon sens et accepter le mariage qu'il avait arrangé pour elle.

Elle rédigea sa lettre, se contentant d'annoncer son suicide et de lui demander de régler sa note d'hôtel. Ensuite, elle écrivit une autre lettre, à l'intention de sir Philip Sommerville cette fois, dans laquelle elle s'excusait de s'être donné la mort dans son établissement et lui assurait que son père paierait sa note. Puis elle saupoudra de sable les deux courriers afin d'en sécher l'encre, les cacheta et les disposa bien en vue sur le secrétaire.

Ensuite, elle se brossa les cheveux, se déshabilla et passa sa chemise de nuit. Elle versa le contenu des deux flacons dans deux verres et, se pinçant le nez, avala la mixture, un verre après l'autre.

Elle s'allongea avec précaution sur le lit et pria pour être pardonnée. Elle sentait le sommeil la gagner quand, tout à coup, elle se mit à lutter. Surgissant de nulle part, un intense désir de vivre l'envahit. Elle se traîna du lit sur le sol, mais une vague de tristesse la submergea à nouveau… l'envie de dormir était tellement forte… fermer les yeux, juste un instant…

*

L'oreille collée à la porte, Jack, le valet de pied, essayait de deviner ce qui se passait. Il lui sembla entendre un léger bruit de chute, mais comment en être sûr ? La chambre à coucher de lady Jane se trouvait après le boudoir. Il tendit l'oreille, mais le silence était désormais absolu.

« Vous entendez quelque chose ? chuchota sir Philip par-dessus l'épaule du domestique, le faisant sursauter.

– Rien.

– Alors toquez et entrez, mon gaillard. Servez-vous de votre cervelle. Dites qu'il fait froid aujourd'hui et demandez-lui si elle aimerait que vous fassiez du feu. »

Jack gratta à la porte puis actionna la poignée. « Elle est verrouillée !

– Courez chercher le double de clé dans le bureau. Dépêchez-vous, que diable ! Et faites monter ces dames. »

L'attente sembla interminable à sir Philip, qui eut le temps de se ronger les sangs. Enfin, le valet revint accompagné non seulement des dames, mais aussi du colonel

Sandhurst et de Mr Davy. « Ouvrez la porte, Jack, chuchota sir Philip. Entrez et si tout va bien, demandez-lui si elle veut du feu. Si elle est morte, appelez-nous.

– Elle ne peut pas être morte, rappela lady Fortescue avec humeur. Nous avons presque entièrement vidé les bouteilles. Elle n'aura bu que de l'eau ou presque. »

Toujours très inquiet, Jack ouvrit la porte et entra. Il espérait trouver la jeune fille dans le boudoir : si elle n'y était pas, cela signifiait qu'elle se trouvait dans la chambre, où elle pouvait très bien s'être réfugiée tout simplement pour se changer.

Mais le boudoir était désert. La bouche sèche, il s'approcha de la porte de la chambre, qui était ouverte, et balaya la pièce du regard. Personne. Il lâcha un soupir de soulagement et était sur le point de s'en retourner quand il remarqua un petit pied nu qui dépassait de l'autre côté du lit. Il s'approcha et trouva le corps inanimé de lady Jane Fremney.

Il retraversa le boudoir en courant. « Elle l'a fait, elle l'a fait ! Oh, bon sang, elle l'a fait ! » bredouilla-t-il.

Les associés se ruèrent dans la chambre et miss Tonks s'agenouilla près de la jeune fille. « Elle dort paisiblement, c'est tout. Dieu merci. »

Sir Philip revint dans le boudoir, où il trouva les deux lettres. Il ouvrit celle qui était adressée aux hôteliers et laissa échapper un croassement de triomphe. « Nous la tenons ! » cria-t-il. Il revint à toutes jambes en brandissant la lettre. « Et il y en a une autre, pour son père.

– Pauvre enfant, murmura lady Fortescue. Allongez-la sur le lit, Jack, et couvrez-la avec la courtepointe. Miss Tonks et moi serons à ses côtés quand elle se réveillera. »

Lady Jane recouvra lentement ses sens. Son esprit fut aussitôt submergé par la pensée de ce qu'elle avait fait ou tenté de faire. Elle était déchirée entre le désespoir de devoir affronter sa situation et le soulagement d'être encore de ce monde. Elle se redressa avec difficulté sur les oreillers et son regard troublé croisa celui de lady Fortescue et de miss Tonks, assises à son chevet.

« Que faites-vous ici ? » demanda-t-elle d'une voix faible.

Lady Fortescue ignora la question. « Dites à Jack d'aller chercher les autres, ordonna-t-elle à miss Tonks.

– Il faut que je me lève », murmura lady Jane. Elle venait de se rappeler les lettres posées sur le secrétaire.

Lady Fortescue leva une main grêle. « Dans un moment. Nous savons pour les lettres. »

Miss Tonks revint, suivie du colonel, de sir Philip et de Mr Davy.

Lady Jane darda des yeux pleins de défi sur le petit groupe. Des souvenirs lui revenaient… elle était tombée… on l'avait soulevée, étendue sur le lit et couverte avec la courtepointe.

« Maintenant que nous sommes tous réunis, commença lady Fortescue, nous voudrions savoir comment vous en êtes venue à de telles extrémités.

– Un geste diablement égoïste, grogna sir Philip. Avez-vous pensé à nous ? Un suicide pourrait nous ruiner.

– Dois-je comprendre que vous dépendez entièrement de l'argent que vous rapporte cette suite ? s'enquit lady Jane.

– La question n'est point l'argent, mais le scandale, et les superstitions. Vous pouvez être sûre que les clients auraient vu votre fantôme arpenter les couloirs. Ne vous est-il pas venu à l'esprit que votre malheureuse famille serait obligée de vous enterrer à un croisement de routes avec un pieu dans le cœur ? » s'indigna sir Philip. C'était en effet le sort des suicidés au début du dix-neuvième siècle.

« Et votre âme immortelle, y avez-vous songé ? la gourmanda le colonel avec douceur. Ce que vous aviez prévu de faire est un péché, une offense à Dieu.

– Je sais, je sais, gémit lady Jane. Mais quel autre choix avais-je ?

– Eh bien, pour commencer, vous auriez pu nous confier comment nous pourrions vous aider, intervint miss Tonks en lui pressant la main. Votre situation nous préoccupe. »

Lady Jane regarda le cercle des visages qui entouraient le lit.

« Très bien. Je vais tout vous raconter. J'ai eu une enfance des plus malheureuses. Mes difficultés ont commencé lorsque mon père a engagé une gouvernante, miss Stamp, pour parfaire mon éducation. Elle prenait grand plaisir à me tourmenter et à me tyranniser et lorsque je m'en suis ouverte à mon père, il lui a tout répété et lui a suggéré de me battre plus durement encore, parce que, selon lui, je devenais capricieuse. J'ai enduré sans broncher, buvant le calice jusqu'à la lie, présumant qu'un jour, les services de ma persécutrice ne seraient plus requis, que je ferais mon entrée dans le monde et que, le temps d'une Saison au moins, je pourrais fréquenter des jeunes filles de mon âge. Hélas, miss Stamp fut élevée au rang de dame de compagnie et eut la responsabilité de m'enseigner les règles de l'étiquette et l'art de la conversation. Le seul espoir qu'il me restait était d'épouser un homme aimable qui me libérerait de ma servitude. J'ai été autorisée à me rendre à des bals dans le voisinage, toujours chaperonnée par miss Stamp, j'ai dansé avec des gentlemen agréables, mais quand ils venaient me rendre visite, je n'étais jamais autorisée à les recevoir.

« Le coup final me fut asséné par mon père, lorsqu'il me convoqua dans son bureau pour m'annoncer qu'il ne serait pas nécessaire de m'emmener à Londres pour la Saison, parce qu'il m'avait trouvé un mari. Il avait jeté son dévolu sur sir Guy Parrish, un de ses amis, un vieillard d'une cinquantaine d'années, insignifiant, contrefait, un ivrogne, qui boit cinq bouteilles par jour. J'ai protesté que je ne l'épouserais pas, que si j'avais survécu à la tyrannie de miss Stamp et enduré la sienne, c'était dans l'unique espoir de faire mon entrée dans le monde et de trouver un homme qui m'agrée. Alors il m'a chassée de la maison, avec une malle pour seul bagage. J'ai pris mon coffret à bijoux, qui bien sûr avait été vidé, et l'ai lesté de pierres, parce que j'avais déjà pris ma décision : je mourrais à Londres, la ville qui m'avait été refusée. J'ai prétendu m'installer chez ma vieille nourrice dans le Yorkshire. Mon père m'a ri au nez, arguant qu'une période de pauvreté – car il savait que Nancy était pauvre – était juste ce qu'il me fallait pour me ramener à la raison. Alors je suis venue ici. Je ne voulais pas vous causer d'embarras. » Elle détourna la tête et des larmes roulèrent sur ses joues.

Sir Philip se gardait bien de s'en vanter, mais il se savait enclin à la sensiblerie. Ses associés eurent la surprise de l'entendre dire d'un ton réconfortant : « Allons, allons, nous sommes là pour veiller sur vous. Tout ce dont vous avez besoin, ma chère, c'est un peu d'amusement. Je suis le premier à admettre que vous logez dans la suite la plus triste de l'hôtel, sans compter que vous ne devriez pas rester seule, ce n'est pas convenable. Vous pouvez emménager avec miss Tonks dans notre appartement, juste à côté.

– Oui, je vous en prie, renchérit miss Tonks. Nous pourrons papoter et courir les boutiques ensemble.

– C'est très aimable, murmura lady Jane, mais je ne peux vous demander une chose pareille. Vous ne me devez rien, au contraire…

– Cela nous distrairait, protesta lady Fortescue. Certes, les personnes de notre rang ne s'abaissent pas à parler d'argent. Mais puisque nous avons dérogé à notre condition, nous nous sentons libres d'aborder le sujet autant qu'il nous plaît de le faire. Et grâce à la munificence du prince Hugo, nous sommes loin d'être dans le besoin. Nous devrions vous commander quelques toilettes. Rien de tel que de jolies robes pour se distraire du malheur. À présent, il est temps que nous vous laissions vous habiller et faire vos bagages. Miss Tonks reviendra vous chercher dans une heure et vous mènera à votre nouveau logis. »

Les hôteliers quittèrent lady Jane et descendirent au bureau pour un conseil de guerre.

« Elle ne recommencera pas, n'est-ce pas ? demanda sir Philip avec inquiétude.

– Je pense que non, répondit lady Fortescue. Vous méritez des compliments, sir Philip, pour votre naturel généreux. » Elle lui sourit, ses yeux noirs presque aguicheurs, et le colonel se renfrogna. Sir Philip lui retourna son sourire et lui baisa la main, se souvenant de l'inclination qu'il avait sentie pour elle tout récemment encore.

« Quel dommage qu'elle ne puisse participer à la Saison, dit miss Tonks avec mélancolie. Elle est si belle, elle aurait beaucoup de succès.

– C'est impossible. » Lady Fortescue balaya du regard la petite assemblée. « Nous sommes certes redevenus presque acceptables socialement, bien que nous dérogions. Je suis régulièrement conviée à de petites réceptions, tout comme le colonel Sandhurst. Mais nous restons très loin de la respectabilité requise. De plus, même si nous étions en mesure de la faire débuter dans le monde, son père lirait son nom dans les rubriques mondaines et s'empresserait de venir la chercher. C'est peut-être d'ailleurs ce qu'il va faire. Elle est censée vivre chez cette nourrice dans le Yorkshire, n'est-ce pas ? Alors donnons-lui un peu d'argent à envoyer à cette femme et des lettres à faire suivre à son père, des lettres âpres qui le tiendront à distance pour un moment. Apprendre à s'amuser renforcera son tempérament. L'adversité, nous ne le savons que trop bien, est très débilitante.

– Et si elle n'utilisait pas son véritable nom ? suggéra miss Tonks avec espoir. Personne ne sait qu'elle se trouve à Londres.

– On ne peut la baptiser lady Je-ne-sais-quoi, se gaussa sir Philip. La noblesse s'apercevrait bien vite qu'elle compte un imposteur dans ses rangs.

– Elle n'a pas besoin d'un titre, protesta miss Tonks. Quelque chose comme miss Jane North, héritière, suffirait amplement. »

Lady Fortescue sourit avec indulgence à la vieille fille. « Quelle entremetteuse vous faites, miss Tonks ! Vous rêvez de lui décrocher un parti convenable avant que son père ne la retrouve. Mais comment l'introduire dans la société ? En donnant un autre bal ici même ? C'est impossible tant que notre prince est en résidence.

– Et Harriet ? demanda miss Tonks en jetant des coups d'œil impatients autour d'elle.

– La duchesse de Rowcester ! » s'exclama sir Philip. Ancienne parente pauvre elle aussi, Harriet avait endossé le rôle de cuisinière lorsqu'ils avaient lancé l'hôtel, jusqu'à ce que le duc de Rowcester l'épouse. Elle leur écrivait de temps à autre.

« Même si nous envisagions une idée aussi extravagante, dit lady Fortescue avec douceur, vous oubliez que Harriet a perdu son enfant il y a moins d'un an. »

Il y eut un court silence attristé. La petite fille bien-aimée de Harriet avait été emportée par la typhoïde.

« Ne voyez-vous pas, s'obstina miss Tonks, que cela l'égaierait de venir en aide à lady Jane ? Elle aurait du grain à moudre.

– Son grain à moudre, c'est son mari », objecta sir Philip,

terriblement inquiet. Ce que les autres associés ignoraient, c'était que les fonds nécessaires au lancement de l'hôtel, apportés par sir Philip, provenaient d'un collier qu'il avait volé au duc de Rowcester avant que celui-ci n'épouse Harriet. Il l'avait remplacé par un faux de belle facture et payait régulièrement le bijoutier à qui il l'avait vendu pour qu'il le conserve en l'état jusqu'à ce que sir Philip soit assez en fonds pour le récupérer. Mais il avait opportunément oublié de s'acquitter des paiements dernièrement et tremblait d'avoir quoi que ce soit à voir avec le redoutable duc.

« Mais le duc est à l'étranger, en Italie, pour l'enterrement d'un membre âgé de sa famille, insista miss Tonks. Je l'ai lu dans les journaux. Nous pourrions écrire à cette chère Harriet. Il lui suffirait de refuser. Après tout, nous ne l'obligeons à rien.

– Quelle calembredaine ! fustigea sir Philip. Remarquez, vous n'en êtes pas à une baliverne près. Cette lady Jane a de la chance d'être en vie. Promenez-la, achetez-lui des robes si cela vous chante ; quant à tremper une fois de plus dans des intrigues, des complots et autres conspirations, c'est une autre histoire.

– J'aimerais bien revoir Harriet, dit le colonel. Vous pourriez lui écrire, miss Tonks, lui témoigner notre amitié et en profiter pour lui exposer la situation de lady Jane.

– Je vous l'interdis ! » hurla sir Philip, les faisant tous sursauter.

S'il n'avait pas protesté avec une telle véhémence, peut-être les autres associés auraient-ils, après réflexion, abandonné l'idée.

Au lieu de quoi Mr Davy dit d'un ton de réprimande : « Vraiment, sir Philip, ce que vous voulez ou non n'entre pas en ligne de compte. Si miss Tonks souhaite écrire à la duchesse de Rowcester, elle en a parfaitement le droit. »

Ces paroles ne firent qu'accentuer l'ire de sir Philip.

« Miss Letitia Tonks était une femme discrète et respectable avant votre arrivée et vos vilaines manières d'acteur, tonna-t-il. Vous ne cessez de lui farcir la cervelle de sottises.

– S'il vous plaît, arrêtez, murmura miss Tonks avant de fondre en larmes.

– Et voilà, regardez ce que vous avez fait ! s'emporta le colonel.

– La peste soit de vous tous ! hurla sir Philip avant de quitter le salon en claquant la porte.

– Séchez vos larmes, dit Mr Davy, qui passa un bras autour des épaules secouées de pleurs de miss Tonks. Faites ce qui vous semble le mieux. »

Et ce bras réconfortant fit passer miss Tonks des tréfonds de l'affliction au comble de la félicité.

2

« J'ai pour vous une indifférence qui confine à l'aversion. »

ROBERT LOUIS STEVENSON

Harriet, duchesse de Rowcester, arpentait lentement sa terrasse en pensant à son mari. Les relations n'avaient pas été simples entre eux depuis la mort d'Emily, leur fille bien-aimée. Sur la pelouse qui s'étendait devant elle, un paon au plumage dégarni lâcha un cri discordant et fit la roue sous le soleil.

Harriet avait été soulagée de voir le duc partir pour l'Italie, car elle ne parvenait plus à se montrer affectueuse envers lui et se dérobait à ses étreintes. Il avait déclaré qu'il se cantonnerait à sa propre chambre jusqu'à ce qu'elle soit complètement remise de la mort de leur enfant. Rongée par la culpabilité et l'inquiétude, elle avait le sentiment d'être une mauvaise épouse et pourtant, elle ne se résolvait pas à se rapprocher de son mari et à combler le fossé qu'elle sentait se creuser entre eux.

Entendant la corne du petit courrier, elle se prit à rêver que le duc lui avait écrit depuis Douvres, quoiqu'il l'eût prévenue qu'il ne le ferait qu'une fois arrivé à Milan. Pleine d'espoir malgré tout, elle traversa la demeure en hâte. Mais, au beau milieu du salon jaune, une terrible pensée la foudroya : peut-être ne lui pardonnerait-il jamais ? Elle s'ébroua comme pour chasser cette idée, qui s'obstina cependant à hanter son esprit. Elle avait conscience que, ces derniers mois, la gentillesse et la considération dont il faisait preuve à son égard s'étaient lentement érodées, cédant la place au ressentiment.

Avec tristesse, elle reprit son chemin et traversa l'enfilade de pièces qui débouchait dans le hall d'entrée. Le majordome disposait une petite pile de lettres sur un plateau en argent.

« Laissez, je m'en occupe », dit Harriet. Elle se retira dans le petit salon du matin, qu'elle avait fait sien, mit de côté les lettres adressées à son mari et garda les trois qui lui étaient destinées : une facture provenant d'une couturière de Londres, une autre d'un marchand de tissu, pour un rouleau de soie brochée, et une missive de Letitia Tonks.

Elle décacheta la lettre, qui était difficile à déchiffrer, miss Tonks ayant croisé son texte en diagonale de haut en bas puis de bas en haut[1]. Elle commençait par lui conter l'arrivée du prince et la prospérité qui en avait résulté, puis il y avait un long passage sur Mr Davy, un compagnon délicieux et un atout pour l'hôtel. Je me demande ce qui se passe, pensa Harriet, faisant une pause dans sa lecture et se rappelant un précédent courrier enthousiaste dans lequel une miss Tonks euphorique annonçait que sir Philip Sommerville était sur le point de lui demander sa main. Elle inclina la lettre et commença à déchiffrer la partie en écriture croisée. Il lui fallut un peu de temps pour comprendre qu'il était question de l'acte désespéré

1. Cette technique visait à économiser le papier et à réduire les frais de port.

d'une certaine lady Jane Fremney, fille du comte de Durby. Venait ensuite le récit de la façon dont lady Jane avait fui la demeure de son père, son extrême pauvreté, son désir de participer à la Saison, l'idée grandiose de miss Tonks suivant laquelle, sous un autre nom et sous la protection d'une personne telle que cette chère Harriet, qui accepterait de lui ouvrir les portes de sa demeure londonienne et de l'accompagner dans le monde, l'aimable jeune fille trouverait peut-être un époux convenable au lieu du « monstre » que son père avait choisi pour elle.

Harriet lut avec attention jusqu'à la fin. Elle se remémora avec tendresse les jours passés au Parent pauvre, les peurs, les joies, la bienveillance et l'amitié, et poussa un petit soupir. La suggestion de miss Tonks aurait semblé absolument insensée à qui que ce fût d'autre. Harriet y vit simplement un nouvel exemple des stratagèmes que ses chers amis se plaisaient à échafauder.

Pourquoi pas ? pensa-t-elle soudain. Pourquoi ne pas trouver quelque occupation sortant de l'ordinaire pour s'occuper l'esprit plutôt que de rester assise à pleurer la perte de son enfant et à se sentir coupable envers un mari devenu distant ?

Elle s'assit à son secrétaire et rédigea une lettre à l'intention de miss Tonks, expliquant qu'elle serait à Londres deux semaines plus tard et qu'elles pourraient discuter de cette question de vive voix. Harriet ne voulait pas donner sa parole avant d'avoir vu cette lady Jane de ses propres yeux. Une personne qui avait commis un acte aussi affreux, aussi draconien qu'une tentative de suicide pouvait être aliénée.

Miss Jane North, comme elle se faisait désormais appeler, participait de bonne grâce aux nombreuses sorties organisées par miss Tonks et Mr Davy, qui, selon toute apparence, s'étaient vu attribuer le rôle de tuteurs. Elle tâchait de les récompenser de leur gentillesse en ayant l'air gai, mais dégageait en permanence une impression de morosité, une froideur. Ils l'emmenèrent dans les boutiques, au parc, chez Gunter à Berkeley Square et au théâtre, où Mr Davy les escorta en coulisses pour les présenter aux acteurs. Jane, qui n'avait jamais connu une telle liberté, n'était pas encore en mesure d'apprécier ce que sa nouvelle vie lui offrait. Elle portait constamment un voile épais, gardait les yeux baissés et ne parlait qu'à voix basse et encore, uniquement lorsqu'on lui adressait la parole.

Miss Tonks ne savait plus à quel saint se vouer. Mr Davy disait d'un ton apaisant que cela prendrait du temps, qu'une personne qui avait connu si récemment un désespoir tel qu'elle avait voulu commettre l'irréparable ne reprendrait pas vie du jour au lendemain. Jane avait adressé à sa vieille bonne de l'argent et deux lettres pour son père, l'une à lui envoyer sur-le-champ et l'autre deux semaines plus tard. Mais elle ne s'était exécutée que parce que ses protecteurs lui en avaient donné la consigne, comme elle faisait tout ce qu'ils lui demandaient de faire.

Quand le courrier de la duchesse de Rowcester arriva, c'est à lady Fortescue que miss Tonks s'empressa de le porter.

« Notre sage Harriet ! dit lady Fortescue, après avoir lu la lettre avec attention. Elle a raison de se montrer prudente. Elle pourrait décider de ne pas introduire dans le beau monde une jeune fille qui a toujours l'air d'être sur le point d'assister à son propre enterrement. C'est triste, mais le fait est que je trouve lady Jane un peu lassante.

– Oh non ! s'exclama miss Tonks, joignant ses mains graciles. Certes, elle n'est jamais gaie, mais elle est si bonne et si belle.

– Vous avez toujours eu un faible pour la beauté, dit lady Fortescue avec bienveillance. Mais en ce moment, rien en elle ne saurait éveiller l'intérêt d'un gentleman. Au dîner, dans la salle à manger, elle n'a même pas réussi à attirer l'œil de notre prince, pourtant si sensible au charme des dames. Quand bien même il subsisterait encore un peu d'espoir dans le cœur de Jane North, puisque tel est désormais son nom, gardons-nous de lui dévoiler notre projet avant que Harriet ne l'ait rencontrée et décidé de ce qu'il convient de faire. Elle pourrait très bien juger que le jeu n'en vaut pas la chandelle. Sans compter que le temps épouvantable de ces derniers jours n'aura pas aidé. Si cette pluie incessante cessait enfin, peut-être Jane irait-elle mieux. Il est si déprimant de devoir s'équiper lourdement pour la moindre sortie, les vêtements pratiques ont un effet délétère sur le moral.

« Mon premier mouvement aurait été de l'employer à l'hôtel, afin de lui changer les idées, quoique nous-mêmes ne travaillions plus beaucoup à présent. D'un autre côté, déroger ruinerait ses chances d'être acceptée dans le monde si Harriet la prenait finalement sous son aile. Bien sûr, tout cela ne portera ses fruits que si elle a la chance de trouver un prétendant capable de tenir tête à son père et assez riche pour se moquer de son absence de dot. Où comptez-vous l'emmener ?

– Nous allons au parc, dans une voiture fermée.

– Cette journée est assez morne comme cela sans être confiné dans une calèche à regarder défiler des arbres couverts de boue. Peut-être sir Philip devrait-il la prendre en main. »

Miss Tonks pinça les lèvres avec désapprobation. « Sir Philip pousserait n'importe qui à commettre un acte désespéré.

– Il sait se montrer caustique et irritant, certes, mais peut-être avons-nous fait preuve de trop de gentillesse et d'indulgence envers cette jeune demoiselle. »

Sur le point de protester, miss Tonks se ravisa. Si Jane

était occupée ailleurs, elle-même pourrait aller se promener au parc avec Mr Davy, en tête à tête. « Je n'ose imaginer comment sir Philip la divertira, dit-elle néanmoins. Il l'emmènera sûrement voir un combat de coqs. »

Sir Philip accueillit la suggestion de lady Fortescue avec un enthousiasme tout relatif. « Et où l'emmènerais-je ? maugréa-t-il. Pourquoi perdrais-je mon temps à escorter pareil éteignoir à la mine de six pieds de long ? Sans compter qu'avec son voile, on dirait une de ces horreurs tout droit sorties d'un roman gothique à l'eau de rose. Oh, très bien, à la lueur frondeuse dans vos yeux, je constate qu'il n'y a aucune échappatoire. Et en parlant d'éteignoir à la mine de six pieds de long, où est passée notre miss Tonks ?

– Partie se promener avec Mr Davy, ce me semble.

– Ce vous semble. Ce qui signifie que vous savez pertinemment qu'elle est sortie avec lui, comme d'habitude. Elle perd son temps avec ce saltimbanque et, de surcroît, elle devient frivole et inconséquente, ce qui est repoussant chez une femme de son âge.

– Alors, rétorqua lady Fortescue, à deux fois son âge, vous êtes deux fois plus repoussant quand vous-même vous montrez frivole et inconséquent. Avec un peu de chance, à la fin de la Saison, nous pourrons vendre l'hôtel et nous retirer des affaires. J'ai cru comprendre que vous nourrissiez l'étrange intention d'épouser miss Tonks. Quelle idée !

– Et pourquoi non ?

– Je n'irai pas par quatre chemins. Miss Tonks est une vierge distinguée et vous, un vieux satyre dont les désirs charnels semblent croître avec l'âge. Comment se fait-il que le temps, chez vous, n'ait point étanché cette soif de chair ?

– Nous aurions dû rester entre nous, marmotta sir Philip, boudeur. Davy est un intrus.

– Mr Davy est l'un des nôtres. Il a prouvé sa valeur en collectant avec efficacité les sommes que l'on nous devait et c'est grâce à lui que nous n'avons plus de dettes en souffrance. Et maintenant que le prince réside chez nous et que son secrétaire règle la note chaque semaine, nous n'avons plus à nous inquiéter à ce sujet. Mr Davy a gagné le droit de se reposer, comme nous tous.

– Il n'est pas avec nous depuis le début, persista sir Philip. Pour lui cela n'a été qu'un jeu d'enfant.

– Je ne perdrai pas un instant de plus à débattre avec vous. » Lady Fortescue se leva. « Faites ce que vous pouvez pour Jane. Au fond, vous avez bon cœur, sir Philip, arrêtez d'essayer de nous faire croire le contraire. »

Sir Philip trouva Jane dans la chambre qu'elle partageait avec miss Tonks. Elle portait un ensemble de voyage et un chapeau affublé de l'inévitable voile, ô combien désolant.

« Je vous emmène en promenade, annonça le vieux monsieur. Changez-vous et retrouvez-moi dans le bureau.

– Me changer ? s'étonna la voix derrière le voile.

– Oui, vous changer. Vous allez vous promener au bras d'un gentilhomme à la mode, alors enfilez quelque chose de seyant et retirez ce fichu voile ! »

Sir Philip quitta la pièce avant que la jeune fille n'ait le temps de protester.

Elle se leva avec raideur. Le moindre mouvement lui était éprouvant ces jours-ci, comme si la souffrance qui engourdissait son esprit tel un rhumatisme de l'âme s'était étendue à ses membres. Elle s'approcha de la grande armoire sculptée près de la cheminée, qui contenait quatre nouvelles toilettes tout juste arrivées de chez la couturière, soigneusement pliées. Sur l'étagère du haut trônaient des boîtes à chapeau neuves. Avec patience, Jane s'était prêtée au jeu des essayages, mais n'avait encore porté aucun de ses nouveaux atours.

Elle choisit une robe du matin en dentelle et mousseline

blanches et une pelisse de soie abricot doublée de fourrure qu'elle assortit d'un chapeau de velours de la même couleur à calotte basse et à large bord. Elle s'examina dans le long miroir à la recherche de fils qui dépassaient ou de cheveux qui auraient pu se prendre dans ses vêtements, sans remarquer la gravure de mode qui lui rendait son regard.

Quand elle entra dans le bureau, sir Philip l'étudia avec délectation. « Ah, voilà qui est mieux ! exulta-t-il. Et Dieu merci, le soleil brille enfin.

– Vraiment ? demanda Jane. Je n'avais pas remarqué. »

Il signifia son impatience d'un claquement de langue. « J'ai commandé une voiture ouverte. J'ai bien essayé de convaincre les autres qu'il était temps que nous ayons notre propre attelage plutôt que de dépenser des sommes folles en location de fiacres, mais croyez-vous qu'ils m'écouteraient ? Non, évidemment. Ils font des économies de bouts de chandelle quand ce n'est pas nécessaire et se montrent prodigues quand les temps sont durs. Venez. » Il lui offrit son bras, sur lequel elle plaça docilement sa main gantée, et il la mena dans le vestibule. Au même instant, le prince Hugo fit son entrée. Corpulent et exubérant, il avait des favoris broussailleux et des yeux slaves d'un bleu intense, d'une nuance presque orientale, qui s'écarquillèrent légèrement quand ils tombèrent sur Jane.

« Présentez-moi, Sommerville, intima-t-il en lissant les boucles de ses favoris.

– Miss Jane North, Votre Altesse », répondit sir Philip.

Le prince approcha ses lèvres de la main gantée de Jane, celle-ci fit une profonde révérence, puis sir Philip lui offrit de nouveau son bras et ils quittèrent l'hôtel sous l'œil scrutateur du prince.

« Vous avez fait une conquête, dit gaiement sir Philip tandis que Jack les aidait à monter en voiture. Faites en sorte que l'on nous voie », ordonna-t-il au cocher.

Assise droite comme un I au côté de sir Philip, Jane regrettait la protection de son voile. Tant de gens semblaient s'arrêter sur le trottoir pour la dévisager qu'elle en vint à se demander si elle avait une tache de suie sur le nez.

Personne ne lui avait jamais dit combien elle était belle. Depuis son plus jeune âge, on lui avait asséné qu'elle était quelconque et que son rang et sa dot seraient sa seule chance d'attirer un homme. Elle ne put supporter plus longtemps le poids de ces regards.

« Sir Philip, dit-elle au vieux monsieur, qui, les bras croisés, regardait autour de lui avec un air suffisant. Pourquoi me fixe-t-on ainsi ? Ai-je quelque chose sur le visage ?

– N'y prêtez point attention. Les belles femmes attirent les regards. C'est quand on arrêtera de vous dévisager qu'il faudra vous inquiéter. »

Il jeta un coup d'œil à la mine perplexe de Jane et lâcha un gloussement. « Quoi d'étonnant si vous ignorez à quel point vous êtes belle ? Vous passez votre temps à vous morfondre derrière votre voile et à souhaiter être morte à cause du vieux tyran mauvais comme la gale qu'est votre père. »

Une légère rougeur monta aux joues pâles de Jane. Si miss Tonks ou Mr Davy avaient vanté sa beauté, elle ne les aurait pas crus et aurait mis leurs compliments sur le compte de la gentillesse. Mais sir Philip ne mâchait pas ses mots et ses réflexions avaient un accent de vérité. Elle regarda autour d'elle avec une espèce d'émerveillement. Sur le trottoir, un soldat de la garde royale s'arrêta brusquement et, l'observant avec une admiration visible, souleva son couvre-chef. Jane lui adressa un signe de tête poli.

« Allons, l'admonesta sir Philip. Si vous n'avez pas été présentée, ne prêtez pas attention. Où pourrais-je vous emmener pour vous mettre du plomb dans la cervelle ? Descendons vers la Tamise. »

Il cria au cocher de les emmener au pont de Westminster puis, une fois arrivés à destination, intima à Jane de mettre pied à terre et au cocher de les attendre.

Ils s'engagèrent sur le pont et gagnèrent un des balcons en demi-cercle qui surplombaient le fleuve. Londres était recouverte d'un nuage de brume à travers lequel dardait un soleil chaud qui transformait tout en or. En amont, des rangées d'arbres et de maisons grises s'étalaient devant Westminster Hall, la prison de Millbank, récemment édifiée, et les berges plantées de saules. En aval, des tavernes miteuses et les entrepôts de Scotland Yard, les jardins de Northumberland House, le château d'eau conique de York Buildings, Somerset House qui s'élevait au-dessus de l'eau et, pour couronner l'ensemble, le dôme de la cathédrale St Paul, qui dominait les maisons et les flèches des monuments alentour. Ils s'arrêtèrent en silence. En contrebas coulaient les puissants flots verts et gris, traversés de bateaux aux voiles blanches et marron.

« C'est magnifique, dit Jane.

– Oui, c'est assez plaisant quand il fait beau, concéda sir Philip. Ma foi, j'ai une idée ! Allons au salon de thé en plein air de Chelsea, nous profiterons du soleil. »

King's Road offrait un spectacle désolant. Il y fourmillait des soldats blessés qui faisaient le pied de grue devant les tavernes, appuyés sur leurs béquilles, les yeux rendus fous par l'alcool. Mais une fois que sir Philip et Jane furent confortablement installés dans le calme du salon de thé en plein air, la guerre leur parut très éloignée et Napoléon, un monstre oublié.

« Comme c'est agréable ! dit Jane. Je vous suis redevable, à vous comme à vos amis.

– Si vous souhaitez nous remercier, cessez de vous apitoyer sur votre sort de cette façon lamentable », répliqua sir Philip.

Elle fixa des yeux interdits sur lui, puis répondit avec froideur : « Nous ferions peut-être mieux de rentrer.

– Pas avant que j'aie vidé mon sac. » Sir Philip donna un coup de cuillère contre sa tasse. « Vous avez traversé des moments difficiles, j'en conviens, mais la société est peuplée de pauvres gens qui ont été fouettés par leurs parents, enfermés dans la cave et, oui, des jeunes filles ont été forcées d'épouser des hommes qu'elles n'aimaient pas. Ainsi va le monde. Vous manquez de caractère. Morbleu ! Si tout le monde était comme vous, Londres serait jonchée de cadavres. Et ces malheureux soldats ? Y pensez-vous ? Estropiés, mutilés, ils survivent avec une pension de six pence par jour. La vie est un compromis. Vous prenez ce que le bon Dieu vous donne et vous en profitez du mieux que vous pouvez. Regardez-vous ! Vous êtes belle, vous avez un titre, vous êtes convenablement nourrie et joliment vêtue. Songez-y, poursuivit-il d'un ton guilleret, vous devriez avoir honte de vous. »

Jane le fixa sans ciller, les joues empourprées. « Vos paroles méritent réflexion, j'en conviens. » Puis elle détourna les yeux et son regard s'abîma au loin.

Par chance pour elle, l'attention de sir Philip fut happée par les attraits d'une plantureuse serveuse. Il leva son lorgnon et oublia sa compagne.

Jane tâchait de trouver les mots pour expliquer sa tentative d'en finir. Comment décrire la cruelle réalité de son isolement dans la demeure de son père, privée d'une vie normale ? La seule domestique qui lui avait témoigné un peu de gentillesse, sa bonne d'enfants, avait été renvoyée. Sa tante, la sœur du comte, qui résidait chez eux la plupart du temps, faisait comme si sa nièce n'existait pas. La jeunesse de Jane avait été régentée par la cruelle tyrannie de sa gouvernante. Et après s'être enfuie de chez elle, accablée de culpabilité, égarée hors de sa « prison » dans un monde inconnu, elle avait perdu tout espoir.

Une rage ardente la submergea devant cet horrible vieux satyre qui lorgnait les jeunes femmes. « Comment osez-vous, monsieur ! s'écria-t-elle. Comment osez-vous vous moquer de moi ! »

À contrecœur, sir Philip se détourna de l'accorte serveuse. « Loin de moi l'idée de me moquer de vous. Je suis las de vous voir geindre et pleurnicher, c'est tout.

– Avez-vous la moindre idée de ce que sera ma détresse quand mon père me retrouvera ? »

Sir Philip soupira. « Nous n'en sommes pas là que je sache et si cela doit arriver, nul doute que mes amis au cœur tendre livreront bataille pour vous. Entrez-vous cela dans votre jolie cervelle, vous n'êtes plus seule. Réveillez-vous ! Vivez ! Buvez votre thé et laissez-moi me réjouir les yeux avec cette serveuse aux formes avantageuses. »

Jane darda un regard furieux sur lui, mais il semblait l'avoir de nouveau oubliée.

Le soleil brillait toujours et, au bout du jardin, le fleuve scintillait sous ses rayons.

Toute à sa fureur contre sir Philip, Jane se tourna vers les autres clients du salon de thé.

C'est alors qu'un homme de haute taille entra, une majestueuse dame au bras. Extrêmement séduisant, il affichait un petit air fripon, voire débauché. Il avait les cheveux blonds bouclés sous un chapeau haut de forme en castor. Ses vêtements étaient admirablement coupés et ses bottes à la hussarde brillaient comme le soleil. Il avait les épaules larges, la taille fine et la jambe bien tournée. Ses yeux très bleus et ses paupières lourdes donnaient un je-ne-sais-quoi de taquin à son visage expressif.

Sa compagne le traitait avec un dédain froid dont il semblait s'amuser.

La voix de la femme porta jusqu'aux oreilles de Jane, claire et forte. « Est-ce là votre idée du divertissement, *monsieur le comte** ? M'emmener dans un salon de thé des plus ordinaires et m'obliger à voisiner avec le commun des mortels ? »

Les yeux du comte survolèrent paresseusement le jardin et s'écarquillèrent en tombant sur Jane. Celle-ci essaya de regarder ailleurs, comme il convenait, mais se sentit prise au piège de ces yeux bleus. La femme suivit le regard du comte et, avisant Jane, se leva brusquement. « Ramenez-moi, ordonna-t-elle d'un ton sec. Cet endroit est d'un ennui sans nom. »

Docile, le comte l'imita et, ôtant son chapeau avec superbe, s'inclina en direction de Jane. Sa compagne se dirigeait déjà vers la sortie, la tête haute, et le comte lui emboîta le pas, non sans avoir lancé à Jane un regard comique et contrit.

La serveuse de sir Philip disparut dans les cuisines et le vieil homme se tourna vers Jane. Il vit que le rouge lui était monté aux joues et que ses grands yeux pétillaient.

« Vous êtes encore furieuse, dit-il aimablement. Ce n'est pas une mauvaise chose. Les gens en colère n'essaient pas de se ficher en l'air. Rentrons. »

Plus tard ce jour-là, dans une *coffee room* de Pall Mall, le comte de Mornay saluait son ami, Jamie Ferguson.

« Asseyez-vous, *mon ami**, lança-t-il en tirant une chaise avec le pied. Je suis amoureux.

– Encore ? » dit Jamie, tout sourire. Grand et mince, il avait un visage intéressant, pareil au museau d'un renard, les yeux vert clair et les cheveux blond-roux. « Qu'est-il arrivé à Clarissa ?

– Je l'ai emmenée dans un salon de thé en plein air à Chelsea.

– À quoi songiez-vous ? Seuls les meilleurs établissements trouvent grâce aux yeux de Clarissa Vardey. Vous ne pouviez pas aller chez Gunter ou au Parent pauvre ?

– Je savais pertinemment qu'elle n'apprécierait pas, répondit le comte. Depuis quelque temps, je l'emmène dans des endroits moins en vogue, mais je m'attendais à ce que cela ne suffise pas à me débarrasser d'elle. Alors j'ai dégainé mon arme fatale.

– C'est-à-dire ?

– La faillite. Je lui ai raconté que j'avais perdu tout mon argent en Bourse.

– Impossible qu'elle vous ait cru !

– Oh que si, d'autant que j'ai pris soin de lui assurer que, si elle avait récemment essuyé l'affront d'être emmenée dans des lieux aussi communs, c'est parce que je n'avais plus les moyens de m'offrir des établissements plus chics. Et, pour être sûr qu'elle comprenne, j'ai ajouté qu'elle me faciliterait grandement la vie en me rendant le collier en diamants et saphirs que je lui ai offert pour son anniversaire. Elle a pris peur et est retournée auprès de son mari comme une bonne petite épouse.

– Alors pourquoi me parlez-vous d'amour ? demanda Jamie, amusé.

– Au salon de thé, j'ai croisé la créature la plus sublime au monde. Un visage de rêve. Elle était avec un vieillard, son père ou son oncle, sans doute.

– Ou son protecteur, suggéra Jamie, cynique.

– Je n'y crois pas une seconde ! Pas avec cet air virginal. Je dois la retrouver. Elle était vêtue d'une toilette exquise, digne d'une dame. Et jeune. Elle n'a pas vingt ans. »

Jamie rit. « J'ai du mal à croire à une telle passion. Vous ne faites la cour qu'à de respectables femmes mariées de crainte qu'on ne vous mette la corde au cou.

– Il y a quelque chose de très spécial chez elle. *Tiens** !

Quand nos regards se sont croisés, je n'ai pas réussi à la quitter des yeux.

– Quand reverrez-vous cet oiseau rare ? »

Le comte écarta les mains dans un geste de résignation très français. « Qui sait ? Peut-être la retrouverai-je quand la Saison commencera.

– Êtes-vous sûr qu'elle y fera ses débuts ?

– Ses vêtements étaient de la meilleure qualité.

– Elle pourrait être la fille d'un riche commerçant de la City.

– Le vieux gentleman qui l'accompagnait ne venait pas de la City. En fait, je jurerais l'avoir déjà croisé quelque part.

– Toutes les matrones seront stupéfaites de vous voir faire une apparition à la Saison. Elles qui vous courent après depuis des années !

– À trente-deux ans, je ne suis plus tout jeune, certes, mais je ne suis tout de même pas une antiquité. »

Jamie le regarda avec amitié. « Je me demande souvent pourquoi vous ne vous êtes jamais marié.

– J'étais trop occupé à m'amuser et à faire fortune. Quand mes bons à rien de parents, paix à leur âme, ont fui la Terreur, ils n'ont emporté que leurs bijoux. Dès que j'ai été majeur, j'ai joué en Bourse le peu qu'il leur restait, et avec succès, vous le savez. J'ai eu grand plaisir à leur offrir ensuite une vie confortable dans le West End, loin de leur pension sordide de North London. »

Jamie secoua la tête. « Je ne comprends toujours pas comment vous êtes devenu si riche si rapidement. Vous disparaissiez pendant des mois et à votre retour, vous aviez les poches plus remplies que jamais.

– Je suis doué pour les affaires, dit le comte d'une voix traînante. Vous n'êtes pas marié vous non plus, *hein** ? Comment l'expliquez-vous ? »

Jamie poussa un soupir théâtral. « J'ai le cœur brisé, vous le savez. C'était ma première confidence lorsque nous nous sommes liés, il y a cinq ans.

– Oui, bien sûr, miss Fiona des Highlands, qui a choisi un lord écossais de deux fois son âge et une vie dans un château plein de courants d'air. À l'heure qu'il est, mon ami, elle a probablement des engelures partout, les coudes comme des râpes à noix de muscade et le nez rouge à force d'absorber des spiritueux pour se réchauffer.

– Oh, je ne veux pas y penser. Elle descend à Londres pour la Saison avec son mari, lord Dunwilde.

– Et vous comptez vous venger en lui brisant le cœur à votre tour ? C'est toujours ce qui arrive dans les romans d'amour. »

Une rougeur coupable empourpra les joues de Jamie, car c'était exactement ce qu'il rêvait de faire. « Balivernes, dit-il. Je me joindrai à vous durant la Saison et ensemble nous donnerons la chasse à votre belle demoiselle. »

Au Parent pauvre, Harriet, duchesse de Rowcester, contemplait avec plaisir le salon du « personnel ». « Qu'il est plaisant d'être de retour ! s'exclama-t-elle.

– Et qu'il est plaisant de vous voir si en beauté ! lui retourna lady Fortescue. Nous sommes tellement désolés de la mort de votre petite fille. J'ai moi-même perdu tous mes enfants, l'un après l'autre. Mais la vie continue et vous êtes encore jeune et forte. Vous en aurez d'autres.

– N'en parlons plus, s'empressa de répondre Harriet. Quand rencontrerai-je la dénommée lady Jane ?

– Nous nous contentons de l'appeler Jane, Jane North. Jack est parti la chercher. Elle est d'une grande beauté, certes, mais si morne et si triste que vous pourriez juger sans espoir l'idée de la prendre sous votre aile. Comment était-elle aujourd'hui, sir Philip ?

– Moins morne qu'à l'accoutumée, rétorqua celui-ci. Nous sommes allés prendre le thé à Chelsea. Vous auriez vu les serveuses ! Quelles gorges !

– Épargnez les oreilles des dames, de grâce ! protesta le colonel. Nul doute que l'humeur de Jane sera au plus bas, si vous avez passé votre temps à reluquer les serveuses. »

Jack ouvrit la porte et Jane fit son entrée. Elle portait une de ses nouvelles toilettes, une robe de mousseline bleu pâle décolletée, et ses cheveux brillants étaient coiffés à la mode.

La tête haute, elle balaya le salon du regard et s'arrêta sur sir Philip. « J'ai réfléchi à vos critiques, monsieur, lança-t-elle avec des éclairs dans les yeux, et permettez-moi de vous dire que vous n'êtes qu'un vieux crapaud sans cœur. »

Quelle ne fut pas sa surprise d'entendre miss Tonks glousser sans retenue. Le colonel et lady Fortescue ne furent pas en reste et éclatèrent de rire, tout comme Mr Davy. Quant à sir Philip, il affichait un rictus malveillant.

Le colonel donna une tape sur l'épaule du vieil homme. « Vous avez réussi, Philip. Elle a repris vie.

– Assez ! Assez ! dit lady Fortescue. Jane, ma chère, approchez-vous et faites la révérence à Sa Grâce, Harriet, duchesse de Rowcester. »

Déroutée par les réactions qu'avait suscitées sa remarque acerbe, Jane avisa la silhouette superbe et élégante de la duchesse et plongea dans une profonde révérence. « Je vous prie humblement de m'excuser, Votre Grâce, j'ignorais qu'une invitée était présente.

– Je vous en prie, appelez-moi Harriet, et je vous appellerai Jane. Nous passerons sans doute beaucoup de temps en compagnie l'une de l'autre pendant la Saison.

– La Saison, Votre… Harriet ?

– Miss Tonks ne vous en a rien dit ? Je me charge de

votre entrée dans le monde. Que de réjouissances en perspective !

– Des réjouissances ? » répéta Jane avant de se laisser tomber sur une chaise et d'éclater en sanglots. Soudain submergée par le chagrin que lui causaient la perte de son enfant et l'absence de son mari, Harriet l'imita.

Sir Philip gagna la porte d'un pas furieux. « Si c'est ce que vous appelez des réjouissances, alors moi je m'en vais au Limmer noyer mon chagrin ! »

3

> « Il suffit de chanceler pour être en vogue, comme c'est charmant. »
>
> Horace Walpole

Le lendemain, Jane n'osait toujours pas croire qu'elle allait faire son entrée dans le monde. Non qu'on lui ait demandé son avis, car Harriet semblait considérer que la question était réglée, sans avoir manifesté le moindre étonnement à l'idée de chaperonner une usurpatrice. Elle avait sans doute vécu toutes sortes d'aventures lorsqu'elle travaillait au Parent pauvre et l'inhabituel était devenu son quotidien.

Jane faisait ses malles, car l'attelage de la duchesse devait arriver une heure plus tard pour l'emmener à sa demeure londonienne, située dans Park Lane.

Elle s'approcha de la fenêtre, l'ouvrit et se pencha dehors. En ce début d'après-midi, les célèbres muscadins de Bond Street commençaient tout juste à se pavaner. Un gentleman avec un pied bot se dirigeait vers le Gentleman Jackson's Boxing Saloon. Jane sentit son intérêt s'éveiller. Pouvait-il s'agir du fameux lord Byron ? Il était de notoriété publique que le poète, comme tout gentleman de bon goût, prenait des leçons de boxe, un art jugé incontournable si l'on voulait être à la mode. On racontait que Thomas Assheton Smith, alors maître d'équipage du Quorn, avait affronté un charbonnier de plus d'un mètre quatre-vingts dans Leicester Street ; au terme du combat, il avait appliqué un steak cru sur ses yeux au beurre noir et envoyé au vaincu un billet de cinq livres pour le récompenser d'avoir été son meilleur adversaire en date. En débarquant à Douvres, certains voyageurs avaient quant à eux été stupéfaits de voir un lord du Trésor, à qui les douaniers avaient retiré sa boîte ministérielle, user de ses poings pour la récupérer. Le caractère, cette qualité dont sir Philip jugeait Jane singulièrement dépourvue, était décidément très prisé sous la Régence anglaise.

Après que l'homme au pied bot eut disparu, l'attention de Jane fut attirée par trois gandins qui déambulaient bras dessus, bras dessous sur le trottoir, indifférents aux passants que leur imposant aréopage poussait dans le caniveau. Silhouettes majestueuses, ils portaient des chapeaux lustrés à large bord, des cravates amidonnées d'un blanc immaculé si serrées et si hautes qu'ils étaient bien en peine de regarder leurs pieds ou de tourner la tête, des manteaux à la coupe raffinée portés grands ouverts pour laisser voir leurs gilets, de gauche à droite, chamois, jaune et rose. Et puis il y avait leurs culottes, très ajustées, que l'on appelait des « inexpressibles » et qui montaient jusqu'à leur taille de guêpe ; leurs gourmettes, chaînes, bijoux et gants impeccables ; la badine d'aubépine qui évoquait les terres dont ils tiraient leurs revenus ; et leurs bottes merveilleusement coupées qui brillaient comme du verre noir.

Une calèche déposa une élégante devant la boutique de parfumerie qui se trouvait de l'autre côté de la rue. La mode des robes Empire, à la taille très haute, donnait l'impression qu'elle marchait sur la pointe des pieds. Elle leva les yeux vers l'hôtel et, reculant pour ne pas être vue, Jane nota que son visage affichait une expression étrange, à mi-chemin entre la vacuité et l'outrecuidance. Elle apprendrait bientôt qu'il s'agissait du *London look*.

Ses pensées se bousculaient dans sa tête. Elle peinait à se croire, pour le moment en tout cas, à l'abri de ses persécuteurs. Il lui faudrait se montrer très courageuse et profiter de chaque journée autant qu'elle le pourrait : tôt ou tard, son père viendrait la chercher, flanqué de la terrible miss Stamp. Jane frissonna à la pensée des punitions épouvantables que cette femme se ferait un plaisir de lui infliger.

Le carillon de l'horloge la tira brusquement de ses rêveries : elle ne devait plus tarder à boucler ses malles.

John, l'un des deux domestiques attitrés des propriétaires de l'hôtel, descendit au rez-de-chaussée ses effets, qui comptaient désormais les toilettes que lady Fortescue avait commandées pour elle. Si seulement miss Tonks m'accompagnait, pensa Jane, qui se demandait quelle femme était réellement Harriet.

« J'ai décidé de préparer le terrain, déclara Harriet. Pour cela, nous allons faire des visites. En tant que duchesse de Rowcester, je suis la bienvenue partout, ce qui continue de me surprendre car, du temps où j'étais cuisinière, même la famille d'un commerçant de la City ne m'aurait pas reçue. »

Jane admira le beau visage paisible de la duchesse, la somptuosité de ses bijoux et l'élégance de sa toilette et dit : « Je ne peux vous imaginer travaillant dans une cuisine. »

Harriet rit. « J'étais très douée, mais je dois admettre que j'ai été soulagée quand sir Philip a trouvé un chef pour me remplacer.

– Vous êtes si bonne, continua Jane. Je… je ne mérite pas tant de gentillesse. J'ai tenté de mettre fin à mes jours.

– Eh bien, je suis sûre qu'à l'époque, vous ne voyiez pas d'autre issue.

– Cela doit vous sembler très étrange à vous, qui avez tant de courage, que l'on puisse faire preuve d'une telle lâcheté. »

Les yeux verts de Harriet s'emplirent soudain de larmes et elle détourna la tête.

Jane se précipita vers elle et s'agenouilla à ses pieds, lui prenant les mains. « Qu'y a-t-il ? Ne pleurez pas. »

Harriet sortit un mouchoir et se sécha les yeux. « Ma fille a été emportée par la typhoïde. J'ai été éperdue de douleur et je la pleure encore, alors oui, je sais ce que c'est que de vouloir se donner la mort.

– Et le duc, votre mari ? demanda Jane. N'est-il point à vos côtés ?

– Il est en Italie pour un enterrement. Ce… ce drame nous a séparés et tout est ma faute. Quand Emily est morte, j'ai eu le sentiment de me vider de tout l'amour, de tout le dévouement, de toute l'affection que j'avais en moi. Oh mon Dieu, ma pauvre Jane, et moi qui suis censée vous égayer ! Je ne sais pas ce qui m'arrive. »

Mais l'inquiétude aiguë que Jane ressentit soudain pour son hôtesse lui fit momentanément oublier ses propres tourments. « S'il vous est trop pénible de prendre part à la Saison, dit-elle, nous pourrions nous arranger pour passer un moment plaisant mais tranquille, et parler souvent de votre pauvre Emily. C'est important d'avoir quelqu'un à qui s'ouvrir. » Elle soupira. « Je n'ai jamais eu de confidente, voyez-vous, et c'est peut-être ce qui a donné une ampleur démesurée à mon chagrin. »

Harriet sourit. « Allons, levez-vous, vous allez avoir des crampes à rester ainsi agenouillée à mes pieds. Non, quelques bals et réceptions me changeront les idées. Nous allons rendre visite à Mrs Haggard, une amie de mon mari, qui est très à la mode. Elle a une fille à marier, Frances, elle connaîtra donc tous les beaux partis. Comment sont vos aquarelles ? Vous devrez montrer quelques-unes de vos œuvres aux gentlemen qui vous rendront visite.

– Je crois qu'elles sont convenables. La peinture, les livres et la musique étaient ma seule échappatoire.

– Pianoforte ?

– Là aussi, assez bon, je pense.

– Et votre voix ? Comment chantez-vous ?

– Pas bien du tout, je le crains.

– Savez-vous recevoir et divertir les gentlemen ?

– J'ai acquis cette expérience auprès des invités de mon père, oui.

– Mes amis m'ont expliqué que vous prétendiez habiter avec votre vieille bonne et que vous lui aviez envoyé de l'argent et des lettres à faire parvenir à votre père.

– Oui, vos amis se sont montrés bons avec moi. Je dois trouver comment les remercier de leur générosité. Mes nouvelles toilettes ont coûté tellement cher, j'en suis gênée.

– Vous n'ignoriez sans doute pas le coût élevé de la confection de robes ? »

Jane secoua la tête. « Chez mon père, une couturière venait de la ville voisine pour prendre mes mesures. Une fois les robes confectionnées, les factures étaient directement envoyées à mon père.

– Peu importe, dit Harriet. Il y aura toujours moyen de rembourser les parents pauvres !

– Pauvres, les propriétaires de l'hôtel ? Pourtant ils semblent riches.

– Cela n'a pas toujours été le cas. Ils ont vécu toutes sortes d'aventures, je peux vous l'assurer. Depuis mon mariage, miss Tonks et lady Fortescue me tiennent informée de tout ce qui se passe. Allons, il est temps de vous changer et de vous mettre à votre avantage. »

Jane gagna pensivement sa chambre. Une domestique l'y attendait, qui se présenta sous le nom de Mary. « Vous êtes la femme de chambre de Sa Grâce ? l'interrogea Jane. Peut-être devriez-vous vous occuper de votre maîtresse en premier ? »

Mary fit une révérence. « Je m'occuperai de vous, si cela vous convient, miss North. J'ai été élevée au rang de femme de chambre aujourd'hui même, j'étais l'une des bonnes et je ne suis pas aussi expérimentée que les autres, mais je suis désireuse d'apprendre. »

Jane se soumit aux bons soins de la domestique, le cerveau en ébullition. Tant de choses bouleversantes lui arrivaient. Elle rougit au souvenir de sa fureur contre sir Philip. Tout ce qu'il avait dit était vrai. Comme elle s'était montrée égoïste ! Et maintenant, Harriet était à ses côtés, et malgré son immense peine, elle donnait de son temps et de son argent pour présenter une usurpatrice dans le grand monde. En vérité, ce n'étaient pas les critiques de sir Philip qui avaient ramené Jane à la vie, mais sa profonde inquiétude pour son hôtesse. Engoncée toute sa courte vie dans son propre malheur, Jane n'avait jamais vu plus loin que son monde confiné, ignorant la détresse des autres.

Elle prit la résolution de faire de son mieux pour satisfaire Mrs Haggard. Elle ne pouvait qu'espérer que cette femme l'apprécierait.

Mais, lorsqu'elle entra dans le salon et fit sa révérence, son cœur se serra. Les yeux froids et légèrement globuleux de Mrs Haggard la détaillèrent des pieds à la tête. Puis elle émit un reniflement dédaigneux avant de se détourner pour présenter sa fille, Frances, une jeune demoiselle dotée d'une tignasse de cheveux bruns frisottés, d'un nez retroussé et d'une grande bouche. Il y avait quatre autres matrones dans le salon. Harriet fit avancer Jane et la présenta aux autres invitées. Des yeux durs fixèrent son beau visage. Une des femmes ne lui présenta que deux doigts à serrer.

« Venez voir mes croquis », l'invita Frances.

Jane la suivit docilement à l'autre bout de la longue pièce sombre, laissant Harriet, les matrones et Mrs Haggard dans un petit îlot formé de chaises et d'une table près de la cheminée.

Son désir de complaire à Harriet encouragea Jane à demander à voix basse : « Ai-je fait quelque chose de mal, miss Haggard ? Je semble être le sujet d'une intense désapprobation.

– Bien sûr, dit Frances. Pas besoin de regarder ces vieux dessins ennuyeux, je voulais simplement discuter avec vous. Vous êtes belle, ce qui fait de vous une concurrente. Toutes ces mères ont des filles à placer. D'un moment à l'autre, maman sortira la liste des beaux partis de la Saison et les autres prendront des notes et sauront à qui envoyer des invitations. Ma foi, vous avez l'air plutôt intelligente. L'êtes-vous ? »

Et Jane, qui ne pouvait oublier l'abject manque de gratitude dont elle jugeait avoir fait preuve envers ses bienfaiteurs qu'elle ne s'était guère souciée de remercier après avoir été sauvée de la mort, répondit : « Je me pense plutôt stupide.

– Eh bien, voilà une preuve d'intelligence. Seules les personnes fort subtiles peuvent se permettre de dire qu'elles sont stupides. J'ai besoin de votre aide.

– Comment cela, miss Haggard ?

– Appelez-moi Frances, nous allons être bonnes amies.

– Vraiment ? » Jane était mi-amusée, mi-déconcertée.

« Bien sûr que oui. Il faut unir nos forces. J'ai élaboré un stratagème. À la minute où je vous ai vue, j'ai songé : si je deviens son amie et que je la suis comme son ombre dans les bals et les réceptions, elle attirera les prétendants et, comme elle ne pourra pas danser avec eux tous, ils seront bien obligés – par politesse, vous comprenez ? – de se rabattre sur moi.

– Vos remarques sont très flatteuses, Frances, mais je ne me considère pas comme belle.

– Oh, mais vous l'êtes. Néanmoins, montrer un peu plus d'entrain ne vous nuirait point. Il est certes à la mode de ne laisser paraître aucune émotion, mais les jeunes filles pleines de gaieté sont jugées séduisantes. C'est le genre de choses que je remarque, vous comprenez ? et je les couche sur le papier. Ensuite, j'étudie mes notes, comme un élève le fait avec les enseignements de son professeur.

– Toutes les jeunes filles se donnent-elles autant de peine ? s'enquit Jane.

– Frances, de quoi parlez-vous ? » lança Mrs Haggard.

Frances ouvrit d'un geste brusque son carton à dessins. « Miss North me donne quelques conseils pour améliorer ma technique en appliquant un badigeon sur le papier, maman.

– Très bien. » Mrs Haggard se tourna de nouveau vers ses invitées.

« Non, je pense que non, dit Frances, s'adressant de nouveau à Jane. En tout cas, je l'espère, parce que, alors j'aurai l'avantage, vous comprenez ? J'ai déjà choisi mon prétendant. Je l'ai vu traverser le parc en voiture et j'ai demandé à maman de qui il s'agissait. Elle m'a dit qu'il s'appelait Mr Jamie Ferguson et qu'il n'était pas du tout convenable.

– Pourquoi cela ?

– D'après la rumeur, il est amoureux d'une Écossaise, une certaine lady Dunwilde, et il est très ami avec le *comte de Mornay**, un gentleman tapageur, qui brise des cœurs et parvient toujours à échapper au mariage. J'ai fait son portrait. Regardez, je l'ai caché entre ce cottage assommant et cet arbre triste à mourir. »

Le visage plutôt rusé et sensuel d'un gentleman s'offrit à Jane.

« Vous êtes vraiment très douée, dit celle-ci.

– N'est-ce pas ? Mais maman l'ignore. Les femmes ne doivent montrer aucun talent artistique. Elles sont censées se borner à griffonner de jolis dessins. Donc celui-ci, c'est Mr Ferguson. Vous devez le charmer, l'attirer à vos côtés, puis l'éconduire de la plus horrible manière afin qu'il cherche consolation auprès de moi. En général, il est avec le comte français que voici. »

Elle sortit un autre portrait. Il s'agissait de l'homme que Jane avait vu au salon de thé en plein air. « Vous ne semblez pas l'apprécier ? » demanda-t-elle à Frances, car le visage séduisant du comte affichait une mine sinistre.

« Non, vous avez raison. Comment Mr Ferguson peut-il imaginer se marier avec un tel individu dans les parages ? » Frances baissa encore la voix et se pencha jusqu'à ce que ses cheveux frisottés chatouillent la joue de Jane. « Vous m'aiderez, n'est-ce pas ? »

Jane éclata de rire, ce qui n'échappa point à Harriet, assise à l'autre bout de la pièce. Elle sourit. Voilà une petite victoire qu'elle rapporterait à ses amis du Parent pauvre.

« Vous êtes sentimentale. Vous avez écrit une pièce de théâtre dans laquelle j'attire ce Mr Ferguson, je le fais tomber amoureux de moi, puis je le repousse pour qu'il se tourne vers vous. Ai-je bien compris ?

– Oui, c'est cela. Cette idée me paraît très sensée.

– Vous surestimez ma beauté, je le crains. Peut-être devrions-nous nous contenter de nouer une amitié, puis voir ce qui arrivera quand la Saison commencera. »

Frances ouvrit tout grand ses yeux marron. « Sottises ! Il faut cueillir l'instant présent, Jane. Nous devons talonner Mr Ferguson avant même le début de la Saison. Maman a pioché pour moi un certain Mr Thompson dans sa liste de prétendants convenables, il n'a que dix-neuf ans et des boutons.

– Et comment deux jeunes filles pourraient-elles pourchasser un gentleman ? Il nous est impossible d'aller dans une *coffee room* et encore moins à son club.

– J'ai découvert son adresse. Il occupe un meublé dans Curzon Street. Nous pourrions prendre une calèche, rien de plus convenable, vous comprenez ? et aller voir les boutiques. Si nous le croisons, je m'évanouirai, et vous solliciterez son aide.

– Voilà une idée bien audacieuse, Frances. Je me sentirais très embarrassée.

– Vraiment ? M'accompagnerez-vous néanmoins demain à trois heures ?

– Oui, cela me plairait. À moins que Sa Grâce n'ait d'autres projets, bien sûr. »

« Cette visite a porté ses fruits, dit Harriet dans la calèche qui les ramenait. Mrs Haggard a prévu de vous convier à la présentation de sa fille et deux des autres femmes nous enverront des invitations pour plusieurs réceptions.

– Je doute que Mrs Haggard m'apprécie.

– C'est évident, répondit Harriet. Tout comme les autres mères, d'ailleurs. Elles ont des filles à marier, comment pourraient-elles vous apprécier ? Vous allez leur faire de l'ombre. Je leur ai dit sans ambages qu'exclure une beauté qui attirerait à coup sûr les prétendants serait pure folie et elles ont fini par en convenir.

– Comme tout cela est impitoyable, soupira Jane avec mélancolie. Ce n'est pas du tout comme dans les livres.

– Allons, vous n'aimeriez pas que la vie soit comme dans les livres, plus précisément, comme dans les romans à l'eau de rose. Si c'était le cas, vous passeriez votre temps à être hantée par des spectres sans tête et enlevée par des comtes étrangers qui vous emmèneraient dans leurs châteaux italiens. Vous semblez avoir noué des liens d'amitié avec Frances Haggard.

– Je l'aime bien. » Jane se demanda si elle devait confier à Harriet les idées folles de sa nouvelle amie. Elle se contenta de dire : « Elle souhaite que nous allions nous promener demain à trois heures.

– Je n'ai rien prévu pour vous. Voulez-vous l'attelage ?

– Non, je vous remercie ; quand nous sommes parties, Frances m'a dit qu'elle viendrait me chercher.

– Dans ce cas, dès que nous serons rentrées, envoyez un valet de pied avec un billet l'informant que vous avez la permission de l'accompagner. De mon côté, je rendrai visite à mes amis du Parent pauvre. Ils mènent une vie si paisible désormais. Plus de complots, plus d'intrigues ni de contrariétés. Quel soulagement ! »

À l'hôtel, Mr Davy, dont le travail, outre la collecte des sommes dues, consistait à surveiller la bonne marche du salon de café, était rarement à son poste depuis qu'un excellent gérant engagé par sir Philip, un dénommé Jobson, veillait au grain. Cet après-midi-là, Mr Davy avait donc décidé d'emmener miss Tonks faire une promenade en calèche et ce fut par conséquent à sir Philip que l'on apprit que Jobson avait demandé l'autorisation de s'absenter pour assister aux funérailles de sa tante.

« Envoyez chercher Davy, dit-il à Jack, le valet de pied, qui lui avait annoncé la nouvelle.

– Mr Davy, monsieur, est parti se promener avec miss Tonks.

– Maudit saltimbanque ! gronda sir Philip. Il faut que je m'occupe de tout ici. »

C'est d'une humeur de dogue qu'il descendit au salon de café. Pour ne rien arranger, il était éreinté. Il avait passé la moitié de la nuit à s'enivrer au Limmer, sa vieille tête l'élançait et ses yeux lui brûlaient.

Dans le salon de café, John, un des serveurs, le prit à part. « Nous avons un gentleman, monsieur, qui regarde les dames avec insistance et se comporte de manière offensante. Il accompagne, je crois, un étranger.

– Sortons, j'ai un mot à vous dire, répondit sir Philip. Je m'occuperai d'eux après. »

Une fois dans le vestibule, sous l'imposant lustre qu'il avait extorqué à son neveu, sir Philip demanda avec irritation : « Davy a-t-il seulement mis le nez dans le salon de café aujourd'hui ?

– Non, sir Philip, répondit John. Mais d'ordinaire, Mr Jobson est toujours à son poste. C'est la première fois qu'il s'absente.

– Ce n'est pas une excuse, le coupa sir Philip. Il est du devoir de Mr Davy de s'assurer que tout se passe bien avant d'aller traîner ses guêtres je ne sais où comme le gentleman qu'il n'est pas. Allons, je ferais mieux de me débarrasser moi-même des fauteurs de troubles. »

S'il y avait bien une chose que sir Philip détestait, c'était les muscadins de Bond Street, cette engeance au verbe haut et à la voix traînante qui insultait les serveurs, reluquait les dames et se plaignait à tout bout de champ.

« Il faut que je descende à l'office chercher des gâteaux », se hâta de dire le serveur, avant de prendre ses jambes à son cou.

Hélas, pendant le bref instant qu'avait duré sa conversation avec sir Philip, ni l'un ni l'autre n'avait remarqué que les tapageurs avaient pris congé, aussitôt remplacés par Mr Jamie Ferguson et son ami, le comte de Mornay.

« Ainsi, voilà le fameux hôtel du Parent pauvre, dit le comte en promenant le regard autour de lui. C'est fort aimable à vous de me divertir, Jamie. J'ignore pourquoi je ne suis pas venu ici plus tôt. Savez-vous qu'on appelle cet endroit la bourse au mariage ? Selon certains facétieux, tout homme assez audacieux pour en franchir le seuil finira fiancé à l'une des domestiques !

– Je ne vois point de beauté éblouissante en ces lieux, remarqua Jamie, jetant un coup d'œil alentour. Il n'y a guère que des matrones. Et un vieux bonhomme à la mine affreuse et à la perruque impossible qui s'approche de nous en montrant ses fausses dents. »

Sir Philip s'arrêta à leur table.

« Je vous prierai de vous en aller », dit-il.

Le comte se rencogna sur sa chaise et fixa sir Philip du regard.

« Pourquoi ?

– Les dames ici présentes trouvent vos manières offensantes et moi aussi.

– Espèce de vieux fou, lâcha le comte d'une voix aimable, retournez à Bedlam[1] avant que je demande à l'un des hôteliers de vous jeter dehors.

– Sachez, rétorqua sir Philip furieux, que je suis sir Philip Sommerville, propriétaire de cet hôtel. Sortez. »

Le comte eut un sourire désinvolte. « Non.

– Si ! hurla sir Philip. Je suis fatigué des butors de votre espèce, monsieur. Cet établissement n'admet point les manières grossières.

– Bien au contraire, à ce qu'il me semble, rétorqua gaiement le comte, et vous en êtes la preuve vivante. »

Dans un mouvement d'humeur, sir Philip cracha sur la table et ses fausses dents prirent leur envol pour atterrir en étincelant sur la nappe, entre le comte et Jamie, tous deux stupéfaits.

Fulminant de rage, sir Philip attrapa le râtelier, se le

1. Célèbre asile psychiatrique londonien.

fourra dans la bouche et sortit en trombe. « À l'aide ! À l'aide ! » cria-t-il dans le vestibule. Les domestiques accoururent. De retour de l'office, le serveur, John, apparut avec un plateau chargé de gâteaux.

Lady Fortescue et le colonel émergèrent du bureau. « Sir Philip, que se passe-t-il ? »

Le vieux monsieur se lança dans une diatribe incohérente qui mêlait la perfidie de Mr Davy et la malveillance pure du duo du salon de café, concluant dans un cri perçant : « Appelez les hommes du guet ! Appelez la milice ! »

Mais John, qui avait posé son plateau sur une desserte à côté de la porte, jeta un rapide coup d'œil dans la pièce et revint en criant : « Ils sont partis ! »

Sir Philip s'approcha à grands pas et jeta un regard furieux. « Non, ils sont encore là !

– Ce n'est pas eux, monsieur. Il s'agissait d'une espèce de rustre accompagné d'un Allemand. »

Sir Philip se cramponna à sa perruque et poussa un grognement.

« Vous feriez mieux de vous sauver, dit lady Fortescue. Laissez-nous faire, le colonel et moi. Vous avez manifestement commis une erreur stupide. Ouste, déguerpissez. Allez vous étendre dans votre chambre, vous avez une mine épouvantable. »

« Quoi encore ? lâcha le comte lorsqu'il vit la silhouette majestueuse de lady Fortescue s'approcher, au bras du colonel Sandhurst. On dirait bien que le vieux nabot a envoyé un couple tout aussi décrépit que lui pour nous malmener. »

Lady Fortescue fit une révérence et le colonel s'inclina. « Nous vous prions d'excuser notre associé, sir Philip Sommerville, commença la vieille dame. Je suis lady Fortescue et voici le colonel Sandhurst. »

Jamie et le comte se levèrent et s'inclinèrent à leur tour.

« Je vous en prie, messieurs, asseyez-vous », dit lady Fortescue. Le colonel tira une chaise et elle prit place face aux deux jeunes hommes, puis le colonel s'assit à son tour.

Le comte se présenta et présenta son ami, ce qui nécessita que tout le monde se remette debout, les messieurs s'inclinant encore une fois et lady Fortescue faisant une révérence.

« *Monsieur le comte**, déclara lady Fortescue, vous et Mr Ferguson avez été victimes d'un déplorable malentendu. Les muscadins aux manières grossières sont un véritable fléau. Sir Philip a été informé qu'il y en avait un qui sévissait ici même en compagnie d'un étranger. Le temps qu'il arrive pour chasser les importuns, ils étaient partis et vous aviez pris leur place. Nous ne pouvons que vous présenter nos plus sincères excuses et vous assurer qu'une telle erreur ne se reproduira pas.

– Excuses acceptées, dit le comte. Me permettez-vous d'ajouter, lady Fortescue, que peut-être, à l'avenir, c'est vous qui devriez vous occuper des éventuels fauteurs de troubles, car la dignité de votre présence et la majesté de votre contenance suffiraient à triompher du rustre le plus endurci. »

Lady Fortescue s'inclina et, un instant, le fantôme de la jeune beauté charmeuse qu'elle avait jadis été apparut sous les rides et la couche de fard. La manière dont le colonel se renfrogna quand il surprit ce regard n'échappa point à Jamie.

Lady Fortescue se retourna et fit signe au serveur, qui se précipita vers eux. « Du café et des gâteaux pour ces messieurs, John, dit-elle avec hauteur. Vous ne leur présenterez pas la note. Leur divertissement est notre plaisir. »

John s'éloigna rapidement et lady Fortescue sourit au comte. « Vous avez dû entendre dire que notre cuisine est excellente. Venez donc souper le jour qui vous siéra, en tant qu'invités, cela va de soi.

– Vous êtes trop aimable, madame, répondit Jamie. Tout Londres s'extasie sur la façon dont vous et vos compagnons avez réussi dans les affaires.

– La chance nous a souri », acquiesça le colonel. Il poussa un petit soupir. « Après cette Saison, nous pourrons vendre et reprendre la place qui nous échoit au sein de la société. » Il prit la main de lady Fortescue. « Ma chère amie et moi prévoyons de nous établir.

– Félicitations, monsieur. » Le comte fut touché par la vision d'un tel attachement chez un vieillard, mais lady Fortescue, elle, semblait loin de s'en amuser. Elle retira vivement sa main et lança d'un ton sec : « Rien n'est encore arrêté. »

Devant l'air de chien battu du colonel, le comte enchaîna rapidement : « C'est très gentil à vous, Mr Ferguson et moi serions ravis d'être vos hôtes un de ces soirs. »

Les lèvres peintes de rouge de lady Fortescue s'entrouvrirent en un sourire. « Voilà votre café. Nous vous laissons maintenant. Encore une fois, nous sommes navrés. »

À nouveau, le comte et Jamie se levèrent et s'inclinèrent. « N'y pensez plus, chère madame, dit Jamie. Tout est pardonné. »

Mais sir Philip Sommerville, qui observait la scène depuis le seuil, n'avait aucune intention de jamais pardonner son insolence à ce comte.

Le lendemain, Frances et Jane sortirent en calèche, accompagnées d'un valet de pied. C'était une belle journée et Jane appréciait la compagnie de Frances tandis qu'elles visitaient différentes boutiques, dans Pall Mall d'abord, puis Oxford Street. Jane se prenait tout juste à espérer que sa nouvelle amie avait abandonné sa folle idée de traquer Mr Ferguson quand, à sa grande consternation, elle s'aperçut que l'attelage s'engageait dans Curzon Street.

« Il y a un excellent parfumeur par ici, dit Frances avec désinvolture. J'ai très envie d'acheter un flacon de parfum. » Elle cria au cocher de les laisser descendre.

Elles étaient sur le point d'entrer dans la boutique, quand les événements se précipitèrent. Frances aperçut Jamie et le comte qui se promenaient bras dessus, bras dessous. Au même moment, sir Philip sortit de la parfumerie et s'immobilisa. Il avait immédiatement reconnu Jane.

« Le voilà », entendit-il Frances murmurer. La voyant porter la main à son front et chanceler, il reconnut les signes d'une jeune femme s'apprêtant à feindre un malaise afin d'obliger le gentleman qu'elle convoite à voler à son secours.

Il aurait laissé la comédie aller à son terme s'il n'avait également reconnu le comte et Jamie.

Il fit un pas en avant, prenant de vitesse les deux gentlemen. Frances vacilla d'une manière tout artistique. Avec un air de jubilation diabolique, sir Philip se précipita et la prit dans ses bras.

« Sir Philip ! s'écria Jane, rouge d'embarras.

– Pouvons-nous vous aider ? » s'enquit le comte.

Frances ouvrit les yeux et se trouva nez à nez avec la tête de tortue de sir Philip Sommerville, étouffa un cri de surprise et tenta de se débattre, mais le vieillard la retint d'une poigne étonnamment ferme.

« Il n'y a rien que vous puissiez faire, messieurs, dit-il. Cette malheureuse jeune demoiselle a des vapeurs et doit être raccompagnée chez elle au plus vite. » Puis, au valet de pied : « Hé, vous, aidez-moi à porter votre maîtresse jusqu'à sa calèche. »

Fulminant en son for intérieur, Frances se laissa hisser tel un paquet de chiffons dans la voiture. Sir Philip lui lança un regard narquois. « À l'évidence, vous êtes souffrante, il vaudrait mieux garder la chambre. Si je n'avais pas assisté à la scène, vous auriez pu échouer dans les bras d'un charlatan ou d'un vulgaire bateleur. »

« Quel vieil épouvantail, dit de son côté le comte. Venez, Jamie. »

Les deux amis s'éloignèrent d'un pas nonchalant. Jane ordonna sèchement au cocher de se mettre en route. Sir Philip ôta son chapeau d'un grand geste et fit une révérence goguenarde.

« Qui est ce vieux crapaud ? demanda Frances en s'éventant avec vigueur. Il semblait vous connaître.

– C'est l'un des propriétaires de l'hôtel du Parent pauvre et un ami de la duchesse de Rowcester.

– Pourquoi a-t-il fallu qu'il se trouve là à ce moment précis ? gémit Frances.

– Eh bien, chère Frances, peut-être est-ce aussi bien. Je me souviens d'une dame de qualité rencontrée lors d'un bal chez moi selon laquelle les gentlemen londoniens sont accoutumés à ce que les dames se foulent la cheville devant leur demeure ou s'évanouissent afin d'attirer leur attention.

– Pourquoi ne pas m'avoir prévenue ?

– Cela me revient seulement maintenant, répondit Jane d'un air contrit. Frances, il serait plus raisonnable d'attendre la Saison, vous aurez l'occasion de le rencontrer dans les formes.

– D'ici là, il n'aura d'yeux que pour cette Écossaise dont il s'est paraît-il énamouré. J'ai besoin d'une glace de chez Gunter pour me réconforter. Cocher ! Berkeley Square, je vous prie. »

« Elles entrent chez Gunter, remarqua Jamie. Pourquoi avoir décidé de les suivre ?

– Je veux faire la connaissance de cette beauté », dit le comte.

Les rues étaient si encombrées qu'ils avaient pu suivre la calèche d'un pas tranquille.

« Écoutez mon conseil, dit Jamie avec gravité, et attendez la Saison. Lorsqu'elles ne respectent pas les convenances, les rencontres ne mènent à rien. Et puis, la friponne qui accompagnait votre beauté a mis en scène sa pâmoison. Peut-être sir Philip possède-t-il pour les jeunes demoiselles des attraits dont nous sommes dépourvus.

– Peut-être était-ce nous, la cible, souligna le comte.

– Ce serait étonnant, elles ne nous connaissent pas.

– Je suis malgré tout décidé à aller chez Gunter, trancha le comte. *En avant** ! »

4

« Sous les arbres, à l'abri du soleil, elle se prélasse à sa guise,
Tandis qu'à deux pas, GUNTER vend ses gourmandises.
Une fois, elle envoie son valet, deux fois, elle envoie son valet,
Chaque fois, il lui rapporte la glace tant désirée. »

ANONYME

C'est en 1757 que le pâtissier italien Domenico Negri créa l'enseigne du *Pot and Pineapple* à Berkeley Square, où il fabriquait et vendait « toutes sortes de douceurs et de confiseries anglaises, françaises et italiennes, ainsi que des écorces de cédrat et de bergamote confites et des divolini de Naples ». En 1777, il s'associa à James Gunter qui, en 1799, devint seul propriétaire de la boutique, sise à l'est du square, au numéro sept, à quatre portes de ce qui avait été la demeure d'Horace Walpole. Les glaces de Gunter étaient célèbres et leur recette tenue secrète. L'été, quand il faisait chaud, l'usage voulait que les dames du beau monde s'étendent dans leur calèche de l'autre côté de Berkeley Square, tandis que les serveurs faisaient des allers et retours avec des plateaux chargés de glaces. C'était également le seul endroit de Londres, avant la création du salon de café du Parent pauvre, où un homme de bien pouvait être vu seul en compagnie d'une dame l'après-midi.

« Que faire maintenant ? interrogea Jamie. Nous pouvons difficilement entrer à leur suite et nous installer à leur table sans autre forme de procès.

– C'est elle, dit le comte, l'air songeur. La jeune fille que j'ai vue dans les jardins de Chelsea.

– Elle est très belle, je vous l'accorde, mais un peu éteinte. Fort bien, il nous reste à espérer que, cette fois, sir Philip ne se mettra pas en travers de notre chemin. »

Frances pressait Jane de goûter la glace à la groseille blanche quand elle la vit regarder par-dessus son épaule, se détourner, rougir, puis se tourner de nouveau vers elle.

« Je vous en prie, Frances, ne soyez pas trop effrontée », l'avertit Jane, qui voulait s'éviter tout embarras.

Le serveur arriva, elles commandèrent deux glaces à la groseille blanche et soudain, à son grand désarroi, Jane trouva le comte à son côté, s'inclinant avec une parfaite élégance. « Pardonnez-moi, dit-il, mais j'ai le sentiment que nous nous connaissons. Je suis le *comte de Mornay** et voici mon ami, Mr James Ferguson.

– Je crains que nous ne nous soyons jamais rencontrés ni n'ayons été présentés, répondit Jane.

– En revanche, moi, j'ai entendu parler de vous, Mr Ferguson », coupa Frances en lançant un regard pétillant au jeune homme.

Jamie rit. « Rien de malséant, je l'espère. À qui ai-je l'honneur ?

– Miss Frances Haggard. » Frances lui tendit une main que Jamie baisa galamment. « Et voici mon amie, miss Jane North. »

Les deux gentlemen s'inclinèrent. « Nous permettez-vous de nous joindre à vous ? s'enquit le comte. Nous sommes tous deux très inquiets pour votre santé, miss Haggard. Nous avons été témoins de votre malaise dans Curzon Street.

– Je suis de constitution délicate, répondit Frances, qui respirait la santé. Je vous en prie, asseyez-vous. »

Jane lui lança un regard inquiet. Peut-être les manières étaient-elles plus libres à Londres qu'à la campagne, mais elle avait le sentiment que Frances allait trop loin.

Les nouveaux venus s'assirent, le serveur apporta les glaces des demoiselles tandis que ces messieurs commandaient des sorbets.

« Je vous ai vue au salon de thé en plein air de Chelsea. Vous étiez avec sir Philip Sommerville, commença le comte en se tournant vers Jane. S'agit-il d'un membre de votre famille ?

– Non, *monsieur le comte**, répondit Jane. Lui et les autres propriétaires de l'hôtel du Parent pauvre sont des amis de mon hôtesse, la duchesse de Rowcester. Je suis nouvelle à Londres et il me divertissait. »

Mal à l'aise, elle fixait la table tout en parlant pour ne pas croiser les yeux bleus du comte.

« Quel diable d'homme que ce sir Philip ! » dit gaiement Jamie, sur quoi il conta leur mésaventure au salon de café pour la plus grande joie de Frances qui rit, et de façon fort immodeste, pensa Jane qui chipotait sa glace en se demandant ce qu'il convenait de faire.

Le comte considéra son beau visage et se demanda pourquoi une telle impression de tristesse émanait d'elle. Pour la faire sourire, il raconta quelques-unes de ses meilleures historiettes, auxquelles Frances et Jamie rirent de bon cœur, tandis que Jane n'affichait pas la moindre trace de gaieté.

Le comte lui semblait terrifiant. Ses yeux à la lueur moqueuse qui la regardaient en coin avec malice, le faste de ses vêtements et de ses bijoux, le parfum léger et intrigant qu'il portait, tout cela l'effrayait. Elle avait le sentiment d'être en danger. Elle n'avait jamais aspiré à un tel homme, l'homme de ses rêves était solide et fiable, comme devait l'être un père plus qu'un amant.

Harriet, qui passait justement par là, reconnut le valet des Haggard debout à côté de la calèche et demanda à son cocher de s'arrêter. Elle apprit que « ces dames » étaient chez Gunter. Sa femme de chambre sur les talons, elle pénétra dans la pâtisserie et se figea à la vue de Frances et Jane attablées en compagnie de deux gentlemen.

Jane lança un appel à l'aide muet à Harriet, qui s'approcha avec majesté. Les jeunes hommes se levèrent, il y eut moult saluts de tête, courbettes et révérences avant que Harriet ne dise : « J'ignorais que miss Haggard ou miss North vous connaissaient.

– Nous avons un ami commun, dit Jamie. Sir Philip Sommerville.

– Ah oui ! » Harriet le toisa de la tête aux pieds. « Et puis-je savoir à quelle occasion sir Philip vous a-t-il présentés à ces jeunes filles ?

– Nous n'avons pas exactement été présentés, dit Jamie avec un embarras visible, mais...

– C'est bien ce que je pensais, répliqua Harriet. Frances, Jane, venez. Adieu, messieurs. »

Ils restèrent debout pendant que Harriet menait les jeunes filles vers la sortie. Frances hésita, se retourna à moitié et laissa tomber son mouchoir, avant de se hâter de rattraper Harriet et Jane.

« Je vous en prie, ne dites rien à maman, haleta Frances. Ils se sont montrés on ne peut plus corrects, vous comprenez.

– Non, je ne comprends pas », rétorqua Harriet avec colère. Elle fit halte près de l'attelage des Haggard. « Jane, vous rentrez à la maison avec moi. Mais d'abord, comment est-ce arrivé ? Vous ruinerez vos chances à la Saison si la rumeur se répand que vous vous affichez avec le *comte de Mornay**. J'ai entendu parler de lui, c'est un débauché.

– Frances a manqué de s'évanouir dans Curzon Street, expliqua Jane. Sir Philip était là, il l'a rattrapée juste au moment où ces gentlemen passaient. Ils nous auront vues aller chez Gunter et seront passés s'enquérir de la santé de Frances.

– Quoi qu'il en soit, vous ne devez jamais refaire une chose pareille.

– S'il vous plaît, ne dites rien à maman », la pressa de nouveau Frances.

Harriet scruta le visage implorant sous cette curieuse tignasse frisottée et sourit. « Je tiendrai ma langue pour cette fois, mais que je ne vous y reprenne point.

– Duchesse, le *comte** a peut-être une réputation de débauché, mais aucune rumeur ne court sur son ami, Mr Ferguson.

– Pas à ma connaissance, concéda Harriet. Il reste que si ce monsieur souhaite vous parler, il devra respecter les convenances et passer par les canaux officiels. »

*

« Alors ? Dois-je lui retourner son mouchoir ? demanda Jamie avec un large sourire.

– Je crois que la petite friponne s'intéresse à vous, répondit le comte. Je vous accompagnerai. Ainsi, peut-être aurai-je une chance de revoir la belle miss North.

– Comment découvrir où elle habite ?

– Demandez à Josh, le portier du club. Il connaît l'adresse de tout le monde. À votre place, je ne dirais pas à sa sans doute très respectable maman que nous nous sommes assis à sa table, je doute qu'elle-même l'avoue, quoique cette belle et majestueuse duchesse aura peut-être mangé le morceau. Contentez-vous de dire qu'elle a laissé tomber son mouchoir en partant.

– Et quand devrais-je lui rendre cette visite ?

– Laissez passer deux jours.

– J'espère que la duchesse n'y sera pas.

– Pourquoi cela ? Elle est aussi belle que ma miss North.

– Je crains que nous ne soyons pas dans ses petits papiers, mon cher. »

Quand, deux jours plus tard, ils se rendirent chez les Haggard, ce fut pour apprendre que miss Frances et sa mère étaient en visite.

« Voilà qui met un point final à notre aventure, commenta Jamie.

– Nous pourrions aller chez la duchesse de Rowcester, suggéra le comte, pour voir si l'attelage des Haggard s'y trouve.

– Et à quoi ressemble-t-il, cet attelage ? Porte-t-il des armoiries ? »

Le comte afficha un sourire désinvolte. « Je l'ignore et je m'en soucie comme d'une guigne. Je pourrai toujours envoyer mon garçon de courses questionner les cochers qui traîneront leurs guêtres devant la résidence de la duchesse. »

Afin de protéger la demeure de Park Lane de ce qui était encore trop récemment Tyburn Way, le chemin qu'empruntaient les condamnés à la potence suivis de la populace, son entrée donnait dans Park Street. Les deux hommes patientèrent tandis que le tout jeune garçon de courses du comte questionnait les cochers qui attendaient dehors. Il leur rapporta que plusieurs dames de qualité rendaient visite à la duchesse, dont Mrs Haggard et sa fille.

« Nous y voilà, dit le comte. À nous de jouer. »

Jamie hésita. « Nous n'avons pas réellement d'excuse.

– Bien sûr que si, *mon ami**. Ce mouchoir que miss Frances a pris soin de laisser tomber. Courage. Quant à moi, j'aurai le loisir d'admirer miss North à nouveau. »

Harriet examina leurs cartes de visite avec consternation. Elle était sur le point de dire au majordome qu'elle « n'y était pour personne », quand une certaine Mrs Bletchley, une amie de Mrs Haggard, lança avec empressement : « Vous avez l'air consterné. Qui demande à vous voir ?

– *Monsieur le comte de Mornay** et son ami, Mr Ferguson, répondit Harriet.

– Oh, recevez-les, s'écria Mrs Bletchley. Le *comte** est un tel jaseur.

– Je doute que soyez intéressée par un jaseur pour votre Sarah, rétorqua Harriet.

– Balivernes. Ce comte français est ridiculement riche et devra bien finir par s'établir. Je vous en prie, chère duchesse, faites-les introduire.

– Très bien », céda Harriet, tout en ayant conscience des yeux brillants de Frances et de la mine grave de Jane. Sarah Bletchley s'était précipitée devant le miroir pour tapoter ses boucles. C'était une jeune fille courtaude et boulotte et pourtant, aux yeux jaloux de Frances, elle semblait soudain dotée de charmes jusqu'ici passés inaperçus.

Quand les deux jeunes hommes entrèrent, les dames étaient assises en demi-cercle autour de la cheminée. Les gentlemen en vogue prenaient des cours, dans Bond Street, pour s'instruire de la façon la plus convenable de « rompre le cercle » comme on disait. Il était considéré comme une grâce supérieure de savoir entrer dans un salon, pénétrer dans le cercle, en faire le tour en s'inclinant avec élégance, pour se frayer un chemin jusqu'à l'hôtesse, la mine imperturbable, le chapeau sous le bras et, à la main, une canne, des gants et, pourquoi pas, puisque c'était la mode, un énorme manchon. Les messieurs de qualité prenaient également des leçons sur la façon de se mouvoir, car un gentleman ne se contentait pas de marcher, il flottait. Rien n'était plus important que la mode. Un livre sur l'étiquette comportait même un chapitre entier sur l'art d'ôter son chapeau et de le remettre en place. Le comte s'acquitta de cette obligation avec distinction ; Jamie, un peu moins.

« Que nous vaut le plaisir de votre visite ? » s'enquit Harriet une fois les présentations faites et les nombreux saluts et révérences échangés.

Jamie sortit le mouchoir et le présenta à Frances. « Vous avez laissé tomber ceci chez Gunter l'autre jour. »

Frances lança un petit regard coupable à sa mère avant de sourire et de prendre le mouchoir. « Comme c'est aimable à vous, monsieur. »

Mrs Haggard fit un rapide calcul. Mr Ferguson n'était pas aussi fabuleusement riche que ce comte français, mais il restait acceptablement aisé. « Frances, montre tes croquis à Mr Ferguson », dit-elle.

Frances mena Jamie à l'autre bout du grand salon tandis que, avec la grâce d'un maître à danser, le comte prit une chaise, la plaça à côté de Jane et s'assit. Harriet observa la scène avec inquiétude, mais Mrs Haggard, assise de l'autre côté du comte, dit : « Nous honorerez-vous de votre présence pendant cette Saison, mon cher *comte** ?

– Oui, je pense que oui », répondit celui-ci en se demandant une fois de plus ce qui n'allait pas chez miss Jane North. D'où cette aura de tristesse lui venait-elle ?

Mrs Bletchley rit. « Vous briserez des cœurs comme d'habitude et vous demeurerez célibataire à la fin de cette Saison comme à la fin de toutes les autres.

– À vous entendre, je passerais presque pour une antiquité, dit le comte. Mais je pourrais vous surprendre, madame. Il est temps que je m'établisse.

– Vous nous stupéfiez », gloussa Sarah. Elle se cacha derrière son éventail, puis lui jeta un coup d'œil en tapinois. « Auriez-vous rencontré une jeune femme à votre goût ?

– C'est fort possible.

– Ne nous faites pas languir, racontez-nous, le pressa Mrs Bletchley, convaincue que sa petite Sarah n'avait jamais été aussi jolie.

– Ah, c'est mon jardin secret. Je crains que la dame ne soit même pas consciente de mon existence. »

Un bref instant, ses yeux glissèrent vers Jane, qui avait les mains jointes sur ses genoux. Oh non, pensa Harriet. Voilà qui est on ne peut plus malséant. Jane a besoin d'un homme solide et fiable, le genre d'homme que je pourrais prendre en aparté pour lui exposer la situation difficile qu'elle traverse. Pas ce débauché frivole. Il pourrait même penser que l'embarras dans lequel elle se trouve la placerait dans la classe des maîtresses !

Frances montrait ses aquarelles à Jamie, qui les examinait avec son lorgnon. Décidément, cette petite créature tellement aimable l'amusait beaucoup. « Prévoyez-vous de trouver une épouse pendant la Saison, Mr Ferguson ? s'enquit la jeune fille.

– Hélas, je crains que cela ne soit impossible. Mon cœur est encore trop mal en point et la femme qui l'a brisé participera aux festivités… avec son mari.

– Ah, lady Dunwilde », dit Frances.

Rien n'est plus contrariant que de découvrir que le secret de son cœur est connu de tous. Le visage de Jamie s'assombrit et il rangea son lorgnon. « J'ai déjà trop abusé de votre temps, dit-il abruptement.

– Je suis navrée, lâcha Frances sans réfléchir. Je n'aurais

pas dû mentionner son nom. Mais je pourrais vous être utile, monsieur. »

Il se détournait déjà, mais à ces paroles revint vers elle et lui demanda d'une voix mêlée d'amusement et d'irritation : « Comment cela, mon enfant ?

– Je ne suis pas une enfant, protesta Frances. Je pourrais amener cette dame à se confier à moi et tâcher de découvrir ce qu'elle pense de vous, vous comprenez ? Si j'apprenais qu'elle tient à vous ne serait-ce qu'un tout petit peu, vous vous sentiriez peut-être mieux.

– Vous feriez cela pour moi ?

– Oh oui, dit Frances. Voyez avec maman si vous pouvez m'emmener promener demain et nous mettrons au point notre stratagème. »

Il rit. « Vous êtes une diablesse et je ne devrais pas vous encourager. Mais soit, je désire vivement savoir ce qu'elle pense de moi.

– Est-elle très vieille ?

– Vieille ? Bien sûr que non. Elle a le même âge que moi.

– La force de l'âge pour vous, monsieur. Vous avez dans les trente ans, n'est-ce pas ? Un âge déjà avancé pour une femme.

– Je vous trouve bien sévère. Ah, je vois que mon ami est prêt à partir. »

Il s'inclina devant Frances, songeant une fois de plus que c'était une fillette à l'allure diantrement cocasse.

Pendant ce temps, le comte avait demandé la permission d'emmener Jane se promener en voiture, mais Harriet avait objecté que, la garde-robe de Jane n'étant pas complète, elle devait rester à la maison pour les essayages. Le comte chercha sur le visage impassible de la jeune fille un signe de soulagement ou de regret, mais en vint à la conclusion que la mystérieuse miss Jane North n'en avait cure, dans un sens comme dans l'autre.

« Comment vous en êtes-vous tiré ? demanda Jamie quand le comte mit en branle son attelage.

– Fort mal, mon ami. Je l'ai conviée à venir se promener avec moi en voiture ou plutôt, j'ai demandé à la duchesse la permission de l'emmener, qu'elle m'a refusée, et la triste miss North est restée assise, tête baissée, se moquant éperdument de ce qui se passait.

– J'emmène sa petite compagne en promenade demain, je tâcherai d'en savoir plus sur miss North.

– Miss Haggard est une enfant charmante, dit le comte. Une conquête bien plus saine que votre mercenaire écossaise.

– Elle n'a rien d'une mercenaire.

– Je ne voulais pas vous blesser. C'est à cause du titre.

– Je suis convaincu que ses parents l'ont obligée à convoler et qu'elle n'a pas eu le choix. Miss Haggard me prête son concours. Elle va devenir la confidente de ma Fiona pour découvrir si elle tient ne serait-ce qu'un peu à moi.

– S'agit-il d'une idée de miss Haggard ?

– Oui, cette enfant a le cœur charitable. »

Et sournois, pensa le comte, mais je me garderai bien de lui mettre des bâtons dans les roues.

Puis, à voix haute : « Ne la questionnez pas à propos de miss North. J'ai perdu tout intérêt pour elle.

– Déjà ?

– Il n'y a rien d'intéressant là. Pas de pétillement, pas d'esprit, pas de gaieté ni d'imagination. » Le comte semblait presque en colère.

« Et elle ne s'intéresse pas à vous ? compléta Jamie avec un large sourire. Votre fierté a pris un coup. Jusqu'ici, les seules qui éveillaient votre intérêt étaient les matrones empressées qui désiraient prendre du bon temps au nez de leurs maris soporifiques. Il n'est pas dans vos habitudes de renoncer si aisément.

– C'est que vous ne me connaissez guère. Qui voudrait faire la cour à un bloc de marbre ? »

Si certains des jours suivants furent consacrés aux essayages, Jane découvrit qu'il y avait toujours plus de visites à faire. Harriet prenait très au sérieux sa tâche d'introduire sa protégée dans la bonne société. « J'espère que vous ne me tenez point rigueur d'avoir refusé au *comte** la permission de vous emmener en promenade. Il est trop vieux et trop frivole pour vous. Vous avez besoin d'un prétendant plus jeune et d'une tournure d'esprit plus sérieuse.

– Je suis un peu triste, je le confesse, dit Jane. Je sens l'ombre menaçante de mon père planer au-dessus de moi. Je vous suis tellement reconnaissante de votre immense gentillesse et pourtant j'ai le sentiment que toutes ces dépenses et tous vos bons soins sont peine perdue. Quel homme sensé posera un regard favorable sur moi quand il découvrira que j'ai utilisé un faux nom ? Et si l'un des voisins de mon père, qui m'aura vue aux bals locaux chez moi, se présentait à la Saison et me reconnaissait ?

– Je doute que l'on vous reconnaisse. Assurément, personne ne songerait que la belle miss Jane North, présentée par la duchesse de Rowcester, est en vérité lady Jane Fremney. On pensera tout bêtement que la ressemblance est saisissante. J'ai envie d'aller au Parent pauvre ce soir, pour rendre visite à mes amis. Ils se réunissent dans leur salon privé après le souper et bavardent paisiblement. Cela me rappellera le bon vieux temps. Vous plairait-il de vous joindre à moi ? Cela n'entamera pas votre réputation car qui nous remarquera ? Le lieu est très à la mode, on pensera que nous sommes venues présenter nos respects au prince. »

Parce qu'elle savait que cela ferait plaisir à Harriet, Jane accepta l'invitation.

Ce soir-là, Jamie et le comte se rendirent au Parent pauvre, ce dernier ayant la ferme intention de mettre à profit l'invitation de lady Fortescue à un repas gratuit. Sans compter que cela ne manquerait pas d'irriter sir Philip. Jamie était d'humeur badine, il avait apprécié sa promenade avec Frances plus qu'il ne l'aurait cru. Il était si facile de lui parler et, maintenant qu'ils étaient en quelque sorte conspirateurs, il n'avait plus besoin de s'inquiéter de faire poliment la conversation. Il ne lui avait soufflé mot de l'intérêt que le comte avait brièvement porté à Jane.

Sir Philip fut aussi contrarié de les voir arriver que le comte l'avait gaiement escompté. La chère était excellente et il était amusant de voir sir Philip, lady Fortescue et le colonel Sandhurst faire mine de servir le prince et sa suite, alors que c'étaient les serveurs qui faisaient tout le travail. La maîtresse du prince ne cessait de lancer des regards sémillants dans la direction du comte. Jadis, il aurait apprécié ce jeu de séduction et y aurait pris part, mais pour une raison ou une autre, il jugeait désormais tout cela bien puéril. Il fut ennuyé de constater que ses pensées revenaient constamment à Jane North. Il n'aurait pas dû renoncer si facilement à ce gibier, pas avant d'avoir réussi à la faire rire.

Assis face à la porte de la salle à manger, il venait de terminer son dessert quand il aperçut la duchesse de Rowcester et miss Jane North qui se dirigeaient vers l'escalier.

Il vit que lady Fortescue les avait remarquées elle aussi et il l'entendit souffler au colonel : « Harriet est ici avec Jane. » Sur quoi le colonel, sir Philip et lady Fortescue se retirèrent, laissant aux serveurs le soin de débarrasser les assiettes à dessert et de servir les fruits secs, les fruits frais, le vin et le beurre, certains aimant conclure leur repas par quelques cuillères de beurre.

« Comme c'est curieux, dit le comte. Miss Jane North et la duchesse viennent d'arriver et, selon toute vraisemblance, sont montées dans les étages. Lady Fortescue a prévenu le colonel qu'elles étaient là, et les trois propriétaires ont pris congé. Ah, bien sûr, la duchesse de Rowcester était autrefois Harriet James, tombée dans la pauvreté, et qui, selon la rumeur, travaillait en cuisine ici même. Elle est sans doute venue évoquer le bon vieux temps. Où peuvent-ils s'être retrouvés ? Ils doivent disposer d'une pièce qui leur est réservée, un salon dans lequel ils se retirent au calme.

– Vous ne songez tout de même pas à les suivre ! s'exclama Jamie. Impensable ! Ce ne serait pas convenable, *mon brave**.

– Votre accent français est épouvantable. Et pourquoi pas ? Il est de notre devoir de remercier nos hôtes pour ce repas servi à titre gracieux et de leur assurer que tout est pardonné. Tout cela est très convenable au contraire. »

Soudain intimidée de retrouver ses sauveurs, Jane prit place à côté de miss Tonks sur le canapé. Sir Philip venait de faire appeler Despard, le cuisinier, sur l'ordre de lady Fortescue ; car le prince, en extase comme de coutume devant l'excellence de la cuisine, avait confié dix guinées à sir Philip, à remettre au chef. Le vieux poison était d'avis de garder l'argent. Un Despard trop riche pourrait les quitter. Mais lady Fortescue avait insisté pour que le chef récupère son dû.

Lorsque Despard prit les pièces, son visage torve s'éclaira d'un sourire. Il les ajouterait au tas d'or qu'il avait extorqué à une certaine lady Stanton, qui avait essayé de le pousser à fuir le pays pour priver le Parent pauvre de son célèbre chef. Despard l'avait dénoncée à sir Philip et aux associés et avait gardé l'argent. Il se tourna vers Harriet, fit une courbette, puis se retira.

« Alors, lança Mr Davy, quels sont les derniers commérages ?

– Notre prince est toujours satisfait de son séjour et tout se passe au mieux, dit lady Fortescue. Ni contrariétés, ni inquiétudes en ce qui nous concerne. Et vous, Harriet, votre séjour se déroule-t-il convenablement ?

– Je suis assurée de plusieurs invitations utiles pour Jane, répondit Harriet. Hier, nous avons reçu la visite du *comte de Mornay** et de son ami, Mr Ferguson. Je crois qu'ils vous ont causé quelques difficultés ici.

– Un malentendu, dit lady Fortescue avec douceur, tandis que sir Philip se renfrognait. Il est, je crois, riche et célibataire. Avez-vous quelque espoir de ce côté ?

– Non, c'est un jaseur. Il est loin d'être convenable pour Jane.

– Peut-être est-ce justement ce qu'il faut à miss Jane, avança Mr Davy avec bienveillance. Les opposés s'attirent.

– Comme vous-même et miss Chiffe molle ici présente ? railla sir Philip.

– La jalousie que vous entretenez à l'égard de l'amitié qu'ont nouée Mr Davy et miss Tonks devient pénible », l'admonesta lady Fortescue, voyant le nez de cette pauvre miss Tonks devenir rouge d'embarras.

« Moi ? Jaloux... ? » commençait sir Philip avec colère, quand la porte s'ouvrit sur le comte et Jamie.

« Mes chers messieurs, protesta le colonel en s'interposant, vous vous êtes égarés dans nos appartements privés.

– Je vous prie de nous excuser, dit le comte d'un air contrit. Nous avons joui de votre hospitalité et sommes venus vous en remercier.

– De rien. Bonne nuit », lança sir Philip, qui avait suivi le colonel. Et de leur claquer la porte au nez.

« Espèce de petit crapaud impossible ! s'emporta lady Fortescue. Maintenant, nous allons être obligés de les inviter à se joindre à nous avant que ce *comte** ne décide de vous jeter son gant pour cette insulte. » Elle rouvrit la porte. « Je vous prie d'accepter nos excuses, messieurs. Ces courants d'air sont une vraie nuisance ! Vous joindriez-vous à nous pour le thé ? »

À la grande fureur de sir Philip, les deux jeunes gens acceptèrent l'invitation. Mr Davy traversa la pièce pour s'installer au piano et miss Tonks lui emboîta le pas, disant : « Si vous avez l'intention de jouer, je tournerai les pages pour vous. » La place près de Jane sur le petit canapé se trouva donc libre et, avec une chiquenaude experte aux longues basques de son habit, le comte prit place à ses côtés. Ajoutant à l'ire de sir Philip, l'insolent personnage tendit son chapeau, sa canne et ses gants à John, le domestique des parents pauvres, signe qu'il avait la ferme intention de rester plus longtemps que les dix minutes qu'était censée durer une visite formelle.

Lady Fortescue servit le thé aux visiteurs, puis se tourna vers Mr Davy. « Allez-vous nous divertir ? »

Il sourit. « Miss Tonks et moi sommes allés au Wells l'autre soir, pour voir Grimaldi. Je comptais vous chanter une de ses chansons comiques, mais je ne m'attendais pas à des invités si distingués.

– Je vous en prie, ne nous prêtez pas attention, dit Jamie. Grimaldi est le plus grand clown qui ait existé.

– Hélas, je vais devoir chanter sans accompagnement, soupira Mr Davy.

– Je suis votre homme », intervint sir Philip, surprenant tout le monde par ce changement d'humeur aussi radical que soudain. Persuadé que les encouragements de Jamie n'étaient que pure politesse, il pensait joyeusement que Mr Davy était devenu fou et qu'une chanson d'un comique vulgaire était exactement ce qu'il fallait pour dégoûter ce comte de la compagnie. « Chantez-moi la mélodie », dit sir Philip, tout en faisant habilement onduler ses petites mains manucurées sur les touches.

Mr Davy fredonna un air enjoué. Sir Philip le répéta deux fois, puis Mr Davy se mit à chanter.

Le comte lui jeta un regard étonné. Cet homme est un acteur-né, pensa-t-il, sans se douter que, tout récemment encore, c'était son métier. La chanson était simple, elle parlait d'un homme qui se plaignait des brimades de sa femme, mais Mr Davy s'était presque mué en Grimaldi, personnage qu'il parachevait avec des grimaces drolatiques. Un bruit curieux s'éleva à côté du comte. Surpris, il regarda Jane. Elle tenait son mouchoir devant sa bouche et il comprit qu'elle essayait de ne pas éclater de rire. Une lady était censée émettre un carillon tintinnabulant ou afficher un sourire classique, mais certainement pas rire à gorge déployée. La société, pensa-t-il, nous a dépouillés de toute expression naturelle, qu'il s'agisse de marcher, de rire ou de manger. À cet instant, n'y tenant plus, Jane abaissa son mouchoir et éclata de rire. Lady Fortescue, qui d'habitude ne transigeait pas sur les bonnes manières, s'adoucit et rit elle aussi, mi-amusée des facéties de Mr Davy, mi-réjouie de l'accès de gaieté de Jane.

Quand Mr Davy eut fini, ils riaient tous aux éclats, à l'exception d'un sir Philip perplexe et mécontent. Mr Davy s'inclina sous les applaudissements de son public et lança joyeusement : « Et maintenant, une ballade ! Elle s'intitule "Le jeune ménestrel".

– Je ne la connais pas, grommela sir Philip, s'éloignant à toutes jambes du piano.

– Je suis sûre que si, se plaignit miss Tonks.

– Je chanterai sans accompagnement », dit Mr Davy.

D'une claire voix de ténor, il entonna les paroles de la charmante chanson de Thomas More.

Le jeune ménestrel est parti à la guerre,
Vous le trouverez dans les rangs de la mort ;

Il a ceint l'épée de son père,
Et sa harpe sauvage qu'en écharpe il arbore.

Quand il eut fini, il y eut un court silence empreint de respect, puis des applaudissements. Assis en face de Jane, Jamie remarqua avec un certain émerveillement qu'elle s'était en quelque sorte « dégelée », comme il se le formula *in petto*. Les grands yeux de la jeune fille pétillaient et un délicat éclat rose animait ses joues.

Elle entendit le comte dire : « Vous devriez faire du théâtre, monsieur », puis la réponse de Mr Davy : « Jusque récemment, j'en faisais. » Et cela lui parut également drôle : elle rit sans retenue tandis que le comte baissait les yeux sur elle et, saisi d'une affection soudaine, se retenait de la prendre dans ses bras.

Il décida de se montrer charmant et divertit la petite assemblée avec diverses anecdotes sur la folie de la société, tandis que sir Philip lançait des regards noirs et que Harriet scrutait avec inquiétude le visage rayonnant de Jane. Ce comte était trop frivole, trop inconstant. Si seulement son mari était à ses côtés ! Il saurait exactement quoi faire. Il était sans doute arrivé à Milan à l'heure qu'il était. Combien de temps cela prendrait-il pour qu'une lettre lui parvienne ? Et de quelle nature serait-elle ? Pourquoi s'était-elle montrée si égoïstement froide envers lui ? Allons, pour le moment, elle devait se concentrer sur Jane. Quand le comte et Jamie se retirèrent enfin, Harriet prit sir Philip à part, l'irascible Philip, qui les avait néanmoins tirés d'embarras avec beaucoup d'astuce par le passé.

« Le *comte de Mornay** s'est montré charmant et je suis inquiète, lui murmura-t-elle.

– Et vous faites bien, rétorqua sir Philip. Cette visite était tout sauf un hasard. Il poursuit lady Fremney de ses assiduités.

– Miss North, rectifia Harriet. Il vaut mieux utiliser son nouveau nom même lorsque nous sommes entre nous. J'ai besoin de votre aide, sir Philip. Cet homme est fort peu recommandable. Je suis ravie de voir que Jane a recouvré sa joie de vivre, mais je suis déterminée à lui trouver un soupirant convenable et le *comte** ne correspond pas à l'idée que je me fais d'un gentleman correct et stable.

– J'y réfléchirai. De fait, je vais commencer dès maintenant », décida sir Philip, ses yeux pâles étincelant comme il voyait un moyen de rendre la monnaie de sa pièce au comte. « Confiez-la-moi. »

Il se glissa près du canapé et, d'un brusque signe de tête, en délogea miss Tonks, assise à côté de Jane. Non sans avoir lancé un regard soupçonneux au vieillard, elle se leva et s'en alla parler à Mr Davy.

« Content de voir que vous êtes d'humeur joyeuse, dit sir Philip.

– Mr Davy est si doué, répondit Jane. J'aurais aimé le voir sur scène.

– Fi donc ! lâcha sir Philip d'un ton méprisant. Tout ce que savent faire les acteurs, c'est jouer. Mais rien que de très commun. Le genre de choses qui amuse ce *comte** français. Nous serons la risée de Londres demain.

– Comment cela ?

– Oh, il a la langue bien longue. Il causera sans fin de cette soirée démodée, passée à écouter des chansons vulgaires dans le salon privé du Parent pauvre, et il nous tournera en ridicule. »

Jane écarquilla les yeux. « Il n'est pas ainsi, assurément. Il y a une légèreté de caractère chez lui, je l'admets, mais il semble être un homme d'honneur.

– Pas en ce qui concerne les dames. Ce drôle a eu plus de maîtresses – me pardonnerez-vous de parler si crûment ? – que je n'ai eu de dîners chauds. Il est le désespoir de la Saison. Riche et séduisant, je le concède. Il lui arrive de tourner la tête à de jeunes ingénues, de leur briser le cœur, puis d'aller courtiser une matrone volage avide d'amour. »

Jane songea à la petite scène au salon de thé en plein air. Qui était cette femme ? Une maîtresse abandonnée ? Quel monde épouvantable et sinistre ! Elle se sentit aussi abattue qu'elle avait été transportée de joie l'instant précédent.

« Sir Philip ! » La voix de lady Fortescue se fit cinglante. « Quelles sottises débitez-vous à miss North ?

– Des commérages sans importance », se hâta de répondre l'intéressé.

« J'ai réfléchi, dit Harriet sur le chemin du retour. Les attentions de ce *comte** ne peuvent vous nuire. Malgré sa réputation, il est considéré comme une belle prise. Peut-être, s'il vous le demande de nouveau, vous donnerai-je la permission de vous promener avec lui.

– Je ne désire pas encourager les attentions d'un tel homme, murmura Jane.

– Comme vous voudrez. Mais pourquoi ?

– Sir Philip m'a parlé de ses maîtresses et des bruits qui courent sur lui. »

Harriet la considéra avec consternation. « Je crains que la faute ne m'en incombe. En vous voyant si heureuse et pleine de vie, j'ai pensé… Eh bien, j'ai demandé à sir Philip de vous mettre en garde, mais j'avais oublié la grossièreté de ses méthodes. Seigneur, j'avais aussi oublié sa rancœur. En traitant le *comte** de butor, il est tombé en disgrâce aux yeux de lady Fortescue et du colonel. Sir Philip voudra se venger. Je suis désolée, Jane.

– De toute façon, dit Jane d'un ton qu'elle souhaitait

léger, je suis sûre qu'il existe des gentlemen au charme plus sincère. Avez-vous reçu des nouvelles du duc ?

– Pas encore, dit tristement Harriet. Je me demande où il se trouve. »

Au même moment, en butte à un violent orage, le duc de Rowcester et ses domestiques se réfugiaient dans une taverne crasseuse à quelques kilomètres de Milan. Assis dans un coin sombre, le duc buvait un verre de l'aigre vin local en pensant à sa femme. Il tentait de se remémorer la froideur et la distance dont elle avait fait preuve à son égard ces derniers temps, mais seul le charme éclatant qui la distinguait avant la tragédie de la mort de leur fille lui revenait en mémoire. Interrompant de temps à autre ses pensées, lui parvenaient les syllabes du français rapide de deux hommes, protégés de sa vue par un banc à haut dossier. Le français du duc étant excellent, il comprit qu'ils discutaient des manières possibles de libérer Napoléon de sa prison sur l'île d'Elbe. Il prêta l'oreille, mi-irrité, mi-amusé, car l'Europe semblait peuplée de comploteurs napoléoniens espérant délivrer leur héros. Puis il entendit l'un des deux dire : « Vous pourriez vous rendre sur l'île d'Elbe sous prétexte d'un voyage d'agrément une fois que vous aurez réduit le *comte** au silence pour nous.

– Mornay a démasqué nos plans l'un après l'autre, répondit la seconde voix. Mais n'ayez crainte, il est à Londres et je m'assurerai que sa mort ait l'apparence d'un accident. »

Sur ces entrefaites, le valet du duc vint le prévenir qu'une chambre avait été préparée. Le duc eut conscience que deux silhouettes sombres sortaient de l'auberge. Il se demanda qui étaient ces hommes, mais il était épuisé et qu'importaient deux comploteurs de plus ou de moins ?

Les tentatives de libération de l'empereur s'étaient succédé et toutes avaient échoué.

Ce n'est qu'en s'endormant qu'il repensa à ces voix et qu'avec un petit choc, il comprit que l'homme qui parlait un excellent français, celui qui devait se rendre à Londres, était probablement anglais. Quelque chose dans son intonation et son accent lui avait mis la puce à l'oreille. Sans compter que pour accéder à l'île d'Elbe, il fallait être anglais, et d'un rang élevé de surcroît. Il décida d'écrire le lendemain matin aux autorités de la garde royale pour les prévenir de ce qu'il avait entendu. Mais en premier lieu, c'est à sa femme qu'il écrirait.

5

> « Il est impossible, en l'état actuel de la Société, de ne pas, parfois, être snob. »
>
> WILLIAM MAKEPEACE THACKERAY

Un mois s'était écoulé et la Saison était sur le point de commencer. La bonne société était en effervescence, telle une troupe de comédiens avant une première. Seule Jane se sentait curieusement de marbre. Il lui semblait vivre un rêve étrange, mais il ne durerait pas et la seule voie vers la liberté passait par le mariage. Souvent, elle rêvait d'avoir de l'argent afin de pouvoir s'associer aux parents pauvres. Ses visites à l'hôtel avaient cessé, lady Fortescue arguant que, quoique les propriétaires fussent de bon ton, les fréquenter pourrait entacher sa réputation.

Jane trouva en Frances une compagne agréable. Celle-ci, Jane le savait, était déçue que Mr Jamie Ferguson ne lui ait pas rendu visite. Pour sa part, Jane était heureuse de ne pas avoir revu le comte. Il la mettait… mal à l'aise. En tout cas, c'était ainsi qu'elle s'expliquait ce qu'elle ressentait à son égard.

Harriet, quant à elle, s'isolait souvent et semblait ne vivre que pour l'arrivée du courrier. Enfin, à la veille de la Saison, elle reçut une lettre de son mari. Jane en ignorait le contenu, mais elle constata que Harriet était transformée, rayonnante. Le duc n'avait pas jugé utile de lui relater la conversation qu'il avait surprise entre les conspirateurs. Cette nouvelle, il l'avait réservée à la garde royale.

Cet après-midi-là, Frances vint discuter avec Jane de sa présentation à la bonne société, qui devait avoir lieu le lendemain soir, lors d'un bal donné par lady Farley. Contrairement à son habitude, Frances était abattue. Elle s'était gardée d'avouer à Jane que, bien qu'elle se fût rendue dans Curzon Street plusieurs fois au cours du mois écoulé en compagnie de sa bonne dans l'espoir de croiser Mr Jamie Ferguson, elle n'avait pas eu l'heur de le voir. Elle avait appris que sa rivale était à Londres, mais n'avait trouvé personne qui fût à même de la lui décrire et elle était assaillie de rêves de la belle Écossaise, lady Dunwilde.

« Pensez-vous que Mr Ferguson assistera au bal ? demanda-t-elle une fois de plus.

– Je l'ignore, dit Jane. Harriet a reçu une lettre de son mari qui l'a ravie. Je pourrais lui demander de questionner lady Farley pour savoir si Mr Ferguson est invité. »

Mais Frances préférait ne pas savoir. Elle sentait que si elle découvrait que l'objet de son affection n'y allait pas, elle n'aurait plus du tout hâte d'assister à l'événement. Elle avait espéré qu'il lui rendrait visite pour discuter de son idée de devenir la confidente de Fiona, mais seules des amies de sa mère se présentaient, des matrones déterminées à ce que leurs filles réussissent sur le marché du mariage.

« Je pense, chère Jane, que je devrais me contenter de voir ce qui se passe. Mais vous, souvenez-vous de charmer les gentlemen et de badiner avec Mr Ferguson, puis de l'abandonner pour un autre cavalier afin qu'il soit obligé de m'inviter à danser.

– Vous surestimez ma beauté, dit Jane avec tristesse.

– Que nenni. » Frances secoua ses cheveux frisottés. « Ne rêvez-vous pas d'un gentleman qui traverserait la salle de bal pour vous conquérir ? Et en levant les yeux vers lui, vous sauriez qu'il est votre avenir ? »

Jane poussa un petit soupir. Elle ne pouvait confier à Frances qu'au fond de son âme planait toujours la menace de voir son père fondre sur elle, miss Stamp sur ses talons. Les sentiments avaient-ils seulement une place dans ce Londres du début du dix-neuvième siècle ? La lande qui entourait la capitale était parsemée de potences auxquelles se balançaient des cadavres, la populace parcourait les rues en cassant les vitrines et les gentlemen devaient être capables de manier leur canne ou leur épée de cour pour se défendre. Londres regorgeait de bordels et de *gin-shops*, ces échoppes où le gin coulait à flots et où l'on se soûlait correctement pour un penny et à mort pour deux pence. Contrairement à Frances, Jane lisait beaucoup de journaux et de revues, elle était davantage au fait de la violence qui régnait en dehors du monde protégé dans lequel elle vivait. La brutalité dont faisaient preuve son père et ses amis lui avait appris à percer à jour la tendresse calculée que les gentlemen témoignaient à l'égard des dames de la société, mascarade aussi affectée que la chorégraphie d'un quadrille. Elle songea à l'hôtel du Parent pauvre et eut envie de rendre visite aux propriétaires qui, eux, connaissaient son véritable nom, de leur confier ses peurs, ces peurs dont elle voulait épargner le fardeau à Harriet, qui pleurait encore la mort de son enfant.

« Vous voilà à nouveau toute triste, remarqua Frances. Vous êtes toujours chagrine, Jane, et vous ne parlez jamais de votre famille. Vous rejoindront-ils à Londres ?

– Non, répondit Jane, laconique. Ils sont dans le Nord, changeons de sujet, voulez-vous ? Parlez-moi de votre robe, elle doit être fort jolie.

– Je vais vous la dessiner », dit Frances en attrapant son carnet à croquis. Son crayon glissa prestement sur le papier. « De la mousseline blanche, bien sûr, on ne peut plus convenable. Ce serait tellement plus amusant de porter de l'écarlate, vous ne trouvez pas ? Une encolure assez basse, comme cela, et de petites manches bouffantes. Une sur-robe de gaze sertie de cabochons en argent et saphirs, et pas moins de trois volants à l'ourlet. Je porterai un bonnet en dentelle brodée de perles et de sequins. Mes gants sont en chevreau blanc, mais ils ne montent pas jusqu'aux coudes, ce qui est dommage car j'ai beau les enduire chaque soir de jus de citron et de graisse d'oie, ils restent un peu rugueux. Et de petites mules de chevreau blanc avec des rosettes de soie blanche.

– Très joli, commenta Jane.

– Et la vôtre, comment est-elle ?

– Suivez-moi, je vais vous la montrer. » Jane la mena dans sa chambre où sa robe était présentée sur un mannequin, près de la fenêtre. Comme la toilette de Frances, elle était en mousseline blanche, mais décorée d'un petit brin vert et ornée d'une large ceinture en soie. « J'ai des gants et des souliers assortis, dit Jane, et des fleurs en soie verte pour les cheveux. Ne trouvez-vous pas l'encolure un peu échancrée ? »

Frances pencha la tête, tel un oiseau intrigué, et examina la robe avec intérêt. « Non, je ne crois pas. Les décolletés sont très en vogue. J'aimerais tellement que la mode de la taille remontée jusque sous les bras passe enfin. Mon seul attrait est la finesse de ma cambrure, mais personne ne la voit jamais. » Elle regarda par la fenêtre. « Pensez-vous qu'il pleuvra ? Oh, mon Dieu, voilà Mr Ferguson qui s'avance avec le *comte**. Viendrait-il ici ? »

Jane s'approcha de la fenêtre. Le comte et Jamie se promenaient bras dessus, bras dessous. Quand ils arrivèrent à hauteur de la demeure de la duchesse, Jamie dit quelque chose en levant les yeux et ils éclatèrent de rire.

Sur le point de se détourner, car les deux hommes se moquaient sans doute des petites effrontées qui accostaient les gentlemen dans Curzon Street, Jane se raidit. Dans une calèche fermée de l'autre côté de la rue, elle discerna des yeux ardents. Ceux d'un homme dont le chapeau était rabattu sur le visage et complété d'un foulard qui lui masquait la bouche. Un rai de soleil fit étinceler un objet métallique et Jane comprit avec horreur qu'il s'agissait d'un pistolet et que ce pistolet était pointé sur Mr Ferguson et le comte. Elle ouvrit la fenêtre à la volée et cria : « Prenez garde ! »

L'homme dans la calèche hurla quelque chose à son cocher, qui fouetta promptement ses chevaux et l'attelage s'éloigna à vive allure.

Surpris, le comte et Jamie levèrent les yeux, ôtèrent leur chapeau d'un grand geste et firent une profonde révérence.

« Que se passe-t-il ? cria Frances.

– Je dois les prévenir, fit Jane, livide. Un homme était sur le point de leur tirer dessus.

– Fameux ! s'écria Frances en battant des mains. Quelle ruse ! »

Mais Jane s'élançait déjà tête baissée dans l'escalier. Tandis qu'elle traversait le vestibule en courant, un valet se précipita pour lui ouvrir la porte d'entrée.

« Messieurs ! cria Jane. *Monsieur le comte** ! Vous devez m'écouter. »

Les deux hommes s'étaient déjà remis en route, mais au son de sa voix, ils revinrent en hâte sur leurs pas.

« Que se passe-t-il, miss North ? » interrogea le comte.

Des élégants qui passaient par là se retournèrent pour les regarder. Jane rougit, consciente que son comportement devait paraître singulièrement incongru. « Je vous en prie, entrez, les pressa-t-elle, et je vous éclairerai.

– Ravi de vous agréer », dit le comte, ses yeux bleus pétillant.

Admirant ce qu'elle considérait comme une hardiesse et une improvisation inattendues de la part de son amie, Frances descendait l'escalier au moment où ils entrèrent dans le vestibule.

Jane les conduisit dans un salon plutôt sombre du rez-de-chaussée, où le duc recevait ses relations d'affaires, comme son agent ou son tailleur. « Nous devrions être chaperonnées, reprit Jane d'un air consterné.

– Laissez la porte ouverte, dit le comte, ainsi nous serons à la vue des domestiques. Ou faites appeler votre bonne, miss North.

– Je laisserai la porte ouverte, décida Jane, qui commençait à se demander si elle n'avait pas été victime de son imagination. Je regardais par la fenêtre il y a un instant et j'ai vu un homme, le visage presque entièrement masqué, dans une voiture fermée de l'autre côté de la rue. Il... il pointait un pistolet sur vous.

– Vraiment ? » dit Jamie, qui songeait que miss North était aussi rusée que Frances.

Mais l'espace d'une minute, les yeux habituellement indolents du comte se firent vifs et pénétrants. « Lequel de nous deux visait-il ? interrogea-t-il.

– Je l'ignore, répondit Jane d'un ton misérable. Je commence à croire que mon imagination m'a joué un tour. Pourtant... quand je vous ai hélés, il a crié quelque chose à son cocher et ils ont déguerpi.

– Singulier, dit Jamie, les yeux papillonnant. Mais Londres grouille de tire-laine. »

Tout en étudiant à la dérobée la pâleur de Jane, le comte repensait à une réunion qu'il avait eue plus tôt à la garde royale, où on l'avait informé d'une lettre du duc de Rowcester qui expliquait qu'un conspirateur qu'il tenait pour un Anglais du meilleur monde était en route pour le tuer. La garde royale savait que l'activité d'espion du comte avait jadis été une épine dans le pied des amis et partisans de l'empereur. Ils l'avaient engagé à faire preuve de prudence, tout en l'encourageant à découvrir le nom de ce traître anglais.

« Avez-vous remarqué quoi que ce soit concernant cet attelage, miss North ? demanda-t-il. Des armoiries, une housse sur le siège du cocher ? Était-il masqué lui aussi ?

– La voiture était banale, dit Jane, et le cocher ressemblait à n'importe quel autre cocher.

– Pas de garçon d'écurie, de valet de pied ou de garçon de courses à l'arrière ? Pas de livrée ? »

Jane secoua la tête.

Jamie eut un petit rire. « Nous serons très prudents lors de nos futurs déplacements, miss North. Nos rencontres semblent vouées à sortir de l'ordinaire. D'abord, cette pauvre miss Haggard se trouve mal presque à nos pieds et maintenant, vous nous sauvez d'un assassinat. »

Jane le toisa avec hauteur. « Je n'invente rien. Maintenant, puisque votre présence ici est extrêmement inappropriée, messieurs, je vous suggère de prendre congé. »

C'est ce moment que choisit Harriet pour entrer, suivie de sa femme de chambre. « Expliquez-vous », exigea-t-elle d'un ton sec, son regard passant furtivement de l'un à l'autre.

Jane s'exécuta, consciente tout le temps que dura son récit de la lueur d'amusement dans les yeux de Mr Ferguson. Son histoire commençait à sonner ridicule à ses propres oreilles.

« Tout cela est bien étrange, dit Harriet avec froideur. Messieurs, vous ne devriez pas être ici, je vous prierais de vous retirer. Nul doute que nous vous verrons au bal des Farley.

– Pour notre plus grand plaisir », répondit le comte. Avec force courbettes élaborées, les deux hommes s'en allèrent.

« La friponne, dit Jamie dans un éclat de rire sitôt qu'ils furent loin. Quel esprit inventif ! Quelle petite maligne ! Sans compter que tout cela est très flatteur pour nous. N'êtes-vous pas honoré qu'une telle beauté débite de pareils mensonges pour attirer votre attention ?

– Mon cher, vous êtes insensible, elle était bouleversée. Sa pâleur inhabituelle vous a-t-elle échappé ? »

Jamie s'arrêta. « Vous n'insinuez tout de même pas qu'elle a dit la vérité !

– Faites-moi confiance, *mon ami**. La belle miss North a réellement cru voir un homme armé d'un pistolet.

– Pourquoi voudrait-on nous tuer ? »

Le comte n'avait aucune intention d'instruire son ami de ce sujet. « Londres foisonne de scélérats et de tire-laine, vous l'avez dit vous-même », fit-il en lançant une pièce à un de ces très jeunes balayeurs de rue qui s'activaient sur le chemin des passants en échange de menue monnaie.

*

Harriet s'étant retirée pour écrire à son mari, Jane et Frances se retrouvèrent de nouveau livrées à elles-mêmes. « Vous n'avez donc rien inventé ? » interrogea Frances, les yeux ronds.

Jane secoua la tête avec perplexité. « Je pense sincèrement avoir vu un homme avec une arme. Mais en plein jour et dans Park Street ! J'ai tellement honte de moi. Mon imagination m'aura joué des tours. Et votre Mr Ferguson a pensé que j'avais élaboré cette histoire pour attirer leur attention.

– C'est exactement ce que vous avez fait. Non, je ne sous-entends pas que vous avez menti, mais vous avez attiré leur attention et nous savons maintenant qu'ils assisteront au bal. » Frances fit une pirouette, puis se laissa tomber à côté de Jane dans une abondance de taffetas. « Mais la Dunwilde sera sûrement là et je serai obligée de le voir lui faire les yeux doux. Dites-moi qu'elle sera flétrie, Jane. Elle est vieille maintenant et le climat du Nord est réputé rigoureux. Les Écossais boivent beaucoup de bordeaux et de spiritueux, elle aura peut-être le nez rouge et les joues marbrées.

– Nous le saurons quand nous la verrons », dit Jane, l'esprit tourmenté par ce visage masqué à la vitre de la calèche.

Ce soir-là, les hôteliers se rassemblèrent dans leur salon privé pour discuter des projets à venir, le principal étant le service du souper au bal de lady Farley.

« Je ne vois pas pourquoi nous ne devrions pas prévenir Harriet que nous serons à ce bal, se plaignit miss Tonks.

– Elle a beaucoup à penser, dit lady Fortescue. Elle nous accorde une faveur en présentant Jane et nous ne voulons pas qu'elle se tourmente à l'avance du fait que ses vieux amis jouent les domestiques.

– Nous ne sommes pas des domestiques, grommela sir Philip. Nous avons engagé du personnel pour faire le travail. C'est après la célèbre cuisine de Despard que lady Farley court.

– Mais nous devrons tout de même donner l'impression de servir, rappela lady Fortescue avec patience. Cela participe du prestige de notre établissement.

– Au diable le prestige, grogna sir Philip. Il est temps pour nous de revenir dans la bonne société et d'y reprendre la place qui nous est due.

– Ce qui serait possible, s'empressa de souligner le colonel, si nous vendions cet hôtel.

– La société n'oubliera pas de sitôt que nous avons dérogé, tempéra lady Fortescue.

– Si nous avons les poches pleines, souligna sir Philip avec cynisme, elle se fera une joie de l'oublier.

– Alors pourquoi les clubs les plus huppés ne sont-ils pas pleins de riches commerçants ? demanda Mr Davy.

– Parce que, pour commencer, les commerçants n'ont jamais appartenu à notre classe. » Sir Philip lui lança un regard venimeux. « Ils sont issus du vulgaire. Comme vous.

– Il suffit, s'indigna miss Tonks. Parlons d'autre chose. J'ai cru comprendre que notre prince n'assisterait pas au bal.

– Il a décliné l'invitation, confirma sir Philip. Il fait usage de cet hôtel comme d'un petit palais parce qu'il aime être entouré de sa cour. Il serait venu au bal si lady Farley avait invité toute sa suite. Il ne se déplace jamais sans elle. Comment Harriet se porte-t-elle ?

– La duchesse a envoyé ce matin un billet écrit de sa main, dit lady Fortescue. Elle a reçu une lettre merveilleuse de son mari. Elle se réjouit tant de le voir que pour son retour, elle a prévu d'arborer un certain bijou de famille, un collier barbare dont il est très fier. Ce sera la première fois qu'elle le portera. »

Sir Philip se sentit glacé d'effroi. Le collier auquel Harriet faisait référence était nécessairement celui qui se trouvait dans la salle des archives de la demeure de campagne du duc, celui qu'il avait dérobé pour obtenir les fonds nécessaires au lancement de l'hôtel et qu'il avait remplacé par une réplique de premier choix. Remisé dans

le rond du galop, comme le voulait la coutume, et Jamie trouva le moyen de s'approcher de lady Dunwilde et de son partenaire. Il s'inclina bien bas et dit : « Madame, permettez-moi de vous présenter miss Haggard ; miss Haggard, lady Dunwilde. »

Frances fit la révérence et dit : « Je suis enchantée de faire votre connaissance, lady Dunwilde. Vous êtes encore plus belle que ce que l'on m'avait conduite à croire. »

Diable, quelle petite sotte vous faites, miss Haggard, pensa Jamie, personne ne pourrait se réjouir d'un compliment aussi manifestement dénué de sincérité. Mais à sa grande surprise, lady Dunwilde sourit gracieusement et caressa la joue de Frances. « Chère enfant, murmura-t-elle. Venez bavarder avec moi. »

Avec tous les signes d'une joie satisfaite, Frances s'éloigna en trottant au côté de l'Écossaise. Elles s'assirent sur d'inconfortables chaises d'appoint calées contre une jardinière. « Dites-moi, commença lady Dunwilde qui s'éventait avec langueur, connaissez-vous Mr Ferguson depuis longtemps ?

– Un peu plus d'un mois peut-être », répondit Frances, omettant de préciser que, malgré ses efforts, elle ne lui avait parlé pour la première fois que la veille.

Lady Dunwilde posa ses yeux très noirs sur Frances. « Vous ne devez pas entretenir d'espoir dans cette direction, mon enfant.

– Et pourquoi cela, madame ? »

Elle soupira. « Il était très amoureux de moi avant que je n'épouse lord Dunwilde… et il l'est encore. Il est hélas pris d'une passion impérissable, je le crains.

– Quel dommage qu'un tel dévouement ne puisse être récompensé », dit Frances.

Les lèvres de lady Dunwilde s'incurvèrent en un petit

sourire. L'éventail allait et venait lentement. « Oh, peut-être finira-t-il par obtenir ce qu'il attend. »

Frances leva rapidement son éventail pour cacher la soudaine lueur d'aversion dans ses yeux. « Où se trouve lord Dunwilde ?

– Dans notre fief écossais, mais il me rejoindra plus tard. La goutte… un vrai supplice. Allez donc vous joindre aux autres demoiselles et ne manquez pas de dire à Mr Ferguson de garder espoir. »

Frances se leva, salua lady Dunwilde et lui adressa son plus beau sourire. « Bien sûr, madame. Toujours à votre service.

– Chère enfant, je crois m'être prise d'affection pour vous. Je vous rendrai visite.

– J'en serais honorée et flattée, madame. »

Sur quoi l'éventail fit un petit mouvement dédaigneux.

Alors que Frances contournait les danseurs, elle croisa Mr Ferguson qui se dirigeait justement vers lady Dunwilde. « Qu'a-t-elle dit ? s'enquit-il avec impatience. A-t-elle parlé de moi ?

– Oui. » Frances baissa les yeux sur ses petites mules de chevreau.

« Qu'a-t-elle dit ?

– Emmenez-moi danser et je vous le raconterai.

– Mais c'est la valse et… je voulais l'inviter.

– Oh, non, à votre place je ne ferais pas cela, monsieur. Je pense que vous devriez d'abord écouter ce que j'ai à vous dire.

– Très bien. »

Il l'entraîna au milieu des danseurs. Frances suivit ses pas, aussi légère qu'une plume. Il pencha la tête au-dessus de celle de sa cavalière. « Je vous écoute.

– Mmmm ? murmura Frances d'un air songeur.

– Qu'a-t-elle dit ? »

Frances se reprit. « Lady Dunwilde m'a demandé depuis combien de temps je vous connaissais et j'ai répondu un peu plus d'un mois, ce qui est assez vrai, vous comprenez. Elle a dit que vous étiez follement épris d'elle.

– Bonté divine ! Et ensuite ? »

Frances croisa son regard sans ciller. « Elle a affirmé qu'elle avait pris la bonne décision en épousant lord Dunwilde. Elle pense que vous êtes encore amoureux d'elle et que c'est un signe de grande faiblesse chez un homme.

– Mille tonnerres !

– Mais elle est plutôt gentille, je pense, dit Frances avec gravité, et il est bien aimable à son âge de m'offrir son amitié.

– Vous la reverrez ?

– Elle a promis de me rendre visite. »

Ils passèrent le reste de la danse en silence, puis le souper fut annoncé. L'air sombre, Jamie donna le bras à Frances. Il ne lui échappa point que son ami Mornay escortait miss North.

Le comte s'assit à côté de Jane à l'une des longues tables, attendit qu'on lui servît à boire et à manger, puis dit d'un ton léger : « Vous devriez prendre garde à la collection d'araignées que votre duchesse garde au grenier. Certaines d'entre elles sont, je crois, très venimeuses. »

Mais l'esprit de Jane était bien loin à cet instant : une des invitées ressemblait à l'une des amies de son père et ne cessait de jeter des coups d'œil curieux dans sa direction. Elle n'entendit que les mots « prendre garde » et supposa qu'il l'avisait des dangers des rues de Londres.

« Et je suis fou amoureux de vous, continua le comte. Voulez-vous m'épouser ? Nous nous entendrions à merveille, vous ne pensez pas ? »

Perdue dans ses pensées, inquiète, Jane n'entendit que

la dernière question et répondit poliment : « Oui, je suis d'accord. »

Les yeux bleus du comte pétillèrent d'amusement. « Bien, c'est décidé. Vous voudrez bien prévenir la duchesse que je viendrai la voir demain pour lui demander la permission de vous présenter mes respects. Et, bien sûr, il me faudra rencontrer votre père et votre mère.

– Mon père ? Ma mère ? dit Jane, rappelée à la réalité. Que dites-vous ? Ma mère est morte.

– Votre père, alors.

– Quoi ? Pourquoi parlez-vous de mon père ?

– C'est la coutume dans ces circonstances. Pour vous épouser, je dois obtenir sa bénédiction. »

Jane renversa son verre de vin. Un serveur se précipita pour essuyer les souillures et lui en verser un autre.

Le comte avait enfin toute l'attention de Jane. Quels yeux magnifiques, pensa-t-il avec admiration. « M'épouser ? Comment cela, m'épouser ? De quoi parlez-vous ?

– Je viens de vous demander votre main et vous avez accepté, avec beaucoup de courtoisie, d'ailleurs », répondit-il, avec une patience moqueuse.

Jane s'empourpra jusqu'à la racine des cheveux. « Je sais que vous plaisantez, *monsieur le comte**. J'étais distraite. Inquiète. Je pensais à autre chose. J'ai innocemment cru répondre à des questions de politesse.

– Alors vous ne m'épouserez pas ?

– Non, certainement pas. Et si je suis si dure, c'est que je sais que vous vous moquez de moi.

– Peut-être. Mais qu'avez-vous contre ma personne ? Je suis riche, célibataire et d'une élégance folle.

– Je ne suis pas habituée aux manières londoniennes ni aux gentlemen londoniens, *monsieur le comte**. Une autre femme, la majorité des autres femmes, seraient sans doute très flattées de vos attentions.

– D'où venez-vous ?
– Du Durbyshire.
– Connaissez-vous le comte de Durby ?
– Non ! répondit-elle promptement.
– Vous voilà bien véhémente, miss North.
– J'ai… j'ai en effet entendu parler de ce comte et je n'aime pas ce que l'on raconte à son sujet. Parlons d'autre chose, voulez-vous ?
– Avec joie. Mangez donc, vos amis du Parent pauvre seront vexés si vous n'avalez rien. »

Surprise, Jane regarda autour d'elle. Elle avait été trop distraite pour remarquer la présence de sir Philip, de lady Fortescue, du colonel Sandhurst, de miss Tonks et de Mr Davy, mais ils étaient là, éparpillés aux quatre coins de la salle, surveillant les serveurs, débarrassant une assiette par-ci, un verre par-là de leurs mains parées de bijoux.

« J'espère que tout se passe bien, remarqua le comte. L'épouvantable sir Philip semble au bord de la crise d'apoplexie. »

Et c'est précisément ce que sir Philip ressentait, car autour du cou de lady Farley se trouvait un certain collier qu'il ne connaissait que trop bien. À l'évidence, le perfide bijoutier l'avait vendu. Que se passerait-il si Harriet savait qu'il ne pouvait y en avoir qu'un comme celui-ci ? Son cœur se mit à tambouriner de peur. D'une manière ou d'une autre, il devait délester lady Farley de ce bijou, le remplacer par le faux et retourner le vrai collier à la salle des archives du duc.

Le souper terminé, il s'approcha de Harriet, qu'escortait un vieux militaire du meilleur monde. « Puis-je vous dire un mot, Votre Grâce ? » lui glissa-t-il en lançant un regard noir au barbon qui le jaugeait avec hauteur, comme s'il s'émerveillait de l'impertinence de ces hôteliers.

Harriet prit congé de son cavalier dans un murmure et

s'éloigna avec sir Philip. « Je voulais juste m'assurer que vous vous amusiez, commença sir Philip.

– Oui, je vous remercie. Je n'ai entendu que des éloges sur la cuisine de Despard.

– Vous connaissez bien lady Farley, n'est-ce pas ?

– Autant que l'on puisse connaître quelqu'un en société.

– C'est un drôle de vieux collier qu'elle a autour du cou.

– Effectivement, dit Harriet. Je l'ai remarqué parce que mon mari en possède un assez comparable à la campagne. Il veut que je le porte, mais je ne l'aime guère. Je pense qu'il sera surpris d'apprendre qu'il n'est pas unique.

– Plus rien ne l'est de nos jours, assura sir Philip. Mais je ne serais pas surpris d'apprendre que le collier de lady Farley est en toc. »

Harriet rit. « C'est vous l'expert dans ce domaine. À mes yeux, il a tout d'un vrai. Jane semble faire preuve d'un peu d'entrain ce soir. Tout le monde commente sa beauté.

– Vous devriez empêcher le Français de lui tourner autour. »

Harriet balaya la salle de bal du regard par-dessus l'épaule de sir Philip. « Elle danse avec Clarence Farley et s'en sort à merveille, d'après ce que je vois. Je ferai mon possible pour la tenir éloignée du *comte**. »

Jane appréciait la compagnie de Clarence Farley, un jeune homme sérieux d'apparence calme et courtoise. Elle se sentait en sécurité avec lui, ce qui était loin d'être le cas avec le comte aux pétillants yeux bleus. Quand Clarence l'invita à laisser passer la danse suivante pour converser, elle accepta volontiers. Ils échangèrent des banalités sur le temps qu'il faisait, les bals et les réceptions à venir. Clarence était doté d'épais cheveux bruns et d'un visage qui n'avait rien de mémorable, avec ses petits yeux marron et sa bouche plutôt large, mais il était élégamment vêtu et semblait très à l'aise en sa compagnie.

« Depuis combien de temps connaissez-vous Mornay ? demanda-t-il tout à trac.

– Peu de temps, répondit Jane. Et je ne le connais pas très bien.

– Vous êtes nouvelle à Londres, miss North. J'ai le sentiment que je dois vous prévenir qu'il a une réputation d'aventurier. »

Pour une obscure raison qui lui échappa, elle fut agacée d'entendre critiquer le comte. « Il se murmure pourtant qu'il est riche, rétorqua-t-elle.

– Je ne voulais pas sous-entendre qu'il poursuivait des héritières, dit Clarence. Seulement qu'il était volage et brisait des cœurs.

– Mon cœur est à l'abri, monsieur, répliqua Jane avec froideur.

– Chère miss North, loin de moi l'idée de vous offenser, au contraire, je sens que nous pourrions être amis. Puis-je demander à Sa Grâce la duchesse la permission de vous emmener en promenade ?

– Très certainement. » Jane l'apprécia soudain à nouveau. « Quand cela ?

– Vous recevrez des visites demain, y compris la mienne. Disons, après-demain ?

– J'en serais enchantée.

– La prochaine danse est sur le point de commencer et voici vos soupirants. À bientôt, miss North. »

Pendant le cotillon, Jane fut contente de constater que Frances n'était pas en reste. De fait, elle n'avait pas manqué une seule danse depuis sa conversation avec lady Dunwilde. Cela tenait, pensa Jane, à sa pétulance et à son affabilité. Nul doute que la petite Frances serait fiancée avant les reines de beauté.

Frances souriait et parlait à ses partenaires comme si de rien n'était, alors qu'elle ne perdait pas Jamie de vue.

Pour l'instant, il ne s'était pas approché de lady Dunwilde, mais comme la danse se terminait, elle le vit contourner les danseurs pour la rejoindre. Elle ne put le supporter. Que se passerait-il s'il découvrait trop tôt qu'elle avait travesti les propos de l'Écossaise ?

Alors, au moment où Jamie fut sur le point d'atteindre sa cible, Frances feignit de se tordre la cheville, laissa échapper un cri aigu et chancela, comme prise de vertige. Son cavalier, un jeune homme timide, la dévisagea, impuissant. Jamie, avec un grognement agacé, se rua vers la jeune fille et la prit dans ses bras.

« Ma sotte de cheville », murmura Frances, les larmes aux yeux, car tous les sentiments qu'elle éprouvait pour Jamie remontaient, faisant chavirer ses sens. Elle sentait ses bras autour d'elle, le léger parfum qu'il portait, la chaleur de son corps.

« Allons, dit-il. Appuyez-vous sur moi. Où est votre mère ? Je crains que vous ne dansiez plus ce soir. »

Il avait oublié lady Dunwilde pour le moment. Frances était une petite écervelée qui avait besoin que l'on veille sur elle. Inquiète, Jane les rejoignit. Elle se doutait que Frances avait fait mine de se tordre la cheville, mais s'alarma devant la tension qu'elle décela sur son visage. « Je vais chercher votre maman, dit-elle. Vos parents devraient vous ramener chez vous.

– Je voudrais m'asseoir au calme et peut-être boire un verre de limonade, lâcha Frances.

– Permettez-moi de m'en occuper », intervint Jamie. En revenant avec la limonade, il remarqua que lady Dunwilde avait été rejointe par son mari, qui n'était pas de première jeunesse. Elle lança un regard languissant dans la direction de Jamie, mais celui-ci, n'ayant pas encore digéré les paroles que Frances lui avait rapportées, se détourna, tendit avec sollicitude sa limonade à la jeune fille puis prit

– Tout cela à la fois, Frances ? Allons, soyez raisonnable. La prochaine fois qu'elle vous confiera un message pour Mr Ferguson, ou lui pour elle, dites la vérité. Et oubliez cet homme ! Vous avez eu beaucoup de succès hier soir, vous devriez être chez vous, en train de vous préparer à recevoir vos visiteurs. »

La coutume voulait que les gentlemen rendent visite aux jeunes filles avec lesquelles ils avaient dansé la veille, même si certains se contentaient de faire porter leur carte de visite par un domestique.

« Je suis sûre que Mr Ferguson viendra me voir. » Frances fit la moue. « Mais ce sera sans doute pour me confier d'autres messages pour sa dulcinée. Qu'en est-il de vous et de Mr Clarence Farley ? C'est un jeune homme solide et fiable, même si je persiste à penser, chère Jane, que votre canaille de *comte** fait de l'ombre à tous les autres.

– Même à Mr Ferguson ?

– À l'exception de Mr Ferguson. Vous êtes si triste et si grave, Jane, peut-être qu'un jaseur est justement ce qu'il vous faut. Mais j'imagine que tout le monde vous a mise en garde contre lui.

– Presque tout le monde, y compris Mr Farley, qui doit, d'ailleurs, m'emmener en promenade demain.

– Soyez prudente. Quelque chose me déplaît chez ce garçon.

– Il semble gentil et raisonnable pourtant, dit Jane avec mélancolie. Il ferait un bon mari, j'en suis persuadée.

– Mes nerfs ont été mis à rude épreuve hier soir, je me trompe sans doute. Je suis tellement fatiguée, je n'ai pas bien dormi parce que je n'avais pas la conscience tranquille, vous comprenez.

– Alors vous ne mentirez plus ? »

Frances se leva et noua les rubans de sa capote. « Nul doute que si, chère Jane. Peut-être ne devrais-je pas me sentir coupable, après tout, je protège lady Dunwilde en l'empêchant de commettre un adultère ! »

Ce même matin, lady Fortescue convoqua Mr Davy dans sa chambre. « Je suis désolée de vous importuner dès potron-jacquet, dit-elle quand il se présenta en robe de chambre et bonnet de nuit. J'ai besoin de votre aide. Jack est venu me prévenir qu'il avait reçu un message du Limmer, où sir Philip s'adonne à la boisson en ce moment même. Il n'est pas bon pour un homme de son âge de commencer la journée en buvant. Je vous en prie, allez voir si vous pouvez le faire cesser et le mettre au lit. »

Mr Davy tenait lady Fortescue en haute estime, c'est pourquoi il ne protesta pas, bien qu'il eût de tout cœur préféré refuser. Il regagna sa chambre d'un air sombre, se rasa, s'habilla puis se mit en route pour le Limmer.

Il trouva sir Philip dans la *coffee room*, fixant d'un air maussade une bouteille de vin à moitié vide.

Quand ses yeux pâles se posèrent sur Mr Davy, il lança : « Pourquoi m'infligez-vous votre présence, fils de catin, souillure de pot de chambre, racaille de chenil ?

– Je serais ravi de vous laisser pourrir sur place, répliqua Mr Davy d'un ton égal, si lady Fortescue ne s'inquiétait point de votre santé. Par simple curiosité, qu'est-ce qui vous a mené à la bouteille à cette heure matinale ? »

Sobre, il ne serait jamais venu à l'idée de sir Philip de se confier à ce saltimbanque, mais l'inquiétude, l'alcool et une nuit sans sommeil lui délièrent la langue. Après le bal, avant de quitter la demeure de lady Farley, il en avait examiné les portes et les fenêtres et savait qu'il n'y avait aucune chance qu'un vieux gentleman comme lui parvienne à triompher des nombreux verrous et serrures dont elles étaient munies. Tout était perdu, il le sentait, et il en découlerait honte et scandale.

Il fit mine de se servir un autre verre, mais Mr Davy l'arrêta. « Buvez du café, le pressa-t-il. Je vais peut-être pouvoir vous sortir de ce mauvais pas.

– Vous ! » s'exclama sir Philip sur un ton de répugnance. Mais il ne protesta pas quand Mr Davy commanda un pot de café. Il ressentait l'envie irrépressible de confier ses ennuis à cet acteur ; après tout, Mr Davy n'étant pas un gentleman, il n'aurait aucun droit d'exprimer l'émotion ou l'indignation morale réservées à cette seule classe.

Mr Davy garda un silence compatissant jusqu'à ce que sir Philip eût avalé deux tasses de café, puis il dit : « Je vous écoute. De quoi s'agit-il ? »

Alors sir Philip, d'une voix atone, n'articulant qu'à peine, lui conta son vol du collier pour financer la création de l'hôtel et la réapparition du bijou au cou de lady Farley, concluant dans un gémissement : « Comment un vieillard comme moi pourrait-il espérer forcer les serrures et les verrous de la demeure de lady Farley ?

– Sur ce point, dit Mr Davy, je pourrais vous aider.

– Vous ? cracha sir Philip avec mépris. Comment ?

– J'ai encore beaucoup d'amis comédiens. La bonne société apprécie grandement le théâtre amateur et aime à prendre conseil auprès de personnes du métier. Il suffirait de suggérer à lady Farley qu'une petite soirée théâtrale aurait beaucoup de succès et que vous connaissez l'homme qui pourrait l'organiser. De mon côté, je ferai en sorte que vous soyez présent. Une fois dans la place, quand tout le monde sera absorbé par la pièce, vous vous éclipserez. J'ai remarqué que lors de ce genre d'événement, les domestiques sont autorisés à profiter du spectacle. Vous devriez pouvoir vous rendre dans la chambre de madame sans être vu. Cependant, si je fais cela pour vous, j'attends quelque chose en retour.

– Combien ? ricana sir Philip.

– Il ne s'agit pas d'argent, mais de la promesse que vous ne vous mêlerez plus de mon amitié avec miss Tonks. »

Aussitôt dégrisé, sir Philip dévisagea Mr Davy pendant que sa cervelle œuvrait. Dis oui, promets n'importe quoi, pensa-t-il. Tu pourras demander sa main à miss Tonks quand tout sera fini et prétendre que cela n'interférera aucunement dans leur amitié, que tu espères qu'ils resteront amis, oui, c'est cela. Il faudra rendre visite à Harriet, lui voler un de ses sceaux et imiter son écriture, parce que tu auras besoin d'une lettre censée venir d'elle te donnant l'autorisation d'emporter ce faux collier à Londres, au prétexte de le faire nettoyer. Les domestiques du duc ne seront pas un obstacle, ils t'ont vu quand tu lui as rendu visite.

« Très bien, répondit sir Philip. Vous avez ma promesse. Il faut que je file à la campagne pour mettre la main sur la copie. Pensez-vous pouvoir organiser la représentation d'ici mon retour ?

– Oui, dit Mr Davy en se levant. Rentrez avec moi à l'hôtel, il faut rassurer lady Fortescue.

– Ne soufflez mot à personne de ce que je viens de vous raconter, l'avertit sir Philip.

– Vous avez ma parole. » Mr Davy le regarda avec curiosité. « Mais je ne comprends pas pourquoi vous ne le leur avez jamais dit. Ils doivent bien se douter que vous avez mis la main sur un objet de grande valeur, lancer un hôtel coûte très cher.

– Ils auraient pris peur, expliqua sir Philip tandis qu'ils sortaient du Limmer. Tout cela ressemblait à une plaisanterie, Harriet n'avait pas encore épousé Rowcester et, à l'époque, il avait l'air d'un idiot pompeux et je pensais qu'il méritait de se faire friponner. Et puis, à mesure que le temps passait, il semblait de plus en plus difficile de confier aux associés ce que j'avais fait. » Il leva sa canne et héla un fiacre. « Rassurez lady Fortescue, je me porte on ne peut mieux. Il faut que j'aille voir Harriet. »

Quand sir Philip fut annoncé, Harriet était dans son boudoir. Elle le reçut, mi-ennuyée, mi-amusée. « En voilà une heure pour faire des visites, dit-elle. Je me prépare à recevoir les gentlemen qui ont dansé avec Jane et moi-même au bal. »

Les yeux pâles du vieil homme se tournèrent pensivement vers le petit bonheur-du-jour niché dans un coin de la pièce. Comment détourner l'attention de Harriet ? Impossible de feindre un malaise, elle n'aurait qu'à sonner ses domestiques. Il s'approcha de la fenêtre et observa la rue. « Je m'inquiète pour Jane, dit-il. Elle ne devrait pas encourager les attentions de ce *comte**.

– Jane ne s'intéresse absolument pas au *comte de Mornay**, répliqua Harriet. Quoi ! Qu'y a-t-il ? »

Sir Philip avait lâché une exclamation étouffée et scrutait la rue.

« Rien, rien, dit-il en hâte.

– Allons, on ne crie pas sans raison. » Harriet gagna la fenêtre et sir Philip s'écarta. Elle ne vit rien d'autre qu'un valet qui promenait un chien. Le rusé vieillard en profita pour se ruer sur le bonheur-du-jour, attrapa un sceau, une lettre à demi achevée et une feuille de papier à lettres vierge aux armoiries du duc ; il fourra le tout dans sa poche juste au moment où Harriet se retournait.

« J'ai cru apercevoir un vieil ami », dit sir Philip d'un ton désinvolte.

Harriet regarda le filou avec suspicion. « Maintenant que je vous ai assuré que Jane va bien et qu'elle ne court aucun danger d'être séduite par le *comte**, y a-t-il autre chose que vous souhaitez savoir ?

– Rien, rien », répondit sir Philip en gagnant la porte à reculons.

Après son départ, Harriet sonna sa femme de chambre. « Ouvrez la fenêtre, lui ordonna-t-elle. Je manque d'air. » La femme de chambre s'exécuta et une brise fraîche éparpilla les papiers qui jonchaient le petit bureau. La domestique les ramassa et les plaça sous un presse-papiers. Plus tard, quand elle ne trouverait pas la lettre qu'elle avait commencé à écrire à son mari, Harriet penserait qu'elle avait été emportée par le vent.

Malgré les rigides leçons dispensées par miss Stamp, Jane eut beaucoup de peine à se rappeler les noms des gentlemen qui lui rendirent visite cet après-midi-là, à l'exception de Mr Farley et du comte. Ce dernier ne resta que dix minutes et se montra courtois, mais distant. Jane aurait dû être soulagée, mais elle se sentit irritée et se dit qu'un homme qui demandait sa main à une femme un jour et l'ignorait le lendemain était un charlatan. Cette contrariété ne l'empêcha pas de repenser avec perplexité à sa tentative de suicide. Jour après jour, elle découvrait tellement de raisons de vivre – l'amitié de Frances, la gentillesse de Harriet, l'étrange sentiment de quiétude procuré par l'intérêt que lui portaient les propriétaires de l'hôtel, eux qui lui avaient sauvé la vie et dont Harriet lui avait assuré qu'ils s'enquéraient toujours de sa santé.

Piquée par le comportement du comte, elle se montra des plus charmante avec Mr Farley, ce que Harriet nota avec approbation, même si, l'eût-elle connue, elle n'en aurait pas aimé la raison.

Ce soir-là, en partant pour l'opéra, Harriet dit à Jane avec un certain amusement : « Vous êtes vraiment la beauté du moment à Londres. Je viens de voir un homme de l'autre côté de la rue qui croquait votre portrait ! »

Jane rougit légèrement. « Je ne me suis jamais considérée autrement qu'ordinaire.

– Et cela fait partie de votre charme, répliqua Harriet en riant. Vous êtes une jeune fille sensée. Je suis contente que vous ayez traité le *comte** avec une certaine froideur. »

Jane, qui avait pensé jusque-là que son comportement vis-à-vis du comte n'avait rien eu de notable, commença à regretter de s'être montrée si froide. Peut-être était-il débauché, mais à part cette narquoise demande en mariage, il s'était toujours montré courtois.

« Cependant, continuait Harriet, cela ne vous nuira point qu'on le voie vous porter de l'intérêt. Puisque je suis maintenant sûre que votre cœur ne court aucun risque de ce côté, je peux l'autoriser à vous emmener en promenade. Mr Farley, bien entendu, est un excellent parti. Un choix ô combien judicieux ! »

Mais fade, souffla une petite voix dans la tête de Jane. Tellement fade.

À l'opéra, Frances, qui occupait une loge jouxtant celle de Harriet, reçut la visite de lady Dunwilde, qui la prit à part. « Avez-vous transmis mon message à Mr Ferguson ?

– Oui, madame.

– Quelle fut sa réponse ?

– Elle m'a paru des plus bizarres, dit Frances. Il s'est contenté de rire.

– Ah, de plaisir bien sûr.

– Je crains que non, c'était une espèce de rire goguenard et ensuite il s'est exclamé : "Trop tard."

– Alors vous pourrez lui dire de ma part que je n'éprouve pas le moindre sentiment pour lui, s'indigna lady Dunwilde.

– Ne serait-il pas mieux de simplement l'ignorer, madame ? Une femme aussi belle et charmante que vous n'a nul besoin de perdre son temps avec un jeune homme sans cœur.

– Il a le même âge que moi !

– Oh oui, bien sûr. Comme vous voulez. Je lui transmettrai votre message.

– Faites donc, je viendrai vous voir demain pour entendre sa réponse.

– Je ne le verrai peut-être pas d'ici là.

– Il vient de s'installer dans la loge d'en face, avec le *comte de Mornay*. »

Le regard de Frances se porta de l'autre côté du théâtre et tomba sur Mr Jamie Ferguson, qui les observait avec attention. Il n'avait pas du tout l'air d'un homme que des mensonges auraient détourné de l'amour de sa vie. Elle se sentit très jeune et très bête. Voici qu'elle était utilisée par cette harpie pour arranger une liaison adultère. Et si Mr Ferguson était homme à s'accommoder d'une telle relation, elle ne voulait rien avoir à faire avec lui. Lady Dunwilde prit congé, d'autres jeunes hommes se pressèrent dans la loge et Frances tâcha de se montrer sémillante. Elle y réussit si bien que le comte, levant son lorgnon pour balayer la salle du regard, dit à Jamie : « Miss Haggard est très en beauté ce soir. Quelle charmante petite créature. »

Seulement Jamie ne voyait en Frances qu'un moyen de réaliser les espoirs et les désirs qu'il caressait. La représentation reprit. Il devrait patienter jusqu'au prochain entracte pour découvrir ce que lady Dunwilde avait dit.

Mais à l'entracte suivant, il ne parvint pas à approcher Frances. Sa loge était emplie de visiteurs et elle ne fit aucun effort pour s'entretenir seule à seul avec lui. Il devrait attendre le bal qui se tiendrait après l'opéra.

Le comte rencontra des difficultés comparables à s'approcher de Jane quand il se rendit dans la loge de Harriet.

Mr Farley était là et le comte entendit cet individu insipide rappeler à Jane leur promenade en calèche le jour suivant. Il fut surpris de ressentir un sentiment amer, une aigreur, qu'après un rapide examen, il reconnut pour de la jalousie. Il s'éloigna, héla un des valets de l'opéra et lui demanda de se rendre dans la loge de la duchesse de Rowcester pour prévenir Mr Farley que sa mère le réclamait sur-le-champ. Il attendit de voir son rival se retirer pour prendre promptement place au côté de Jane.

« Enfin seuls, dit-il.

– C'est parce que la représentation est sur le point de reprendre, souligna Jane.

– Vraiment ? » Il se rencogna dans son fauteuil. « Je suis éreinté, ma loge est trop loin, je reste ici. » Jane lança un regard implorant à Harriet, mais la duchesse scrutait déjà la scène. Jane vit à peine le dernier acte, elle n'avait à l'esprit que la silhouette séduisante à ses côtés, consciente que les yeux du comte étaient souvent fixés sur son visage. Le souffle commençait à lui manquer et elle fut soulagée que la représentation s'achève enfin. Hélas, le comte semblait décidé à les accompagner au bal, offrant un bras à chacune et affectant à la ronde un sourire de propriétaire.

Remarquant les coups d'œil envieux dans leur direction, Harriet décida de se prêter au jeu. Dans le regard fuyant de Jane, elle ne lut qu'un manque d'inclination pour le comte et décida qu'il ne serait pas imprudent de se servir de cette escorte pour étayer le statut de sa protégée dans la société. Du moment qu'elle était convenablement chaperonnée, être courtisée par un riche débauché à la vue de tous ne pouvait nuire à la réputation d'une jeune fille.

Frances, quant à elle, savait que le moment était venu de mettre un terme à ses mensonges, alors quand Jamie s'approcha d'elle et lui demanda la permission de l'emmener valser, c'est avec tristesse qu'elle accepta. « J'ai une confession à vous faire », murmura-t-elle.

Il pencha la tête et sourit avec indulgence : « Qu'avez-vous encore inventé ?

– J'ai raconté des mensonges.

– De gros mensonges ?

– Très gros.

– Voulez-vous m'en parler ?

– Il le faut. Lady Dunwilde n'a dit aucune des choses cruelles que je vous ai rapportées. Elle souhaite avoir une liaison avec vous. »

Le visage de Jamie s'assombrit. « Quoi ? Que dites-vous ?

– Elle m'a demandé de vous assurer qu'il y avait encore de l'espoir.

– Pourquoi m'avez-vous menti ? Pourquoi ?

– Je n'approuve pas l'adultère. Et je n'aime guère lady Dunwilde. »

Elle leva les yeux vers ceux de Jamie, mais ils dardaient vers l'autre côté de la salle de bal, en direction de l'endroit où lady Dunwilde dansait, et son visage fut soudain radieux. « Je vous en prie, ne m'en tenez pas rigueur, murmura Frances.

– Hein ? Oh, tout est pardonné, je vous le promets. »

À la fin de la danse, après la figure que l'on appelait la promenade, il abandonna Frances à son cavalier suivant et, impuissante, la jeune fille le vit traverser la salle et inviter Lady Dunwilde. Après un rapide échange, l'Écossaise décocha un regard funeste à Frances, qui essaya de se convaincre qu'elle avait fait ce qu'il fallait. Malgré son désarroi, elle remarqua que Jane semblait apprécier la compagnie du comte. Assis à l'écart, ils buvaient de la limonade et Jane semblait ignorer que, caché derrière un pilier, Clarence Farley les fusillait du regard.

« Ma foi, je suis fort aise que vous me taquiniez sur quelque chose, miss North, même s'il s'agit de mon inclination à la débauche, disait le comte. Pensez-vous que les mauvais sujets puissent s'amender ?

– Je ne suis que peu versée dans les manières du monde, répondit Jane, mais non, je ne le pense pas. Vous êtes un triste séducteur.

– Au contraire, à cet instant je suis un séducteur heureux. Pourquoi avoir fait l'honneur de votre compagnie à Farley ?

– Il est…

– Inoffensif ? »

Elle eut un rire réticent qu'il se réjouit d'entendre.

« Oui, c'est cela, inoffensif. Parlons d'autre chose, voulez-vous ?

– Eh bien, observons miss Frances. Bien qu'aveuglé par vos charmes, je remarque qu'elle a parlé très sérieusement à mon ami, Mr Ferguson, pendant la valse. Mr Ferguson a eu l'air surpris, courroucé, puis fou de joie. Votre jeune amie, elle, a la mine défaite, bien qu'elle s'efforce de faire bonne figure. Et voilà que Mr Ferguson rejoint lady Dunwilde.

– J'ignore de quoi il retourne, dit Jane, loyale, quoiqu'elle fût certaine que Frances avait livré la vérité à Mr Ferguson.

– Même lorsque vous mentez, vous le faites avec grâce. J'en déduis qu'il s'agit d'un autre sujet interdit. Revenons à vous. Avez-vous des frères et sœurs ?

– Quatre frères, tous dans l'armée.

– Vous sont-ils chers ?

– Je les connais à peine. Quand je suis née, ils étaient déjà des hommes. Ma mère n'a pas survécu longtemps après ma naissance.

– Vous avez donc été élevée par votre père. Qui est-il ?

– Mr North, dit Jane, ouvrant et refermant son éventail avec nervosité.

– Et Mr North possède-t-il des terres ? Un domaine ?

– Oui, *monsieur le comte**.

– Ce domaine est-il fort grand ?

– Je ne sais point. Votre domaine est-il fort grand, monsieur ?

– Je ne possède pas de terres… pas encore. Mes parents m'ont amené en Angleterre après la Terreur, ils ont pris un logement dans un faubourg quelconque où ils comptaient vivoter, vendant l'un après l'autre les nombreux bijoux qu'ils avaient pu sauver. Je me suis intéressé à la Bourse, un genre de pari qui convient à un gentleman. Avec ce qu'il restait de bijoux, je fus capable de faire fortune et ils vécurent leurs vieux jours dans le confort. Mais je ne cesse de penser à nos terres familiales, en Bourgogne. Peut-être me seront-elles restituées. Peut-être pourrai-je un jour rentrer chez moi. J'ai cependant l'intention d'acheter une propriété dans ce pays. Dans le Durbyshire peut-être ? Qu'en pensez-vous, miss North ?

– Je n'ai pas d'opinion sur le sujet. »

Il lui sourit et dans ses yeux bleus brilla cette lueur moqueuse qui la troublait tant. « Je m'y vois tout à fait : une belle demeure, quelques arpents de terre ondoyants et des enfants qui courent en tous sens. Dans ma tête, il y fait toujours beau. Je rentrerais après avoir inspecté ma propriété et elle serait là pour m'accueillir, les enfants blottis dans ses jupes.

– *Monsieur le comte**, dit Jane d'une voix un peu trop aiguë, vous êtes un romantique. Je suis persuadée que votre femme divertira vos amis pendant que vos enfants seront à l'étage, cloîtrés dans la salle d'étude, à la merci d'une gouvernante tyrannique.

– C'est ce qui vous est arrivé, miss North ?

– Ce n'est pas de moi que nous parlons.

– J'en conviens, mais songez à ma vision. Vous-même,

n'avez-vous pas de rêves ? N'imaginez-vous pas vous établir auprès d'un mari aimant ? Fermez les yeux. N'entendez-vous pas les rires des enfants et le souffle du vent dans les arbres ? »

Jane pensa à sa sinistre enfance et fut consternée de sentir une larme rouler le long de sa joue.

« Allons, qu'ai-je donc fait ? demanda le comte. Pour rien au monde je ne voudrais vous bouleverser. Je vous en prie, dites-moi ce qui vous fait souffrir, miss North. Je suis votre serviteur, votre esclave dévoué, madame. »

La lueur rieuse avait quitté ses yeux, ils ne contenaient plus que gentillesse et inquiétude.

Jane se ressaisit, mais au prix d'un grand effort, car la gentillesse qu'elle distinguait dans les yeux du comte suscitait en elle l'impérieuse tentation de se reposer sur lui, de lui confier ses soucis, de lui demander son aide. Mais peut-être tout cela faisait-il partie du charme fatal du gentleman.

Clarence Farley s'inclina devant elle. « Notre danse, miss North. »

Elle se leva, fit la révérence, le comte se leva à son tour, s'inclina puis se mit en quête de Harriet.

Celle-ci s'entretenait avec Mrs Haggard. « Duchesse, puis-je avoir votre permission d'emmener miss North se promener en voiture ? »

Harriet leva les yeux vers lui. Il était décidément fort séduisant. Après tout, il ne s'agissait que d'une promenade dans le parc, rien qui puisse porter préjudice à l'avenir de Jane. Elle semblait si bien s'entendre avec Clarence Farley, cet intérêt la protégeait, et un peu de concurrence ne faisait jamais de mal. « Miss North est prise demain, elle s'est engagée pour une promenade en calèche, dit-elle. Après-demain peut-être ? À cinq heures de l'après-midi ?

– J'en serais enchanté », dit le comte.

Mrs Haggard le regarda s'éloigner. « Est-ce bien sage ?

– Oui, je le pense, répondit Harriet. J'ai pris des renseignements exhaustifs sur ce *comte**, il n'a pas la réputation de séduire les vierges. Il se contente de divertir la plus jolie jeune fille de Londres. J'ai noté que votre Frances avait beaucoup de succès.

– Oui, acquiesça Mrs Haggard avec suffisance. Nous avons reçu de nombreuses visites aujourd'hui et je ne m'inquiète plus de ses chances d'épouser un bon parti. »

Mais elle leva un regard surpris quand Frances vint la trouver à la fin de la danse pour lui dire d'un ton hésitant : « Cela vous ennuierait-il beaucoup, maman, que je rentre avec Jane après le bal ?

– Et pour quelle raison cela m'ennuierait-il ? répliqua Mrs Haggard avec humeur. C'est à Sa Grâce que vous devriez adresser votre requête. »

La douleur que Harriet lut dans les yeux de Frances lui fit dire avec empressement : « Vous savez comment sont les jeunes filles, elles veulent parler de leurs galants. Vous êtes évidemment la bienvenue, Frances. Et il ne sera pas nécessaire de demander à un domestique d'apporter votre nécessaire de nuit, j'ai tout ce qu'il faut et Jane vous prêtera une toilette pour le matin. »

Mrs Haggard ouvrit la bouche pour protester, puis la referma. Une duchesse était une duchesse et cela ne nuirait pas à Frances d'être vue en si bons termes avec la duchesse de Rowcester et sa protégée.

C'est ainsi qu'après le bal, une Frances étonnamment silencieuse fit le trajet de retour avec Harriet et Jane. Celle-ci ne fut pas surprise de voir son amie venir la trouver dans sa chambre après avoir courtoisement pris congé de Harriet pour la nuit. À peine entrée, Frances s'écria : « Il faut que je me confie, tout cela est trop affreux ! »

Jane prêta une oreille compatissante à Frances, qui lui

raconta avoir révélé la vérité à Mr Ferguson et conclut dans un gémissement : « Et il fut trop content de me gourmander.

– Vous devez l'oublier, dit Jane. Vous ne pouvez pas nourrir de sentiments pour un homme qui envisage même seulement d'entretenir une liaison avec une femme mariée.

– C'est la faute de son ami, ce *comte**, rétorqua Frances, l'air buté. Ce n'est pas parce que ce Français frivole trouve amusant de faire la cour à des femmes mariées que Mr Ferguson doit l'imiter. Pensez-vous que l'amour d'une femme vertueuse pourrait réformer ses mœurs ?

– C'est à vous-même que vous pensez ? » Jane la regarda avec tristesse. « Je ne le crois pas. D'après mes observations, les dames de la société se marient par convenance et ce n'est qu'après qu'elles tombent amoureuses, et jamais de leur mari.

– Mais la duchesse de Rowcester aime tellement son mari, qui le lui rend bien. Tout le monde le dit.

– Il existe certes des exceptions, Frances, mais ce n'est pas courant, j'en suis persuadée en tout cas.

– Et l'amour ? Les sentiments ? Vous établiriez-vous pour quelqu'un comme Clarence Farley ?

– Oui, je crois que je le pourrais. Ce serait gage d'une certaine liberté, j'aurais mon propre foyer, des enfants. » Un petit sourire lui incurva les lèvres et elle ajouta d'un ton rêveur : « Quelques arpents de terre ondoyants, une belle demeure et des enfants blottis dans mes jupes pour l'accueillir. » Un instant, elle se vit par une belle soirée d'été debout devant une telle demeure ; cependant, l'homme qui remontait l'allée à cheval n'était pas Mr Farley, mais le comte. Vite, elle chassa ce doux rêve d'un battement de paupières.

Après avoir souhaité le bonsoir à Mr Ferguson, le comte attendit en vain que son attelage soit avancé et découvrit au bout d'une demi-heure que l'on avait donné congé à son cocher au prétexte qu'il voulait rentrer à pied.

Il se mit en route par les rues sombres dans son élégant habit de soirée, se demandant ce que son valet découvrirait sur Jane, s'émerveillant à chaque pas que son esprit ne s'écarte jamais d'elle.

Il était si absorbé dans ses pensées qu'il faillit ne pas entendre à temps le martèlement de pas derrière lui. Il fit volte-face et tira son épée de cour tout en esquissant un pas de côté, échappant de justesse au coup mortel d'un gourdin. Le dos au mur d'une maison, il se colleta avec ses assaillants, au nombre de trois. Ils tentèrent de le prendre d'assaut, mais son épée, s'abattant comme l'éclair, toucha au bras l'homme au gourdin puis s'attaqua en tournoyant aux deux autres, qui, perdant du terrain, tournèrent les talons et prirent leurs jambes à leur cou. Le comte rattrapa l'homme blessé qui s'éloignait en chancelant, le fit pivoter et appuya la pointe de son épée contre sa gorge.

« Que cherchiez-vous, *mon brave** ? demanda-t-il.

– Vos bijoux, de l'argent, c'est tout, je le jure. »

La pointe de l'épée pesa un peu plus sur le cou de l'homme. « Allons, mon bon, qui vous envoie ?

– Personne, Vot' Honneur », pantela l'homme.

Le comte le repoussa avec dégoût. « Pouah, vous dégagez une odeur abominable. » Se trouvant libre de ses mouvements, son assaillant détala avec une célérité surprenante, s'engageant dans une allée sombre sur sa gauche. Le comte renonça à se lancer à sa poursuite, les complices du coquin pouvaient l'attendre. Il ne parvenait pas à croire que cet assaut relevait du hasard. On avait renvoyé sa voiture. On voulait qu'il rentre seul.

On voulait le tuer.

7

« Je ressens les tourments de l'amour déçu. »

NICHOLAS ROWE

Deux semaines avaient passé depuis le bal de lady Farley, et sir Philip s'était cloîtré avec Mr Davy dans le bureau de l'hôtel.

« Vous avez le collier ? demanda Mr Davy.

– Oui, ils me l'ont confié sans faire d'histoires, répondit sir Philip. Alors, qu'en est-il de la pièce ? J'avais semé l'idée dans l'esprit de lady Farley avant de partir.

– Nous jouerons l'acte deux de *La Ruse du petit maître*. Nous disposons de quelques comédiens professionnels, dont je fais partie, et lady Farley interprétera lady Bountiful. Vous-même jouerez le rôle d'un passager de diligence en séjour à l'auberge de Boniface, mais dès que la deuxième scène sera entamée, vous vous lèverez et vous sortirez. Tout le monde pensera que votre personnage se retire. » Mr Davy sortit un rouleau de papier et l'étala sur le bureau. « Voici un plan de la maison, je l'ai dessiné pour vous. La chambre de madame se trouve à cet endroit. Si elle prévoit de porter le collier pendant la pièce, je l'en dissuaderai en prétextant que cela ne convient pas à une comédie de la Restauration. Vous devrez gagner ses appartements par l'escalier de service. Les domestiques assisteront à la représentation debout derrière les invités. Lady Farley veut un public fourni pour admirer ses talents.

– Sait-elle jouer au moins ?

– En aucune manière. Elle était surprise de devoir apprendre ses répliques, elle pensait qu'un domestique pourrait le faire pour elle. Mais ce n'est pas notre affaire. Ce ne sera pas la première fois que je devrai endurer ce genre d'épreuve.

– Qui jouez-vous ?

– Gibbet, le bandit de grand chemin.

– Et si le coffret à bijoux est fermé à clé ?

– Sir Philip, sauf erreur de ma part, vous êtes parfaitement capable de forcer la serrure simple que l'on trouve généralement sur les coffrets à bijoux.

– Si vous le dites. Et quand cela se passera-t-il ?

– Ce soir.

– Ce soir ! s'écria sir Philip. Diable d'homme, que serait-il arrivé si je n'étais pas rentré à temps ?

– Vous avez envoyé un message à lady Fortescue l'informant précisément de votre date de retour. Tout se déroule à merveille. Vous n'oublierez pas votre promesse ?

– Non, non, maugréa sir Philip. Je ne contrarierai pas votre amitié avec miss Tonks. Vous songez à l'épouser, hein ?

– Ce n'est pas ce que j'ai dit. »

Bien, pensa sir Philip, alors je lui demanderai sa main et je pourrai déclarer en toute bonne conscience que vous n'aviez parlé que d'amitié.

« Que ferons-nous si cela ne marche pas ? demanda-t-il tout haut, terriblement inquiet.

– Pourvu que vous soyez vif et habile, cela devrait marcher.

– Son fils, ce Clarence, je ne veux pas le voir rôder dans le coin.

– Il joue Aimwell et se prend pour le nouveau Edmund Kean.

– Alors ça devrait aller, se rassura sir Philip. Vous n'avez rien livré aux autres ?

– Bien sûr que non. Vous avez ma parole. »

Pour ce qu'elle vaut, songea sir Philip avec méchanceté.

*

« Je m'inquiète de plus en plus pour sir Philip, confia plus tard ce jour-là lady Fortescue au colonel Sandhurst et à miss Tonks. Je le trouve nerveux et agité. Il a disparu à la campagne et a refusé de nous dévoiler où il allait. J'espère qu'il ne joue pas notre argent aux courses.

– Impossible, certifia le colonel, je contrôle de près les registres et miss Tonks, ici présente, tient les comptes avec soin.

– Nous sommes devenus tellement riches, dit miss Tonks avec mélancolie. Vendrons-nous lorsque notre prince prendra congé ? »

Le colonel retint son souffle.

« Pourquoi pas », dit lady Fortescue.

Le visage du vieux colonel rayonna de pur bonheur, bien vite éteint quand lady Fortescue poursuivit, l'air songeur : « J'ai pensé que, dans la mesure où nous nous sommes si parfaitement accordés tous ensemble, nous pourrions prendre une maison en ville et nous consacrer à recevoir le beau monde. »

L'heureuse vision du colonel, un manoir bien tenu à la campagne partagé avec son épouse, lady Fortescue, tourbillonna dans sa tête avant de disparaître.

Miss Tonks ne savait que penser. Avant l'arrivée de

Mr Davy, la perspective de passer ses vieilles années aux côtés de ses compagnons l'aurait enchantée, mais désormais, elle l'effrayait. Le titre magique de « Mrs » semblait plus inaccessible que jamais. Et si Mr Davy utilisait sa part d'argent pour se lancer dans une aventure théâtrale ? Le colonel, lady Fortescue et sir Philip étaient si âgés qu'ils pouvaient mourir du jour au lendemain et alors elle se retrouverait à nouveau seule. Mr Davy était certes plaisant et toujours courtois avec elle, dont il recherchait au demeurant volontiers la compagnie. Mais comment un homme qui avait passé sa vie entouré de belles actrices pourrait-il envisager d'épouser une vieille fille défraîchie de plus de quarante ans ?

Sans compter qu'il avait rejoint sir Philip dès son retour de la campagne et qu'ils s'étaient claquemurés dans le bureau. Ils avaient des airs de conspirateurs. Et puis, Mr Davy avait prévu une représentation théâtrale chez lady Farley, mais quand miss Tonks avait timidement avancé qu'elle aimerait l'accompagner pour l'aider, il avait feint de ne pas l'entendre.

Elle vit de la douleur sur le visage du colonel. Elle savait qu'il rêvait d'épouser lady Fortescue et décida donc de les laisser en tête à tête pendant qu'elle-même entreprendrait de découvrir ce que mijotaient Mr Davy et sir Philip.

Miss Tonks partie, le colonel s'éclaircit la voix. Il était sur le point de rappeler à lady Fortescue sa promesse de prendre en considération sa demande en mariage et leur retraite à la campagne, mais tout à coup, il ne s'en sentit pas capable. Il redouta d'être purement et simplement éconduit. Lady Fortescue dissertait sur les menus et la possibilité de commander de nouveaux rideaux pour chacune des pièces de l'hôtel. N'était-ce pas le signe qu'elle n'avait aucune intention de vendre ? Car à quoi bon rénover un lieu que l'on s'apprête à quitter ?

Ce soir-là, costumé en passager de diligence, autrement dit vêtu de ses propres habits de voyage et le visage enduit de fard crasseux, sir Philip patienta sur scène deux bonnes minutes, puis regarda ostensiblement sa montre et, feignant un sursaut fort bien joué, sortit de scène. Grâce au plan que Mr Davy lui avait dessiné, il atteignit sans embûche l'escalier de service. Comme son complice l'avait prévu, la plupart des domestiques se trouvaient dans le public. Sir Philip gagna les étages supérieurs et, consultant de nouveau le plan à la lumière d'une lampe à huile, localisa les appartements de lady Farley. Une fois entré, il regarda autour de lui, poussa un soupir de soulagement, traversa le boudoir et pénétra dans la chambre. Le coffret à bijoux était posé sur la table de toilette, un grand meuble aux ferrures de laiton. Il sortit son couteau de poche et examina la serrure.

Pendant ce temps, au rez-de-chaussée, les choses se corsaient pour Mr Davy. Lady Farley, qui s'était montrée d'humeur épouvantablement capricieuse pendant les répétitions, jugea insuffisants les applaudissements que sa performance récolta lors de la première scène du deuxième acte. Il fut horrifié de la voir se lever et sortir d'un pas raide, la mine boudeuse, suivie de sa femme de chambre. Il n'avait aucun moyen de prévenir sir Philip.

À l'étage, sir Philip forçait la serrure du coffret à bijoux. Avec un sourire triomphant, il en sortit le vrai collier et y substitua le faux. Il fut soulagé de constater que la serrure n'était pas endommagée et qu'il pouvait refermer le coffret sans laisser de trace de son forfait. Il se dirigeait vers la porte quand il entendit une voix haut perchée. Lady Farley ! « Qu'avez-vous pensé de mon jeu d'actrice, Clorinda ? J'ai été formidable, n'est-ce pas ? » disait celle-ci d'un ton irrité. Ce à quoi la bonne répondit : « Oui, en effet, madame. Vous égalez Sarah Siddons.

– Alors pourquoi n'ai-je pas reçu les applaudissements que je méritais ? »

Vif comme l'éclair, sir Philip plongea sous le lit. Il resta là, pris de terreur, dégoulinant de sueur, pendant que lady Farley geignait que ses nerfs étaient ébranlés, que personne ne l'appréciait à sa juste valeur, qu'elle se retirerait tôt, le tout ponctué des compliments obséquieux de la domestique.

Laissez-la donc se coucher, que diable, laissez-la donc, implora sir Philip en silence. Enfin, il entendit la bonne se retirer et le corps sur le lit au-dessus de lui se tourner et se retourner, à la recherche d'une position confortable. C'est alors que son nez se mit à le chatouiller. Il se pinça les narines pour retenir l'éternuement qu'il sentait monter. Le traître ébrouement sembla céder, mais à la minute où sir Philip lâcha prise, il éclata.

Lady Farley poussa un hurlement d'effroi. Il n'y avait plus qu'une chose à faire. Sir Philip bondit de sa cachette, ouvrit le rideau de lit et s'écria : « Ne me trahissez pas ! C'est par amour que j'ai fait cela ! »

À la lumière de la chandelle posée sur la table de nuit, lady Farley se recroquevilla contre les oreillers et fixa le visage sur lequel le fard dilué de sueur faisait des coulures.

« Ne criez pas, ma douce, haleta-t-il. Je vous aime ! » S'il s'était arrêté là, lady Farley, dont la main s'approchait déjà du cordon de la sonnette, aurait crié à l'aide, mais la peur inspira sir Philip. « C'est votre jeu d'actrice, madame, bredouilla-t-il. Remarquable. Je n'avais jamais rien vu de pareil. Vous m'avez dérobé mon pauvre vieux cœur. »

L'effroi et l'indignation s'évanouirent du visage de lady Farley et elle afficha un sourire affecté. « Ma foi, sir Philip, quel vieux fripon vous faites !

– Je n'y peux rien, dit sir Philip en se frappant la poitrine. Je demeure vulnérable à la beauté. Il fallait que je vous voie seule pour vous dire combien je vous adore. Maintenant que je vous ai avoué mon amour, je vous en prie, permettez-moi de me retirer et de vous confier aux bras de Morphée. »

Mon Dieu, qu'elle est laide, songeait-il, avec sa peau grêlée par des années d'application de céruse, riche en plomb, et ses cheveux usés par les teintures.

Elle lui lança un sourire charmeur. « Ma foi, sir Philip, susurra-t-elle, un tel amour mérite de recevoir sa récompense, ne pensez-vous pas ?

– Je ne saurais espérer une quelconque faveur, s'écria sir Philip avec une angoisse sincère.

– Quelle grosse bête vous faites. Venez ici. »

Juste avant qu'il ne fasse ce qu'il avait à faire, sir Philip pensa à ses associés avec une haine réelle. Ce qu'il en était réduit à faire pour eux !

Le lendemain, Mr Jamie Ferguson se prépara à retrouver son grand amour. Lord Dunwilde devait se rendre à la Chambre des lords pour prononcer un discours important et lady Dunwilde avait donné leur après-midi aux domestiques. Le chemin vers l'adultère se déroulait tout droit devant lui. Il était en train d'ajuster sa cravate quand le comte fut annoncé.

« Bonjour, dit celui-ci, se laissant tomber avec grâce dans un fauteuil. Je suis venu vous inviter à vous joindre à moi. J'emmène miss North en promenade. Je me suis montré délibérément froid à son égard afin de ne pas les alarmer, elle et sa protectrice, mais Farley la voit de plus en plus souvent à des bals et à des soirées. L'inoffensif, l'insignifiant Farley. Si vous vous joigniez à nous, peut-être pourrions-nous emmener la petite miss Frances, ce qui permettrait à miss North de se sentir plus à l'aise en ma présence.

– Hélas, mon ami, je suis attendu chez lady Dunwilde.

– Mazette ! Et Sa Seigneurie qui est réputée donner un important discours devant la Chambre. Important pour ce vieillard soporifique en tout cas. Alors comme ça, vous êtes sur le point d'accéder au désir de votre cœur ? *Eh bien**, je passerai chez miss Frances en premier pour voir si elle est libre et autorisée à se promener avec un vieux débauché comme moi, même si, à y repenser, elle a obtenu un tel succès que d'ici mon arrivée, elle aura sans doute déjà pris d'autres engagements.

– Miss Haggard ! Du succès !

– Mon cher Jamie, vous avez pris tant de soin à l'éviter depuis ses petits mensonges qu'il vous a manifestement échappé qu'elle ne passe jamais une danse assise sur sa chaise. C'est l'une des favorites de cette Saison.

– Ma foi, elle a un certain charme.

– Tant de vivacité, de chaleur, de sincérité ! Elle fera une bonne épouse. Sur ce, je vous abandonne à votre sort. Je pourrais aussi vous déposer chez lady Dunwilde en chemin. »

Jamie jeta un coup d'œil à la pendule et lâcha un rire réticent. « Si je pars maintenant, je serai en avance et je risquerais de croiser Sa Seigneurie sur le seuil. Je vais vous dire, je vous accompagne chez miss Frances. Il serait idiot de garder rancune à une personne si jeune et si insouciante.

– Splendide. En route. »

Jamie fut surpris de trouver le salon de Mrs Haggard grouillant d'élégants. Lorsque le comte demanda la permission d'emmener Frances en promenade avec Jane, Mrs Haggard répondit : « Je crains, comme vous le voyez, que ma fille n'ait trop de visiteurs cet après-midi. Une autre fois peut-être. »

Un valet déambulait avec un plateau chargé de vin et de biscuits. Jamie se servit un verre. Puisqu'il était venu parler à Frances, autant rester jusqu'à en avoir l'occasion. Il avait encore du temps devant lui, sans compter que Fiona Dunwilde s'était montrée cruelle à son égard, diablement cruelle. Elle méritait d'attendre un peu. Et maintenant, c'est avec son mari qu'elle se montrait diablement cruelle, siffla une voix dans sa tête. Il ne te l'a pas enlevée par ruse ni duplicité, elle y est allée avec joie.

Il rejoignit la petite cour de gentlemen qui, agglutinés autour de Frances, s'extasiaient devant ses croquis. Se faufilant tant bien que mal parmi ses admirateurs, il parvint à l'isoler jusqu'à ce qu'ils se retrouvent en tête à tête un court instant.

« M'avez-vous pardonnée ? » demanda Frances avec son franc-parler habituel.

Il sourit. « Bien entendu. »

Le visage de la jeune fille s'éclaira. « Alors nous pouvons de nouveau être amis. »

Il rit. « Aujourd'hui, je pourrais pardonner le monde entier. Je m'apprête à retrouver lady Dunwilde. »

Le minois expressif de Frances se figea en un masque de répugnance et elle dit d'un ton pincé : « Je ne voudrais pas vous retenir, alors. Ah, Mr Samson, pourquoi vous cachez-vous ? Vous me briserez le cœur si vous n'admirez pas mes croquis ! »

Un jeune homme s'avança d'un bond. Il n'avait, estima Jamie, qu'un ou deux ans de plus que Frances, un sourire charmant et une tignasse de boucles blondes soigneusement coiffées. Jamie s'éloigna. Il entendit Frances dire quelque chose et ce Mr Samson rire.

Il se sentit abject tout à coup et ce qu'il avait d'abord vu comme une aventure vivifiante ne fut plus à ses yeux qu'une sordide intrigue mondaine de plus. Ce n'est pas

Mornay qui se laisserait tourmenter par sa conscience, songea-t-il, en observant son séduisant ami de l'autre côté de la pièce. Mais malgré sa réputation, comprit-il soudain avec stupeur, le comte n'avait jamais fait souffrir qui que ce fût. Ses conquêtes étaient soit des veuves, soit des matrones dont les maris eux-mêmes batifolaient et se fichaient bien de ce que leur femme faisait, du moment que cela n'apparaissait pas dans les gazettes ou les *print-shops*, ces boutiques dont les vitrines soigneusement élaborées et fréquemment renouvelées permettaient à ceux qui ne pouvaient acheter les journaux de s'informer des dernières nouvelles. Ses pieds lui semblaient comme du plomb lorsqu'il gagna la porte. Il regarda en arrière. Les admirateurs se pressaient autour de la petite Frances, qui paraissait avoir oublié jusqu'à son existence. Comme elle avait l'air jeune, heureuse et innocente !

« Vous venez ? demanda le comte. Nous sommes restés les dix minutes réglementaires.

– Oui, oui, je suppose », dit Jamie avec agitation. Ils prirent congé et sortirent.

Le comte monta dans sa voiture et prit les rênes tandis que son garçon de courses sautait à l'arrière. « Allons, *mon ami**, dit-il avec légèreté. Je vous dépose chez la dame de vos pensées.

– Je préfère marcher, merci », dit Jamie brusquement. Le comte haussa les épaules à la manière typique des Français et mit son attelage en branle. Comme il tournait au coin de la rue, il jeta un coup d'œil derrière lui. Le chapeau à la main, le regard levé vers la demeure des Haggard, Jamie n'avait pas bougé d'un pouce.

Harriet entra dans la chambre de Jane au moment où la bonne mettait la dernière touche à la coiffure de la jeune fille. « Votre carnet de rendez-vous est tellement rempli ces jours-ci que je n'arrive plus à suivre la cadence, confessa Harriet. Mr Farley encore une fois ?

– Non point, répondit Jane. Avez-vous oublié que le *comte de Mornay** m'emmène en promenade ?

– Je suppose qu'il ne me reste qu'à lui faire confiance pour se tenir convenablement, dit Harriet d'un ton incertain. J'ai été contente de voir qu'il vous considérait avec une certaine indifférence. »

Et Jane aurait dû en être heureuse elle aussi, au lieu de se rappeler que chaque fois qu'elle avait dansé avec Mr Farley, c'est au séduisant Français qui se mouvait à quelques mètres qu'elle pensait.

« Je vais me retirer pour lire une lettre de mon mari, poursuivit Harriet. Je l'avais mise de côté pour un moment de calme. »

Elles descendaient au salon quand le comte fut annoncé. Une fois encore, Harriet fut frappée par son charme. Décidément, lui et Jane formaient un beau couple, quel dommage que leurs caractères fussent si mal assortis.

« Je suis passé voir si miss Haggard avait envie de se joindre à nous, mais l'ai trouvée entourée d'admirateurs, dit le comte en aidant Jane à monter en voiture. Quelle chance que je ne vous aie pas trouvée pareillement assaillie.

– Il arrive à la duchesse de refuser les visites quand elle souhaite passer une journée paisible, expliqua Jane. Elle a reçu une lettre de son mari qu'elle a conservée précieusement pour la lire au calme. »

Le phaéton du comte s'ébranla, ses chevaux marchant fièrement en direction du parc. Il faisait beau et l'air était doux. Jane portait un chapeau de paille à large bord orné de rubans de soie lilas, une robe de soie lilas brodée de fleurs lilas et, sur ses épaules, un joli châle du Norfolk. Elle regarda alentour les élégants qui se pavanaient sur le trottoir et se demanda une fois de plus combien de temps durerait cette période bénie, ce répit loin des tourments qu'elle subissait chez elle. Elle avait reçu un courrier de sa vieille bonne d'enfants l'informant que ses lettres avaient été envoyées à son père et qu'il n'avait pas répondu. Mais le moment viendrait où son orgueil ne souffrirait plus l'obstination de sa fille et où il se mettrait à sa recherche. Elle avait enjoint à sa vieille bonne d'avouer la vérité à son père lorsque ce jour viendrait, de lui révéler que Jane séjournait à Londres, faute de quoi il passerait son courroux sur elle.

Le comte, qui l'observait du coin de l'œil, voyait différentes émotions se succéder sur son visage, comme la lumière du soleil et l'ombre des nuages sur la campagne.

« Profitez-vous de la Saison ? demanda-t-il tout en faisant franchir les grilles du parc à son attelage.

– Oui, je m'amuse beaucoup, je vous remercie, répondit poliment Jane.

– D'après la rumeur, vous allez épouser Mr Farley.

– Vraiment ? La bonne société est pleine de rumeurs.

– Ce n'est pas un homme pour vous, il a mauvais caractère et vous battrait.

– Mr Farley ? Vous plaisantez, c'est le plus aimable des hommes.

– Je vous aurai prévenue, miss North. Vous ne le connaissez que très peu. J'ai pris des renseignements sur lui et je n'aime pas ce que j'ai découvert.

– Des commérages sans doute. Voudriez-vous que je croie ceux qui courent sur vous ? demanda Jane, inclinant son ombrelle de soie lilas afin de voir le visage de son compagnon. Les commérages qui font de vous un séducteur sans cœur ?

– J'ai certes été un peu volage par le passé, admit-il avec aisance. Mais j'ai changé ! Je suis devenu sage, soporifique et outrageusement respectable. M'avez-vous vu prêter la moindre attention à une femme lors de cette Saison ?

– Je ne sais pas, monsieur, je n'ai pas étudié votre comportement.

– Et moi qui faisais cela pour vous plaire ! Vous êtes sans cœur, miss North.

– Moi, non, rétorqua Jane avec un rire réticent.

– Quand vous riez de cette manière avec votre bouche magnifique, j'ai envie de vous embrasser.

– *Monsieur le comte** !

– Et pourquoi pas ? Ne pensez-vous jamais à moi ? Ne serait-ce qu'un tout petit peu, miss Jane North. Ne vous demandez-vous pas ce que serait la sensation de mes lèvres sur les vôtres ?

– Si vous êtes décidé à poursuivre dans cette voie, je vous suggère de me ramener chez moi.

– Chez vous étant… ?

– Eh bien, chez Harriet… la duchesse. À quoi pensiez-vous ?

– Votre foyer. Vous ne m'avez jamais dit où il se trouvait.

– Dans le Durbyshire.

– Où cela dans le Durbyshire ? »

L'ombrelle s'inclina pour dissimuler le visage de Jane. « Oh, regardez, dit-elle. C'est Mrs Barber. » Le comte s'inclina en direction de ladite Mrs Barber tandis que Jane lui adressait un signe de tête. Mrs Barber, cette amie de Mrs Haggard qui les connaissait à peine l'un comme l'autre et que Jane n'avait reconnue que parce qu'on la lui avait pointée du doigt lors d'une soirée, sembla ravie.

Ils évoluaient maintenant parmi la foule des élégants et étaient trop occupés à distribuer signes de tête et saluts pour faire la conversation. Jane commença à s'apaiser. Ils feraient deux fois le tour du parc, puis le comte la ramènerait chez elle où elle pourrait songer de nouveau à un éventuel mariage avec Mr Farley. Il était sur le point de lui demander sa main, elle en était convaincue. Tout ce qu'elle avait à faire sur le chemin du retour était de parer aux questions du comte. Rien de très grave ne pouvait arriver.

Harriet se délectait de la lettre du duc. Il était en chemin pour l'Angleterre et serait bientôt à Paris. Paris ! Les yeux de Harriet brillèrent. Il écrivait que, d'ici à ce que ce courrier arrive à destination, il aurait peut-être déjà atteint les côtes françaises et serait à la recherche d'un bateau pour Douvres, où les domestiques le retrouveraient et d'où il rallierait Londres au plus vite. Elle savourait chacune de ses affectueuses phrases. Bien sûr, la douleur d'avoir perdu son enfant était encore présente, mais elle parvenait à ressentir de la joie, et la fêlure qui l'avait éloignée de son mari semblait appartenir au passé. Elle atteignit la fin de la lettre.

« *Je ne vous pas conté l'étrange aventure qui m'est arrivée sur la route de Milan* », écrivait le duc.

Alors que je séjournais dans une auberge, j'ai entendu deux hommes conspirer pour libérer Napoléon. Ceci, ma chère, n'a rien d'extraordinaire, car nombre de ceux qui ont obtenu du pouvoir et de l'influence sous le règne de terreur de ce monstre souhaitent retrouver leur position. Mais l'un d'entre eux était anglais, j'en jurerais, et ils prévoient de tuer un certain comte de Mornay qui a, semble-t-il, grandement contribué à faire échouer nombre de complots. Avant que je ne parte, un ami à Milan m'a appris que Mornay était à Londres. J'ai donc écrit à la garde royale pour qu'ils l'avertissent. Et maintenant, ma bien-aimée…

Harriet posa la lettre. Jane se promenait avec le comte, le comte que quelqu'un projetait de tuer. Jane était en danger. Harriet sonna sa femme de chambre, passa une tenue de voyage et envoya un valet au Parent pauvre muni d'un billet urgent réclamant de l'aide, sans songer un instant dans sa détresse qu'il eût été plus sensé de solliciter les Runners plutôt que de vieilles gens telles que le colonel, sir Philip et lady Fortescue. Puis elle ordonna à son cocher de la conduire au parc.

Les hôteliers comprirent qu'ils n'avaient pas le temps de commander une voiture de louage. Ils hélèrent un fiacre malodorant et hurlèrent au cocher de les mener au parc sur l'instant, cependant que sir Philip, épuisé et flageolant après son aventure de la nuit précédente, se plaignait bruyamment que c'était ce que l'on récoltait quand on était trop pingre pour posséder son propre attelage.

Mais, devant les grilles, ils furent arrêtés par un garde qui refusa de laisser un fiacre cabossé se mêler à la foule des promeneurs élégants. Aussi furent-ils contraints de mettre pied à terre et de marcher, sir Philip trébuchant derrière eux et, le poing crispé sur le côté, maugréant qu'il ne serait bientôt plus de ce monde.

Le comte, qui ignorait tout de la multitude de personnes qui volait à son secours, atteignit la fin du second tour et décida à regret de suivre les injonctions de la mode qui voulaient qu'il raccompagne Jane chez elle.

Soudain, une forte détonation résonna et il sentit le souffle d'une balle qui frôlait son visage en sifflant. Ses chevaux se cabrèrent et se lancèrent dans une course folle sur la pelouse, Jane hurlant et s'agrippant comme elle le put. Le parc défilait devant elle dans une confusion d'arbres, de buissons et de visages qui les fixaient avec frayeur. Tempêtant et jurant dans sa langue maternelle, le comte pesa de tout son poids sur les rênes et parvint à reprendre ses chevaux. Il laissa échapper un long soupir de soulagement quand, enfin, ils passèrent au pas. Il n'avait pas emmené son garçon de courses ce jour-là, alors il sauta de voiture et courut à la tête des chevaux, les caressant et les calmant, jusqu'à ce que, apaisés, ils se mettent à brouter.

Puis il revint vers Jane, la souleva avec douceur dans ses bras et l'installa sur l'herbe. Avec un regard grave sur son visage livide, il dit doucement : « Nous sommes hors de danger maintenant.

– C'était un coup de feu, cria Jane. On a essayé de nous tuer !

– C'est moi qui étais visé, je pense. Comme vous êtes pâle ! Vous avez besoin de reprendre des couleurs. Même vos jolies lèvres sont blanches. » Il baissa la tête et l'embrassa. Jane, trop bouleversée pour le repousser, comme elle se le dit plus tard, s'accrocha à ses épaules et laissa cette bouche virile caresser la sienne dans un long baiser qui s'attarda.

Enfin, le comte la libéra et lui sourit d'un air rêveur. « Puissé-je subir une tentative d'assassinat tous les jours afin de pouvoir prétendre à une telle récompense. » Il tourna la tête et regarda au loin. « Bonté divine, voilà votre dame patronnesse, plus courroucée que jamais, flanquée des hôteliers ! »

Harriet avait rattrapé les parents pauvres qui, contrairement à elle, n'avaient pas pris le temps de revêtir une tenue appropriée. Miss Tonks portait une toilette du matin et un bonnet en dentelle, le colonel était bien sûr aussi correct qu'à l'accoutumée, tout comme lady Fortescue, mais sir Philip était en robe de chambre et bonnet de nuit, et Mr Davy en bras de chemise.

« Nous sommes sains et saufs, dit le comte, espérant que la duchesse n'avait pas été témoin du baiser.

– Que s'est-il passé ? demanda Harriet. La foule criait qu'il y avait eu un coup de feu.

– On m'a tiré dessus, dit plaisamment le comte, comme si, pensa Jane, une tentative de meurtre était un événement des plus banals. Que faites-vous tous ici ?

– Les gardes du parc arrivent, dit Harriet. J'ai reçu une lettre de mon mari dans laquelle il explique avoir entendu un complot contre vous s'ourdir dans une auberge près de Milan. Je ramène Jane à la maison et peut-être que lorsque vous aurez parlé aux gardes, vous pourriez vous joindre à nous, *monsieur le comte**, et nous raconter ce qui s'est passé. Venez, Jane. »

Dans la voiture de Harriet, serrée entre les hôteliers, Jane se sentit submergée d'émotions contradictoires. Elle avait le sentiment qu'elle devait parler de ce baiser à Harriet et, dans le même temps, espérait que cette dernière n'avait rien vu car, à coup sûr, elle lui interdirait de revoir le comte. Non pas qu'il fût important qu'elle le revît, car elle allait sûrement épouser Mr Farley et son mauvais caractère, n'est-ce pas ? Toutes ces pensées lui faisaient tourner la tête.

En sortant du parc, elle vit Mr Farley debout dans sa voiture qui la fixait du regard. Oh, ciel ! nul doute qu'il viendrait s'enquérir de sa santé. Mais si elle envisageait d'épouser cet homme, l'idée qu'il s'immisçait dans ce qui lui semblait être, maintenant qu'elle reprenait ses esprits, une aventure passionnante n'aurait pas dû la consterner.

Les parents pauvres la pressaient de questions. Tout ce qu'elle savait, c'était qu'il y avait eu une détonation, que la balle avait manqué de peu le comte et que ses chevaux s'étaient emballés, mais heureusement, ni lui ni elle n'avaient été blessés.

Puis Harriet dit : « Ce serait aussi bien, chère Jane, de

ne pas vous approcher du *comte** à l'avenir, il pourrait à nouveau être la cible d'un assassin.

– Cela semble bien cruel, protesta Jane. Il a sûrement besoin de notre aide.

– Nous verrons ce qu'il a à dire, répondit Harriet. Allons, une bonne tasse de thé nous rassérénera.

– Un gobelet de brandy, plutôt », marmonna sir Philip. Il se sentait vieux et fatigué. Et dire qu'il devait prendre la route le lendemain pour la campagne du duc afin de replacer le collier dans sa vitrine !

Ils n'étaient assis que depuis quelques minutes dans l'agréable salon de Harriet, quand Clarence Farley fut annoncé. Jane se hâta de dire : « Je suis trop bouleversée pour le voir, je vous en prie, faites dire que nous ne sommes pas là. »

Et ainsi Clarence, l'air aussi irrité que le comte l'avait dit, prit congé en tapant du pied. Il s'assit dans sa voiture et attendit, jusqu'à avoir le déplaisir de voir le comte de Mornay arriver et être introduit. Il continua de patienter, escomptant que le comte, congédié comme il l'avait été, réapparaîtrait rapidement, mais à mesure que les minutes s'égrenaient, il comprit avec une fureur croissante que le Français était le bienvenu là où lui ne l'était pas.

La nouvelle de la tentative d'assassinat dont le comte avait été victime se répandit comme une traînée de poudre dans le West End. Frances et sa mère l'apprirent très rapidement, car Mrs Barber était sur le point de quitter le parc quand l'événement avait eu lieu. Elle s'était rendue directement chez son amie pour lui apprendre ce qui s'était passé.

« Pauvre Jane ! s'exclama Frances. Maman, il faut me laisser prendre la voiture. Je dois aller la voir.

– Mais Mrs Barber vient d'arriver.

– Je n'ai pas besoin que vous m'accompagniez », dit

Frances, déjà dans l'escalier. Sans laisser le temps à sa mère de protester, elle cria au majordome, qui se trouvait au rez-de-chaussée, de faire avancer la voiture et à sa femme de chambre, qui était à l'étage, de se préparer pour l'accompagner.

Alors qu'elle sortait dans la rue d'un pas léger, elle s'arrêta, surprise. Jamie se tenait là. Lorsqu'il la vit, un sourire plutôt penaud barra son visage. Frances fut prompte à réfléchir. Les autres visiteurs étant partis une heure plus tôt, soit Jamie avait déjà rendu visite à lady Dunwilde et était revenu, soit il était resté là tout du long.

Il s'inclina fort bas et dit : « Il est tard pour une promenade.

– Je vais voir Jane, expliqua Frances. On a essayé de tuer votre ami, le *comte de Mornay**.

– Dieu du ciel ! Puis-je me joindre à vous ?

– Je serais heureuse que vous m'escortiez », répondit Frances. Quel dommage que sa femme de chambre fût avec elle, sans parler du cocher à l'avant et du valet de pied à l'arrière. Elle voulait le questionner sur lady Dunwilde, mais pouvait difficilement le faire devant les domestiques.

« Que s'est-il passé ? » demanda-t-il tandis que l'attelage se mettait en branle. Elle lui conta le peu qu'elle savait, puis ajouta à voix basse : « Comment se porte votre amie ? Votre bonne amie ?

– Je crains de n'en rien savoir, lâcha-t-il. L'air était si plaisant devant votre demeure que je me suis senti comme enraciné et que je n'ai pu faire un pas. »

Les yeux de Frances brillaient sous le bord étroit de son coquin chapeau. « Vous n'êtes pas allé la voir ?

– Non, miss Frances, je n'y suis pas allé.

– Pourquoi ?

– Plus tard », dit-il. Mais que lui arrivait-il ? Devant la demeure des Haggard, il avait senti que tant qu'il resterait là, il serait à l'abri de commettre un acte qui lui ferait honte. Il avait le sentiment d'avoir réussi à préserver l'immortalité de son âme, rien de moins, et manqua d'éclater de rire à la grandiloquence de cette pensée.

Quand ils furent introduits dans le salon de Harriet, ils dévisagèrent avec surprise les hôteliers. En robe de chambre et bonnet de nuit, sir Philip était pelotonné dans un fauteuil près de la cheminée et dormait à poings fermés.

Ils écoutèrent le comte faire le récit de sa mésaventure.

« Mais pourquoi voudrait-on vous tuer ? s'étonna Frances.

– Maintenant que je me suis retiré des… affaires, autant vous le dire, se décida le comte. Je me suis rendu utile au gouvernement britannique. Dans mes jeunes années, avant de savoir que mes activités à la City seraient rentables, jouer les espions m'a permis de vivre une vie palpitante tout en me dotant d'un revenu acceptable.

– Alors vous n'êtes pas un simple dilettante, vous êtes un homme courageux ! s'écria Frances avec candeur. Mais vous êtes en grand danger ! Comment vous protégerez-vous ?

– La situation n'est pas si tragique. J'ai une bonne nouvelle. J'avais indiqué aux gardes du parc où me trouver et, juste avant votre arrivée, les autorités sont passées me prévenir que le coupable avait été vu.

– De qui s'agit-il ? Un rufian quelconque ? demanda Harriet.

– Non point, c'était le jeune Freemantle. »

Jamie eut un hoquet. « Jerry Freemantle ?

– Lui-même.

– Mais il vient d'une bonne famille !

– Que savons-nous de lui ? pointa le comte. Il est de notoriété publique qu'il est lourdement endetté, que les créanciers sont à sa porte et que sa famille l'a renié. C'est un fou furieux inconsidéré et généralement ivre. Supposons qu'on lui ait proposé de le payer pour me tuer. Voilà une façon très aisée de gagner de l'argent. Je ne pense pas un instant que le jeune Freemantle soit un partisan de Napoléon. Ce qui nous intéresse, c'est l'identité de l'homme qui a financé l'entreprise. La milice est partie à la recherche de Freemantle et, vu la faiblesse de son caractère, je ne doute point qu'il parlera et alors, chère duchesse, nous découvrirons le nom de cet homme dont votre mari a surpris la conversation. Un Anglais qui parle couramment français est une rareté.

– Au contraire, la société parle tout le temps français, s'exclama Jamie, qui s'enorgueillissait de sa maîtrise de cette langue.

– Au risque de vous heurter, *mon ami**, la société semble, pendant les longues guerres contre les Français, avoir développé une langue qui lui est propre et ressemble fort peu à l'originale. L'autre jour, j'ai entendu une jeune demoiselle dire : "*Donnez-moi cela dos**" par quoi elle voulait dire : "*Rendez-moi cela*[1]".

– Oui, eh bien, où est le problème ? » demanda Jamie, perplexe.

Le comte leva les yeux au ciel. Le majordome de Harriet les interrompit en annonçant que « des gens » désiraient parler au comte.

« Je reviens au plus vite, dit ce dernier, et avec un peu de chance je vous rapporterai la nouvelle que le jeune Freemantle a été retrouvé et qu'il a révélé le nom du grand conspirateur. »

Tandis que le comte gagnait le rez-de-chaussée, un silence inquiet s'abattit sur le petit groupe, finalement

1. « *Give me that back* » donne effectivement, très littéralement, « Donnez-moi cela dos ».

rompu par Harriet. « J'espère que tout cela sera bientôt terminé. » Elle leva les yeux quand le majordome revint. « Un message de Mr Farley, madame », dit-il en lui tendant un papier plié en forme de bicorne. Elle le lut avec attention, puis regarda Jane avec un petit sourire en coin. « Mr Farley viendra nous voir demain après-midi pour discuter d'une question importante. Je crois que vous allez recevoir votre première demande en mariage.

– Un choix des plus convenables, si je puis me permettre, déclara lady Fortescue. D'humeur égale et digne d'estime.

– Hein, quoi ? demanda sir Philip, qui se réveillait à peine.

– Je commentais une heureuse nouvelle. Il semble que Mr Clarence Farley ait décidé de demander la main de notre Jane.

– Et qu'y a-t-il d'heureux là-dedans ? grommela sir Philip.

– Il est incontestablement une prise des plus convenables, avança miss Tonks.

– Je ne l'aime pas. » Sir Philip regarda autour de lui en clignant des yeux ensommeillés. « Quand nous nous occupions du souper, au bal, une petite bonne a fait tomber un verre. Farley lui a aboyé dessus, l'a fait pleurer et lui a intimé de quitter le service de sa mère. Et le verre n'était même pas cassé !

– N'oublions pas que la décision d'épouser ou non Mr Farley appartient à Jane », souligna Mr Davy.

Tous les yeux se tournèrent vers la jeune fille, qui jouait nerveusement avec les franges de son châle. « Je ne le connais pas très bien, finit-elle par dire.

– Alors je vous conseillerais de lui demander d'être patient plutôt que de de rejeter un bon parti d'emblée, intervint lady Fortescue. Oui, ce serait la meilleure solution. Sollicitez un peu de temps pour mieux vous connaître l'un l'autre. Il ne saurait en prendre ombrage. »

Tous les regards se tournèrent vers la porte quand le comte entra, la mine lugubre. « Le jeune Freemantle s'est pendu avant qu'ils ne l'attrapent. Voilà une bien sombre affaire.

– N'a-t-il pas laissé d'indices ? Des papiers peut-être ? demanda Jamie.

– Il a brûlé tous ceux qu'il avait en sa possession.

– Il devait éprouver une certaine loyauté envers Napoléon, après tout, s'exclama Jamie. Sinon, pourquoi essaierait-il de protéger ses complices ? »

Le comte haussa les épaules. « Qui sait ? Peut-être voulait-il seulement préserver d'autres pauvres pigeons comme lui.

– Je ne voudrais pas paraître trop dure, *monsieur le comte**, dit Harriet, mais votre vie étant en péril, il s'ensuit que toute personne vous approchant risque également sa vie. Je me dois donc de suggérer que miss North évite votre compagnie pour le moment.

– Comme vous le souhaitez », répondit le comte avec une indifférence apparente qui blessa profondément Jane. Après le baiser qu'ils avaient échangé, il aurait dû montrer ne serait-ce qu'un peu de regret. C'était un séducteur sans scrupules. Décidément, elle sentait la colère monter en elle. Elle verrait Mr Farley le lendemain et, même si elle n'acceptait pas sa demande, elle suivrait le conseil de lady Fortescue et ne l'éconduirait pas.

8

« Tu oses me parler de “si” ? Tu es un traître : Coupez-lui la tête ! »

SHAKESPEARE

Jane ne décela aucun signe du caractère difficile contre lequel le comte l’avait mise en garde lorsque Clarence Farley, la mine grave et ardente, mit un genou à terre et lui demanda sa main.

« Je vous en prie, relevez-vous, Mr Farley, dit-elle, et asseyez-vous à côté de moi. » Nombre de ses doutes le concernant avaient disparu. Il semblait si solide, si fiable, un roc dans un monde tourmenté.

« Votre demande me flatte beaucoup, c’est un grand honneur que vous me faites et j’ai décidé de me montrer honnête avec vous. D’abord, je souhaiterais un peu de temps pour mieux vous connaître. Ensuite, je ne m’appelle pas miss Jane North. »

Les yeux du jeune homme se firent perçants. « Et qui êtes-vous ? demanda-t-il sans ménagement.

– Lady Jane Fremney, fille du comte de Durby.

– Crénom, que me dites-vous là ! Pourquoi ce secret ? »

D’une petite voix, Jane lui raconta comment et pourquoi

elle s'était enfuie de la demeure paternelle. Elle ne lui avoua pas qu'elle avait tenté de s'ôter la vie, chose dont elle avait désormais profondément honte. « Je me dois d'être honnête avec vous, monsieur, répéta-t-elle d'un ton sérieux : même si nous décidons que nous nous convenons l'un à l'autre, mon père ne m'autorisera peut-être pas à vous épouser et, dans ce cas, je n'aurai pas la liberté de le faire avant mon vingt et unième anniversaire. Par surcroît, il se pourrait que je n'aie pas de dot. »

Le cerveau de Farley travailla rapidement. Le désir qu'il ressentait pour elle déclinait à la vitesse de l'éclair. La protection de la duchesse et ses luxueuses toilettes l'avaient poussé à croire que Jane serait coquettement dotée. Quel soulagement qu'elle n'ait pas d'emblée accepté sa demande ! D'un autre côté, il désirait contrarier le comte et il serait fort divertissant d'envoyer un message au comte de Durby pour l'instruire des manigances de sa fille. Oui, c'est ce qu'il ferait dès qu'il serait rentré chez lui. En attendant, il feindrait de vouloir épouser Jane malgré l'absence de dot, dont il fut absolument convaincu après avoir entendu son récit.

« L'argent ne compte pas pour moi, dit-il, la main sur le cœur. Vous êtes tout ce que je veux. Je vous en prie, promettez-moi de venir prendre le thé avec ma mère demain. Pour que nous apprenions à nous connaître, vous devez la rencontrer. » Ainsi, je ne l'aurai plus sur le dos, songea-t-il avec amertume. Lady Farley ne cessait en effet de le tourmenter pour qu'il se marie.

« Votre invitation m'honore et je l'accepte », dit Jane. Ils se levèrent, il lui baisa les mains et quitta la pièce avec une courbette.

Harriet entra presque aussitôt. « Avez-vous accepté ou lui avez-vous demandé d'attendre ?

– Je l'ai prié d'être patient. Je lui ai également révélé ma véritable identité.

– Oh, ma chère, est-ce bien raisonnable ?

– Je l'ai averti que je ne pourrais peut-être pas l'épouser avant d'avoir vingt et un ans et que papa pourrait ne pas me donner de dot, et il a répondu que cela n'avait pas d'importance. Je vais prendre le thé avec sa mère demain. Je… je l'apprécie. »

Harriet la scruta avec perspicacité. « Mais vous n'êtes pas amoureuse de lui, n'est-ce pas ?

– J'ignore ce qu'est l'amour, dit Jane. Mais je lui fais confiance et c'est sûrement un meilleur fondement pour un mariage que des sentiments faciles et fugaces. » Mais je ne peux oublier les lèvres du comte sur les miennes, pensa-t-elle, inquiète, ni la facilité avec laquelle il a accepté de ne point me voir tant que sa vie serait en danger.

Frances fut annoncée. Le pétillement que Harriet vit dans ses yeux lui laissa deviner qu'elle avait des secrets à confier à Jane, et elle eut la délicatesse de s'éclipser.

« Mr Ferguson n'est pas allé voir lady Dunwilde hier, annonça Frances avec enthousiasme. Au lieu de quoi, il m'a accompagnée ici et il a également prévu de me voir ce soir à l'opéra. Je suis si heureuse que je pourrais en pleurer.

– Je me réjouis pour vous.

– Et j'ai déjà reçu deux demandes en mariage. Maman est au comble du bonheur. Je n'ai accepté ni l'une ni l'autre, mais cela reste très flatteur d'être recherchée.

– J'ai moi aussi reçu une demande aujourd'hui, déclara Jane. Mr Farley.

– Oh non !

– Frances, vous êtes incorrigible. Il est tout ce qu'il y a de gentil et bon.

– Donc vous avez accepté, dit Frances d'un air lugubre.

– Je lui ai demandé d'attendre pour apprendre à mieux nous connaître. Et il y a autre chose. » Jane confia sa véritable identité à Frances, qui écouta son récit avec grand intérêt. À ses yeux, tout cela ressemblait à une formidable histoire d'amour aux accents gothiques. « Vous avez raconté tout cela à Mr Farley ? Et il ne s'en soucie pas ?

– Pas le moins du monde.

– Ma foi, c'est certainement très noble de sa part. Je dois revoir mon jugement, car j'étais convaincue que vous choisiriez le courageux *comte**.

– Le *comte de Mornay** ne me porte aucun intérêt.

– Fi donc, il a tout le temps l'œil sur vous, même quand il feint de vous ignorer. Cela ne m'a pas échappé, dit Frances. Je crois qu'il joue un jeu, il joue à se montrer froid pour éveiller votre intérêt et ne pas vous effaroucher.

– Et moi je pense que c'est un séducteur endurci, rétorqua Jane d'un ton sec.

– C'est vrai qu'il a cette réputation. A-t-il badiné avec vous ? »

Le désir de se confier l'emporta chez Jane. « Au parc, quand ses chevaux se sont emballés, après qu'il a réussi à les calmer, il m'a fait descendre de calèche en me soulevant dans ses bras et… m'a embrassée sur la bouche. »

Frances poussa un soupir. « Oh, si seulement mon Mr Ferguson montrait tant d'audace ! Vous êtes-vous évanouie ? L'avez-vous giflé ?

– Ni l'un ni l'autre. J'étais trop bouleversée, le choc, voyez-vous. Mais ce baiser ne signifiait rien pour lui, car quand Harriet lui a demandé de s'éloigner aussi longtemps qu'il serait la cible d'un assassin, il a accepté sans un murmure. »

Frances la regarda d'un air de doute. « Un gentleman ne pouvait décemment pas protester. Et rappelez-vous ce que sir Phillip a dit hier… au sujet du caractère de Mr Farley.

– Sir Philip peut se montrer acerbe. J'aurais pourtant supposé qu'il m'aurait encouragée à porter mes sentiments dans n'importe quelle direction autre que le *comte**.

– Je prierai pour vous, dit simplement Frances. Je vois que vous êtes sur le point de me demander de ne pas trahir votre secret et je vous en fais la promesse. »

Pendant ce temps, le comte lisait une lettre de son valet, Gerrard.

Le comte de Durby emploie une cuisinière plutôt qu'un chef, j'ai donc pu m'attirer ses faveurs, bien qu'elle soit comme les femmes de son espèce, grasse, caractérielle et portée sur le gin. Je lui ai montré le croquis et elle s'est écriée que c'était lady Jane Fremney, la fille du comte, qui s'est enfuie après avoir refusé d'épouser un des amis de son père, un vieillard. La maisonnée croit que cette lady Jane réside chez sa vieille bonne d'enfants. Ayant appris ce que vous souhaitiez, j'ai changé de sujet, prétendant être un artiste londonien et que le croquis m'avait été donné par un de mes amis qui devait l'avoir esquissé quand il se trouvait lui-même dans le Durbyshire. Pour une raison que j'ignore, la domesticité semble en général éprouver un profond mépris pour lady Jane, et j'ai cru comprendre que son ancienne gouvernante, une certaine miss Stamp désormais élevée au rang de dame de compagnie, était encouragée à la traiter avec dureté.

Voilà qui explique la tristesse au fond de ses yeux, pensa le comte, puis, avec un pragmatisme ô combien français, il en vint à la conclusion que c'était aussi bien qu'il soit riche, car il ne pourrait s'attendre à une dot. Qu'il fût décidé à épouser lady Jane constitua d'abord une surprise, puis un frisson d'enthousiasme impatient le parcourut et enfin, il ressentit du soulagement. Que cet assassin aille au diable. Il lui fallait cependant découvrir qui en voulait à sa vie sans quoi, pour obtenir la main de Jane, il ne devrait pas affronter le seul comte de Durby, mais surtout Harriet, duchesse de Rowcester.

Le lendemain, Frances se présenta chez la duchesse, juste avant le départ de Jane chez les Farley. « J'ai à vous conter une chose bien intrigante ! s'exclama-t-elle. J'ai croisé le *comte** avec mon bien-aimé à l'opéra hier soir et n'ai eu d'autre choix que d'évoquer la demande en mariage de Farley. Il a pris un air d'indifférence, mais je lui ai expliqué que vous souhaitiez tous deux apprendre à mieux vous connaître et qu'il était prévu que vous preniez le thé avec lady Farley aujourd'hui à quatre heures de l'après-midi. Il a retenu un bâillement et lâché : "Je lui souhaite beaucoup de bonheur."

– Et à quoi vous attendiez-vous ? répondit Jane d'un ton piqué. C'est un séducteur et il ne s'intéresse nullement à moi.

– Je n'en suis pas si sûre. Je l'ai observé à la dérobée : son visage était sombre et figé. Je ne l'avais jamais vu ainsi. Il a pris congé au deuxième entracte et n'est pas resté pour le bal. D'après Mr Ferguson, qui le connaît très bien, il avait l'air furieux.

– Fi donc, tout cela m'importe peu, dit Jane en enfilant ses gants. Je suis attendue. »

Frances la dévisagea avec inquiétude. « Ne les laissez pas vous forcer la main.

– Ce n'est qu'un thé, une visite de courtoisie. »

Elles descendirent l'escalier ensemble. « Allons, persista Frances tout en dodelinant de la tête pour voir sous le bord du chapeau de Jane, la peur de votre père ne doit pas vous pousser à accepter un mariage qui ne vous conviendra pas.

– Ce que mon père a prévu pour moi me convient encore moins, c'est un destin pire que tout ce que vous pouvez imaginer, Frances. Ne vous inquiétez pas. Autre chose : je parie mon plus bel éventail que Mr Ferguson vous aura demandé votre main avant la fin de la semaine.

– Si seulement c'était vrai. » Frances eut l'air chagrin. « Il se montre très gentil et très amical, mais rien de plus pour l'instant.

– Je suis sûre qu'avec son efficacité habituelle, votre maman aura trouvé un moyen de l'informer de vos deux demandes en mariage. D'après Harriet, rien de mieux que la concurrence pour éperonner un soupirant.

– Si cela est vrai, votre *comte** souffrira mille morts en vous imaginant dans les bras de Mr Farley.

– Et comment nous y prendrions-nous, au-dessus du plateau à thé ? » Jane rit et monta dans la voiture qui l'attendait. « Venez me voir demain et je vous raconterai tout. » Sur quoi, la voiture s'éloigna.

Frances prit place dans sa propre calèche découverte. « À la maison, mademoiselle ? demanda le cocher.

– Oui, non, peut-être... Laissez-moi réfléchir. » Frances resta un moment perdue dans ses pensées avec force grimaces, jusqu'à ce qu'elle s'aperçoive que le comte et Mr Ferguson l'observaient depuis le trottoir.

« Oh ! s'exclama Frances en rougissant. Je pensais justement à vous.

– Lui ou moi ? s'enquit Jamie.

– Vous, répondit Frances, pointant son ombrelle sur le comte.

– D'agréables pensées, j'espère ?

– Non, pas du tout. Vous vous montrez très stupide, lança la jeune fille, fixant intensément les yeux bleus du comte. Jane est partie prendre le thé avec lady Farley et son fils. Elle n'a pas encore accepté sa demande, mais je crains qu'il ne la presse de le faire. Vous l'avez embrassée et ensuite ignorée, *monsieur le comte**, et aucune femme ne peut pardonner un tel affront. »

Le visage du comte afficha un air glacial quoique courtois. « Oui, je sais, je suis impertinente, continua Frances, et vous pouvez me regarder de haut tant que vous le souhaitez. Mais vous devriez aller chez les Farley sur l'instant et lui demander sa main avant qu'elle ne fasse quelque chose de stupide. »

À la stupéfaction de son ami, le comte s'inclina bien bas, articula un « Certainement » et s'éloigna à grands pas.

« Ma parole, on dirait bien qu'il va suivre vos conseils », fit Jamie.

Frances lui adressa un sourire timide. « Puis-je vous faire profiter de mon attelage ? Vous allez quelque part en particulier ? »

Sous le soleil qui séchait le trottoir humide de la pluie du matin, il sentit son cœur se gonfler de joie. « Je me contenterai d'une promenade à vos côtés », dit-il en sautant dans la voiture.

Un petit sourire de triomphe relevant le coin de ses lèvres, Frances donna ses ordres au cocher et se rencogna avec bonheur sur la banquette.

« Où se trouve votre mère, Mr Farley ? demanda Jane en balayant du regard le salon.

– Elle a été appelée au chevet d'une amie malade. Elle vous envoie ses plus sincères excuses et espère rentrer à temps pour vous voir avant que vous ne preniez congé. »

Nerveuse, Jane s'assit tout au bord d'un canapé. Clarence avait dit la vérité et le départ soudain de sa mère le contrariait, car il ne nourrissait plus guère d'inclination pour Jane. La porte du salon était grande ouverte et des domestiques allaient et venaient. La femme de chambre de Jane patientait dans le vestibule, au rez-de-chaussée. Malgré l'absence de lady Farley, les convenances étaient respectées.

Un plateau chargé de tout le nécessaire à la préparation

du thé fut apporté. C'était la mode pour les dames de la bonne société de veiller à l'infusion du précieux breuvage plutôt que de confier cette tâche à un domestique, et Jane offrit de s'en occuper. Clarence précisa qu'il voulait du thé indien, elle ouvrit donc le compartiment correspondant de la table à thé laquée. Tandis qu'elle s'affairait, Clarence ressentit une pointe de déception qu'elle n'ait pas de dot. La veille, il avait envoyé un message au comte de Durby, Jane serait donc bientôt loin de Londres, ce qui ne manquerait pas de contrarier Mornay. Le regard aiguisé par la jalousie, Clarence était conscient que Jane fascinait le Français. Face à la merveilleuse créature penchée au-dessus du pot d'eau chaude, il se demanda s'il n'aurait pas mieux fait de s'attacher une telle prise, dot ou non. Il n'éprouvait certes plus d'inclination envers elle, mais avec pareille beauté au bras, tous les hommes ne pourraient que l'admirer et l'envier. Il savait qu'en cette époque de fringants mirliflores, lui-même était jugé insipide et borné.

Le majordome entra et annonça qu'un gentleman qui souhaitait l'entretenir l'attendait dans le vestibule. Clarence examina la carte de visite qui lui avait été présentée sur un plateau en argent et lâcha une exclamation d'agacement.

« Je vous prie de m'excuser, miss North, dit-il. Je n'en ai que pour une minute. »

Jane se rendit compte que sitôt qu'il eut quitté la pièce, l'atmosphère sembla s'alléger. Il y avait quelque chose d'oppressant, de presque menaçant, chez Clarence Farley.

Elle se leva et s'approcha d'une console basse sur laquelle étaient posés des livres : deux volumes reliés du *Gentleman's Magazine*, un exemplaire du dernier roman à la mode, qui appartenait sans doute à lady Farley, et le *Livre des Martyrs* de John Foxe. Avec un sourire triste, elle prit le *Livre des Martyrs*. Miss Stamp se faisait un malin plaisir de lui lire à haute voix les longs passages de torture et de mises à mort qu'il contenait. Jane ouvrit l'ouvrage, qui lui réservait une surprise : il était creux. À l'intérieur, rien d'autre qu'un petit carnet relié de cuir. En temps normal, jamais il ne lui serait venu à l'esprit de fureter dans les effets personnels d'autrui, mais la bizarrerie de la cachette la poussa à ouvrir le carnet. Il contenait une courte liste de noms et de paiements soigneusement consignés. Elle le feuilleta. Toujours les mêmes noms, accompagnés de paiements réguliers. À la dernière page, un nom avait été barré d'un trait fin, mais elle parvint à le déchiffrer : Gerald Freemantle. Gerald… Jerry, le jeune homme qui s'était pendu !

Entendant son hôte revenir, elle glissa le carnet dans son réticule, referma le faux *Livre des Martyrs* mais, faute de temps pour le replacer sous la pile, elle le laissa sur le dessus, espérant que Farley ne remarquerait rien.

« Une affaire sans importance », dit-il. Jane s'assit et servit le thé, singulièrement fière que ses mains ne tremblent pas, car l'importance de ces noms lui apparaissait de plus en plus clairement. Bien sûr, ce pourrait être innocent. Il pouvait s'agir de dettes de jeu et le nom de Jerry Freemantle était biffé simplement parce que, étant mort, il n'était plus nécessaire de le rembourser. Pourtant, elle avait eu le réflexe de cacher ce carnet dans son réticule et n'avait pas le courage de questionner Clarence à son propos. Ses pensées inquiètes se tournèrent vers le comte. Il saurait quoi faire.

La peur lui donnait un air de fragilité qui accentuait encore sa beauté. Clarence sentit ses sens s'emballer à nouveau. « Avez-vous réfléchi à ma demande ? » l'interrogea-t-il.

Jane se força à sourire. « Vous ne l'avez faite qu'hier, Mr Farley. Nous commençons tout juste à nous connaître. »

Mr Farley lui rendit son sourire. « Eh bien, nous verrons… », commença-t-il, puis ses yeux se posèrent sur la console, s'aiguisèrent et restèrent fixés sur la pile de livres.

Il tourna de nouveau son regard vers Jane, observa son

visage et la jeune fille fut horrifiée de sentir une rougeur coupable lui monter aux joues.

Le majordome entra. « Le *comte de Mornay**, annonça-t-il.

– Nous n'y sommes pour personne », répondit Clarence en se levant pour s'approcher de la console. Il saisit le *Livre des Martyrs*.

« J'aimerais voir le *comte** », dit Jane. Soudain, elle cria : « *Monsieur le comte**, par ici ! »

Une courte altercation, des pas rapides dans l'escalier et le comte entra au moment même où Clarence Farley ouvrait le faux livre et constatait qu'il était vide.

« Fermez la porte, Votre Seigneurie », enjoignit-il au comte. Il traversa la pièce vers un secrétaire adossé au mur, en sortit un pistolet, fit volte-face et le pointa sur Jane. « Vous avez en votre possession un objet qui m'appartient. Je suppose qu'il est dans votre réticule. Non, ne faites pas un geste, *monsieur le comte**, ou je la tue. Jetez le carnet sur le sol, lady Jane.

– Alors vous savez qui elle est, dit Mornay.

– Et son père ne tardera pas à venir la chercher, parce que je lui ai envoyé un message hier », répliqua Clarence.

Appuyé contre le mur, à côté de la porte, le comte avait l'air amusé.

Jane sortit le carnet et le jeta à ses pieds.

« Que contient-il, ma douce ? demanda-t-il avec désinvolture.

– Une liste de noms et de paiements, murmura Jane, et l'un d'entre eux est Gerald Freemantle. Il a été barré.

– Cela fait de vous un traître, *mon brave**. Cependant, vous n'avez pas quitté le pays récemment. À n'en pas douter, le nom du gentleman qui complotait de me tuer, dans une taverne près de Milan, figure dans votre carnet. Pourquoi ? Pourquoi œuvrer au profit d'un monstre tel que Napoléon Bonaparte ?

– Parce que, lâcha Clarence, s'il retrouve le pouvoir, il ne manquera pas d'envahir l'Angleterre, et le ramassis d'ivrognes et de filles des rues qui constituent la lie de notre société se balancera au bout d'une corde.

– Mazette, ce sang neuf qui vous surnomme l'affligeant Clarence ? Pour vous venger d'eux, vous seriez prêt à trahir votre pays ! Que comptez-vous faire maintenant ? Vous pouvez difficilement nous tirer dessus dans une maison pleine de domestiques au beau milieu du Londres élégant. »

À aucun moment le pistolet pointé sur le cœur de Jane ne vacilla. « Je l'emmène avec moi. Tant qu'elle se taira, elle aura la vie sauve.

– Allons, le tança le comte. Pourquoi vous aiderais-je à trahir mon pays adoptif pour sauver la vie d'une pauvre gueuse ?

– Parce que vous êtes amoureux d'elle, ricana Clarence.

– Hélas, vous avez raison. »

Et moi aussi je vous aime, songea tristement Jane. Je vous aime depuis le début et maintenant, c'est trop tard. Jamais ce monstre ne me laissera vivre.

« Allons ! Vers la porte, lady Jane ! ordonna Farley. Et pas de geste brusque. Écartez-vous, *comte*. »

Alors que Jane s'approchait à pas comptés de la porte, celle-ci s'ouvrit à la volée et lady Farley fit irruption dans le salon, s'interposant entre Jane et son fils. « Que faites-vous, Clarence ? » cria-t-elle, les yeux rivés sur le pistolet qu'il brandissait.

À ce moment précis, le comte s'avança, Jane se précipita derrière lui, et il saisit lady Farley par la taille. « Et maintenant, qu'allez-vous faire, Farley ? demanda-t-il. Tuer votre propre mère ? »

Lady Farley poussa un hurlement fracassant et se débattit dans les bras du comte. Des domestiques arrivèrent en courant. Clarence les regarda d'un air grave, mit le pistolet dans sa bouche et tira. Le comte lâcha lady Farley, se retourna, attrapa Jane et lui pressa le visage contre son cœur, chuchotant : « Ne regardez pas, mon amour, ma douce. C'est fini. »

Inquiète que sa protégée tarde tant à rentrer, Harriet décida de se rendre chez Frances. Peut-être Jane était-elle allée voir son amie après sa visite aux Farley au lieu de revenir se préparer pour l'opéra.

Chez les Haggard, elle monta l'escalier qui menait au salon et tomba sur les parents de Frances, l'oreille pressée contre la porte close.

« Que se passe-t-il ? Jane est-elle ici ? demanda Harriet.

– Chut ! la gourmanda Mrs Haggard. Mr Ferguson est en train de faire sa demande à Frances.

– Vous n'avez donc pas vu miss North ?

– Non ! Chut ! »

Déroutée, Harriet tourna les talons.

Dans le salon, Frances recevait un fougueux baiser de Jamie et se sentait sur le point de défaillir de pure extase. « Alors vous voulez vraiment m'épouser ? demanda-t-elle quand elle le put enfin.

– Bien sûr que oui, petite écervelée. » Et, avec un profond soupir de soulagement, Frances posa sa tête frisottée contre sa poitrine.

En rentrant chez elle, Harriet fut surprise de découvrir Jane qui pleurait en silence dans les bras du comte au beau milieu du vestibule, tandis que sa petite bonne étouffait ses propres larmes dans un coin. Puis ses yeux se posèrent sur son mari et, stupéfaite, elle se jeta dans ses bras.

« Je rentre chez moi et voilà ce que je trouve ! s'écria-t-il en l'enlaçant. Le *comte de Mornay** avec des histoires de meurtre, de trahison et de chaos et miss North, qui n'est pas miss North, mais lady Jane Fremney, et dont le père sait qu'elle se cache chez nous. »

Jane toujours serrée contre lui, le comte dit : « Lady Jane vous racontera tout, duc, mais je dois m'entretenir d'urgence avec les autorités. Prenez soin d'elle pour moi. » Il pencha la tête et embrassa Jane sur la joue.

Bien qu'elle n'eût aucune envie de quitter ne serait-ce qu'un instant les bras de son époux bien-aimé, Harriet s'approcha de Jane et lui dit avec douceur : « Venez avec nous. Que s'est-il passé ? Ne pleurez pas. Votre père est venu ? »

Tandis qu'ils montaient l'escalier conduisant au salon, Jane sécha ses larmes et s'efforça de se ressaisir. D'une voix atone, elle leur raconta ce qui s'était passé chez les Farley.

Une fois qu'ils furent installés au salon, le duc dit : « Il n'était probablement rien de plus que le trésorier d'une quelconque organisation de mécontents tombés dans la traîtrise. Mornay a l'air d'un homme capable. Il réglera le problème rapidement. Tout ce qu'il vous reste à faire, c'est tâcher de vous remettre du choc que vous avez subi.

– Clarence Farley a envoyé un message à mon père pour lui indiquer où me trouver, sanglota Jane. Il viendra et m'emmènera loin d'ici. »

Harriet exposa rapidement la situation à son mari. « Ne vous inquiétez pas, dit le duc. Nous ne le laisserons pas faire.

– Comment pourriez-vous l'en empêcher ? gémit Jane. Je ne suis pas encore en âge de faire mes propres choix et la loi l'autorise à m'emmener. » Le duc et la duchesse échangèrent un regard peiné au-dessus de la tête de la jeune fille. « Peut-être le *comte** aura-t-il une idée », avança Harriet d'une voix apaisante.

Mais Jane ne put que secouer la tête. Il avait dit qu'il l'aimait, l'avait prise dans ses bras et consolée, mais elle ne pouvait croire qu'il lui demanderait sa main. Et comment pourrait-il, lui ou un autre, tenir tête au tyran qu'était son père ?

*

Pour Jane, la semaine suivante fut sinistre. Mal remise du choc et s'attendant à ce que son père arrive d'un instant à l'autre, elle passa le plus clair de son temps dans sa chambre. Le comte était venu lui rapporter que les traîtres avaient été arrêtés et que le meneur était un riche et excentrique commerçant de la City qui avait soudoyé des jeunes gens malléables pour qu'ils se joignent à sa cause. Il avait été arrêté et emprisonné à la Tour de Londres. Jane n'aurait pas besoin de témoigner, le comte s'occupait de tout avec ses avocats. Ils recueilleraient sa déposition, qui serait lue devant la cour.

La profonde affliction de Jane semblait accentuée par le bonheur de ceux qui l'entouraient. Frances, fraîchement fiancée, vivait un rêve tandis que Harriet et son mari s'épanouissaient dans l'élan de leur amour retrouvé.

Un après-midi, alors que Jane tâchait d'écouter les confidences heureuses de Frances, le majordome entra et les mots qu'elle avait tant redoutés tombèrent tel un couperet : « Le comte de Durby. »

Frances poussa un cri de consternation et quitta la pièce en courant, manquant de bousculer dans l'escalier un homme d'âge moyen et de forte carrure et une femme maigre et anguleuse.

Quand son père entra, l'épouvantable miss Stamp sur les talons, Jane se tenait devant la cheminée. La chance l'avait-elle abandonnée ? Si seulement Harriet et son mari étaient présents pour lui apporter leur soutien !

« Vous m'avez menti, trompé et dupé, rugit Durby. Une

fois de retour chez nous, c'est au pain et à l'eau que vous serez. »

Jane essaya de rassembler un peu de courage. « Je ne veux pas rentrer, dit-elle. Je suis invitée ici.

– Vous êtes ma fille, hurla Durby, et vous ferez ce que je vous ordonne de faire. » Il la saisit par les épaules et la secoua jusqu'à ce que les épingles d'os qui retenaient sa coiffure élaborée tombent par terre dans un cliquetis, laissant ses cheveux se répandre en cascade sur ses épaules.

« Vous êtes une enfant malfaisante et malveillante, renchérit miss Stamp, qui semblait énormément s'amuser.

– Je vous prie de laisser ma fiancée tranquille », dit une voix mesurée depuis le seuil.

Le comte de Durby cessa de secouer sa fille, se retourna et fixa avec fureur l'élégante silhouette du comte de Mornay. « De quoi parlez-vous, insolent personnage !

– Votre fille va m'épouser, dit le Français, que vous le vouliez ou non. Écartez-vous d'elle.

– Je ferai ce que je veux de cette impertinente, c'est ma fille. Qu'y pouvez-vous ? Rien ! »

Le comte tira son épée et en examina la lame d'un air songeur. « Vous tuer peut-être ? » suggéra-t-il du ton le plus aimable.

Un martèlement de pas résonna dans l'escalier et Frances fit irruption dans la pièce en trébuchant, suivie des hôteliers, de Harriet et du duc. Elle avait eu la chance de trouver Harriet et son mari qui rentraient chez eux et encore plus de chance de croiser dans la rue les hôteliers qui approchaient dans une voiture découverte après avoir rendu visite à un de leurs clients.

À travers son lorgnon, le duc de Rowcester jeta un regard courroucé à un comte de Durby fou de rage. « Que faites-vous chez moi et qui êtes-vous ?

– Je suis le comte de Durby. Je ramène ma fille à la maison et aucun de vous ne m'en empêchera.

– J'étais justement en train d'expliquer que lady Jane et moi sommes fiancés et qu'elle allait m'épouser, dit le comte.

– Il faudra me passer sur le corps, hurla Durby.

– Avec plaisir, rétorqua Mornay, jaugeant le triste sire avec mépris.

– Vous n'avez pas ma permission d'épouser ma fille et vous ne pouvez rien y faire. Emmenez-la, miss Stamp, et faites-lui préparer ses malles.

– Vous me fatiguez avec vos histoires, coupa soudain sir Philip. Tout cela est très simple, même si je ne vois pas pourquoi je devrais aider un malotru tel que vous, Mornay. » Il s'approcha vivement de Jane, lui prit la main et la mena au comte. « Tenez, prenez-la et fichez-le camp d'ici. N'avez-vous jamais entendu parler de Gretna en Écosse ? Pas besoin de la bénédiction de qui que ce soit pour s'y marier. Allons, emmenez-la, mon bon, mais d'abord, rangez votre épée. Vous ne voulez tout de même pas vous balancer au bout d'une corde pour avoir occis ce méchant nabot ? Il n'en vaut pas la peine. »

Le comte de Mornay baissa les yeux sur Jane, sur ses cheveux répandus sur ses épaules, son visage marqué par les larmes. Il rengaina son épée et prit la jeune fille dans ses bras tandis qu'avec un air de défi, les hôteliers se pressaient autour du comte de Durby fulminant.

« Quant à vous, Durby, si vous tentez quoi que ce soit ou si vous faites le moindre esclandre, je me répandrai dans les journaux, dit sir Philip. Vous serez confondu devant la société londonienne comme le vieux tyran imbécile que vous êtes. Vous pouvez remercier votre bonne étoile que votre fille fasse un beau mariage. Allez, sortez d'ici et n'oubliez pas d'emmener la flaque d'acide qui vous suit comme votre ombre.

– Je n'ai jamais été… ! commença miss Stamp, furieuse.

– Et vous le portez sur vous, railla sir Philip, qui se faisait un malin plaisir d'interpréter de travers les propos de l'acariâtre gouvernante. Quel homme voudrait lever la jambe avec une femme telle que vous ? »

« Où votre chambre se trouve-t-elle, ma douce ? demanda le comte de Mornay sur le seuil du salon.

– À l'étage, mais…

– Nous n'allons nulle part, ma colombe. Je ne peux pas vous emmener sans autre forme de procès. Vous avez besoin de vêtements et de vos affaires. » Jane dans les bras, il commença à monter l'escalier.

Elle leva des yeux confus vers lui.

« Allez-vous réellement m'épouser ?

– Oh, mon amour. » Il l'embrassa avec passion puis ajouta d'une voix tendre : « Aussi vite que possible. Vos appartements ?

– Posez-moi, dit Jane, et je vous montrerai le chemin. »

Elle poussa la porte de sa chambre.

« Nous demeurerons ici, dit le comte, jusqu'à ce que la tempête soit passée, puis la semaine prochaine peut-être, nous entreprendrons un voyage lent et confortable vers le nord, jusqu'à Gretna. »

Jane le regarda avec timidité. « Je n'aurai pas de dot. Et comment avez-vous découvert ma véritable identité ?

– J'ai envoyé mon efficace valet, Gerrard, dans le Durbyshire avec un croquis de vous pour mettre au jour vos secrets.

– Mon père ne cédera jamais. Je n'ai pas un sou. Je n'ai rien à vous offrir. »

Il l'enlaça de nouveau et la serra tout contre lui. « Au contraire, ma douce, murmura-t-il. Embrassez-moi ! »

Et Jane, à qui l'on avait appris à se montrer obéissante, fit de son mieux.

9

« Frayer avec le beau monde est d'un ennui sans nom.
Mais en être exclu est une véritable tragédie. »

OSCAR WILDE

Trois mois s'étaient écoulés depuis la mort de Clarence Farley et les hôteliers étaient assis dans leur salon privé pour la dernière fois, chacun plongé dans ses pensées.

Le prince Hugo et sa suite avaient pris congé et l'hôtel était désert et silencieux. En bas, à l'office, Despard, jadis chef cuisinier, aujourd'hui propriétaire du Parent pauvre, qu'il avait acheté avec la coquette somme qu'il avait réussi à mettre de côté, recevait Rossignole, chef cuisinier lui aussi et désormais son associé, ainsi que quelques amis.

Morose, sir Philip taquinait le piano d'une main. Lady Fortescue avait obtenu ce qu'elle voulait. Les anciens parents pauvres vivraient ensemble dans une maison louée qui donnait sur Manchester Square jusqu'à ce qu'ils trouvent une propriété convenable. Mais l'impérieuse vieille dame était la seule qui semblât satisfaite de cet arrangement.

Miss Tonks, qui avait rêvé d'un foyer et d'un mari bien

à elle, pensait tristement qu'ils continueraient de vivre ainsi jusqu'à leur dernier souffle, même s'ils n'avaient plus d'hôtel à diriger. Pour le colonel Sandhurst, cela signifiait que lady Fortescue ne voulait pas l'épouser et que sa vie s'étirerait, morne et vide, jusqu'à la tombe. Voyant la placidité avec laquelle miss Tonks avait accepté le nouvel arrangement, Mr Davy, qui avait été sur le point de lui demander sa main, en avait conclu qu'elle était contente que leur amitié se poursuive, mais rien de plus. Il restait conscient de leur différence de statut.

Sir Philip non plus n'avait pas demandé sa main à miss Tonks. C'était inutile : puisqu'ils resteraient ensemble, l'un d'entre eux prendrait soin de lui dans son grand âge, dont il sentait chaque jour un peu plus le poids. Crénom, pourquoi se sentait-il si vieux et si plein de désespoir ?

« J'ai reçu une lettre de Jane, annonça miss Tonks, rompant le silence maussade. Ils se sont mariés à Gretna et séjournent chez des amis écossais de Mr Ferguson, près d'Édimbourg. Elle nous remercie encore abondamment de lui avoir sauvé la vie. Elle est tellement amoureuse… » Miss Tonks se tut et le silence retomba, ponctué de la phrase que sir Philip jouait inlassablement au piano.

La porte s'ouvrit et Jack, le valet, accompagné de Betty et John, les vieux domestiques de lady Fortescue, entra avec des bouteilles de champagne. « Cadeau de Despard, annonça Jack, ou plutôt de Mr Despard comme nous devons désormais l'appeler. » Il avait belle allure dans son manteau neuf de qualité et sa culotte de soie noire. Il devait occuper la fonction de gérant de l'hôtel, tandis que Betty et John suivraient leur vieille maîtresse à Manchester Square.

« Comme c'est aimable, s'exclama lady Fortescue. Transmettez nos remerciements et nos compliments à Mr Despard et joignez-vous donc à nous.

– Nous sommes attendus à la petite fête qui se donne à l'office, dit Jack. Voulez-vous que nous restions et que nous débouchions les bouteilles pour vous ?

– Je peux le faire, dit Mr Davy. Allez vous amuser.

– Écoutez-le, railla sir Philip en se retournant. Il donne des ordres comme le petit maître qu'il n'est pas et ne sera jamais. »

Toujours bienséante, miss Tonks attendit que les domestiques soient sortis pour le rabrouer. « Ne cesserez-vous donc jamais de cracher votre venin, sir Philip ? La pensée de devoir supporter votre mauvaise humeur jusqu'à ma mort m'accable au plus haut point.

– Et la pensée de contempler votre face de carême chaque jour que Dieu fait n'est pas plus enthousiasmante, rétorqua sir Philip.

– Assez ! cria le colonel. Débouchez une ou deux bouteilles, Mr Davy, et servez-nous. »

Quelques instants plus tard, ils buvaient leur champagne, assis en demi-cercle devant la petite cheminée.

« Levons notre verre ! dit lady Fortescue, joignant le geste à la parole. À notre avenir. Ensemble.

– À l'avenir », maugréèrent les autres parents pauvres en chœur.

Elle darda des yeux étincelants sur ses compagnons. « Nous ne veillons pas un mort, que je sache. Nous sommes riches, nous avons réussi et sommes sur le point de retrouver notre place dans la société. »

Plus affecté que les autres par l'alcool, parce que ce n'était pas son premier verre de la journée, sir Philip lâcha d'un ton sec : « Vous n'avez pas de cœur.

– Moi ? » Lady Fortescue le regarda avec stupéfaction. « J'ai beaucoup de cœur au contraire. Ce que j'ai fait pour que nous restions ensemble, je l'ai fait pour vous tous.

– Résultat, répliqua sir Philip, notre bon vieux colonel dépérit. Eh oui, colonel, je sais ce dont vous rêviez. Vous espériez vous établir à la campagne avec lady Fortescue pour épouse, dans une demeure confortable, avec des chevaux et des chiens, et elle n'a pas pensé à vous une seule seconde.

– Bien sûr que si, protesta lady Fortescue. Ne vous est-il point venu à l'esprit que je préférerais être seule avec mon mari ? Mais je ne pouvais vous abandonner à votre sort, vous et miss Tonks.

– Voulez-vous dire, avança le colonel, que vous m'épouserez ?

– C'est bien ce qui était prévu, non ? fit lady Fortescue.

– Mais, Amelia, ma douce, vous ne m'en aviez rien dit !

– Je vous le dis maintenant. Nous nous marierons et...

– Vous ne pouvez pas avoir envie que nous soyons dans vos pattes, protesta miss Tonks. Je ne le voudrais pas si j'étais mariée.

– Je vous rassure, personne n'a l'intention de vous épouser, lança sir Philip, toujours méchant.

– Je sais bien », dit miss Tonks avant se mettre à pleurer.

Sir Philip eut un accès de remords. Il était sur le point de se dévouer, quand Mr Davy le prit de vitesse, mettant un genou à terre devant miss Tonks et retirant ses mains de devant son visage.

« Letitia, chuchota-t-il. Je voudrais que vous soyez ma femme, mais je pensais n'avoir aucun espoir en raison de notre différence de statut et parce que vous sembliez heureuse de vivre avec les autres pour toujours. »

La stupéfaction sécha les larmes de miss Tonks. « Mais moi, je veux vous épouser, hurla-t-elle. Je ne veux pas vivre avec eux. »

Un silence abasourdi s'abattit sur le petit groupe.

« Champagne, colonel ! » dit lady Fortescue d'une voix amusée. Le colonel remplit les verres. « Il semblerait que j'aie causé beaucoup de souffrances inutiles. Et maintenant nous disposons d'une maison, une location, fort heureusement. Alors, j'épouserai mon cher colonel et miss Tonks son Mr Davy, et nous suivrons notre propre chemin. Mais qu'arrivera-t-il à sir Philip ?

– Oh, ne vous occupez pas de moi, marmonna le vieux poison. Je suis heureux comme un roi. Je vous laisse entre tourtereaux et pars en quête d'une compagnie plus agréable. » Il sortit d'un pas lourd mais, il fallait bien l'avouer, les deux couples étaient trop heureux pour se soucier de lui.

Après avoir bavardé une dizaine de minutes, miss Tonks et Mr Davy se levèrent, gagnèrent le vestibule et restèrent ensemble sous la lumière du grand lustre. Ce soir-là, les portes, habituellement ouvertes pour accueillir la foule des élégants de Bond Street, étaient fermées et les verrous tirés. Des cuisines leur parvenait une chanson en français.

Mr Davy prit la main de miss Tonks. « Chère madame, dit-il, c'était une manière bien maladroite de vous demander de m'épouser. »

Le fin visage de miss Tonks irradiait. « Où vivrons-nous ?

– Je suis citadin dans l'âme. Cela vous gênerait-il d'habiter en ville ?

– Pas du tout, dit miss Tonks d'un ton rêveur. Je pourrais vivre n'importe où.

– Ce lieu sera toujours plein de souvenirs heureux pour vous. »

Miss Tonks regarda autour d'elle. Elle était arrivée presque indigente, effrayée et seule, et elle avait trouvé ici de l'amitié, de la chaleur, une vie d'aventures et maintenant, un mari. « J'y serai toujours attachée, reconnut-elle. Les personnes qui venaient ici finissaient toujours par trouver l'amour. Jane a été, d'une certaine manière, notre dernier succès en date, même si nous n'avons rien fait pour les rapprocher, le *comte** et elle. »

Mr Davy déposa un tendre baiser sur ses lèvres. « Letitia, je pense que le dernier succès romantique du Parent pauvre, c'est vous. »

Les deux couples prévoyaient de se marier en toute discrétion, au cours d'une cérémonie commune. C'était sans compter l'intérêt du Prince Régent pour la fin de l'aventure commerciale de lady Fortescue. Il exprima son désir d'y assister et, petit à petit, la discrète cérémonie devint une affaire à la mode. Le duc et la duchesse de Rochester seraient présents ; le marquis et la marquise de Peterhouse, la marquise n'étant autre que leur ancienne collègue, miss Budley ; puis lord Eston et Cassandra, qui avait travaillé pour eux après s'être enfuie de chez ses parents ; Arabella et son mari, le comte de Denby ; le capitaine Peter Manners et sa jeune épouse, Frederica ; et même lord Bewley et sa femme, Mary. Tous les succès romantiques du Parent pauvre seraient au rendez-vous. Et puis, juste avant le grand jour, Jane et son comte leur firent la surprise d'arriver, déclarant qu'ils ne manqueraient l'événement pour rien au monde. Toute la bonne société réclamait des invitations. Il fut décidé que le repas se tiendrait au Parent pauvre, renommé Le Majestic, et Despard offrit de cuisiner comme cadeau de mariage.

Le duc de Rowcester fut le garçon d'honneur du colonel et le marquis de Peterhouse celui de Mr Davy, tandis que sa femme joua les demoiselles d'honneur pour miss Tonks, l'amère sœur de celle-ci ayant refusé d'assister au mariage. Harriet fut la demoiselle d'honneur de lady Fortescue. Les deux mariées étaient en blanc, dans de magnifiques robes en dentelle de Bruxelles brodées de fil d'or et de perles, qui avaient coûté une fortune. Harriet portait le fameux collier barbare, sur lequel sir Philip supportait à peine de poser les yeux. Il avait traversé tellement d'épreuves à cause de ce bijou ! Et tout le monde l'ignorait, sauf peut-être ce manant de Davy, dont, bien sûr, l'opinion ne comptait pas. La cérémonie eut lieu dans la maison louée de Manchester Square, qui avait été décorée de fleurs pour l'occasion.

Lady Fortescue et son colonel se montrèrent pleins de dignité, comme il fallait s'y attendre. Mrs Budley, désormais marquise de Peterhouse, déclara que cette journée était celle de miss Tonks, à qui le bonheur avait conféré une certaine beauté.

Après la cérémonie, tout ce petit monde gagna Bond Street et le Parent pauvre pour le repas. Le Prince Régent, qui avait manqué la cérémonie, arriva accompagné de ses amis et embrassa les deux mariées, manquant de faire défaillir d'exultation la nouvelle Mrs Davy.

« Tout cela est merveilleux, dit Jane à son comte. Tout le monde est si heureux. Jamais je n'aurais pensé quand je suis arrivée ici qu'il pourrait en résulter un tel bonheur. »

Il rit. « Notre bonheur, vous voulez dire. Je pense que les autres se sont très bien débrouillés tout seuls. Je n'ai qu'une envie, c'est de vous emmener loin d'ici le plus vite possible pour vous embrasser jusqu'à la déraison. »

Jane rougit, mais sous la table, sa main trouva celle de son bien-aimé.

Assise un peu plus loin, rayonnant de bonheur à côté de Mr Ferguson, Frances buvait du champagne. « Tout est bien qui finit bien, vous comprenez, dit l'inénarrable friponne. Nous serons bientôt mariés et si je vous prends ne serait-ce qu'à poser les yeux sur une lady écossaise d'un certain âge, Jamie, vous m'entendrez ! »

À la fin du repas, le duc de Rowcester leva son verre à la santé des mariés. « Le seul chagrin de cette journée, dit-il, c'est qu'elle marque la fin du Parent pauvre tel que nous l'avons connu. Nombre d'entre nous doivent leur bonheur aux hôteliers. »

Sir Philip se joignit aux effusions, mais il était malheureux. Voilà, c'était fini, les parents pauvres se séparaient. Le colonel et lady Fortescue avaient trouvé une jolie demeure dans le Kent et partiraient s'y installer dès le lendemain, tandis que miss Tonks, désormais Mrs Davy, élirait domicile avec son mari dans un coquet appartement de South Adley Street. Lui-même resterait dans la maison de Manchester Square jusqu'au terme du bail, quatre mois plus tard. Ses vêtements avaient beau être désormais de la meilleure qualité et ses bijoux briller de mille feux, sa pauvre vieille âme esseulée ne s'en trouvait pas consolée. Il regrettait de tout son cœur de ne pas avoir demandé sa main à miss Tonks. Il le comprenait à présent, elle avait alors perdu tout espoir que Mr Davy le fasse et aurait accepté de l'épouser, ce qui lui aurait évité d'affronter seul le grand âge.

Quand les premiers convives prirent congé, il s'éclipsa et gagna Bond Street. Le soleil brillait, accentuant son sentiment de solitude. Il leva les yeux vers l'hôtel, vers l'enseigne « Majestic », et se fit la réflexion que c'était là un nom bien bête et quelconque. Plus de clients, source d'inquiétude, plus de frayeurs, plus d'aventures, plus de pauvreté. Il avait le moral en berne. Peste, il irait s'enivrer au Limmer. Les larmes lui montèrent aux yeux et, la vue brouillée, il se détourna et entra en collision avec une dame qui passait par là avec sa bonne. Il retira vivement son chapeau et s'excusa en bafouillant.

« Sir Philip ! » s'exclama la femme, une matrone sculpturale aux grandes dents et aux boucles d'un blond improbable qui s'échappaient de dessous sa capote à l'élégance canaille. « Vous ne vous souvenez pas de moi ? Susan Darkwood ? »

Il s'inclina bien bas et s'aperçut qu'elle était vêtue de noir des pieds à la tête. « Votre mari… ?

– Lord Darkwood est mort il y a six mois.

– Vous m'en voyez désolé. Vous étiez parmi nos premiers clients. »

Lady Darkwood gloussa. « Nous nous étions beaucoup amusés, n'est-ce pas ? Et cette pauvre petite Harriet qui est remontée des cuisines pour épouser son duc ! Vous êtes tous tellement à la mode désormais que je n'ai même pas été invitée aux derniers mariages du Parent pauvre, j'en suis bien chagrine. Enfin, cela doit être une journée heureuse pour vous.

– Que non point. Je me retrouve seul, à nouveau. »

Elle poussa un soupir. « Tout comme moi. Ah, voilà mon attelage. Venez donc, nous prendrons le thé et parlerons du bon vieux temps », dit lady Darkwood qui, dans le bon vieux temps, n'aurait jamais imaginé recevoir une créature aussi vile que sir Philip.

Il hésita. « Je ne suis pas d'une compagnie des plus joyeuses. »

Elle se pencha en souriant. « Alors nous réfléchirons à un moyen de vous égayer. »

Le vieux cœur de sir Philip se mit à battre la chamade contre ses côtes. Il lui rendit son sourire. « J'en serais enchanté. La compagnie d'une belle femme, voilà qui me fera le plus grand bien !

– Que vous êtes vilain. » Elle lui donna un petit coup de gant sur la main. « En route. »

Aussi réjoui qu'il était triste l'instant d'avant, sir Philip grimpa dans la voiture et s'assit à côté d'elle. Il lui pressa la main et elle lui retourna un regard languissant.

La voiture s'éloigna de l'hôtel.

Et sir Philip Sommerville ne regarda pas en arrière.

Pas une seule fois.

DU MÊME AUTEUR
AUX ÉDITIONS ALBIN MICHEL

Les Chroniques de Bond Street

Tome 1

LADY FORTESCUE À LA RESCOUSSE

MISS TONKS PREND SON ENVOL

Tome 2

LA DISGRÂCE DE MRS BUDLEY

SIR PHILIP PERD LA TÊTE

Agatha Raisin enquête

1. LA QUICHE FATALE
2. REMÈDE DE CHEVAL
3. PAS DE POT POUR LA JARDINIÈRE
4. RANDONNÉE MORTELLE
5. POUR LE MEILLEUR ET POUR LE PIRE
6. VACANCES TOUS RISQUES
7. À LA CLAIRE FONTAINE
8. COIFFEUR POUR DAMES
9. SALE TEMPS POUR LES SORCIÈRES
10. PANIQUE AU MANOIR
11. L'ENFER DE L'AMOUR
12. CRIME ET DÉLUGE
13. CHANTAGE AU PRESBYTÈRE
14. GARE AUX FANTÔMES
15. BAL FATAL

16. JAMAIS DEUX SANS TROIS
17. CACHE-CACHE À L'HÔTEL
18. UN NOËL PRESQUE PARFAIT
19. LA KERMESSE FATALE
20. VOICI VENIR LA MARIÉE
21. TROUBLE-FÊTE
22. DU LARD OU DU COCHON
23. SERPENT ET SÉDUCTION
24. GARE AUX EMPOISONNEUSES
25. AU THÉÂTRE CE SOIR
26. SECRETS SUR CANAPÉ
27. LES PISSENLITS PAR LA RACINE
28. CHASSE AUX SORCIÈRES
29. SONNENT LES CLOCHES !
30. BONNET D'ÂNE !
31. AU GALOP !
32. CUL SEC !

Les enquêtes de Hamish Macbeth

1. QUI PREND LA MOUCHE
2. QUI VA À LA CHASSE
3. QUI S'Y FROTTE S'Y PIQUE
4. QUI A UNE TAILLE DE GUÊPE
5. QUI FRANCHIT LA LIGNE JAUNE
6. QUI SÈME LE VENT
7. RIRA BIEN QUI RIRA LE DERNIER
8. LES FLÈCHES DE CUPIDON
9. PETITS CRIMES ENTRE VOISINS
10. BOURREAU DES CŒURS

11. LA PAIX DES MÉNAGES
12. BRAS DE FER
13. DENT POUR DENT
14. SOUS LE FEU DES PROJECTEURS
15. EAUX TROUBLES
16. MÉNAGE DE PRINTEMPS

Les enquêtes de lady Rose

1. MEURTRE ET SÉDUCTION
2. SOUPÇONS ET PRÉJUGÉS
3. RAISON ET CHÂTIMENTS
4. PASSIONS ET TRAHISONS

Composition : Nord Compo
Impression : CPI Firmin Didot en novembre 2022
Éditions Albin Michel
22, rue Huyghens, 75014 Paris
www.albin.michel.fr
ISBN : 978-2-226-47687-6
N° d'édition : 25128/01 – N° d'impression : 172318
Dépôt légal : janvier 2023
Imprimé en France